超越危机：
企业家在行动

主　编　张建设
副主编　胡春民　赵艳秋

机 械 工 业 出 版 社

这是一场"百年一遇"的国际金融危机，这是一次经济发展耐力的考验，这是一轮企业生存智慧的挑战……

面对这场国际金融危机的严重冲击，中国电科、中国电子、中国普天、大唐电信、烽火科技等企业擎起信息产业国家队的大旗，掌舵产业调整振兴大局，确保了战胜困难、共克时艰的战略主动，支撑了保增长、扩内需、调结构的战略目标。海尔、海信、长虹、联想等企业从保现金流到扩大内需，从力挽中国制造影响力到提升中国创造竞争力，勇担信息产业转型升级主力军重任，实现了自主品牌、自主创新技术的脱颖而出，奠定了抢占未来经济科技竞争制高点的坚实基础。与此同时，夏普、恩智浦、IBM、LG等跨国企业再次读懂中国市场的潜力和机会，与中国产业共患难，与中国企业共成长，共同推动着全球经济的复苏与崛起。

本书以对话企业家的形式，记录40多家国内外企业应对危机的卓绝实践，品评40多位企业家们超越危机的卓越智慧，以飨读者，共图未来。

图书在版编目（CIP）数据

超越危机：企业家在行动/张建设主编.—北京：机械工业出版社，2010.6

ISBN 978 - 7 - 111 - 30688 - 7

Ⅰ.①超… Ⅱ.①张… Ⅲ.①高技术产业 - 企业管理 - 研究 - 中国 Ⅳ.①F279.244.4

中国版本图书馆 CIP 数据核字（2010）第 088011 号

机械工业出版社（北京市百万庄大街22 号 邮政编码100037）
责任编辑：牛新国 版式设计：霍永明 责任校对：刘志文
封面设计：鞠 杨 责任印制：杨 曦
北京蓝海印刷有限公司印刷
2010 年 6 月第 1 版第 1 次印刷
169mm×239mm · 20 印张 · 353 千字
0001— 4000 册
标准书号：ISBN 978 - 7 - 111 - 30688 - 7
定价：48.00 元

编辑委员会

序：以行动回应危机

● 中国电子报社社长　罗　文

2008 年以来，国际金融危机给我国信息产业带来了严峻的挑战，电子信息产业在新世纪以来首次出现负增长，成为国民经济中受冲击最明显的行业之一。为应对国际金融危机，国家出台了《电子信息产业调整和振兴规划》，围绕保增长、扩内需、调结构，明确提出：未来三年要围绕九个重点领域，完成"确保骨干产业稳定增长，突破战略性核心产业，通过新应用带动新增长"三大任务，实现"保稳定，促发展"和"调结构，谋转变"两大目标，推进产业持续发展。

一年多来，全行业坚定信心，共同努力，加强政策规划引导扶持、推动重大工程实施、集中力量突破核心技术、积极开拓内需市场、深入推进信息技术应用，信息产业总体保持持续增长势头。2009 年，规模以上电子信息制造业实现收入 51305 亿元，同比增长 0.1%；利润 1791 亿元，同比增长 5.2%；出口交货值 28932 亿元，同比下降 5.6%。软件业务收入 9513 亿元，同比增长 25.6%。全国完成电信业务总量 2.6 万亿元，电信营业收入达到 8707 亿元。

在这场国际金融危机中，中国电子科技集团公司作为军工电子的国家队和电子信息产业的主力军，承担了一大批国家重大建设项目，承担了上海世博会，以及广州亚运会、城市地铁电子系统总承包等系统工程建设任务，与江苏省、无锡市签约共建国家传感网创新示范区，与中国电信集团公司签约共推下一代无线通信和移动互联网技术发展。2009 年中国电科主营业务收入、利润均比上年增长 23%。

在这场国际金融危机中，中国电子信息产业集团有限公司进一步明确"要为国家做大事，真正成为国内最优、具有较强国际竞争力的国家队"的战略定位，主动调整发展战略，围绕"集成电路与核心元器件、软件、高新电子、计算机与关键零部件、移动通信终端与服务、电子商贸与工程"六大主业，推行事业本部制，转变管理方式和管理机制，为实现 2012 年进入世界 500 强的目标，夯实了基础。

在这场国际金融危机中，中国普天、大唐电信、烽火科技等国有大型企业擎起信息产业国家队的大旗，掌舵产业调整振兴大局，确保了战胜困难、攻克时艰的战略主动，支撑了保增长、扩内需、调结构的战略目标。海尔、海信、长虹、联想、华为、中兴等中坚力量从保现金流到扩大内需，从力挽中国制造影响力到提升中国创造竞争力，勇担信息产业转型升级主力军重任，实现了自主品牌、自主创新技术的脱颖而出，奠定了抢占未来经济科技竞争制高点的坚实基础。

在这场国际金融危机中，LG、夏普、恩智浦、康宁、诺基亚、西门子、摩托罗拉、IBM 等跨国企业再次读懂中国市场的潜力和机会，或加大投入、巩固现有竞争优势，或重新布局、抢占新兴产业制高点，与中国产业共患难，与中国企业共成长，共同推动着全球经济的复苏与崛起。

正是这些企业家的超凡智慧，推动着企业在危机中变革，在危机中崛起。正是这些企业艰苦卓绝的实践行动，支撑着我国乃至全球经济的企稳回升。《中国电子报》作为工业和信息化领域具有机关报职能的行业报，是这场国际金融危机的见证者，也是信息产业积极应对危机的参与者。在一年多的时间里，为推进《电子信息产业调整和振兴规划》等 10 大产业调整振兴规划的实施，我们采访行业协会 30 余家，采访国内外企业管理者 100 多位，我们的足迹遍布 8 大两化融合试验区、12 个平板显示基地和 6 个 TD 重点建设城市；为了推进"家电下乡"政策的落实和改进，我们的编辑记者走入基层，走进 300 多个村镇，与经销商一起工作，与农民朋友一起座谈；为了积极探索战略性新兴产业的发展之路，我们开辟了"太阳光伏产业城市行"、"大力发展战略性新兴产业"等专栏，组织了"太阳光伏产业年会"，发起了洛阳"一元工程"宣言。

浸染于信息产业应对国际金融危机的大潮之中，我们见证并记录了国内外企业化"危"为"机"的艰苦探索，聆听并传播了企业家们把控产业转型升级方向与节奏的创新智慧。这些探索、这些智慧分散于 2008～2010 年 300 余期《中国电子报》的版面中，我们选取其中的 40 余家企业，将有关企业家对话的文章结集出版，分"中国脊梁"、"中国力量"、"中国机会"三个章节，分别收录了央资大型企业、国内企业和跨国企业的内容，让更多的读者分享这 40 多位企业家的智慧。

信息技术和产业发展的基本面和长期向好的趋势依然如故，国际金融危机的严峻挑战尚没有结束。调整产业结构、发展绿色经济、推进自主创新的任务依然艰巨，以新能源、传感网络、微电子和光电子新材料为内容的战略性新兴产业的竞争已经开启。让我们坚定信心，开拓创新，迎难而上，以实际行动为建设信息产业强国贡献智慧和力量。

目 录

第三章　中国机会

第一章

中国脊梁

做有核心技术特色产品

——访中国电子科技集团公司总经理　王志刚

文／刘东　任爱青

人物简介

　　王志刚同志是第十六届、第十七届中央纪律检查委员会委员，是享受政府特殊津贴的专家、研究员级高工，在系统工程及相关专业领域的理论和工程研究方面具有深厚的学术造诣和丰富的实践经验，一直担任总装备部科技委兼职委员和专业组组长，全军信息化专家咨询委员会委员，海军信息化专家咨询委员会高级顾问，中国电子学会副理事长。历任南京电子工程研究所副所长、中软总公司总经理、电子科学研究院副院长、中国电子科技集团公司党组成员、副总经理、党组书记等，现任中国电子科技集团公司总经理。

收入和利润是核心竞争力的副产品

刘东：自2002年成立以来，作为军工电子的国家队和电子信息产业的主力军，中电科技集团为国防建设和国民经济发展作出了突出贡献。在中央企业第一任期（2004—2006年）业绩考核中，获得"业绩优秀企业"称号。

王志刚：中国电子科技集团公司做军工电子的国家队和电子信息产业的主力军，是我们的神圣责任和崇高使命。实践证明，中央做出组建中国电子科技集团公司这一决策是非常正确的，无论从军工电子发展来看，还是从电子信息产业成长来看，保存、整合并发展壮大这支力量，对国防建设和国民经济建设都有着深远的历史意义和现实意义，并产生了积极的影响。

集团公司自2002年成立以来，紧紧把握住世界新军事变革的发展趋势、特

3

征和中国特色军事变革的要求，深刻分析了中国特色军事变革的本质，抓住机遇，乘势而上，在国家重点装备建设中担任了重要甚至是主要的角色，在国防武器装备发展以及国防科技工业体系中的作用越来越重要，地位越来越突出。

在载人航天工程中，中电科技集团有 26 个单位 7700 多人参加，在全部七大系统中均承担了重要任务。探月工程是继"载人航天"工程之后，中电科技集团参与的又一举世瞩目的国家重大工程，我们在卫星、运载火箭、发射场、测控通信和地面应用等五大系统中承担了研制生产任务，并圆满完成任务。

在国家公布的 16 个重大专项中，中电科技集团在第一个重大专项"核心器件、高端芯片和基础软件"的前期论证和之后的科技攻关及产业化中，都担任了重要角色，并在国家"极大规模集成电路制造装备及成套工艺"重大科技专项中，承担规划和总体设计工作。

同时，中电科技集团坚持军民结合、寓军于民的发展道路，积极参与国民经济信息化建设和国家重点工程建设，先后承担了奥运安保指挥中心系统、低空慢速小目标探测与应急处置系统、国家公共突发事件应急平台体系等大型公共安全系统，国家电子政务网、全国气象雷达网、空中交通管理系统和轨道交通系统等一大批国家重大信息系统工程；在半导体照明、太阳能及动力电源等高技术领域形成了新的产业优势。比如：自主设计并完成的民航 3 号、4 号系统已经通过验收；通过竞标获得"青岛管制中心主用自动化系统"和"首都机场高级地面活动引导系统总集成"项目，标志着我们开始进入民航空管的核心应用领域；还先后承接了南京、上海、北京等轨道交通信号系统、通信系统等建设项目；组织研发了一批新体制的气象雷达和气象探测设备；安防监控产品销售规模迅速扩大，已经占据国内安防监控市场的龙头地位；具有自主知识产权的新农村卫星电视安全接收系统研制成功并应用，对社会主义新农村文化建设具有重要意义。

集团公司还积极实施"走出去"的战略，拓展外贸市场，已初步建成一个覆盖南亚、北非、中东、南美等重点市场的、较为完善的外贸营销网络。

刘东：通过你的介绍，我们看到在富国强军的历史进程中，你们的确不辱使命。中电科技集团能够取得如此成绩的主要原因是什么？

王志刚：中电科技集团成立的时候，我们就确定了要以我为主，自主创新，不断提升核心竞争力。中电科技集团从一开始就把自己定位成军工电子国家队和国家信息化建设的主力军。按照这样的目标和定位，我们主动行动，准确分析和把握发展进程的特征、特色、特点。所谓特征，指国家战略、引领当今世界发展的特征；特色，指符合国情的中国特色；特点，指符合电子信息产业发展和中电科技集团的特点。在此前提下，把握形势，找准定位，在正确的时间派出正确的人做成正确的事。

刘东：2005 年，你们提出了"三三三转型升级战略"，即积极开拓军、民品、外贸三大市场，努力提高科研、生产和服务三大能力，不断强化科技创新、人才队伍建设、体制机制创新三大基础。2007 年，你们又提出了"核心竞争力跃升计划"，并确立了军品、民品和外贸三个行动纲领。这些战略和计划对于中电科技集团的转型和核心竞争力建设起到了什么作用？

王志刚：中电科技集团是由科研院所组建的，以科研为主，科研能力强，而生产和服务以及市场开拓能力相对较弱。因此，集团公司转型的重点是实现科研、生产、服务一体化。在强化科研的基础上，加长生产、服务两个短板，军、民、外贸市场一齐抓。

我们的核心竞争力，首先是依靠自主创新和技术进步。我们把自主创新与技术进步分开来讲，以原有技术为主体，提高产品性能指标，只是技术进步的范畴，我们更强调创新，尤其是原始创新，为此，集团公司还专门设立了创新基金。同时，我们注重成果转化，将科研成果转化成产品、产业，通过市场创造经济和社会效益。我们尤其重视主营业务的收入和利润，特别是有技术竞争力的高端产品所带来的高回报，而不把有限的资源用于仅仅拼成本、拼设备的产品生产上。

高科技具有高回报特征。我们要把研究所打造成产学研相结合、以企业为主体、市场为导向的新型研究所。为此，我们和教育部共建西安电子科技大学和成都电子科技大学；成立集团公司研究生院；把设立在集团公司的国防科技重点实验室和国家工程中心作为创新平台，为实现转型升级构建合理的体系。

在激烈的市场竞争中，对于一个企业来说，只要有核心竞争力，收入和利润就应该是随之而来的副产品。中电科技集团组建时，收入不到 100 亿元，利润只有 6.7 亿元。2007 年我们的产值已经达到 300 多亿元，实现利润 30 多亿元。我们能取得收入和利润年增长近 30% 的发展速度，就是狠抓技术、市场、管理等核心竞争力的具体结果。

做有核心技术和有特色的产品

刘东：在集团下一步的工作安排中，你们提出，要做实、做强、做大三大民用产业群，在"重大信息工程"、"能源电子与制造装备"和"现代电子服务业"等领域，形成一批有竞争力的核心产品、知名企业和知名品牌。你们将如

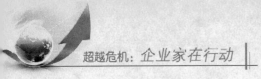
何实现这个目标？

王志刚：军工电子科研生产服务是我们的第一主业，是必须主动争取、必须做好的，这是我们的使命所在、责任所在。集团公司将全力以赴完成好各项军工电子任务，同时加强科研、生产、服务三大能力体系建设。

对于民品市场，我们的战略是，每一项业务都必须有自己的核心技术，抢占市场的制高点、产品的创新亮点。因为只有这样，我们才能在市场上牢牢把握机遇，把握主动，获取效益。从目前来看，集团公司民品产业已初具规模。民品规模从成立之初的30多亿元增长到2007年的130多亿元。民品销售收入过亿元的成员单位有29个，其中超过10亿元的有4个。

能源电子是集团公司民品领域的亮点，我们目前在能源电子方面主要有太阳光伏电池、半导体照明、钢铁业节能三大业务。以太阳光伏电池为例，48所拥有全套光伏电池生产设备和整个生产线工艺，用自己的设备工艺技术做自己的产品，现在太阳光伏电池生产线的产能已经达到75兆瓦。由于抓了太阳光伏电池项目，使得48所的收入从2004年的1亿元增长到2007年的近8亿元。这一业务既为我们带来一个技术制高点，又直接产生了经济效益，因为在技术上领先，所以在市场上取得佳绩。

我们将继续推进具有社会效益和经济效益的奥运工程和农村卫星电视安全接收系统等建设和应用。先期将主要以推动"智能交通"、"公共安全"和"节能与可再生能源"等三大重点产业化项目为抓手，以高层次的民品大平台为中心，以资本运作为手段，整合集团公司技术、市场、资金、人才等多方面的优势资源，重点突破，做实做强做大民用产业，从而带动集团公司可持续发展。

在民品领域，还有一块是基础元器件、材料。元器件领域我们有优势，也是下一步要形成规模经济的重点。

刘东：中电科技集团拥有40多个研究所，各个研究所都推出了一系列的民品，但是规模普遍不大，形成品牌影响力的产品还不多，从集团层面，你们将如何推动品牌建设？现在你们推出的民品主要集中在投资类产品领域，今后是否会涉足消费类产品？

王志刚：集团公司的品牌是各成员单位品牌的系列组合。对企业来说，只要市场、人才、资金具备，做什么产品都有可能。现在还不能断言中电科技不做消费类产品，也可能做高端产品和服务，但要做的产品，必须是有自己核心技术和特色的，没有核心技术只是拼成本、拼设备的产品我们会比较慎重。总的原则是，消费类产品不拒绝，但我们的主体还是投资类产品，力争永远站在产业的上游，这个上游是指我们的产品技术起点要高、要新，动手要早、进入市场要早，当然还有成本、质量等因素要把握好。

刘东：对于高科技企业而言，人才至关重要。中电科技集团是高科技人才聚集的地方，你们将如何通过正在实施的"人才强企"战略，促进企业持续快速健康发展？

王志刚：中电科技集团是非常好的企业，有一支非常好的队伍。集团公司牢固树立"人才资源是第一资源"的观念，坚持党管人才的原则，积极实施"人才强企"战略，继续推进高级经营管理人才、高层次科技人才、复合型思想政治人才、高技能人才四支人才队伍建设，同时以科技创新团队建设为抓手，培养、造就领军人物和学科带头人。特别是要通过重大工程、重点项目和民品市场开拓，培养一线创新人才，造就一批中青年技术骨干和经营管理骨干。积极推进人才培养、评价、选拔、流动、激励、保障等机制建设，为各类人才提供干事创业的舞台和条件。

加快企业文化建设，构建和谐军工。在军工电子几十年的发展历程中，伴随着"国家利益高于一切"的核心价值观，孕育出军工电子的七种精神：科技报国、无私奉献的爱国主义精神；献身职业、成就事业的敬业精神；自力更生、艰苦奋斗的创业精神；不畏艰难、勇于探索的开拓精神；求实严谨、精益求精的科学精神；团结协作、同舟共济的协同精神；不屈不挠、坚忍不拔的拼搏精神。在新的历史时期，我们又形成了有时代特征、自身特色的"自力更生、创新图强、协同作战、顽强拼搏"精神。

我们要在优秀传统文化深厚积淀的基础上，紧跟时代的步伐，与时俱进，按照十七大提出的"建设社会主义核心价值体系"要求，提炼出具有自身特色的电子科技人价值观，以此为核心推进集团公司企业文化建设，推动和谐军工企业建设。

刘东：国资委要求所属企业要具备影响力、控制力和活力。在影响力和控制力方面，中电科技集团在一些重点领域，已经抢占了技术和市场的制高点。你们如何通过体制、机制改革，进一步增强企业的活力？比如，在股份制改造，实行股权、期权激励等方面，你们采取了哪些措施？

王志刚：这中间确实有一个处理好研究所体制与增强活力、提高竞争力的关系问题，但两者不是对立的。体制是为了达到一个战略目标而制定的基本的框架和体系，体制是相对稳定的制度安排，而机制则是为了实现体制确定的目标，即企业一个时期确定的发展战略所需要的工作技巧，包括奖励、处罚等措施。体制

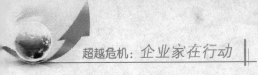

是相对稳定和以一贯之的，机制是不断修改和调整的。

研究所体制改革有三项基本内容：工资能高能低，干部能上能下，人员能进能出。事业体制中的一些人可以实行企业化管理，收入拉开差距完全可以做到。最难的是，人员能进能出，尤其是出比较困难，但毕竟是少数，因为绝大多数员工素质都很高，责任心也很强，同时有一种荣誉感，这种文化是国家真正强盛的基础，是企业发展壮大的基础。我们更多地是从事业上感召和影响，同时进一步解放思想，深化改革。

在事业体制下怎样进一步深化改革，使企业的活力、创造力竞相迸发，是我们目前要积极探索和推进的工作之一。今年总部机关要改革，职能不合适的要调整，人员考核要加强。研究所也要搞试点，专业相近的研究所要整合，产生聚合效应，企业之间也是这样。股份制的改革正在进行中，有几个公司正在做上市准备工作，最近有一个公司又要上市了。

在重视制度安排的同时，我们更要按以人为本的要求，重视建立良好的文化氛围和激发员工发自内心的积极向上的心态，这是增加国有企业活力和竞争力的根本所在。从我本人来讲，我不认为哪个员工需要惩罚，使用不好，主要原因在领导，不要一味地责怪员工。我不赞成靠压力被迫产生的活力，压力反应式的活力是无法坚持和持久的，而且还会破坏人的心态。人的共同属性是三态：人与自然是生态问题，人与人之间是世态问题，人的内心是心态问题。生态、心态、世态相互和谐，是完善社会氛围和人本应具有的境界。人要能把握自己的心态，心态不好就会赌气，就做不好工作；心态好了，会自觉、自发、发自内心地工作，同时也会对生态和世态的建设产生积极的影响。

国家安全是央企第一责任

刘东： 中电科技集团在成立之初就提出，要把集团公司建设成为具有竞争力的跨国企业集团。你如何看待中电科技集团的发展现状和前景？我国正处在机遇和挑战并存的新的历史发展时期，作为强军富国的国家队和主力军，中电科技集团将如何更好地履行企业的社会责任？

王志刚： 虽然我们在连续五年时间里收入和利润都是年增长28%，内部感觉不错，国资委和国防科工委的评价也较高，但我认为，现在这一阶段我们还是在爬坡，滑坡容易爬坡难，我们不能有任何松懈，我在集团内部只讲危机，不讲成绩，冷静分析现在的发展阶段有什么样特征，有什么样机遇和挑战，风险在哪里，是机会风险还是纯粹风险。中电科技集团只有按照现在的态势再发展五年，

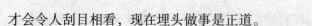

才会令人刮目相看，现在埋头做事是正道。

把握大方向，运筹全球才能把握自己的机遇。我们做事情要放眼全球，清楚地看到世界发展的变化和特征，分析在全球范围内谁是我们的竞争对手，谁能成为我们的合作伙伴，了解我们的机遇、挑战和风险，选择和把握正确的发展方向、重点。我们坚持秉承站在行业和国家的高度去思考和谋划。我们说要成为军工电子的国家队和信息产业的主力军，我们的思维、我们所做的工作和体现出的价值要符合这一定位。我们集团公司领导讨论问题时常问自己：我们为国家做了什么？如果 CETC 不存在了，国家会有什么损失？如果你做的事，别人也在做，你不做，别人少一个竞争对手，那你的能力和贡献就远不符合这一定位。

我们还是要强调通过自主创新，不断提升核心竞争力。如果讲我们凭什么在市场立足的话，就是这一条。技术创新始终是我们的抓手，集团公司核心竞争力跃升计划中第一条就强调，坚持自主创新和技术进步。另一个就是关注人的问题，讲到人的竞争力，一是学习一是实践，每个人学习的机会是公平的，看懂了、学会了、做到了就比别人强，另外就要积极主动思考。还是那句话，一个企业外力是不可能让你垮的，要垮的是你自己，一个人也是如此。

中华民族要崛起，中国要做一个负责任的大国，起码有三件事自己要做：国家安全，关注民生，坚持发展。而这其中，中电科技集团不但有广阔的发展空间，而且也是责任所在。

要实现中华民族的伟大复兴，必然带来一些新的国家安全问题。安全的重要物质基础是军事装备，信息技术是武器装备发展的核心，在这方面我们有很多事可做，这是我们作用和地位的体现，如果做不好，我们就没有尽到责任。

面包和黄油问题同样可以压垮一个民族，关注民生不够，也会给国家带来危机。信息化已进入社会和百姓生活的方方面面，在经济发展和科技进步的前提下，中电科技集团应该而且能够用信息技术造福人类。经济和科技向国防转化才能形成安全基础，向百姓生活转化，才能提供物质精神享受的基础。在社会生活领域，中电科技集团也很有信心做好，会有很好的前景。

从世界范围内和历史演进的过程来看，一个国家和民族的发展离不开自然竞争法则，"物竞天择，适者生存"。发展是硬道理，不被淘汰就必须发展，但同时也要看到，发展还会带来新的挑战和困扰，国际上总有一些国家和人是不愿意看到中国和平崛起，比如现在在北京奥运会受到的干扰。"木秀于林，风必摧之"，我们自己要有忧患意识，始终保持清醒头脑，始终把国家的安全和强盛当做我们的一种事业和历史责任。如果我们始终坚持军民结合，寓军于民，面向国内国际两个市场，把科研生产搞好，没有理由发展不好，只会越来越好。市场总是有的，市场不会饱和，关键在于一个企业有无自己的看家本领、不随波逐流。随着市场波动而忽高忽低的企业是没有竞争力的企业，有竞争力的企业应该是逆势而上，顺势更强。

刘东：党的十七大提出，发展现代产业体系，大力推进信息化与工业化融合，促进工业由大变强，振兴装备制造业，淘汰落后生产能力。中电科技集团将如何在推进两化融合中发挥自己的作用？

王志刚：信息化必须与工业化、农业化等结合起来，才能发挥更大的作用，发展空间会更广阔，作用也会更显著。5000年前是农业社会时代，在进入到工业社会以后，农业被融入了许多工业化的成分。工业社会对农业的影响表现在，机械化提高了效率，化肥提高了产量。当今信息化社会又将对工业和农业产生影响，没有纯粹的工业化和农业化，工业化和农业化都融入了信息化的成分，而且信息化如不与工业化、农业化结合，则信息化本身的价值和作用也会大打折扣，也起不到当今科技和产业发展的核心和领头作用。

在两化融合方面，中电科技集团做了许多有益的尝试，取得了一些好的效果。我们与航天、航空、气象、能源、电力等行业结合，与相关企业合作，不但为传统产业注入了新的信息技术，而且使我们更深入地了解了信息化的应用范围和能产生的效果。以我们与中国气象局的合作为例，我们的合作是全方位的，双方共同举办论坛，探讨信息化的结合点和应用效果。我们现在从事的有许多是与信息化融合的项目，跨行业的结合，使信息化有更大的发展空间和用武之地。因此，搞信息化的企业和人一定要走出去。

刘东：一些省市特别希望能和中电科技集团这样拥有核心技术的企业合作，将科研成果尽快产业化，形成新的经济增长点，近几年你们已经与北京市、上海市、天津市、重庆市、河北省、湖南省、江苏省、浙江省等进行了广泛的合作。

王志刚：中电科技集团与许多省市和地方都建立了密切的合作关系。我们与北京、上海、重庆、天津、河北、湖南、江苏、浙江都签订了全面合作协议，每一项合作都有具体内容，协议签订的同时有两三个项目启动，同时确立双方的工作和交流机制。我们与北京市共建国家级电子制造装备基地和技术创新中心，与河北省共同推进半导体照明产业基地和卫星导航工程研究中心、导航产品产业基地建设，与湖南省合作建设50MW晶体硅太阳电池片生产线，与江苏省合作建设LED外延片及相应芯片产业化基地，与天津市合作参与天津滨海新区建设，"半导体照明及显示用砷化镓材料产业化项目"已经投产，与四川省的合作进一步深化，签约合作项目达 9 个。我们这几年有较好的发展，其中各省市对我们的帮助、支持是非常重要的因素。

积极参与地方经济建设和将国防科技工业融入地方经济，大力推进我国先进信息技术的广泛应用和信息产业的发展，始终作为集团公司一项重要工作。集团公司特别重视军民结合、寓军于民，特别注重自身技术优势与地方优势的紧密结合，特别看重各省市良好的发展环境，并以积极的态度和务实的行动开展与各省市的全面合作。在合作中，我们更强调要坚持自主创新、技术领先，从各省市经济建设和市场需要出发，加大技术转化力度，提升经济规模和效益，实现双赢；同时，始终按照讲诚信的原则，对国家负责、对社会负责、对人民负责，把与各省市的合作转化成每一项具体的、可操作的、具有战略意义的实际行动。

集团公司在国家信息产业的发展上与国家对国防科技工业体系建设的要求和集团公司自身发展需要还有较大差距，更需要我们认清当前形势，居安思危，增强忧患意识，抓住发展机遇，并要求我们深入贯彻落实科学发展观，进一步解放思想，坚持军民融合发展道路，不断创新，为国家经济和信息产业发展作出我们新的更大贡献。

2008 年 7 月 18 日《中国电子报》第 79 期

向产业链上游转变

——访中国电子信息产业集团有限公司董事长　熊群力

文/刘东　樊哲高

人物简介

　　熊群力自2005年9月至今担任中国电子信息产业集团有限公司董事长、党组书记。五年来，熊群力带领董事会在加强战略管理、提升管控能力、科学决策把关、规范组织和制度建设、引领企业科学发展等方面做了大量卓有成效的工作。刚到中国电子不久，他基于企业现状，果断提出实施"两个转变"，即核心技术从中低端向中高端、主营业务由中下游向中上游的转变。2009年，在董事会的带领下，中国电子积极应对危机，不仅实现了保增长，而且抢抓机遇，通过布局战略新兴产业、加快结构调整升级，推动了资源的优化配置、科技创新能力的切实加强和主营业务的调整升级，中国电子发展水平和综合竞争力跨上了新台阶。

　　在加入中国电子前，熊群力是中国电子科技集团公司副总经理、党组成员。此前，还曾担任信息产业部电子科学研究院副院长、党组成员。

　　熊群力1978年至1982年就读于西北电讯工程学院电磁工程系天线专业，毕业后在电子部第三十六研究所长期从事技术研发与科技管理工作，长达17年之久。历任工程师、研究室主任、科技处长、副所长、所长。

　　1994年9月至1997年1月熊群力在中央党校在职研究生班学习经济管理专业。近年来先后赴英国剑桥大学、美国通用电气公司、美国乔治敦大学参加短期培训、研修。

业务结构"有放有上"

刘东： 受国际金融危机的影响，我国电子信息产业增速下滑并连续出现了负增长。中国电子信息产业集团有限公司（简称中国电子）为应对国际金融危机，采取了积极措施，并取得了初步成效。

熊群力： 我认为国际金融危机是有前兆的。实际上2008年年初，我们就感到了国际金融危机来临的气息。电子信息产业外向度高，对全球市场的反应更为敏感，中国电子旗下有很多外向型的企业，包括搞引进和做出口的贸易企业，那个时候明显感到订单在急剧减少，发端于美国的次贷危机在逐步向全球扩散。所以，可以说2008年中国电子是在"救火救命"，花大量精力应对国际金融危机。我们出国走访用户和市场，挖掘新的订单，同时请一些用户进来，共同商讨应对之策。

2009年以来形势出现了有利的变化，党的十七届三中全会提出全党全国人民要积极应对国际金融危机，国务院出台了"一揽子"刺激方案和十大产业调整振兴规划。中国电子顺应时势，改变前一段时间简单去"救"的思路，紧紧抓住国际金融危机带来的全球产业结构调整的难得机遇，围绕实现"核心技术向中高端、主业向产业链中上游"的两个转变，主动加大产业结构调整力度，突出主业，做大做强，加快提升中国电子核心竞争力。

中国电子在推动结构调整的过程中，一是特别注意要与《电子信息产业调整和振兴规划》、国家信息化建设的重大项目紧密结合。众所周知，我国电子信息产业"十一五"规划和《电子信息产业调整和振兴规划》都明确提出重点发展新型平板显示产业。前不久，中国电子和江苏省南京市市政府合作，与夏普公司签署了合作协议，引进夏普公司第六代TFT-LCD生产线和成套技术，并在此基础上与夏普公司合作建设更高世代的TFT-LCD面板生产线。该项目的实施将极大地改变国内大尺寸平板显示产品自给率低的被动局面。

二是以完善市场价值链、打造产业链为取向，实现资源优化配置，充分发挥协同效应。如收购冠捷科技并成为其第一大股东，向产业链上游延伸，为中国电子显示产品的升级和产业链打造做好铺垫，再加上前面所说的南京TFT-LCD面板项目的实施，公司内部将会逐渐形成从驱动IC、关键元器件、面板、显示器到液晶电视的完整的平板显示产业链，实现LCD产业链上下游的相互配套和带动，充分发挥内部产业协同优势，形成综合竞争力。

三是与科技创新体系建设相结合，与提升企业核心竞争力、打造自主品牌相

13

结合。如依托以重组方式进入中国电子的熊猫电子打造高新电子研究院；控股晶门科技、武汉达梦数据库公司，以市场化手段整合高端科技资源，有效地提升了集团公司的核心竞争力。集团公司承担的高新电子、集成电路、信息通信、基础软件、新一代宽带无线移动通信网等一批国家重大项目进展顺利。

刘东： 2009 年，中国电子在对华虹进行重组的同时，还投资了南京液晶面板等大项目、新项目。看来中国电子在保增长的同时，已经先行一步，调结构、上水平，加快培育新的经济增长点了。

熊群力： 调整是"有放有上"，放是放弃，上是上新项目。从 2008 年下半年开始，我们加大了调整力度，有些企业实在不行了就放弃，"壮士断腕"也是一种勇气。该上的就上，比如收购冠捷，收购过程持续的时间较长，2006 年 1 月我们就从京东方手里接过部分股份，中间一度曾停顿过，但现在基本上完成了收购。关于南京液晶面板项目，本来中国电子在平板显示产业没有基础，2009 年 3 月份开始与南京方面接触，9 月初签约，这是涉及 130 多亿元的投资。我举上面这些例子，就是想说明企业在国际金融危机的时候要主动抓住产业转型升级的机会。当然，上新项目也是有风险的，包括技术、人才和资金方面的风险。我们在注意防控风险的同时，必须抓住机会，主动出击。

在 2009 年的中央经济工作会议上，中央领导同志强调，调结构是应对国际金融危机的必由之路。2009 年"两会"上，吴邦国同志谈到，在"保增长、惠民生、调结构"中，调结构是最难的。他举例时就讲到集成电路产业。集成电路 80% 的价值体现在 IC 设计上，恰恰在这块中国还不行，我们要向高端转移，就必须提升在集成电路领域的竞争力。我们对华虹公司进行了业务剥离，即重组为集成电路设计和集成电路制造两块业务，设计业务由中国电子绝对控股，制造业务我们是相对控股，但不会撤出。

往上游走会很难，但这是"万事开头难"。国家提出的电子信息产业 3 个核心产业，即集成电路、软件、平板显示产业，目前中国电子全部拥有。中国电子作为电子信息产业的"国家队"，必须在核心技术和基础产业领域取得突破，这是我们的历史使命，也是我们生存发展的根基。

三年冲关世界 500 强

刘东： 中国电子根据新的形势变化，将原来的"一二三"战略调整为"一二三六"战略，将力争进入世界 500 强的时间由 2015 年调整到 2012 年，并且进一步明确了六大主业。在国际金融危机对实体经济的冲击仍然存在的情况下，中

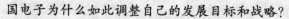

国电子为什么如此调整自己的发展目标和战略？

熊群力：我们在学习实践科学发展观时认识到，在国际金融危机时，对原有战略主动调整，既体现了对危机的认识，也符合全球产业结构调整的大趋势，是做强的根本。实践科学发展观是企业的内在需求，企业必须走科学发展之路，否则就会摔跟斗。

2009 年，集团公司党组站在打造信息产业国家队的高度，重新审视集团公司发展战略，在充分论证的基础上，将原"一二三"战略改为"一二三六"战略。"一"是实现一个目标：将原定 2015 年进入世界 500 强的战略目标改为力争提前 3 年进入世界 500 强；"二"是加速两个转变：核心技术从中低端向中高端转变，产业链从中下游向中上游转变；"三"是建立三个体系：科技创新体系、人才队伍体系、市场营销体系；"六"是确立六大主业：集成电路与核心元器件、软件、高新电子、计算机与关键零部件、移动通信终端与服务、电子商贸与工程。

我们原来的主业结构是"3＋1"，"3"主要包括集成电路及电子领域的核心器件、软件和系统集成以及相关的军工电子产品，"1"是指 3C 产品，包括移动通信和家用消费类电子产品。过去提"3＋1"，很多优质资源还游离于主业之外，现在我们提出的 6 大主业结构，比较全面地反映出中国电子的业务布局。当然，在这 6 项主业中，核心的还是集成电路、软件、高新电子等，我们还要进一步突出核心业务。

我们进一步确立了"三二二"的发展步骤，即：三年打基础、两年调结构、两年上水平，力争到 2012 年进入世界 500 强。冠捷今年的营业收入将达 65 亿美元，南京液晶项目 2011 年年底形成产能，因此中国电子 2012 年冲刺世界 500 强不是没有可能的。

通过战略调整，集团公司的发展思路进一步清晰，发展目标进一步明确，发展步骤进一步协调，发展举措进一步推进。在这一发展战略的指导下，集团公司按照产业板块进行业务打造、资源重组和推动主业发展的思路不断清晰，主业板块的发展重点不断突出。各企业也正在根据集团公司的发展新战略，积极调整发展思路和目标。

刘东：中国电子是中央企业第一批董事会试点单位。经过几年的实践，你们在进一步完善企业法人治理结构、实现决策权和经营权分开方面有什么具体的经验和体会？在对经营层进行薪酬考核和股权、期权激励等方面，进行了哪些探索和尝试？

熊群力： 我们每年向国资委汇报一次董事会试点工作，目前试点工作运行正常。我们虽然是国有独资公司，但也要按市场规律运作，集团层面的法人治理构架已经完成，经营和决策分离，并建立了党组。在 8 月召开的全国国企党建工作会议上，李源潮同志提出建设有中国特色的现代国企制度，核心就是党的领导。公司治理结构中要有党组织，在公司运行中也要有，我们做得是比较好的。我们建立了一整套法人治理制度，运行基本顺畅，这是中国电子革命性的变化。我们的法人治理制度正向二、三级企业推广。过去二级企业形式上有法人治理的组织架构，但董事会不到位。法人治理要和产业板块的产业结构、组织结构建设结合进行。

我们适应新的发展需要，不断完善考核制度。按照全面性、科学发展、精确考核、强激励、硬约束和效益导向原则修订印发了企业经营业绩考核办法，并督促各企业董事会据此修订企业原有考核办法。

股权、期权等激励机制问题是很敏感的问题。客观上讲，基层很积极，我们将在国家政策允许的范围内积极推进。当然，激励政策对干部限制多一些，对技术骨干灵活一些。

刘东： 中国电子内部企业层级多，管理型公司多。虽然近年来你们把企业数量压缩了一多半，但离扁平化的要求还较远，企业组织结构还不尽合理，管理效率还不高。今后你们将如何进一步做好这方面的工作？

熊群力： 前几年我们每年"下指标"，要减少下属企业。通过几年的努力，集团 800 多个企业压缩了 400 多个，在工作思路上，我们现在强调压缩企业数量，主要是围绕产业发展思路去做，根据产业发展的需要决定企业的去留。最终希望做到每个产业板块只保留少数几家二级企业，集团内的相关企业要按产业链、价值链融入几大产业板块中。

我们在着手实施事业本部制，根据产业板块打造事业本部，如军工事业本部、集成电路事业本部、软件事业本部等。与一般事业部不同，我们的事业本部都是独立的企业法人。我强调按产业板块进行划分，责、权、利向事业本部倾斜，这个事业本部对某一产业而言就像是一个"集团公司"，是"大事业部"。通过事业本部运作，一是提升集团总部对产业发展的领导能力；二是通过向下兼任董事实现事业本部与板块内企业董事会的融合与协调，缩短管理链条；三是构造集团总部对企业的柔性管理体制和机制，真正实现出资人到位和企业积极性充分发挥的有机结合，最终形成集团公司一体化运行的整体体制和机制，实现集团总部作为产业集团"司令部"的功能定位。因此，在管理方式和管理机制上，把集团部分产业领导和管理职能下放到事业本部去，同时总部职能往上提升，如，跨越各板块的协调、新产业的布局等等。目前我们在逐步实施事业部制，这有一个过程，今年底明年初，所有的事业本部机构要全部搭建起来。

完善人才体系

刘东：近两年，中国电子把建立人才队伍体系纳入集团公司的发展战略。最近又专门召开了集团公司人才工作会议，贯彻落实中央引进海外高层次人才计划，推进北京海外人才创新创业基地建设工作和集团公司人才工程实施规划的落实。你们为什么把人才队伍建设放在如此高的战略地位？

熊群力：人才是企业兴盛之基、发展之本，谁拥有高素质的人才，谁就拥有了竞争优势，谁就拥有了核心竞争力，谁就能在激烈的市场竞争中掌握主动权，人才资源在企业发展中的基础性、战略性和决定性作用越来越突出。

目前跨国公司掌握了70%的世界专利技术，而且90%的世界技术贸易、70%的货物贸易和90%的跨国投资有跨国公司参与，全世界每年产生的新技术、新工艺有一半以上为500强企业所拥有。跨国公司的发展实践告诉我们，他们之所以强大，之所以能够打造"百年老店"，关键在于他们能够在全球范围内配置资源，能够集全球优秀人才的智慧为己所用。

从目前的情况来看，我们的人才队伍结构还存在比较突出的问题：一是人员结构不合理，科研开发人才占科技人才的比例不高，并且集中在个别单位；二是高级管理人才数量缺乏，尤其是缺乏40岁以下有现代企业管理经验的、年轻优秀的经营管理人才，现有人才在综合素质、战略决策能力、开拓创新能力、市场意识等方面尚不能满足集团公司改革发展的需要；三是专业技术人才队伍明显不足，专业技术人员比例偏低，技术带头人较少，尤其是缺乏在国内外同行业中有较高知名度、有突出科技成就和创新能力的人才，缺乏能够有效推动企业科技发展、增强企业核心竞争力的领军人物。

我们通过开展深入学习实践科学发展观活动，全面深入地研究分析了国内外电子信息产业发展的现状、趋势，深刻地剖析了制约集团公司科学发展的瓶颈问题，认识到缺乏高层次的核心骨干人才是当前和今后一段时期内制约集团公司科学发展的关键问题之一。因此，集团公司把人才体系建设列入集团公司的发展战略规划中。

在集团新的发展战略中，重要的调整包括以下方面：一是在原来的发展战略中增加了"两个转变"，即"核心技术从中低端向中高端转变，主业从产业链的中下游向中上游转变"；二是在原来的两个支撑体系基础上增加一个新的支撑体系，将"人才体系"也作为重要的支撑体系着重建设。

刘东：实施人才体系战略，主要包括人才队伍建设、人力资源管控体制机制建设等内容。你们将如何大力引进包括海外高层次人才、国内高层次人才在内的各类人才，创造人才施展才华的有利环境？

熊群力：在人才体系建设中，我们将重点推进以下几方面工作。一是大力推进人才工程的实施。人才工程实施规划是集团公司2008年确立的，旨在建立起一支核心人才队伍，构建集团公司人力资源管控体系。二是按照中央的要求，大力推进海外高层次人才的引进工作。截至2008年年底，集团公司所投资企业共引进海外高层次人才15人，在某些领域取得了一定成效。三是按照中组部、国资委、北京市在北京集中建设海外人才创新创业基地的工作部署，快速推进集团公司在未来科技城项目的建设工作。集团公司的主导企业、相关企业参与，以集成电路、软件等板块业务为主体，建设海外人才创新创业基地。四是作为集团公司战略控制型母子公司管控体制建设工作的核心内容之一，开始在集团总部建立一支高素质的专业的专职董监事人才队伍，他们同时也是集团总部在各主业领域的高素质管理团队。五是加强人才体制机制建设。以改革创新的精神，制定符合我们企业发展规律的选拔、培养、使用、考核、激励人才的制度和办法。六是积极推进集团公司人力资源信息系统的建设工作。

提升文化软实力

刘东：今年是新中国成立60周年，也是中国电子成立20周年。你如何看待中国电子的奋斗历程和成功经验？在后金融危机时期，中国电子如何进一步加快改革发展，为振兴电子信息产业发挥国家队的作用？

熊群力：20年来，中国电子走过的是一条不断开拓进取的创业之路。伴随着改革开放的进程和市场经济体制建设的步伐，中国电子的广大干部职工在几届领导班子的带领下，坚持改革开放，潜心谋求发展。中国电子已经发展成为具备一定规模和国际竞争力的大型现代化企业集团，同时也是一支服务国民经济信息化建设、保障国家信息安全的重要力量。

20年来，中国电子产生了国有第一条8英寸集成电路生产线、第一台国产微型计算机、第一条国产录像机生产线、第一部品牌移动电话、第一套64位操作系统软件、第一台自主知识产权的等离子电视，形成了从集成电路、各类元器件到计算机及有关电子整机较完备的产品系列，一些技术和产品开始在国际市场上占有一席之地。中国电子的创新能力跻身国有企业前 10 名之列，资产规模达734 亿元，增长了 24 倍，营业收入 685 亿元，增长了 97 倍。这些数字凝聚了中国电子的历史和心血，显示了中国电子人经过不懈努力取得的巨大成就，但也反映出中国电子与国际同行、市场需求乃至肩负使命相比，仍然存在着巨大差距。缩小这个差距，大踏步地走进国际市场，是中国电子新的发展目标。

中国电子要进一步发挥电子信息产业国家队的作用，必须积极参与到电子信息产业调整振兴重大项目和国家"核高基"项目等国家重大战略性专项中去，在后金融危机时代冲到前面。同时，我们必须大力提升经营业绩特别是持续赢利能力，大力提升中国电子的品牌影响力。我们将准确把握国资委对中央企业的定位要求，在电子信息产业的关键领域和制高点行业上科学布局，特别是要针对我国电子信息产业领域"缺芯少屏"、基础软件薄弱等现状，发挥中央企业的战略作用。切实围绕实施"两个转变"，增强自身核心竞争能力，落实一批技术含量高、市场前景好的重点项目。紧密围绕集团公司打造产业链的战略规划，在电子信息产业的关键环节加大投资力度，实现上下游产业合理配套。要以形成行业标准、占领产业发展制高点、形成集团公司整体发展的核心竞争优势为根本目标，紧紧围绕市场需求，围绕形成整体解决方案，打造集团公司核心业务产业链，增强集团公司产业链竞争能力，使中国电子真正成为"共和国电子信息产业的长子"。

刘东：优秀的企业文化是打造国际一流企业的根本保障。中国电子拥有 50多家二级成员公司、13 家国内外控股上市公司，能否培育良好的企业文化，树立统一的价值观，直接影响着企业战略能否实施和目标能否实现。在企业文化建设方面，你们采取了哪些具体举措？

熊群力：文化是软实力。文化建设是企业最具历史性、现实性和未来发展特性的竞争力建设。中国电子企业文化创新的重要任务就是要以成为国家电子信息产业的中坚为使命，以提高集团公司整体综合竞争力为目标，以团队和合作的意识来强化企业文化。我们过去对"国家队"强调得不够，国家队有社会责任、政治责任、经济责任，还有自己的价值理念。中国电子是一个企业，而不是"一大堆企业"，不是企业的混合体。中国电子下属企业，很多都有辉煌的历史，但我们要突出整体，而不是单个企业，在品牌上也要特别强调整体。

中央企业被人誉为"共和国的长子"。共和国的长子应该有什么样的价值观，有什么样的企业文化？2008 年，一位中央领导同志在讲到中央企业的时候曾经说："中央企业现在正在做的事情是为中国今后的子孙留下公益性的财产。"

这句话的意思是指央企现在正在为国有资产保值增值作贡献，而国有资产都是留给子孙后代的公益性财产。那么中国电子作为央企，作为"共和国的长子"，报效国家、报效人民更是义不容辞的责任。

中国电子制定了《企业文化建设实施纲要》，进一步细化和落实了中国电子文化建设的总体战略，构建了"创新中国电子，奉献信息未来"为主题的企业文化理念体系，"诚信、责任、业绩、创新"的核心价值观，"知新图变、诚达天下"的经营理念，"科学规范、协调高效"的管理理念，"尽责是才、重能酬绩"的人才理念等。

我认为能凝聚人心、凝聚队伍、凝聚资源的文化，就是好文化。我相信，只要下属公司之间、产业之间、集团与下属公司之间形成上下同欲、整体协调、人人有责、人人共享的生动局面，中国电子实现建立国际一流电子信息产业集团的目标就一定能够实现。

2009 年 9 月 25 日《中国电子报》第 105 期

培育核心竞争力

——访中国电子信息产业集团有限公司总经理　刘烈宏

文/刘东　陈艳敏

人物简介

刘烈宏自 2008 年 12 月至今，任职中国电子信息产业集团有限公司董事、总经理、党组成员。刘烈宏是中央管理的大型骨干企业第一批通过竞聘方式产生的总经理。一年来，刘烈宏带领经营班子团队，积极应对金融危机，制定了"一保六抓"的经营措施，特别是推动新经济增长点建设、推进资源优化配置和产业结构战略性调整升级、加强科技创新等方面成效显著，中国电子"保增长、调结构、上水平、强管理"各项工作都取得了积极的进展。

加入中国电子前，刘烈宏曾任中国电子信息产业发展研究院兼北京赛迪信息产业集团公司总裁，对信息产业技术、发展前沿有深厚的研究和行业背景。此前，曾在中国电子科技集团公司担任副总经理、党组成员。

刘烈宏 1986 年至 1990 年就读于华东工学院自动控制系统工程专业，毕业后曾在电子部第二十九研究所科技处、电子部军工司就职，曾任第二十九研究所第二研究室副主任、主任、副所长；电子部第二研究所所长兼党委书记。1995 年至 1998 年，在职攻读了西安交通大学管理学院工商管理专业硕士研究生。

"一保六抓"，做大做强主业

刘东：面对国际金融危机的影响，中国电子采取积极举措，初步遏制了生产经营下行的趋势。2009 年第四季度，你们将采取什么措施，确保全年经营

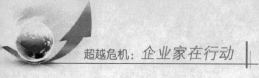
任务完成？

刘烈宏： 为应对国际金融危机的挑战，在董事会和熊群力董事长的领导下，我们提出了"保增长、调结构、上水平、强管理"的总体方针，加快推进"一保六抓"的工作，即保增长，抓重大项目的推进、抓国家重大专项申请及项目实施、抓新经济增长点建设、抓并购重组工作、抓资本运作工作、抓与地方政府合作。这些措施取得了初步成效，从 4 月份起，集团公司营业收入和利润均比上月有较大幅度的增长，初步遏制了主要经营指标逐月下滑的态势。

2009 年，我们把保增长作为整体工作的关键。在"调结构、上水平、强管理"方面，采取了如下措施：一是加大市场营销力度，特别是争取一些国家信息化方面的重大项目；二是加快新的经济增长点建设，最近比较突出的是与南京市政府合作，共同建设 TFT-LCD 产业基地，计划今年启动六代线，明后年启动八代线，从而构建一个完整的平板显示产业链；三是进一步加大并购重组，在过去的基础上，今年进一步加强了对冠捷科技等企业的并购，在显示器和集成电路设计方面构建新的竞争优势。

在内部重组方面，我们加快资源重组的步伐，推进电子商贸工程板块的整合，围绕信息化与工业融合业务推进六所和金蜂公司等企业进行整合。

在资本运作方面，我们进一步发挥 13 家上市公司资本平台的作用，通过项目的带动及定向增发等多种形式，进一步提升资源的利用效率。在重大项目的申报方面，进一步加大国家重大工程项目的争取力度，围绕"核高基"、计算机通信、集成电路等重点来争取国家重大专项的支持。

在与地方政府合作方面，我们进一步加大合作力度，共同促进新的增长点建设，争取重大项目。

这些措施，对整个集团经营效益的提升，特别是对把短期的"保增长"和长期的"调结构、上水平"结合起来起到积极的促进作用，有效地推动了产业健康可持续发展。

刘东： 最近中国电子将集团发展战略作了调整，由原来的"一二三"战略调整为现在的"一二三六"战略。其中，特别强调按产业板块进行业务打造和资源重组。在做强做大六大主业方面，你们将采取哪些具体举措？

刘烈宏： 在董事会通过的集团新的发展战略中，我们对主营业务的范围和内涵做了新的界定，即要大力发展包括集成电路与关键元器件、软件、高新电子等核心业务以及计算机与核心零部件、移动通信终端与服务、电子商贸与工程六大主营业务。

　　具体来讲，在集成电路板块，我们将进一步巩固和提升集成电路设计能力，重点抓好三个方面的工作：一是巩固在智能卡方面的竞争优势，不断推出符合国际潮流和中国信息安全标准的智能卡；二是进一步加强在移动通信和消费电子领域关键核心芯片的研发，争取构建整体解决方案；三是进一步把握内部产业链的协同效应，特别是争取在显示器和液晶电视产业链配套方面发挥集成电路板块的关键作用，进一步提升集成电路板块的竞争力和水平。

　　在软件板块，我们一方面要进一步保持在税务、烟草等行业解决方案领先提供商的地位，在国家重大信息化工程项目建设方面进一步发挥作用；另一方面，我们要在基础软件方面发挥"国家队"的作用。要借助"核高基"重大专项的实施，在操作系统、数据库、中间件等方面加强自主创新，形成具有自主知识产权的基础软件。我们还将进一步加强软硬结合，在重大工程建设方面发挥软件的作用。

　　在计算机与关键零部件板块，一方面我们将致力于推动整体产业结构的调整和提升，从以台式机配套为主向笔记本和台式机并重的方向发展；另一方面，将通过并购冠捷进一步增强在显示器领域的竞争地位。

　　在移动通信终端和服务板块，今后一个重要的工作是以桑菲为平台，加强3G手机的开发，同时构建个性化的信息服务，从而较好地形成移动通信终端业务。

　　电子商贸与工程板块是中国电子多年形成的独特业务门类，我们希望在巩固传统电子商贸的基础上发展海外市场。一方面是加大海外工程的投资力度；另一方面，也希望通过一系列的整合，比如通过中电进出口美国公司这个平台，构建北美的电子产品营销体系，从而促进产品"走出去"。

　　同时我们将不断强化管理，筹划组建相关业务的事业管理本部，计划逐渐构成一个板块一个平台公司，对内是事业部，对外是板块公司的局面，用集团公司比较主流的管理方式，进一步提升各板块的整体竞争力。

　　刘东：中国电子已经制定了"力争2012年成为国内一流，国际知名的IT企业，综合实力进入世界500强"的战略目标。按照你们的预期，到2012年六大主营业务板块各自能形成多大的规模？

　　刘烈宏：按照我们的预期，到2012年，电子工程和商贸可能会形成350亿元左右的规模；集成电路和相关产业争取形成200亿元左右的规模；软件能够做到60亿元到80亿元规模；计算机和关键零部件达到800亿元到1000亿元的规模；高新电子能达到50亿元左右。

"两个转变"，培育核心竞争力

刘东： 中国电子在新的发展战略中特别强调要实现"两个转变"，即"核心技术从中低端向中高端转变，主业从产业链的中下游向中上游转变"。这是中国电子作为"国家队"必须承担的职责，也是自身发展的需要。你们将如何推进这两个转变？

刘烈宏： 我们把推进"两个转变"作为战略实施的关键。我们应对国际金融危机，也是以"保增长、调结构、上水平、强管理"的组合拳形式来操作，其中"两个转变"是"调结构、上水平"的关键。

2009 年上半年，为加速实现"两个转变"，我们积极谋划布局，陆续启动了一批重大并购重组和新经济增长点建设项目，打通集团公司相关产业的发展瓶颈，抢占产业发展制高点。这些项目实施后，将进一步完善集团公司相关产业的价值链，大大提升集团公司的核心竞争力和综合实力，促进集团公司早日实现跨越式发展。

今后我们还要切实围绕实施"两个转变"，增强自身核心竞争力建设，落实一批技术含量高、市场前景好的重点项目。我们将发展战略对接和主业对接落实到项目对接，要求各企业围绕加速推进"两个转变"，加快落实一批技术含量高、市场前景好的重点项目，加大已确定新项目的推进工作力度，在集团公司发展战略指引下加快推进新经济增长点建设。以完善企业价值链和产业链为根本导向，加快推进集团内部和集团对外的联合重组，提升集团公司综合竞争力。

比如在集成电路领域，我们将进一步发展具有核心竞争力的移动通信、消费电子类关键芯片，加强液晶显示器领域的建设；又比如，下一个阶段我们还将推动动力电池的发展。总之，围绕产业链的中上游来布局是符合集团大企业发展的自身规律的。

一些企业积极落实两个转变，不断强化科技创新和产品结构调整优化，企业核心竞争力进一步提升。长城科技积极筹建中国电子深圳研究院，向主板、显卡等系统级部件设计、生产领域深入拓展，重点打造笔记本产业研发、设计、制造基地。长城开发目前已经成为国际市场影响最大的第四代智能远程电表、水表、气表供应商。

桑达集团 GPH-610R 铁路通用手持台顺利通过铁道部专家评审团的技术审查，正式纳入铁路通信设备采购序列，并已在郑西线、京九线等多条铁路线项目中中标。为华公司在电子镇流器领域已申请两项欧洲专利、五项国内专利和两项软件著作权。

　　刘东： 国资委将央企的研发投入等列入了考核指标，你们将如何进一步加大研发投入，完善中国电子的研发体系建设，提高企业的整体竞争力？

　　刘烈宏： 在信息产业一些关键技术领域，当前主要的创新模式还是引进、消化吸收、再创新，或者是集成创新。我们将一如既往地加强"引进、消化、吸收、再创新"，通过中央研究院体系的建设，通过加大科技的投入来进一步增强我们的技术实力，继续加强产学研的合作，增强自身的科技创新能力。

　　在推进科技创新体系建设方面，我们确定了集团公司中央研究院、领域（专业）/区域研究院、企业技术中心的体系架构。2009年主要是做好三大块：一是以南京的中电熊猫为依托，构建高新技术研究院；二是以中电进出口为依托，构建海外工程研究院；三是以中软为依托，构建软件研究院。目的是希望进一步加大六大业务板块的科技创新力度，通过研究院的形式，来组织承担一批具有行业领先水平和自主创新能力的项目，带动所属企业和业务板块的发展。同时通过研究院的平台积聚人才，提升企业的科研水平和创新能力。

　　在研发投入方面，我们这几年一直都呈增长的态势。根据发展需要，我们还将进一步加大科技创新的投入力度，引导所属企业将更多的资金投入到研发上来。事实上，我们也认为这是推动"两个转变"的关键。

　　刘东： 央企有央企的优势，但在体制、机制特别是激励机制建设等方面，也存在一些制约因素。中国电子要进入世界500强，就需要在这些方面有所突破。在这些方面，你们将采取哪些举措？

　　刘烈宏： 央企有自己一些独特的竞争优势，关键是要做到：第一，在产业布局上要选择技术含量高、投入产出大、规模效益显著的产业来作为主打产业。我们推动两个转变，就是要把央企的定位突显出来，从某种程度来讲这和体制、机制同等重要。第二，要按照业绩导向的原则，结合短期激励和中长期激励，构建一个以业绩为导向的激励机制。

"四个对接"，增强集团管控力

　　刘东： 你要求集团下属企业要与集团进行战略、主业、项目和管理四个对接，进一步压缩管理层级，对不符合企业规划、产业方向、企业能力的企业坚决给予整合。

　　刘烈宏： 我特别强调，集团所属企业要加强与集团公司的发展对接，这也是

集团公司董事会和熊群力董事长的一贯要求。

一是发展战略对接。各企业要在集团公司整体战略框架指引下，从长远利益着眼，结合集团公司相关业务的发展思路，加快修订和完善本企业的发展规划，进一步明确企业自身发展思路和规划布局，把企业的发展与集团公司相关业务的发展融为一体，加快发展。

二是主业对接。集团公司的企业必须集中资源和力量，紧紧围绕集团公司主业谋划发展，优化资源配置，提升综合竞争力。加快集团内各主业板块的整合，加大内部资源整合力度，进一步将优质资源向主业集中，充分发挥聚合效应和协同优势，坚决做强做大主业。

三是项目对接。发展战略对接和主业对接最终要落实到项目对接。集团要求各企业要围绕加速推进"两个转变"，加快落实一批技术含量高、市场前景好的重点项目，加大已确定新项目的推进工作力度，在集团公司发展战略的指引下加快推进新的经济增长点建设。

四是管理对接。首先要进一步优化集团内企业组织结构，继续下大力气压缩管理层级，缩短管理链条，要确保完成年内集团企业户数再压缩减少100家的目标。其次要逐步建立全集团范围统一的、以市场为导向、与业绩充分挂钩的企业经营者绩效考核体系；对于符合条件的企业，继续积极稳妥地规范建立期权等中长期激励机制；切实解决二、三级重要子企业与集团公司整体利益一致性的问题。再次，要进一步强化集约化管理，继续推进企业资金集中管理工作，继续推进全面风险管理，加强法律风险防范体系建设。

压缩管理层级的工作我们历来比较重视，这两年我们压缩了300多家企业，2009年我们还要压缩100家。对于不符合主业方向、效益达不到集团要求的企业我们还会进一步整合。希望通过两到三年的努力，按照横向拓宽、纵向缩短的思路，把中国电子旗下企业压缩到20家左右。

刘东："大事业部制"的管理体制对集团层面的管控能力提出了更高的要求，对下属企业的执行能力也提出了更大的挑战。你们将如何推进这项举措的顺利实施？

刘烈宏：集团上下对此认识是比较一致的。首先，这是发展的必然。随着集约化的发展，大家都认识到联合起来发挥资源整体效益才是我们进一步做强做大的关键。其次，这也是顺应国资委对央企的要求。在今后推进的过程中，重点按照同一板块资源相对集中的总体战略部署，推进企业和资源的整合。

核心基础领域孕育新的增长点

刘东：最近几年，中国电子加强了与地方政府的合作。你们将如何创新合作模式，进一步发挥地方政府和相关企业的积极性，促使合作达到预期的效果？

刘烈宏：中国电子主要的六大业务板块大都分布在信息产业比较活跃、发展得比较好的区域。从整体上来看，各地区基本上都有自己独特的产业优势。我们将结合自身和地方实际，继续推进与地方政府的战略合作，将中国电子的业务计划和当地经济发展结合起来，积极寻求共赢。

加强跟地方政府的合作，有利于调动地方政府的资源，在符合当地条件的信息产业的关键领域有所突破，我觉得这对我们来讲非常重要。

我们会采取共同投资等方式，更多地采取股权多元化的形式，来加强和地方政府以及相关战略投资者的合作，共同推进一些重大项目的建设。

刘东：中国电子目前拥有13家上市公司，你们将如何充分运用资本平台进行资本运作。在通过并购重组进一步把主业做大方面，你们有什么具体举措？

刘烈宏：我们一直把资本运作作为推进中国电子发展的一个重要举措，通过这么多年的努力，我们已经构建了13家上市公司。但是从下一个阶段来看，在资本运作上，我们基本会按照一个产业板块一家上市公司来安排。同时我们会加快推进新的增长点建设，使得我们新培育的产业化项目能够及早地注入上市公司，形成资源的集聚。

我们在产业发展上是内涵式发展和外延式发展相结合，通过并购重组来进一步增强整体的产业能力也是我们要采取的一个重要措施。事实上我们这几年已经在集成电路、计算机与关键零部件等方面采取了一些做法，今后也还会这样做。核心的一点是要符合集团公司整体发展战略的需要。新一轮的并购还需要进一步研究。

刘东：我们注意到，最近中国电子在新能源等领域也在进行投资，这是出于什么考虑？中国电子要保持可持续发展，必须不断培育新的经济增长点。你们将在哪些重点领域力争取得新的突破？

刘烈宏：总体上讲，中国电子将进一步按照国资委的要求突出主业发展。

新能源是我们高度关注的领域，因为新能源是未来产业发展的一个新的制高点。特别是以太阳能为代表的可再生能源，代表了未来的发展方向。目前我们在太阳能领域基本上还是空白，正在积极研究，寻找切入点。薄膜太阳能是我们高度关注的领域，尤其是我们建立了高世代 TFT-LCD 生产线之后，切入薄膜太阳

能就具有比较好的基础，因为薄膜太阳能和 TFT-LCD 在专业方面有很多相似和相通的地方。

我们非常重视新的经济增长点建设，遵循三个原则：一要准确把握国资委对中央企业的定位要求，在电子信息产业的关键领域和制高点行业上科学布局，特别是要针对我国电子信息产业领域"缺芯少屏"、基础软件薄弱等现状，发挥中央企业的战略作用；二要切实围绕实施"两个转变"，增强自身核心竞争能力建设，落实一批技术含量高、市场前景好的重点项目；三要紧密围绕集团公司的产业链打造，在电子信息产业的关键环节加大投资力度，实现上下游产业合理配套，增强集团公司产业链竞争能力。集团公司将重点支持一批行业主导型骨干企业，加速推进新的增长点建设。

刘东：推进信息化和工业化融合是党中央、国务院推进产业升级、结构调整的战略举措。中国电子将如何抓住这个历史机遇，在两化融合方面充分发挥"国家队"作用？

刘烈宏：在两化融合方面我们正在做一些新的准备。比如，我们会进一步围绕电力行业的信息化，特别是国家智能电网的建设，以及围绕地铁的信息化来进一步构建我们在这些领域的产业基础，培育新的竞争能力。最近我们把金蜂公司并入六所，就是为了尝试构建信息化与工业化融合的一个产业板块。

2009 年 9 月 25 日《中国电子报》第 105 期

总部经营产业　企业经营产品

——访中国普天信息产业股份有限公司常务副总裁　徐名文

文/刘东　安勇龙　马廷献

人物简介

徐名文，男，1982 年研究生毕业于北京邮电大学，1998 年毕业于中欧国际工商管理学院，教授级高工。曾作为项目负责人组织过国家及部确定科研项目十余项，均完成项目预定目标，并实现良好经济效益，多次获得省部级科技进步奖。现任中国普天信息产业集团公司常务副总裁。

中国普天不减薪、不裁员

刘东：受国际金融危机的影响，很多企业的产值和利润出现下滑甚至负增长。中国普天的通信、行业电子、广电和出口等主营业务板块受到了哪些影响，你们采取了什么应对措施，2009 年的整体发展情况如何？

徐名文：中国普天总部和所属企业积极关注并感受到国际金融危机带来的影响，这种影响有正面和负面两个方面。正面影响主要是受益于国家出台了刺激经济的相关政策。负面影响主要有三个方面：一是面向出口的加工业受到影响，出口订单减少，例如我们的电子制造业板块受到较大影响；二是原材料价格和供应波动带来的不确定性增加了经营的难度，例如 2008 年，铜材、钢材、石油副产品和塑料制品的价格都不断上升；三是国际金融危机带来的变化使得我们做计划

比较困难。

国际金融危机影响了我们的个别业务板块，但是我们可以用其他板块进行弥补，机会来自于国家拉动内需和刺激经济发展，我们立足国内市场的产业都得到了发展。通信产业、行业信息化应用和广电板块都有正面的效应，例如轨道交通的建设等。另外，在出口方面，我们也得到了国家的大力支持。总体来看，一正一负的影响抵消之后，中国普天总体是增长的。按照国家的要求，中国普天努力做到了不减薪、不裁员，保持了企业稳定。

我们采取了一系列有效措施积极应对国际金融危机带来的挑战，包括：深入贯彻落实科学发展观，坚持推进国际化进程；坚持自主创新，坚持自主品牌，审慎扩张，集中资源发展核心产业，提升产业竞争力；完善"三位一体"经营管理体系，以全面风险管理和信息化手段全面提升经营管理水平；用优质的产品质量和工程服务，提升 POTEVIO 品牌的影响力。

刘东： 在后国际金融危机时代，你们将采取什么措施在振兴电子信息产业、推进两化融合方面发挥更大的作用？

徐名文： 在应对国际金融危机的过程中，中国普天的主题词就是调结构、上水平，这也是国资委对我们中央企业的要求。几年来，中国普天产业结构布局的调整正好适应了国家发展的需求，形成通信制造业、行业电子信息化应用、广电通信与信息化三大主营业务。目前，通信业所占比例最大，主要提供通信设备、通信终端、配套、增值服务等，该产业收入占到公司总收入的 60% ~ 70%；排在第二位的是广电业；排在第三位的是行业信息化产品和业务。中国普天出口收入占总收入的 15% 左右。

中国普天在各个行业都面临竞争的环境，我们的发展重点是将资源向优势行业集中。例如，原来立足贵阳普天的物流产业改由总部统一组织，调配上海、北京、贵阳的力量共同开发相关业务，获得了较好的发展。中国普天成为烟草物流行业的领军企业和标准起草单位。通过创新业务模式参与运营分成，我们的金融 ATM 业务获得很好的扩展。采用与租赁公司合作以运营分成的方式，我们在广电业务方面也取得了成绩。我们还面向市场积极进行自主研发。目前，我国轨道交通用的电缆基本都依赖进口，我们按照加强与中央企业合作、挖掘发展机会的要求，与南车集团合作，自主开发机车线缆，扩大了市场领域。我们面向国家需求发展新能源产业，已经与上海、宁波、深圳签署了战略合作协议，今年可能有机会参与上海、深圳新能源示范城市建设。最近，我们在计算机系统集成、集群通信、专网通信等领域都加大了研发力度，力争培育新的经济增长点。

总体来看，中国普天应对国际金融危机所做的主要措施是调整产业结构，丰富产品系列，扩展市场应用；同时抓精细化管理，对老产业注重降低成本，增加功能。面对国际金融危机带来的不利影响，中国普天从市场扩展、产品结构、精细化管理入手来解决面临的持续发展问题。

总部做产业、企业做产品

刘东： 由于历史原因，中国普天曾存在资源分散、同业竞争、"大集团、小产业"、产业竞争力明显不足等现象。近几年，你们创造了总部经营产业、企业经营产品的经营管理模式，极大地提高了企业的综合竞争实力，促进了企业的可持续发展。这种管理模式对中国普天总部及所属企业的管控能力、执行能力等提出了更高的要求，你们是如何推进这种管理模式的有效实施的？

徐名文： 我们主要从三个方面入手：一是进行产业规划。总部做什么、事业部做什么、企业做什么都要明晰下来，优势的部分要扶持，总部很少说企业不准做什么，但要求资源向优势产业集中。从 2004 年开始，我们一直在突出主业。二是事业部带动。总部事业部通过参加集采、产品研发、工程总包、系统集成、产品出口等多种方式带动企业发展。目前，总部的人员结构发生了很大变化，员工 80% 都在事业部从事业务经营，其余职能管理也都是为经营服务。三是加强管理，制定产业协同推进的规则。例如，东方通信的金融电子板块能力很强，我们就授权其以集团事业部的方式来经营，包括开发金融电子产业的相关产品，别的企业原则上就不再介入该产业了。如果其他企业有相关资源的话，就纳入核心企业来统一调配。当然核心企业获得资源以后要发挥优势，要综合考虑提供资源企业的发展问题。中国普天采取行政管理和市场化原则相结合的方式，统一考虑相关资源的优化配置并支持产业发展的延续拓展，通过事业部推动整体规划，也带动所属企业同步发展。2009 年上半年，中国普天所属的 21 个出资企业，有 19 家利润实现了同比增长。

在企业管理方面，我们统一管理，明确要求。总部建立 E- Bank 资金管理信息化系统，对资金实行集中管理，大家一盘棋。以往各企业基本上是"自转"，现在是"公转"和"自转"相结合。在"公转"为主的基础上，考虑企业的利益，调动其积极性，鼓励和支持企业发展。经过几年努力，普天解决了同业竞争问题。2008 年，我们把北京鸿雁、西安鸿雁、南京鸿雁整合进入杭州鸿雁，以杭州鸿雁为龙头，在分工定位的基础上组织生产经营，形成一体化的运作，做大"鸿雁"品牌产业。总体来看，中国普天通过产业整合和事业部带动产业发展，

只要向前发展，企业就会支持。

刘东：中国普天的所属企业有很多国内著名品牌，你们将实施怎样的品牌发展战略，比如是采取复合品牌还是采取单一品牌的发展模式？

徐名文：一是总部和事业部统一采用中国普天品牌，中国普天中央研究院开发的产品都采用中国普天的品牌；二是根据带动和帮助企业的原则，所属企业开发的新产品如果不是延续性的，可以使用中国普天的品牌，例如上海普天的税控机产品就使用中国普天的品牌；三是出口产品全部用中国普天的品牌。

未来中国普天不采用复合品牌的方式。因为从实践来看，复合品牌的模式不是很适合普天。中国普天通过不断进行的品牌宣传和扩展，所属企业使用中国普天品牌的积极性很高。对此我们有两条原则，一是要企业用的必须用，二是不能用的坚决不让用。今年中国普天建立了"统一400"客服中心，由中国普天总部组织所属企业24小时为客户提供服务。

从2009年年初开始，我们又找到一个新的办法。对于市场拓展能力强的企业，其自己销售的产品可继续沿用自己的品牌，但总部组织销售时向企业集成，该自主产品则采用中国普天的品牌。按照市场化原则，总部和企业一起做市场，既尊重历史又面向发展。这样通过市场协同的手段比较好地推动品牌积聚和面向未来。最后形成的局面是：可能还会有一些企业品牌长期存在，但是主体品牌是中国普天。例如"鸿雁"是我国电工电气领域的驰名品牌，我们将给予保留，继续发展做大。

刘东：你提到，中国普天三大业务板块中的自主创新产品发展很快。国资委已经将技术投入作为央企的考核指标之一。在国际金融危机的大背景下，你们在加大研发投入、优化研发布局方面采取了什么有效举措？

徐名文：研发非常重要，事实上只有自主创新，自主研发才能有效地保障产品的整体质量和技术性能，更好地满足客户要求。在国际金融危机的大背景下，竞争更加激烈，成本压力很大，没有自主研发，就会很被动。国资委将技术投入作为中国普天的考核指标之一，我们自加压力，也将技术投入列入对重要子企业的考核指标。例如，技术投入就是对东方通信的一项KPI考核指标。近年来，我们的研发投入逐年增加，同时国家对重大科技项目也给予了一定的经费支持。目前，中国普天在国资委主管企业的专利成果整体排名中位于第四十位左右。

在我们的研发体系中，中国普天中央研究院主要有三个职能：一是承担重大科技项目的研发，例如TD、LTE系统的研发就是集团重点研发项目，是所属企业无法独立完成的项目；二是参与和指导总部和企业的产业规划；三是参与对出资企业研发资源的统筹管理。我们的出资企业每年的新产品计划要报上来，总部审查其是否符合产业规划，是否具备可行性，是不是能够在集团内部统筹调配。概括来说，中国普天中央研究院承担的职能一是研发和规划，二是管理和指导。此外，我们的重点企业都有很强的研发力量，生产的产品基本上由企业研发；同时也有一些企业，研发新产品有困难，总部也会统筹投入一定力量给予研发支持，但重大项目的研发必须由总部统筹管理，由普天研究院组织实施。

抢占 TD 话语权

刘东：中国普天作为 TD 产业联盟发起单位，投入了大量的人力、物力和财力，在系统、终端、增值业务、配套产品等领域取得了突破和进展。你们下一步将如何与运营商加强合作？

徐名文：最早参与发起产业联盟是中国普天对国家和 TD 产业应尽的义务，我们的 TD 研发队伍非常努力和敬业。运营商对 3G 网络不断提出很多新的技术要求，每一期招标提出的要求都会有提高。中国普天积极满足每期设备在技术方面的要求，这其中涉及技术积累。在这方面我们的技术积累相对还是不够厚。在积累相对少的情况下，要满足客户同样的要求，就需要有更多的付出。换句话说，我们研发团队的付出相比于基础积累比较好的企业会更多。中国普天内部充分认同 TD 研发团队的成长能力，并鼓励其不断向前走。

通过努力，中国普天达到了中国移动统一的标准要求。从 TD 三期招标来看，我们感觉到中国移动给予我们一定的期望和支持，从份额角度来讲略有增长，比 TD 二期招标增长 20%，建网省市从 3 个扩展到 12 个。这是一个巨大的市场机会，也是重大的挑战，我们要适应建网省市不同的环境和相关要求。我们有信心完成 TD 三期建网任务。中国普天还需要不断付出，才能赢得主动。

中国普天主要会与运营商加强合作，通过我们的产品、服务和技术积累赢得运营商的理解和支持。未来我们一是要不断满足运营商的建网要求；二是要组织超前研究，提高超前研发的能力；三是在适应公网发展的同时，在无线城市和专网通信方面探索自己的特色，这样才会有更大的发展余地。

刘东：TD 是我国自主创新的典范，被寄予厚望。作为 TD 产业的参与者，你认为目前制约 TD 发展的主要因素有哪些？在 TD 后续演进 TD-LTE 方面，中国普天将如何争取更大作为？

徐名文：目前的主要问题是要推动 TD 产业链的健康发展。相对其他标准，TD 标准提出得比较晚，参与研发和产业开拓的整体力量比较弱，运营商建设和开通使用的网点也需要一段时间来发展。要达到其他 3G 标准的水准, 必须有更大的投入和更高效率的企业共同参与产业链。现在 TD 网络已经达到商用水平, 中国移动拥有广大的移动客户, 通过对 TD 业务的融合能够带动消费者的需求。当然, 网络建设和业务开发都有一个时间进程。在市场竞争条件下, 如果产业链没有良性的引导就不能健康发展。

从 TD 整个产业链来看, 需要站在国家宏观的角度来引导。目前来看, 即使所获份额较大的企业, 其回报也不一定很高。一个产业链的参与企业如果处于长期不挣钱的状态, 或者不能从产业链中获取研发所需的投入, 将是一种难以为继的状态。相信随着技术和产业化发展, TD 产业链会逐步成熟和不断改善。作为承担国家重点项目的中央企业, 中国普天将会坚定不移地走下去。

当前, 中国普天也在研发 TD-LTE。但是, 如果 TD 整体上做不好, LTE 也不可能做得很好。在 3G 阶段, TD 的成功对于 TD-LTE 今后的发展非常重要。虽然大家都认同三大 3G 标准都将演进到 LTE, 但在发展上会有区别。如果产业链上的企业都想一步登天, 不扎实做好积累的话, 很可能会扼杀 TD 产业的发展, 到头来 TD-LTE 也不会有好的发展。我想, 工业和信息化部、电信运营商和许多有识之士都会看到这一点, 所以 TD 产业界一定要把 TD 做好, 把根基打牢。

推进自主标准国际化

刘东: 中国普天的主营产品横跨电信、广电、行业应用等领域, 在推进三网融合方面具有优势。在推进三网融合方面, 你们主要做了哪些工作?

徐名文: 三网融合是大趋势, 是毋庸置疑的发展大方向, 国家规划也指出三网融合的发展方向, 工业和信息化部将两化融合作为主要方向来推动。我们看到这个趋势, 积极组织参与三网融合。从中国普天的自身体会来看, 相关行业非常欢迎中国普天参与三网融合的尝试。有中央企业将广电产业作为主业, 广电部门很高兴, 双方的沟通互动都很好。

中国普天特别设计了一些系统满足三网融合的需求。广电是广播式服务, 对老百姓来说是获取信息最有效率的方式。但是, 如果要满足个性化服务, 还是要采用点对点的通信方式。这就是电信网提供点对点通信服务的特点, 个性化强, 服务到位。由此来看, 融合肯定能得到社会大众的欢迎, 有非常好的现实效益和经济效益。中国普天有能力设计完整的可同时满足点对点和广播式信息通信的系统产品, 但是要把这种能力变成真正的网络还需要政府推动。目前已经能够看出一些融合的趋势。在网络融合之外, 终端的融合也是方向。网络是分开的, 技术是合一的。手机不仅可以通电话、发短信，还可以听广播、看电视，生产厂商都已经具备这样的技术水平，但需要政府部门规划和引导。

刘东： 中国普天积极参与我国自主知识产权标准的研发和推广。通过你们的努力，我国 TD 和地面国家数字电视广播标准 DTMB 已经在意大利、古巴等国家得到认可和应用。

徐名文： 中国普天率先组织出口并在意大利建设 TD 网络，其组网水平实现了与国内水平同步。目前 TD 标准得到了国际上的认可，可以说是我国对国际通信界的贡献。TD 的发展应该说经过了漫长艰苦的过程，大唐电信集团在标准上做出了很大贡献，中国普天作为国家队积极支持参与，2002 年就参与发起了 TD 产业联盟并任首届联盟主席单位。这是中国普天作为中央企业应该承担的责任。

TD 研发、产业化和建网应用，是我国标准参与国际产业竞争的巨大进步，承载着我国信息通信产业界和广大科技队伍的期望。要看到 TD 实质上是国际上的产业竞争，TD 产业界代表中国参与竞争。这是我们的认识。我们要求中国普天的研究人员以报效祖国的雄心壮志参与 TD 研发。中国移动在 TD 技术和全程全网方面提出了很高的标准，我们一直在努力，配合实现中国移动的要求。

中国普天在尽其所能推动 TD 产业的发展：一方面我们紧跟运营商要求，TD 研发不断往前走；另一方面，中国普天抓住机会向国外出口 TD 产品，率先在欧洲与意大利 MYWAVE 公司进行合作，开通 TD 试商用网络，并达到较好的商用水平。

随着国内 TD 网络水平的提升，意大利 TD 网络水平也要不断同步提升，我们也在考虑向其他地区扩展；TD 在意大利试点成功后，我们将努力向古巴等国家推广。通过与 MYWAVE 公司的长期合作，TD 向国外发展的这条路已经打开，作为合作窗口进行 TD 展示的目的已经达到。但是如果要在欧洲市场跟 WCDMA 抗争，TD 产业界还需要做出巨大的努力，需要在国内成功以后才更有底气。

中国地面数字电视 DTMB 标准在经过国内科技界、产业界的共同努力后推出，标准本身非常优秀。中国普天是商务部重点支持的在拉丁美洲地区代表中国电子信息产业的中央企业，是国家代表队，要承担中国标准海外推广的一份责任，以带动我国数字电视的产业发展。

从参与拉美国家的选型测试结果来看，通过对美国、欧洲、日本和中国标准的统一测试，每次测试我国标准在技术方面都名列前茅，可以说技术第一，这是很难得的成果，很值得我们自豪。目前，测试过的国家有古巴、委内瑞拉、秘鲁、厄瓜多尔，未来还可能有玻利维亚等。我们希望能尽快争取到有一个国家率

先宣布采用中国标准。这也是国家实力的较量，国家各方面给予了大力支持。中国普天在利用各种资源，与国内企业协同作战。我们已经处在取得突破的黎明前，希望最近在一些国家有所突破。数字电视标准在国外的推广将带动国内设备、系统、终端等相关产业链企业走出去，拉动我国的经济发展。

百年普天有信心

刘东： 2009 年是新中国成立 60 周年，中国普天已经拥有百年发展历史，为我国通信事业和信息产业的发展创造了许多全国第一，作出了突出贡献。

徐名文： 中国普天是一家历经百年发展的企业，缘起 1906 年清政府在北京东单电话局设立的专为宫廷维修电话的铜匠处。中国人自己制造的第一部电话机、第一部电传打字机、第一条市话电缆、第一部大型数字程控交换机（HJD04 机）、第一套 SDH 光通信传输设备、第一部国产自主知识产权手机等均出自中国普天。

从新中国成立到改革开放前，中国普天集团及其所属企业为国家生产提供了通信网 90% 以上的设备，满足了当时邮电通信发展的需要。

改革开放后，中国普天在不断加大自主研发推动产业发展的同时，顺应时代潮流，率先技术引进，开展合资合作，成立中国第一家通信合资企业——上海贝尔，并先后与摩托罗拉、诺基亚、爱立信、西门子、松下等跨国公司合作建立合资企业，为中国通信业的跨越式发展提供了所需的现代化通信装备。

刘东： 你在 1984 年就进入了中国普天系统，直接见证、参与和推动了中国普天的改革和发展。请总结一下中国普天改革和发展的成功经验。

徐名文： 中国普天代表着邮电通信工业的一个时代。从计划经济时期百分之百承担起通信网支撑责任，到改革开放时期，积极参与技术引进和合资合作支撑网络建设，再到 2000 年以后，调整转为通过自主创新来支撑产业的发展这样一个历史过程，代表着中央企业承担的国家责任，也是国有集团改革开放进程的一个缩影。所以说，中国普天是中国通信业快速发展的一个建设者，也是一个见证者。伴随着新中国 60 年的发展，中国普天的国家队角色没有变过，始终按照国家的要求去定位，和时代同行，尽了自己的力量，创造许多第一，有过历史的辉煌，为国家做出了一定的贡献。

中国普天 1999 年从中国邮电工业总公司更名成立；2001 年成立普天技术研究院，组织自主研发；2003 年创立普天股份公司，从行政性总公司转变为现代企业制度的股份公司。2004 年以来，中国普天按照做实做强的发展战略，倡导

"沟通、执行、业绩"为核心的企业文化，完善建立两个"三位一体"管理体系，加快国企改制，调整产业结构，推出 POTEVIO 品牌，实施国际化战略，强化自主创新，投入 TD 无线系统设备研发和产业化并取得成功，率先出口欧洲，跻身 TD 主流设备厂商行列。在通信产业的基础上，我们还拓展了行业电子与信息化应用、广电通信与信息化等产业，并取得了巨大成效。

2009 年 9 月 25 日《中国电子报》第 105 期

从追求规模转向追求效益

——访大唐电信科技股份有限公司董事长兼总裁 曹斌

文/刘东 安勇龙 马帅

人物简介

曹斌，1992年毕业于南京邮电学院计算机系，曾任原邮电部南京通信设备厂副厂长、总工程师；南京普天通信股份有限公司董事、副总经理兼总工程师，南京南方电讯公司总经理；中国普天信息产业集团公司系统事业本部副总裁，普天研究院党委书记、副院长。

现任大唐电信科技股份有限公司董事长兼总裁。曾主导设计电报复用设备等产品，填补国内空白，产品技术水平位居世界领先地位；荣获原邮电部科技进步二等奖一次、科技进步三等奖一次和江苏省科技进步三等奖一次，获南京市十佳青年企业家、江苏省杰出青年企业家等荣誉称号，享受政府特殊津贴。教授级高级工程师。国家科学技术奖评审专家。

10年亲历电信重组

刘东： 作为全国第一个院所改制企业，大唐电信在10多年当中，由于内外部环境变化等多种因素，创造过奇迹和辉煌，也经历过挫折和磨难。

曹斌： 1998年，大唐电信科技股份有限公司成立。作为全国第一个院所改制的企业，我们没有太多现成的经验可以借鉴，只能在不断地探索中积累经验，在不断地创新中寻求突破，在不断地突破中寻求发展。

大唐电信成立以来的 10 多年，经历了我国通信产业大发展的红火场面，也经历了全球通信市场整体降温的艰难时刻。我们创造过中国民族通信产业的辉煌，也品尝过挫折甚至失败带给我们的酸楚。

在技术研发方面，10 年来，大唐电信始终走在业界的前列，曾在多个技术领域创造了"中国第一"。由于各种原因，我们的很多技术没能为公司带来足够多的经济效益，但这些先进技术对整个通信行业的发展起到了积极的推动作用。

在经营模式方面，大唐电信一直在尝试，致力于找到一条最佳的发展之路。其间经历了从外部运营市场到内部产业、业务架构的转型，我们正努力由追求规模向追求效益转变，从技术驱动向市场、业务驱动转变，从技术、设备提供商向服务、方案提供商转变。通过不断深化产业结构调整、推进企业机制体制改革、加强内控体系建设等一系列措施，企业规模在增长，整体竞争力在不断增强。

回顾这 10 年的发展，大唐电信确实走过一些弯路。但我个人倾向于看到大唐电信在不断努力解决这些问题后所取得的成绩，以及公司良好的发展态势，我们有足够的信心走好以后的路。

刘东：10 年对于一个公司而言，是一个关键的历史节点，企业的性格和文化已经基本形成。你认为大唐电信 10 年来形成了怎样的企业文化，积淀了怎样的企业特质？

曹斌：首先，大唐电信具有深厚的技术沉淀，一直以来公司都十分重视技术创新，对市场的需求十分敏感。大唐电信并不是靠价格吸引客户，而是靠技术创新争取客户。以智能卡为例，大唐电信一直拥有中国移动 SIM 卡的最大合同，因为大唐电信每年都会为中国移动进行几十项技术开发来满足其不同地域、不同发展阶段的省份运营市场需求；还有我们的软件产业，我们在固网运营支撑系统领域始终名列前茅，积极与运营商在行业标准制定、业务运营及维护方面展开深入合作。

其次，大唐电信基于自身在行业内的特殊地位以及多年的积累，被业界定位为"国家队"，并且得到了多个行业客户的认可。目前大唐电信在行业信息化方面已经显示出良好的发展势头。

此外，经过 10 年的摸爬滚打，大唐电信收获了宝贵的经验和教训，成功是每个企业追求的目标，然而失败能让一个发展中的企业更快地成熟。无论成功还是失败，都是大唐电信宝贵的财富。

刘东：2008 年，工业和信息化部的成立、运营商的重组对通信行业发展带来了新的机遇和挑战。你们将如何积极应对这种变化，特别是在 3G 领域将采取什么具体举措？大唐电信未来在通信行业将扮演怎样一个角色？

曹斌：工业和信息化部的成立将对行业信息化起到极大的推动作用，这有利于大唐电信进一步拓展企业市场。运营商重组之后，我国只拥有 3 家全业务运营商，对于大唐电信而言必将会面临更加激烈的市场竞争，但同时由于 3 家运营商都具有全业务运营的能力，这将带来新一轮的电信建设集中投资，这是大唐电信难得的发展机遇。TD-SCDMA 以及其他 3G 标准的商用将使大唐电信的 3G 智能卡、SoC 芯片、3G 终端、运营支撑软件、增值业务、工程服务有用武之地，这将带动公司相关产业的发展。

同时，通信将向无线化和移动化方向发展，这对大唐电信而言是个挑战。公司在这方面也在积极配置资源，进一步调整产业结构和经营方式，以适应固网和移动网络的融合。

对于将来公司在通信行业扮演一个怎样的角色，我一直认为，大唐电信首先是一个企业，面对的是客户、股东、员工和社会。我们的目标是让客户、股东、员工和社会共同受益。与用户共谋发展，为股东创造财富，与员工共谋富裕，为社会创造繁荣，这是我们大唐人的共同使命！

大唐电信目前还处于积累能量、不断完善的过程中，我相信，再过两三年，大唐电信将以更强的竞争力、更新的面貌，进入发展的快车道！

收购手机设计公司

刘东：大唐电信确立了"围绕 3G，强化微电子产业和软件产业的核心地位和持续发展能力，发展通信接入产业和终端产业，拓展行业应用、增值业务和通信服务产业"的发展战略，并且已经正式进军通信终端市场和电信增值业务领域。请你介绍一下公司在这两个领域的进展情况。

曹斌：实际上在 2006 年年底，我们就提出了以微电子和软件为核心，进行交换产业的调整，适时进入通信服务和终端领域的总体战略。目前对于通信设备，包括交换产业的调整已基本结束，公司已着手在终端和通信服务领域布局。

在终端领域，目前有两个市场平台：一个是位于深圳的大唐捷讯电信设备有限公司，针对大众市场，通过这家公司以比较低的风险来积累终端方面的经验；另一个是公司终端事业部，主要针对运营商的终端集采和行业应用终端。目前已形成了 TD-SCDMA/GSM 双模系列手机、CDMA 系列手机和 GSM 系列手机。最近我们中标中国移动 TD-SCDMA 终端、中国电信 CDMA 终端的集采。当然，我

们还关注无线数据卡业务，包括 EDGE 卡和 TD-SCDMAHSDPA/EDGE 双模数据卡。

为进一步加强在终端领域的实力，最近我们收购了一家手机设计公司——上海优思通信科技有限公司。该公司在 2007 年中国手机设计企业中排名第 5，同时开发 GSM 和 CDMA 手机，赢利能力较强。

通过收购，一方面可以提高大唐电信在终端领域的综合实力，另一方面可以将公司其他产业带动起来。也就是说，公司微电子、软件以及规划中的增值业务将围绕终端产业打造完整的产业链，为运营商提供整体解决方案，这是我们收购的初衷。

在增值服务领域，大唐电信一直在进行筹划。年初，我们实行了新的运作模式，引进了人才。目前，公司正在与中国移动、中国联通和中国电信等国内主流运营商交流，共同筹划一些颇具特色的增值业务方案，预计在年底会面向市场推出。

刘东：目前，终端市场的竞争已经白热化，很多国内企业陷入亏损的境地，一些国际著名品牌的利润也大幅下滑。大唐电信手机在终端市场的竞争优势体现在什么地方？深圳捷讯的业务与总部的终端业务如何实现良性互动发展？

曹斌：最近一年多，大唐电信对终端市场进行了大量调研。从整个终端产业链发展来看，与计算机产业链有类似之处，分工越来越细，很多终端厂家并非一定自己设计手机，有些厂家则已经分离了设计业务。

因此，我们要寻求终端产业链的核心环节、某些附加值高的环节，而收购上海优思手机设计公司，可以帮助我们迅速掌握终端产业链的核心环节。从去年排名前 10 位的手机设计公司来看，最好公司能实现年赢利 3 亿多元，排名第 10 的公司也能实现六七千万元的赢利，总的来说手机设计公司在终端产业链中的附加值较高。

深圳的大唐捷讯主要针对公共市场，通过分销等手段进行产品销售；公司总部终端事业部主要是针对运营商集采。在运营商市场，基于大唐电信长期的品牌影响力，公司具有一定的优势。此外，在通信运营市场，大唐电信还具备一个优势，就是运营商非常看重业务应用。而在这方面，公司具有整合优势。现在，大唐电信每年都会与运营商开展数十个基于通信智能卡端的业务应用开发，并被运营商广泛应用。今后，公司将从智能卡、手机、软件和增值业务等方面为运营商推出整合解决方案，与运营商实现共赢。

在终端领域，大唐电信不仅要达到一定规模，而且还要保持良好的赢利

能力。

刘东：通过你的介绍可以看出，大唐电信已经将手机作为新的经济增长点。今年，你对手机业务对于大唐电信利润的贡献率有什么期待？收购上海优思之后，你们将对它采取什么样的管理模式？你们已经推出 TD-SCDMA/GSM 双模手机，TD-SCDMA 手机在你们的终端业务中将占多大比重？

曹斌：2008 年，终端业务对公司总收入的贡献率估计在 20% 左右，实现一定的赢利。一款手机从研发、开模到入网需要很大投入，因此，虽然说今年公司终端业务的利润贡献不大，但在收购手机设计公司以后，我们打通了终端产业链，未来其对整体收入的贡献将占比较大的比重。

我们将对手机设计公司上海优思采用灵活的管理模式，这非常重要。在收购之后，虽然大唐电信占 35% 的股份，但不会改变其管理模式，上海优思还从事原来的业务，必须保持其原来的活力。大唐电信是上市公司，会严格按照上市公司章程，对上海优思进行规范化管理，进行一些调整，但基本经营仍由他们去具体实施，这与大唐电信的整体利益并不冲突。

在终端领域，大唐电信将把 TD-SCDMA 作为一个重要的开发方向。一方面国家对 TD-SCDMA 产业非常关注，另一方面我们在 TD-SCDMA 技术和品牌方面也有一定的积累。此外，大唐电信也会积极寻求 CDMA 和 GSM 终端领域的市场机会，特别是在 CDMA 领域，中国电信收购 CDMA 网后，动作会比较大。

此外，在专用终端领域，大唐电信积累了很强的技术实力。公司充分利用在手机、智能卡、芯片等方面的综合技术优势，已经为多个行业用户定制终端。

挖掘微电子业务潜能

刘东：微电子产业是大唐电信最具竞争力的产业，目前仍然是公司利润的主要来源。今年以来，由于国内半导体设计业同质化竞争严重，企业增量不增收，整合创新成为半导体设计企业的必然选择。大唐微电子如何进一步挖掘潜力，拓展业务链，增加收入？

曹斌：目前，大唐微电子的业务主要分为两块：智能卡和 SoC 芯片。

智能卡方面主要是 SIM 卡，公司 SIM 卡在国内的应用处于第一位。但是必须看到 SIM 卡市场价格竞争相当激烈，虽然产量增加了，但是销售额并没有同比增加，利润反而下降了。在 SIM 卡领域，我们不打价格战，而是主要通过与运营商充分合作，开发更多业务应用来保证市场占有率，同时保持利润增长的空间。

　　基于此，大唐电信每年会为中国移动、中国联通等运营商开发几十个业务应用的项目。对于运营商的需求和想法，我们设法帮助其实现。最近，中国移动提出节能减排，我们就与中国移动方面仔细研究，发现 SIM 卡卡基比较大，浪费且不够环保。我们改变 SIM 卡制造工艺，减少卡基面积，节省了包装和印刷材料，实现了节能减排。此外，我们还积极帮助运营商开发行业应用，比如最近推出的 OTA3 系统，已成功应用于苏宁电器等行业客户。由于我们在业务应用方面贴近客户需求，因此大唐微电子能够保持较大的优势。

　　此外，大唐微电子还积极扩展海外市场。前期，沃达丰对我们进行了供应链的最后考察，这对公司的 SIM 卡产业发展有很大的促进作用。前几年，我们的智能卡业务过分注重自己的开发步伐，没有完全按照国际标准去做。这一两年，我们开始意识到并注重与国际标准接轨。

　　除了传统的运营商市场，我们还拓展了社保卡业务，全面测试已经结束，现在已批量进入市场。此外在银行卡领域，公司也取得了较大的进展。

　　在 SoC 芯片领域，大唐电信开发的 SCDMA 终端芯片已经实现批量生产并投入应用。新开发的 CAM 卡正在广电部门进行测试。第二代身份证读写器小型化的 SAM 卡也已完成开发，今年可实现量产。与惠普合作开发了应用于墨盒的具有防伪功能的芯片。与大唐电信集团下属的联芯科技合作开发 TD-SCDMA 终端芯片。此外，公司还将介入手机电视领域。

　　总体来说，公司微电子产业将沿着两条主线发展：一条是芯片，一条是智能卡。

2008 年 9 月 26 日《中国电子报》第 108 期

推动自主标准市场化

——访大唐移动通信设备有限公司董事
兼总裁　谢永斌

文/刘东　刘晶　马帅

人物简介

谢永斌，1965 年 3 月出生，博士，教授级高级工程师。1997 年进入大唐电信集团西安公司工作，先后担任商品战略部经理、公司研发部总经理、公司总经理助理、WCDMA 事业部总经理，2002 年 2 月起任大唐移动通信设备有限公司副总裁、高级副总裁，现任大唐移动通信设备有限公司董事兼总裁、党委书记。

国外企业重视 TD-LTE 演进

刘东： 在国际金融危机对实体经济的冲击不断加剧的情况下，2009 年的世界移动通信大会与往届相比有什么区别，体现出哪些发展趋势？

谢永斌： 与 2008 年、2007 年相比，2009 年的世界移动通信大会从参展商规模到参展人数上都少了一点，不知这是否是因为国际金融危机的影响所致。但总体来看，展会的人气还是比较旺的。主要有几个特点：

一是从 3G 网络的技术、用户规模、运营商宣传力度等方面综合来看，3G 在明显加速发展。

二是展览中增加了新的业务，特别是在移动终端上出现了新的技术亮

点，如立体显示技术、拉屏手机等，这些新技术可以使用户更好地体验 3G
业务。

三是 LTE（长期演进计划）技术占据绝对的主导和优势地位，几乎每个厂
家都有相应的产品。在 2007 年的巴塞罗那展会上，我们看到 LTE、UMB 以及
WiMAX 这几种未来演进技术还处于互相博弈之中，现在 UMB（超行动宽带电
话）的主要推动者高通公司已经宣布停止该项目，WiMAX（全球微波接入互操
作性）技术的宣传力度也很小，而 LTE 的宣传气势比前几年增强了许多，有将
几种技术大一统的趋势，而这也是本次展会比较重要的特点，即几种无线宽带接
入技术的未来演进将收敛到 3G 的 LTE 当中。

四是我们与 TD-SCDMA（以下简称 TD）产业联盟中的企业一同组团参加了
此次展览，国外企业特别是运营商希望更多地了解 TD。中国企业如中国移动、
大唐、中兴、华为等在展会上都比较活跃，受关注度越来越大，民族通信产业的
发展令世界同行刮目。

刘东： 据我了解，国外一些主流企业一直对 TD 的发展持有观望甚至怀疑的
态度。随着中国移动开始加快建设 TD 网络、推广 TD 业务，国外企业对 TD 的态
度开始改变了。

谢永斌： 从与我们交流的国外企业来看，我感觉他们现在的态度已经不再怀
疑 TD 的技术，而是要加大对 TD 的投入，或者是考虑如何快速介入到 TD 中来。
作为全球最大的电信运营商，中国移动建设 TD 网络，这不仅关系到设备企业现
阶段的 3G 市场，更关系到后期网络演进的市场，所以对每个设备企业来说，必
须要从战略的高度来看待 TD 网络。对国外企业来说，如果现在不介入中国移动
TD 网络的建设，今后在 3G 网络的升级、演进中，再进入的门槛会比较高，因
此他们在积极地寻求切入点。

刘东： 你一直在研究 TD 及其演进技术，并且取得了很多成果。前一段时间
一些运营商宣布自 2010 年起就要将网络升级到 LTE，但在本届世界移动通信大
会上，有的运营商宣布推迟 LTE 的商用时间。对此，你怎么看？

谢永斌： 国外对 TD-LTE 标准和 FDD-LTE 标准同样重视，这一点与 TD 前
期发展有所区别。因为在 LTE 阶段主要解决高速数据的接入问题，非常消耗
带宽。在这种情况下，FDD（频分双工）技术需要对称频谱的特点，制约了
可分配的频率范围。相反 TDD（时分双工）可以把很多零碎的频段利用起来，
非常灵活，所以国际上对 TD-LTE 是高度重视的。从目前两个标准的发展来看，
TD-LTE 从标准到产业化的各个环节与 FDDLTE 是同步或者基本同步的，而且各

个厂家都在全面规划，既做 FDD 也做 TDD，这与 TD 发展之初不被 FDD 企业认可有明显的区别。

说到有些运营商推迟 LTE 的商用时间，我认为在 LTE 发展初始，业内对这一技术商用的时间并没有统一认识，仅就 FDD LTE 技术的商用时间也没有统一的看法。我个人认为，那些已经规划了 LTE 商用时间的运营商将其推后并不奇怪，根据产业规律，LTE 实际可商用的时间也许就是他们推后的时间。任何通信制式的推动肯定要有产业发展的过程，即使设备商努力将产业化时间缩短到极限，也不可能超越产业规律，所以说推后是比较客观的。

全方位满足运营商需求

刘东：大唐移动在本届世界移动通信大会上推出了世界上第一款 TD-LTE 的原理样机系统。在大唐移动的业务演示区域，还展示了 TD-LTE 网络中的在线实时游戏、VOD 点播业务、高清电视等。看来，大唐移动作为 TD 标准的提出者，在 TD 产业化方面也处在了领先地位。

谢永斌：我们参加展览是想告诉业界两件事情：一是 TD 目前的发展速度非常快，产业化进展也十分迅速，而大唐移动是中国移动 TD 网络一期、二期建设的主要系统设备提供商之一，我们的市场份额最大；二是通过展示 TD-LTE 的应用，告诉业界大唐移动不仅在 TD 上，而且在 TD 下一代技术——TD-LTE 上继续拥有核心知识产权，实现了持续创新。

刘东：中国移动已经公布了 TD 发展规划和目标，到 2011 年 TD 基站建设总数将达到 16 万个，地级市覆盖达到 100%，TD 网络将更多地承载高速数据业务。大唐移动如何更好地与中国移动合作，在争取更大市场份额的同时，为 TD 产业发展作出更大的贡献？

谢永斌：在 TD 技术的大规模应用当中，工程化环节非常重要，所以我们在一期、二期网络建设当中下了很大工夫，与中国移动一起做了很多工作。我们在室外覆盖，广场覆盖，大的办公楼的覆盖，地铁的覆盖，体育场馆的覆盖，磁悬浮列车的覆盖等方面都做了很多改进和创新，像上海磁悬浮列车时速达到 400 多公里，在如此高速度的列车上打电话没有任何问题，可视电话也能够实现，这是 2G 网络做不到的。在工程布线方面，我们在 2G、3G 网络共用机房的改造工程中做了大量工作。这些工作得到中国移动集团和地方分公司的高度认可。去年大唐也向世界承诺，只要有利于 TD 网络应用，有利于中国移动建好 TD 网络，我们特有的方式、方法、技术都可以开放。从网络建设到网络优化、网络规划，再到终端芯片，大唐的能力比较全面，综合优势明显，能够系统性地解决问题，这些方面也得到客户的认可。

作为主流设备商，大唐移动将与中国移动密切合作，并且跟着中国移动的需求节奏提供产品。我们的市场化转型，实际上就是解决一个问题，即如何快速及时地满足中国移动在每一个阶段的需求。我们的产品目标、技术目标，包括3-5年内的企业资源，基本上都是按照中国移动的规划和需求来配置的。

刘东： 国家对 TD 发展的支持力度非常大，最近工业和信息化部等有关部门连续出台了财政支持、项目支持、网络建设、产品研发、业务应用、产业发展等扶持政策，你认为这些政策是否到位，对产业发展起到了什么推动作用？

谢永斌： 我认为各方面对 TD 的推进力度都比较大，包括国家在各个方面的支持，包括中国移动对 TD 的推进力度等。前几年 TD 产业发展不快的原因是市场不明朗，现在应该说市场非常明朗。我觉得市场明朗以后，更重要的就是各个企业确实要全力以赴发挥自己的主观能动性，借助国家的支持将产业快速向前推进。TD 目前的形势是有史以来最好的，特别有利于终端产品的发展，因为中国移动把未来 3 年的网络规划和用户规模已经描述清楚，即要在 3 年内建设 TD 基站 16 万个，在 3 年内发展 5000 万用户。因此 TD 终端的产量一定会随着网络的发展快速上升，终端产业链也会发展起来。现在产业链上的企业要尽快把终端做好。政府在 TD 的每一个发展阶段，针对不同的问题提供了必要的支持，这些支持是十分重要的，也是比较到位的。

刘东： 随着 TD 产业在国内的快速发展，TD 的国际化问题也广受关注。包括大唐移动在内的一些企业也进行了一些有益尝试。你认为现在进行 TD 国际化推广的时机是否成熟，还应克服哪些主要障碍？

谢永斌： 国际化的推广是必要的，而且现在进行 TD 国际化推广的时机已经来到。从推动产业发展角度来看，先在国内建设 TD 网络然后在国际上进行推广的战略部署是正确的。我认为现在国内 TD 已经进入规模商用阶段，在国外进行推广已经非常必要。TD 产业联盟在积极开展这方面的工作，大唐也在推动 TD 的国际化。

主要障碍有几个方面。一是国际企业特别是运营商还缺乏对 TD 的深入了解，包括对 TD 产业目前进展的深入了解。中国移动 TD 网络建成后，会对我们推广 TD 起到良好的示范效应。二是在国外各个地区相应的 TDD 频率使用方式、分配方式很不一样，我们在国际上推广 TD 就需要适应不同地区、不同国家的频率、频段的位置，这就需要我们跟上用户需求，及时了解建 TD 网络的运营商能

够获得什么频率，及时提供相应频率的设备，这方面工作的完善尚需要一些时间。

建立良好的企业文化

刘东： 作为脱胎于研究所的国有企业，大唐移动的市场化、产业化能力一直以来是企业的"短板"，你提出大唐移动要由研发型公司转变成为市场型公司。刚才你也谈到，为了完成这一目标，你们在公司组织结构、管理架构、企业文化方面都进行了改革创新，请介绍一下具体情况。

谢永斌： 我们把组织管理体系进一步扁平化，业务线重新梳理，拆分、合并了一些部门，内部的协作效率得到极大提升，市场化响应速度更快，各环节更畅通了。经过这次调整，我们在市场反应速度、压力传递机制、资源调动机制等方面有了明显提高，市场上的变化能够很快传递到公司各个层面。我们以市场需求、业务需求为龙头，从外向内来考虑如果市场有了需求以后，如何调动公司的资源，如何提高外部市场与公司资源互动的平滑性、紧密性，外部市场压力如何快速传递到公司的每一个角落与层面。

如果大家没有统一的愿景、目标、行为方式、核心价值观，做事情的合力就不会大。现在公司要适应外部市场快速的变化，就需要各级部门快速决策响应变化。企业有了统一的决策原则，各部门就很容易做决策，其决策也会得到上级领导的认可，因为大家的原则是一致的。要做到这一点就需要我们有好的价值观，所以去年我们聘请了"外脑"来建设企业文化，开始塑造"创新、市场、诚信、责任"的企业文化。

刘东： 作为一个处于高速发展并且正在转型期的企业，能否塑造良好的企业文化，形成共同的价值观直接决定着企业的成败。请介绍一下你们提出的"创新、市场、诚信、责任"企业文化的具体内涵。

谢永斌： 创新。大唐移动以创新起家，创新是我们的生存之本，也是发展之源，所以我们要持续创新。公司在 TD 上持续加大投入，去年人员规模在原来的基础上又增加了 25%，公司进一步强化创新团队的地位。这既是大唐移动发展的需求，也是建立创新型国家的需求。TD 是产业创新的典范，大唐移动要解决什么问题？我们要解决如何持续创新的问题，要加强持续创新的能力。除了技术创新还包括产品创新、集成创新，这是满足市场需求必须做的事情。

市场。毫无疑问，不管技术多么先进，如果市场不认可，没有取得市场价值，技术的价值还得打问号。从企业文化建设来看，市场是我们排名第二的核心价值，创新不是纸上空谈，只有在市场上取得成功，才能说明创新的价值。我们前期一直在推动TD，并且在TD的标准、技术、核心知识产权以及后期的知识产权方面都具有领先的地位，如果我们在市场上做不好，反过来会影响我们的持续创新能力。因此我讲两手抓，一手抓自主创新，一手抓市场，两手都要硬。

　　诚信。我们定义诚信，主要是对我们客户诚信、对股东诚信，对员工诚信，在公司内部建立一种坦诚的气氛，这也是企业文化的一个部分。从客户诚信层面来看，跟客户做技术交流，是本着科学、实事求是的态度，而不是去"忽悠"运营商。我们坚持科学的、实事求是的原则，不盲从所谓主流看法，我们这么做也是希望运营商在运营TD的过程中能够在每一个策略上、每一个小的环节上把握得最好。运营商认为我们有一说一、有二说二，不夸大事实，也敢于坚持自己认为比较科学的东西。

　　责任。对大唐移动来说，在TD过去10年的发展当中，我们一次次承担着推动产业发展的角色，我们有责任、有义务把TD做好。它不仅仅是我们手里的具体项目，更关系到我们国家创新战略的落实和整个通信产业的发展，这是一件重大的事情，意义深远。所以我们在国际会议中、在技术选择中、在各种引导产业发展走向的场合中，不是狭隘地考虑大唐移动，而是站到更高的层面考虑问题，这需要我们处理好产业"公利益"和企业"私利益"的关系。基于这种责任感，我们容易听进不同的意见，拥护对标准发展有利的意见和建议，能够站在"公利益"上考虑问题。在推动TD产业发展的初期，凡是TD产业必须要做，但又没人做、也不挣钱的，我们就承担起来，甚至大投入地去做；在产业发展起来后，大家抢着都去做的，我们就做出取舍，该退出的就退出来。我们在推动TD后续演进技术时，也是本着对国家、对整个产业负责的态度去做。

　　责任的内涵中还包括大唐移动对集团快速发展与腾飞所负的责任，以及培训员工职业技能，承担员工与企业共同成长的责任。

　　刘东：大唐移动2002年成立至今，可以说是历经风雨。你作为公司改革发展的亲历者和领导者，对公司的感情一定很深。作为公司总裁，接下来你将带领公司取得哪些新的突破？

　　谢永斌：2009年从公司管理方面，我们定了四个成长，一是创新的核心竞争力要进一步上台阶；二是在提高公司运营效率上我们也有很多工作要做；三是要进一步适应市场化的管理，要做一些大的提升；四是在员工职业化生涯规划方

面也要做进一步提升。2009年工作就是围绕这四个方面展开，使大唐移动更有价值，员工更加职业化，管理更加先进，运营更有效率，创新能力、核心能力更强。如果说2008年我们在"盖房子"，把公司架构按照市场化需求做了调整，使公司管理水平得到改进，那么2009年主要是"内装修"，就是围绕上述四个方面做精细化的工作。

2009年3月6日《中国电子报》第22期

做强做精主业

——访烽火科技集团·武汉邮电科学研究院院长　童国华

文/刘东　安勇龙　马帅

人物简介

　　童国华，烽火科技集团·武汉邮电科学研究院院长，全国人大代表，中共党员，管理学博士，教授级高级工程师。曾任武汉邮电科学研究院科技处副处长、处长，院光纤光缆部主任、党总支书记，武汉邮电科学研究院副院长等职务。在科研管理、市场营销、企业管理、资本运营等方面具有丰富的经验。担任院党委书记、院长以来，实现了武汉邮电科学研究院平稳较快发展。

实现"三个转变"

　　刘东：2008 年以来，在外部环境不确定、不稳定因素增加的情况下，烽火科技集团的销售收入和利润同比增长 30% 以上。你认为公司能够保持良好增长态势的主要原因是什么？

　　童国华：集团整体发展情况良好，这是内外部因素共同作用的结果。

　　一方面，目前集团面临的外部产业环境出现一些"利好"。一是 2008 年 5月份开始的电信重组，对 CDMA/GSM 网络建设特别是 3G 网络建设起到较强的推动作用；二是我国信息化建设呈现加速发展的态势，特别是行业信息化应用出现了快速增长的势头；三是中国电信"光进铜退"战略加速实施，集团的市场

主要集中在光通信领域，增长比较迅速。

另一方面，从集团自身来讲，我们也做了卓有成效的工作：

一是最近几年牢牢把握技术创新的根基不放松。我们一直在思考：与华为、中兴相比，烽火科技的比较优势在哪里？我们不可能像华为、中兴一样把规模做得那么大，移动、交换等各种产品线做得那么齐全，我们已经错过了全面发展的最好时期和机会。通过思考，我们认为必须保持在光通信领域的技术创新优势，这就是我们的比较优势。这几年来，在光通信领域，无论是新产品开发还是应用，烽火科技集团都保持业界领先地位。从2004年至今，集团一直保持25%以上的增长速度。

二是加大产品结构调整力度，培育了一些新的增长点。此前，烽火科技一直是一家光通信企业，这些年来，集团进入数据、无线、软交换等产品领域。2008年，上述产品的销售额能够占到集团总销售额的30%以上。

三是逐步加大市场开拓力度，努力树立集团产品和社会形象。烽火科技集团从单一的科研院所转型而来，与华为、中兴最大的差距就是驾驭市场的能力。这些年来，我们逐步加大市场开拓力度，努力扭转用户心中的一些原有印象，例如研究院体制、产品不稳定、规模化能力不够等，逐步在运营商和用户心中树立我们的企业形象。例如在2008年汶川地震发生后，集团的反应非常迅速，我们的光缆和系统设备都是第一时间到达地震现场，是第一家将光缆运到都江堰交给中国移动的设备商。在汶川地震后，烽火科技集团共计捐献了价值1000多万元的设备和几百万元的现金。集团公司通过履行企业社会责任来提升整体形象。

四是通过转换机制、加强内部管理来促进企业的发展。我们在内部管理和人才激励方面做了很多工作，集团公司从单一的事业单位发展到现代企业，取得了很大的成绩。体制和机制的转换加快了我们进入市场的步伐。从2000年至今，公司净资产从11亿元发展到30多亿元，总资产从13亿元发展到80多亿元，人员从1000多人发展到将近1万人，销售额从四五亿元发展到六七十亿元。

刘东：国际金融危机对我国一些出口大户冲击很大。烽火科技在光电子器件领域的出口占很大比例，你们将如何应对金融危机可能带来的影响？

童国华：虽然近期集团公司经营状况良好，但是我们也在时时刻刻提醒自己，要看到发展中的危机。将美国次贷危机与2001年的IT行业泡沫进行对比，我发现在对产业的影响方面，两次危机有一些惊人的相似之处。次贷危机从美国开始，当时大家还没有认识到对国内经济可能产生的影响，没有认识到问题的严重性。实际上，在当年IT行业出现泡沫时，我们也没有意识到对中国的严重影响。IT 行业泡沫对我国的 IT 产业和通信制造业影响的显现是在 1 年以后。虽然大家认为次贷危机主要影响金融领域，但是其对于美国实体经济和中国实体经济一定会造成影响。

对此我们也进行了相应的部署，重点考虑如何在现有的基础上应对挑战。实际上，受金融危机影响最大的是集团的出口业务，从 2008 年 6 月份开始，集团器件产品出口的订单减少达到 30%，虽然目前已经开始稳定，但是会不会进一步减少还很难判断。

我们针对国内国外市场现状采取了积极的应对措施：一是在国际市场方面将视野放得更开一些，除了在欧洲、美国、日本、韩国等发达市场开拓业务外，我们加紧向中等发达国家以及大型运营商和制造商渗透。受到次贷危机的影响，银行贷款减少，而新技术的应用主要是由新兴公司推动，其受影响更大，公司必须加紧向大公司渗透。二是加大国内市场的拓展力度，公司最近提出要抓住电信重组后的契机，加大国内市场业务的开拓力度。

刘东：烽火科技虽然在出口方面受到一定的影响，但在国内市场也面临着难得的机遇。比如，随着电信重组的完成和 3G 市场的大规模启动，新一轮投资已经开始，我国正在大力推进的两化融合和信息化建设，也为企业创造了巨大的市场空间。

童国华：在运营商重组和信息化建设过程中，我们相信，以光通信产品为主的设备商会有很多机会。

随着市场竞争的加剧，目前制造商确实非常艰难。公司以光通信产品为主，而光通信产业已经由高新技术产业向传统产业转变，虽然在光纤接入和高速传输方面还有一些新的技术涌现，但是一些基础技术，如光纤光缆已经不能称之为高技术产品。

成本压力也给集团带来了较大的挑战。成本压力一是来自于原材料涨价；二是来自于运营商采取网上竞标、拍卖等方式，一些小厂家不是真心从事光通信产业，他们很不负责任地报价，但是不能真正供货，其报价严重影响了企业的利润空间；三是来自于人力成本增加，3G 市场启动之后，对全球无线技术人才有巨大的需求。

集团面临的另外一个重要挑战来自于通信技术发展太快，很多时候还没有来得及将技术形成规模化产品获得足够利润，一些技术已经被替代。新的替代技术对于推动通信技术发展和人民群众生活质量提高的益处显而易见，但是对于通信制造商来说压力很大。不过，一个企业只要真正认识到自己所处的位置，头脑清

醒，认清形势，就一定能够应对上述挑战。

在运营商新一轮的网络建设中，我们必须坚持先入为主的战略。公司在很多地区积极拓展市场，提出了"拔白旗"的口号，通过让客户试用我们的产品，希望在原来没有覆盖到的市场能够有所突破。通过对市场的分析，发现还是有很大的市场空间，关键是如何让客户认可我们的产品。

为此，2008年年初集团提出"三个转变"，其中很重要的第一个转变是由过去的销售产品向销售理念转变，让客户知道我们的产品能够为其带来哪些利益，站在用户而不是我们自己的角度思考问题。第二个转变是从过去只卖设备，到现在不仅卖设备，还卖经营模式的转变，和客户共同探讨为信息化服务的经营模式。第三个转变是由单一的国内市场向国际国内两个市场转变。"三个转变"的提出是我们加快发展，应对目前市场形势的指导思想。

与此同时，我们要和运营商真正结成战略联盟，共同研究探讨用户需要哪些服务，公司必须要跟上运营商转型的步伐，只有这样，才能在新一轮电信重组中赢得先机。我们必须抓住运营商转型的思路、网络需求和技术走势，从技术、网络和应用服务等方面了解运营商转型带来的需求，才能与其共同研究适销对路的产品。

做强做大做精光纤通信

刘东：你2004年出任烽火科技集团总裁以后，对企业的产品结构、股权结构等都进行了改革和调整，取得了显著成效。在产品结构调整方面，烽火科技已经初见成效，形成光通信、数据通信和无线通信三业并举的局面，其中，数据、无线等产品的收入已经占到公司总收入的30%以上。从企业发展来看，你认为几大产品门类在企业的总收入中各占多大比例比较合适？下一步你们还将在哪些重点领域实现突破？

童国华：从未来的发展趋势来看，集团必须抓住光纤通信技术不放，进一步把光纤通信做强做大做精。另外，公司要在数据产品、无线产品和信息化服务3个领域形成新的支撑点。我们当然希望新的支撑点能够和光纤通信产品平分秋色。通过分析，我们认为信息化服务的市场容量非常大，而在无线产品领域，公司仅仅从事室内覆盖产品的开发就能够达到10亿元以上的收入规模。未来，在无线产品的主设备领域，我们还会与大唐集团合作，以OEM的方式推出主设备。烽火科技的重心放在工程上，围绕主设备网络在上面构建应用和服务是我们今后发展的重点。

刘东：2000 年，烽火由事业单位转变为企业。烽火科技的技术实力很强，但是市场拓展能力和企业化运作能力相对较弱，这与企业的激励机制并没有从根本上得到改善有关。近几年，在你的大力推动下，烽火科技在体制、机制改革等方面进行了大胆探索和创新，从 2007 年开始，你们开始了首期股票期权激励计划。你们将如何进一步加强机制创新，推动企业更好地发展？

童国华：如何通过机制和体制的转换，建立有效的人才激励体制，在市场竞争过程中获取比较优势是我们一直努力在做的事情。经过这么多年的努力，有一些改变，但是改变程度还不够，需要继续努力。

我们在烽火科技集团下面成立了若干个公司，这是不得已而为之。中国企业与国外企业不太一样，国外企业是总部股权高度分散，下面的子公司和分公司股权高度集中；而我国是总部股权高度集中，只能让下面的子公司和分公司分散股权，否则很难做到建立现代企业制度、规范企业行为。在转轨变型过程中，集团将过去的很多事业部改制成上市公司、合资公司、有限责任公司，实现员工持股。

集团下属的烽火通信在国资委的大力支持下，股权期权激励方案获得了批准，现在正在证监会备案。股权期权激励对于公司稳定人才将起到一定的作用，通过改制让一部分管理人员和技术人员持股推动了公司发展。集团下属的两家器件公司，一家在改制后实现了员工持股，一家是合资公司，两家公司的发展轨迹完全不一样。在实行员工持股前，合资公司的效益更好，在改变股权结构后，员工持股企业的发展情况完全不一样，不论是规模还是效益都超过合资公司。因此，对于推进股权激励，我们必须要坚定信心走下去。

刘东：最近几年，烽火科技发展很快，销售额从四五亿元增长到六七十亿元。随着企业规模的扩大和实力的增强，你们是否会进一步利用资本市场，通过兼并重组等方式推动企业实现跨越式发展。

童国华：在利用资本市场方面我们也有一些考虑，公司提出的三大发展战略就包括相关的内容。公司的三大发展战略一是以人为本，二是以技术创新为动力，三是以资本市场为平台。在三大战略的支撑下，公司肯定会有这方面的动作。随着产业回暖和产品结构调整的推进，集团的赢利能力不断增强，也想利用资本市场平台进行发展。实际上，这些年来，烽火通信已经做了一些工作，例如，烽火通信收购了南京华新腾仓 50.1% 的股权，此外还收购了南京安网，目前，这些公司的经营状况都不错。

最近，烽火科技集团下属的一家主营光器件的公司——光迅科技，已经通过了证监会的审核，不久即将在深圳 A 股市场挂牌上市。该公司上市后，烽火科技集团将具有两家上市公司，一家主要从事光纤光缆、光系统的生产，另一家主要从事光器件的生产。这家光器件公司主要为光系统提供支撑，客户包括华为、西门子、朗讯等大公司。这家公司上市后，对于推动我国光电子器件产业发展将起到很大的推动作用，有利于推进光电子器件产业的整合。

光纤到户服务"两型社会"

刘东：最近几年，光纤到户（FTTH）在世界范围特别是亚洲的一些国家和地区发展得很快，中国也在大力推进光纤到户的发展。但是，由于建设标准尚未出台、相关体制有待完善、视频业务亟待丰富、系统成本还须降低等多种因素的限制，发展状况不尽如人意。中国在推进光纤到户的进程中，需要在哪些方面取得更大的突破？

童国华：其实烽火科技推进光纤到户发展已经有 10 年的时间了。从全球技术发展和信息化发展的需求来看，光纤到户是必然的选择。光纤到户是推进信息化发展的有效途径，将和无线接入技术一起实现未来全球任意地方的信息化覆盖，值得大力推广。

在推动信息化发展的国策下推进光纤到户，对我们来说是一件很荣幸的事情。近几年来，政府在推进信息化建设方面做了大量的工作，欧美和日韩推进光纤到户的模式不尽相同，我们也要根据国情以及经济和社会发展情况做好这项工作。

在推进光纤到户过程中面临的首要问题除了技术和市场的推动外，政府应该发挥更重要的作用。政府要认识到，在这一轮信息化建设和发展过程中，如果跟不上周边国家光纤到户的建设步伐，我们将在未来的发展中处于落后和被动的地位，应该站在国家战略的高度推进信息化建设。

推进光纤到户对于我国提倡的建设节约型和环保型社会也是很好的推动。光纤通信是绿色网络，排除了很多电磁干扰，同时可以节约铜资源。我国新住宅的建设量非常大，希望国家能够规定在每一个新建小区必须实现光纤到户，可以采用由开发商出资建设的模式。我们在武汉市与开发商合作建设光纤到户，由于是宽带住宅，开发商每平方米可以多卖几十元，这样算下来，开发商可以赚钱，政府也不用进行特别支出。

刘东：烽火科技在光通信领域一直处于优势地位，作为 4 家发起单位之一，烽火科技牵头成立了光纤接入（FTTX）产业联盟。从企业的角度来讲，在体制

问题尚未完全解决的情况下，你们将如何推动产业的快速发展？

童国华：首先，从企业的角度，我们希望运营商光纤网络建得越多越好，但是如果有一家运营商已经实现了光纤到家庭，就不要由第二家重复建设。赵梓森院士提出一个非常好的思路，在一个小区里面，由小区委员会来做内部网，内部网留一个对外出口，这个出口无论是接电信还是接广电的网络都可以。作为企业来讲，我们要在技术上进行改进，使用户能够自由选择运营部门。

其次，企业需要通过降低成本加大光纤到户的推进力度，不能让用户感到有很大的经济压力。

最后，企业要与运营商一起共同研究一些能够发挥光纤到户优势的应用。目前，打电话、看电视和上网在用户家中都可以实现，至于是用一根光纤还是用几根光缆来实现，用户并不关心。不管带宽是 2M、50M 还是 100M，用户只关心上网速度能否更快，下载图像能否更清晰。从这个角度来讲，企业如何与运营商一起研究新的应用模式很重要，这也是加快推进光纤到户的一个非常重要的课题。

刘东：在光通信产业链中，我国在光纤光缆产品领域的实力比较强，但是在核心芯片和基础仪器方面还有所欠缺。在这一领域，我们应该如何实现突破？光纤接入产业联盟将如何推进产业链各个环节之间的合作？

童国华：目前，公司的 EPON（以太网无源光网络）和 GPON（吉比特无源光网络）核心芯片都立足于自己开发，我们在最初阶段采用国外的芯片，然后通过研发实现自给，例如，光传输系统的芯片基本都是我们自己开发的。

光纤接入产业联盟吸收了很多芯片和器件厂商参加，产业联盟建立起来以后，将通过政策引导、鼓励企业进行合理的产业布局，建立产业联盟平台的一个很重要的职责就是体现和增强我国光通信产业自主创新的能力。

刘东：在光通信标准制定方面，烽火科技起到了国有骨干企业应有的控制力和影响力作用，你们在标准建设、知识产权方面主要采取了哪些举措，有什么具体的经验和体会？

童国华：烽火科技曾于 1998 年代表原信息产业部向国际电信联盟提出 ITU-X.85 标准，这是中国具有独立编号的第一个重要的 IP 国际标准，2000 年 3 月得到国际电联正式批准。2001 年 2 月，国际电联再次批准了烽火科技代表中国提出的具有独立编号的第二个 IP 重要核心标准 ITU-X.86，它是业界在 MSTP（多业务传送平台）领域的第一个国际标准，也是把以太网和吉比特以太网引入电信传输网的第一个国际标准。烽火科技一直非常重视知识产权工作，在包括光系统、光纤光缆、光器件等整个光通信领域都参与了很多国内标准的制定。我们会

进一步积极推动光通信标准的发展，加大我国在国际标准化协会和 ITU- T（国际电信联盟远程通信标准化组）的话语权。

刘东：烽火科技作为光通信行业的龙头企业，在促进市场良性竞争环境的形成方面能够起到什么作用？

童国华：与国外企业相比，我国光通信企业主要依赖国内市场。国外企业在全球市场具备较强的赢利能力，他们可以在全球市场获得足够的利润来中国市场竞争，这给国内光通信企业带来巨大的压力。市场在发展到一定程度之后，一定要规范。无序的价格战不能再打下去，这有损我国光通信产业链的形成和发展。

企业的最重要目标之一是为股东提供最大的利益，企业不可能不赚钱。如果没有合理的利润空间，结果很可能是企业提供低价低质的产品。目前很多小企业的光缆外套都是用二次材料制成的，这对于我们过去提出的保证光缆 20 年的寿命肯定有影响。

价格战带来恶性循环。随着未来通信技术的发展，带宽越来越宽，波峰越来越密，如果使用的光纤质量不好，最终吃亏的还是运营商。目前，虽然运营商逐渐认识到这个问题，但是中国的经济环境还不是非常规范，运营商和设备商之间需要一个互相了解、逐步磨合、合作逐渐规范的过程。在未来的发展中，通过我们的努力和沟通，中国光通信市场会逐步走向规范，会对产业链产生正面积极的影响。同时我们也希望无序价格战不要再延续下去。

2008 年 11 月 18 日《中国电子报》第 128 期

转企改制重在观念创新

——访烽火通信科技股份有限公司总裁 何书平

文／刘东 连晓东 马帅

人物简介

何书平，历任武汉邮电科学院光纤光缆部副主任、市场经营部主任、烽火通信科技股份有限公司副总裁，现任烽火通信科技股份有限公司总裁、党委书记。

围绕市场做强主业

刘东：从2009年第三季度财报情况看，烽火通信的总营收和净利润较上年同期分别增长54%和49%。尽管我国通信业的投资总额稳中有升，但通信设备市场的竞争却更加激烈了，烽火通信取得这样的成绩实属不易。一年多来，为应对国际金融危机，烽火通信主要采取了哪些具体举措？

何书平：2009年前三季度，烽火通信在收入和利润方面都有一定的增长。其中主要原因是，国内通信设备的投资与前几年相比，并没有下降，甚至有所增长。公司的增长主要得益于国内通信投资的拉动作用。另外，公司国际业务占销售比例较小，国际金融危机对我们的经营影响并不明显。

为了应对国际金融危机，我们在内部也采取了一些措施。一是在市场销售中更加注重对客户服务质量的保证，在响应的及时性和响应的效果方面都有所提高。二是在管理上进一步控制成本、提高效率。虽然国际金融危机给我们带来的负面影响较小，但运营商感到了巨大的竞争压力，并将压力传导到我们身上，带来较大的制造成本压力。为此公司加强了供应链管理，通过集采降低成本，提高竞争能力。三是在技术开发方面，特别是 3G 启动后，运营商业务结构有所变化，公司相应加大了数据和业务方面的投入力度。

刘东：在烽火通信的 3 大产品线中，光纤通信系统设备占主营业务收入的 51.49%。烽火通信在光纤通信设备及系统方面的竞争优势是如何体现的？烽火通信将如何继续保持在行业的领先地位？

何书平：我们是国内做光通信、光传输最早的企业，我国一系列具有里程碑意义的光通信技术、工程、产品都是我们做出来的，但从市场结果和竞争态势看，公司在产业化方面与我们的友商存在一定差距。

可以说，烽火通信在光通信的专业经验和人才梯队建设上具有一定优势。我们很早就开始做光通信，积累了很多经验。我们培养了一支队伍，在人才梯队建设上比较合理。武汉邮电科学院 1974 年成立，也就是说在 1972 年全球真正拉出第一根光纤 2 年后，当时的院领导就坚持把武汉邮科院的发展方向定在光纤上，我们的起步并不晚多少，在技术上是有一定优势的。

刘东：烽火通信在光纤光缆领域位居全国前列，光纤光缆对公司营收的贡献率达到 33.91%。光纤光缆产品具有周期性特征，你们将采取什么措施，应对市场波动和竞争对手的冲击？

何书平：光纤光缆是公司重要的组成部分。但早期我们在从科研院所向市场化转型过程中做得并不好。1994 年我开始做市场的时候，我们在中国光纤光缆企业排名中一直在 10 名之外，一年只有三五千万元销售额。后来逐渐发展，到 2001 年高峰产值超过 10 亿元。但随着网络泡沫的破灭，光通信进入冬天，企业价格战打得很苦，平均光缆每芯的价格从 1500 多元降到 200 多元。后来我们的产量翻了几倍，但销售额一直没突破 10 亿元。直到最近三四年，烽火光纤光缆的发展才开始加速。

我们采取了一系列措施，并通过并购整合，进一步提高产能，完善产业链。烽火通信已经拥有从制棒、拉丝到成缆的完整产业链，品牌也逐渐被用户认可，烽火通信在光纤光缆领域居于前两位。

随着市场需求的增加，各厂商都做了一定规模的扩产，这势必带来降价的压力。但有一点可以肯定，目前处于前几位的光纤光缆企业都经历过 2001 年泡沫期和 2002 年泡沫破裂以后的价格战，应该说大家相对已经理智了，谁会老做亏本赚吆喝的事情？同样运营商也经历过这些，也必然是理性的。

刘东：从目前情况看，中国 3G、宽带建设的发展速度与预期还有一定差距。你如何看待 2010 年通信市场的发展前景？

何书平：这也是我最关心的事情。正如我刚刚说的，这几年烽火通信确实发展不错，这有内部的原因，但外部因素也是很重要的一个方面。我们很关注运营商的发展态势。

从现在情况看，3G发展与预期确实存在一定的差距，运营商对此也有心理准备。在投资方面，运营商要面对进一步完善网络和促进业务增长带来的难题：业务量没有增长上来，对网络的投资就会少一点，但是网络不完善，业务量也上不来。中国的3G发展是一个综合性问题，让一般老百姓使用需要有一个过程。

从中国电信和中国联通的业务收入比例看，宽带业务对业务增长起到绝对的推动作用。所以在宽带网络建设方面，他们的投入力度也不会小于2009年。

因此，无论是3G还是宽带的投入，都会拉动对我们的产品需求。我认为2010年烽火通信的主要产品线的市场，至少会与2009年持平，不会降很多。

推行绩效考核制度

刘东：2009年是烽火通信成立10周年。10年来，烽火通信一方面完成了从传统科研院所到上市公司的转变，另一方面资产和营业收入实现了10倍的增长。你认为烽火通信转企改制的难点在哪里？你们是如何取得突破的？

何书平：最难的是思想观念的转变。我们转制前是以做研究为主的，做研究的任务，就是国家安排一个课题和经费，我们完成课题交报告就可以，这样技术人员心中养成了技术至上的心理。

1999年转制后，取消了事业经费，每分钱都要由大家去赚，怎么让各级员工理解这一点显得特别关键。公司刚成立的时候，为了配合转制，实行"定岗、定编、定员"，公司对全员进行了涨薪，且幅度不小，这时皆大欢喜，觉得公司上市很好，转制转得很好。

很快，2002年网络泡沫破灭，烽火通信遭受沉重打击，市场需求迅速萎缩，产品价格快速下滑，公司业绩迅速下降。但如此严峻的形势并没有有效传递到公司广大干部和员工身上，员工的危机意识普遍淡薄，对客户的响应速度和响应质量都存在严重不足，本来就越来越少的客户数量仍然不断下降。

要想扭转不利局面，必须从根本上改变全体员工的思想观念，公司领导不得已采取了降薪裁员的措施。从实际效果来看，此次降薪裁员幅度并不大，普通员工降10%，经理人降15%，公司高管降20%～30%。从节省成本角度看确实没有给公司带来多少效益，但因为影响到每一位员工的切身利益，让员工普遍经受了一次市场的洗礼，深切感受到市场的残酷，并真正明白了一个道理，那就是在市场竞争环境下，任何人都没有铁饭碗，工钱的唯一来源是客户，如果没有客户，我们就没有生存的基础。从那时起，一切以客户为中心、以市场为导向的观念开始深入人心了。

刘东：根据我们的了解，除了观念转变以外，你还在烽火通信大力推进制度化管理，并取得了显著效果。请介绍一下具体情况。

何书平：在转变观念的基础上，我们还实行了制度化管理，主要是改变了绩效考核制度和干部任用制度。

公司的组织结构是以功能性划分的，即：研发、生产、市场、服务，这种组织结构使得公司的整体业绩要在每个部门都配合得好的基础上取得。但是过去我们的管理是各自孤立的，对研发部门只看进度完成怎么样，对市场部门只看他拿到了多少合同，对生产部门则看它是否按计划产出。这种考核方式导致了一个怪现象：部门考核都不错，但公司整体业绩却不理想。

为了把公司经营的压力传递到各业务单位各部门，公司推出了基于价值贡献的绩效考核方式，一方面让各个功能块抓住自己的重点；另一方面盯住公司的总体目标，将两者有机结合起来。

在经理人制度变革上，我们决定不能让干部制度太僵化，得让不行的干部能下去，行的人能上来。从衡量部门经营业绩、干部管理行为评估为切入点。管理行为评估上制定了职业经理人的管理行为规范等。

在公司全面推行员工的任职资格体系建设，对技术型与管理型人才进行合理分类管理，并有了各自规范的、明确的职业生涯发展通道。

刘东：在做到干部根据业绩能上能下，员工收入根据绩效能高能低的基础上，2009年烽火通信在股权激励方面也取得了突破，但总体感觉激励的力度和范围还不够大。你怎么看待股权激励对于公司可持续发展所起的作用。下一步在股权激励方面，你们将如何取得更大突破？

何书平：你提到的股权激励，也是稳定员工的一部分。尽管烽火通信实施了首期股权激励，但与同行相比还有一定的局限性，正如你所讲的，股权激励的范围和力度都不太大。但对我们来说，股权激励这条路已经打通了，总能探讨有效的办法，发挥更大的激励作用。毕竟稳住大批的技术骨干与管理人才队伍，对国企的持续稳健发展太重要了。这一意义不仅仅是体现在烽火通信的发展上，更体现在整个"国家队"的发展上。

做专而强的品牌

刘东： 随着电信运营商的重组转型，烽火通信提出了"向国内一流、国内知名的信息网络解决方案、软件和服务提供商转型"的目标。烽火在做大主业基础上还将拓展哪些新的领域？

何书平： 公司刚成立时，我们只做光传输和光纤光缆产品。当时我们得到的用户反馈是我们的产品线太窄，不能推出组合的端到端解决方案。所以董事会、经营班子针对是否要多元化发展进行了探讨，当时业界普遍有一种认识，就是传输和光纤光缆的容量，已经足够未来用十几年了，现在看来这个说法是不对的。

那几年我们尝试做了一些传输以外的东西。但随着市场的逐渐复苏，我们发现对光通信设备的需求并不小，而且对新产品的需求越来越多，我们必须集中精力做我们擅长的产品。在烽火通信的"十二五"规划中也很明确地提出，要做专而强的品牌，不去做全而弱的品牌。

但是"专而强"的思路也有一定的风险。比如客户会认为公司产品单一、对提供一揽子解决方案有障碍等。所以我们也将积极拓展其他业务，增强抗风险能力。

刘东： 烽火通信一直非常重视技术研发、技术创新，并在光通信领域走在了国际前列。国资委已经将技术投入作为央企的考核指标之一，你们在加大研发投入、优化研发布局方面采取了什么有效举措？

何书平： 研发对烽火通信的重要性是不言而喻的。在2005年制定的"十一五"规划中，我们把人才强企和自主创新作为两大重要战略，实际上这两个方面都是指向研发的。

传输技术的更新换代非常快，人们对信息的需求越来越大。例如，3G上来后，网络覆盖本身的需求和业务从语音向数据扩展的需求，要求传输通道越来越宽，我们的设备也要随之发生改变，从原来的 SDH（同步数字系列）、MSTP（基于 SDH 的多业务传送平台）向 PTN（分组传送网）、OTN（光传送网）转变。做传输的主要任务是如何把更大量的信息以更快的速度和更简单的方式从一个地方传到需要的地方去。本地的速度和容量上升后，省际骨干网和省内的长途骨干网也不够用了，也需要大容量；家庭的接入设备，原来铜线入户就可以了，但随着业务互动化、视频化的发展，要求实现光纤到户，这又对我们的设备提出了要求。所以无论是接入网、城域网，还是省际的长途骨干网，对传输的需求一定会越来越高，它们是相互循环的，总有新的技术出现去满足客户的需求。

传输的更新换代是必然的，公司对传输主业的投入一刻也没有放松过。我们每年在研发上的投入不低于收入的 10%。目前我们的产品在高速、大容量、长距离的技术以及智能化方面都有一定的优势。

刘东：国资委要求央企要具有控制力、影响力。今年国家出台了《电子信息产业调整和振兴规划》，提出要加快 3G 建设、宽带网络建设。在这些重大工程、重大专项建设中，烽火如何更好地发挥"国家队"的作用？

何书平：这么多年我们的发展离不开国家的支持。我们的技术积累、人才队伍积累是和国家对我们的支持分不开的。现在虽然没有事业经费，但是我们从工业和信息化部、科技部、国家发改委所争取的项目还是不少的。包括宽带的 PON（无源光纤网络）技术，分组传输的 PTN、OTN 技术，超高速超大容量超长距离的"三超"项目以及特种光纤技术等。

这些项目对提高国家的整体竞争能力和企业的发展都是有利的，我们要争取做好。从大的方面讲，国家需要这些技术；从企业自身讲，掌握这些技术是公司发展的必然需要。光纤领域发展速度很快，而且没有止境，我们也要不遗余力地挖掘光纤的潜力。

刘东：对于一个企业来说，10 周年是一个很重要的节点，并且烽火通信在发展规模上也处于一个敏感期。下一个 10 年，烽火通信的发展战略、发展方向和目标是什么？你觉得下一个 10 年你们还会遇到哪些挑战？

何书平：烽火通信现在的规模是 50 亿元～60 亿元，企业在这个规模上确实很敏感，稍微不注意，垮下去很快。做好了，达到一定幅度的增长也非难事。

公司从转制到现在已有 10 年，基本解决了生存问题，建立了现代化的企业制度，但面临的外部竞争也肯定更加激烈。竞争将对公司提出更高的要求，如成本控制、品质保证、新技术开发、综合管理水平提升等。但是信息产业发展对国家的重要性毋庸置疑，公司所专注的光通信产业正处于朝阳阶段，我对公司未来 10 年的稳健发展充满信心。

2010 年 1 月 12 日《中国电子报》第 3 期

第二章

中国力量

竞争不是百米竞赛

——访创维集团副总裁 杨东文

文/刘东 胡春民 吴霜

人物简介

杨东文，1986年毕业于中南财经大学会计系，1988年获南开大学社会学系法学硕士学位，同年在海南大学经济学院工作，先后任助教、讲师、副教授、会计系主任；1994年9月~1998年5月任海南中达会计师事务所所长；1998年5月~2000年8月任创维集团中国区域财务总监；2000年8月~2003年8月任集团中国区域营销总部总经理、创维彩电事业部副总裁、集团执行董事；2003年8月~2005年8月任北京市东方叶杨纺织有限公司总裁；2005年9月至今任创维集团执行董事、副总裁、深圳创维-RGB电子有限公司（创维集团彩电事业本部）总裁。

彩电行业再入战国时代

刘东： 2008年以来，彩电企业面临的市场形势相当严峻。从外部环境看，美国次贷危机、越南等东南亚国家金融动荡、国际石油价格上涨等，对彩电企业的出口产生了不利的影响；从内部环境看，外资品牌依靠产业链优势发起的价格战，原材料、人工成本的上升，雪灾、地震以及股市、房市低迷等的影响，对彩电企业的赢利能力造成了巨大的挑战。你如何看待彩电企业面临的形势？

杨东文： 纵观中国彩电行业，我觉得发生了很大变化，企业的竞争压力越来越大。

第一，外资品牌调整了价格竞争策略，对国内品牌形成压力。目前同一尺寸的液晶电视，中外品牌的价格已相差无几，甚至国外品牌的个别产品比国内的更便宜。比如，索尼32英寸的液晶电视价格在5000元~6000元之间，而我们的产品价格高的则超过6000元。外资品牌在品牌具有优势的情况下，其价格策略的调整对国内品牌形成了很大压力。外资品牌的低价策略最终导致在中心城市国内品牌的市场份额进一步下滑，外资品牌和国内品牌市场占有率之比大概是6:4，在北京、上海等这些大城市甚至是7:3。

第二，市场竞争的压力。尽管2008年有欧洲杯、奥运会，从理论上来说，对彩电的销售是一种促进作用，但从目前市场的实际结果来看，不如预想，尤其是中心城市的彩电销售完全出乎我们的预料之外，增长幅度平稳。这是因为诸如北京、天津等中心城市平板电视的普及率已经很高，目前并没有太多真实需求。自然灾害对中国家电市场也产生了一定的负面影响，雪灾、地震等在一定程度上抑制了国内市场对彩电的需求。当前国内的经济形势也对彩电销售产生一定的影响，比如通货膨胀压力等。以上这些因素都决定了国内彩电市场的竞争压力会更大，企业之间的竞争将更加残酷。

第三，来自渠道方面的压力。国美、苏宁等渠道商也有自己的竞争压力，渠道商的竞争压力导致彩电供应商面临更大压力。渠道商的利润来源有两个：一个是在市场上要利润，通过各种价格促销来实现；另一个是从我们这些供应商身上要利润，通过各种优惠措施来实现。所以，渠道商给我们的压力也非常大，造成彩电企业有销售量但没有利润，有规模但不经济。

目前，我国彩电行业的压力非常大，我个人的观点是，2008年有点像2000年。在我国彩电发展历史上，2000年几乎所有的彩电企业都没有挣钱。我记得2000年4月份创维在中国香港上市，创维当年赔了2000多万元港币。当然，康佳、长虹等也都赔了，只有TCL赚了一点钱，整个彩电行业进入冬季。从赢利的角度看，2008年的彩电行业与2000年非常相似，这可能预示着中国彩电行业又一个冬季的来临。

刘东：彩电企业普遍认为，2008年对于整个行业而言是非常关键的一年，说转型年的有，说拐点年的也有，但他们都认为机遇与挑战并存。你提出整个彩电行业冬季来临是否有些过于悲观？

杨东文：我是有点悲观。中国彩电冬季的来临可以从以下几个指标来判断：

第一，消费不旺。尽管有平板电视新品的刺激，但由于整体经济环境相对低迷决定了当前消费市场并不是很旺盛，老百姓不愿意购买耐用消费品。其他产业也对彩电市场形成一定的压力，比如房地产低迷、股市不理想等也都抑制了人们对家电产品的需求。

第二，竞争将更加惨烈。彩电新品一上市价格下降就一步到位，且我们面对的竞争对手还是外资品牌，他们有品牌、资源的优势。外资品牌的决心很大，一家日资品牌曾经宣称，即使亏损 3～4 年，也一定要把中国市场拿下来，中国毕竟是全球第二大彩电市场，谁都不敢忽视。

第三，中国平板电视的产业链还不是很完备。中国还处在 CRT 电视向平板电视转移过程中，本土品牌没有平板电视产业链上的优势，日韩企业不但拥有上游的面板资源，而且还从事整机的生产，比如三星，即使在整机市场上是赔钱的，但他们还可以通过面板的赢利来进行弥补。其实，中国彩电企业目前是一心二用，首先要把 CRT 电视做好，我们不能自毁有优势的产业，同时又要把平板电视做好。做好 CRT 电视是因为它是中国在全球范围内极有优势的一个产业，CRT 电视还有很大的市场需求，但平板电视是未来的消费潮流，我们也决不能轻视，因为 CRT 电视无论在研发、生产还是销售等方面都与平板电视不同，所以我们很疲惫。而外资品牌则可集中精力做平板电视。

竞争不是百米竞赛

刘东：久经市场磨炼的国内彩电企业必将在竞争中找到生存、发展之道。创维将怎样应对日益激烈的竞争？

杨东文：如何应对竞争？无非是开源节流，从战略上来说，创维首先考虑的是怎样活下去，而不在乎要赚多少钱。竞争不是百米竞赛，而是长跑。我们要捍卫创维的市场份额，寻求毛利率与毛利总额的平衡，毛利率或许会低一点，但我们的销售量要维持一定的规模。当然要实现这一目标，我们会从技术上进行创新来节约成本，提高效率。在节流方面，我们还会继续保持创维一贯的风格，具体来说就是要过苦日子，节约能够节约的每一分钱。我们今天开了一天的会，就是布置这个事情。

我个人认为，在战略指导思想上重视也是非常重要的，各个企业之间可能有很大差别。指导思想不同，企业的出发点也就不同，比如有些企业比较乐观，认为今年单是液晶电视的需求就有 1500 万台，如果企业的市场占有率为 10%，则自己的市场份额就是 150 万台，企业在布置生产时甚至按 200 万台规划。这从指导思想上就与创维有很大的不同，他们对市场的预期乐观，可能在资源整合上比如进货等方面会更加积极一些，虽然很多市场研究机构和行业协会都预测今年液晶电视需求会有 1500 万台，但我个人认为，有 1300 万台就不错了，创维会保持一个稳重的方式来应对今年的变化。

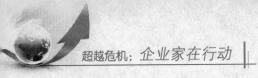
刘东：正如你刚才所说，企业把握规模和效益的平衡点是非常重要的。这不仅考验决策者对市场的判断能力、对全局的把握能力，而且考验企业产、供、销、人、财、物等资源配置整合能力。创维在这些方面是如何做的？

杨东文：以液晶电视为例，2008年市场整体需求规模大概是1300万台，创维在行业内的市场占有率，按照GFK的数据，在中心城市是10%，在全国范围内是18%。如果创维按这个行业地位来安排生产，大概是230万台，如果我们在保守一点估计就是不到200万台。在这个规模上，创维的盈亏平衡点是这样测算的：在200万台的规模上我们首先要考虑的是固定开支是多少？在固定开支的基础上保持一定的毛利率，才能达到预定的毛利总额。在这个测算的基础上，来测算零售价格能够达到预定的毛利总额。当然，规模和效率是一个老话题，保持两者的平衡是很多经营者所考虑的最重要的一个指标。设定预定的目标，我们可以通过两种途径实现，首先提高毛利率，降低市场规模（零售量），提高价格，比如创维的市场占有率目前是18%，我们可以降低到16%，这样毛利总额可能会提高。但这种方式是有风险的，我们的一些兄弟品牌确实这样做了，但问题是这个市场不是你一个企业做的，零售价格是不可控的，很有可能提高了价格销量会大幅降低。第二种方式则是降低毛利率，零售价格降一点，这称之为价格导向，价格降低了，毛利总额并不一定降低，这是因为价格降低了市场份额也会提高，从而毛利总额会提高。我个人觉得在行业的冬天，第二种模式可能会合适一点。

处理规模和效率的关系是评价一个职业经理人的关键指标，这实际上就是我们刚才讲的毛利率和毛利总额之间关系的把握，但是这种关系的把握是一个动态的过程，它是不断变化的。

做面包的不应该再做面粉

刘东：中国彩电企业正在从CRT电视向平板电视转型。刚才你谈到，由于外资品牌平板电视占有品牌、产业链等优势，国内品牌在市场上处于被动局面。近两年，包括创维在内的国内彩电企业，分别以不同的方式进入了液晶模组、等离子屏等领域。你认为中国企业怎么样才能在平板电视上游领域取得实质性突破，从根本上增加在平板电视市场的话语权？创维已经投资参股LGD广州液晶模组工厂，下一步你们在这方面还将有什么作为？

杨东文：刚才我说，中国彩电行业现在正在转型，非常难做，但正是因为难做才有了中国彩电业转型的机会。我相信，在3~5年内，中国会建成全球最有竞争力的平板电视产业链。刚开始我国做 CRT 电视也是不行的,从北京松下建立中国第一条 CRT 显像管生产线到后来赛格日立、三星、彩虹、永新、华飞、LG 等企业的生产线相继上马,CRT 电视产业链才慢慢向中国转移。目前平板电视产业也正在复制 CRT 电视产业发展的过程。

现在平板电视产业链已悄悄向我国转移,一方面我们自己在做,比如北京京东方、上海上广电都在做第 5 代、第 6 代液晶屏生产线;另一方面,外资品牌也开始在中国建立液晶模组生产线,比如电视用液晶模组集中在广东,奇美在广东南海、LGD 在广州、"中华映管"在深圳、夏普在南京、三星在苏州等,这些企业其实正在复制 CRT 电视产业发展的过程。中国拥有巨大的市场,很多做屏的企业都在觊觎这块蛋糕。在中国建液晶模组的热潮是产业转移的第一波,随后做上游液晶屏的肯定也会跟进,关键是谁先进入,液晶屏进入中国是早晚的问题。作为彩电整机企业来说,我们希望他们快点进来,他们一旦进入,中国的平板电视产业链将会完善。所以,中国完善的平板电视产业链的形成只是时间问题,我的判断就是 3~5 年后,中国就会出现全球最具竞争力的液晶电视产业链。

在这种大背景下,中国企业应该如何做呢?有两种做法,一种是诸如海信、TCL 等自己做液晶模组厂;一种是像创维、康佳一样以参股的方式涉足模组,LGD 在广州建立了液晶模组工厂,我们都是以参股合作的方式进去的。后一种可以有效地降低成本,且创维在 LGD 工厂的旁边还建立了液晶整机工厂,大大提高了便利性。同时,创维还与 LGD 合资成立一个研发中心,根据市场的变化及时研发新品。

从社会分工上来讲,做面包的不应该再做面粉,做彩电整机的就不应该做液晶面板。创维集中精力做整机,可以更充分地发挥自己的优势。那为什么国内整机企业开始做液晶模组呢?是因为 2007 年液晶模组相对短缺,整机企业深受面板短缺的困扰,所以整机企业自己做。但是面板也是一个产业,整机企业的面板如果自己用不完的时候,必须卖出去。再者,液晶模组本身并不是最关键的,它只是向上游迈出了半步,最核心的屏并没有解决。创维通过入股合作的方式,正是基于以上分析所考虑的。

刘东:你认为当前平板电视产业正在复制 CRT 当初的发展模式,我觉得这个过程还充满许多不确定因素。国外品牌不会轻易放弃垄断利润,在相关替代技术还没有成熟的情况下,他们很难将核心技术转移到中国。我们将如何尽快打破这个僵局呢?

杨东文:日韩企业之所以不把最核心的技术转移到中国,第一个原因从表面上看是为他们国家的战略利益，他们的技术不愿意让中国学走。第二个原因正如你所说的，背后隐藏着高额的垄断利润，这个利润他们当然希望享受的时间越长越好。第三个原因是他们最新的显示技术目前还不具备产业化的可能，等到他们的最新技术成熟了，那么有关液晶电视技术的转让速度将会很快。当初液晶面板刚刚起来的时候，大约在 2000 年左右，其实中国大陆和中国台湾地区处于同一起跑线上，在技术水平上差别并不大。后来之所以落伍下来，这与我国的产业政策、企业的能力有一定关系。

刘东：平板电视产业是政策密集、资金密集、技术密集产业，你认为政府在平板电视产业发展的过程中应该起到什么样的作用？现在以 OLED 为代表的下一代显示技术发展很快，为了避免引进的技术又一次成为落后的技术，你认为我国如何才能形成合力，在核心技术上取得突破，抢占市场竞争的制高点？

杨东文：坦率地说，有一种观点认为，平板电视完全市场化是企业的事情的观点是不正确的，任何一个产业的发展都需要政府的推动。就平板电视产业来说，目前我国的关税是倒挂的，即液晶模组的关税税率低，模组零部件的关税税率高，导致外资企业更乐意卖屏给中国企业，所以来投资的都是做模组的。如果提高模组关税税率，降低零部件、液晶屏的税率，则更可能会在中国建液晶屏的生产工厂。一个产业能否健康发展与产业政策的配套有很大关系。

下一代显示技术都看好 OLED（有机发光二极管），目前在这个技术上，中国和日韩企业大致处于同一起跑线上，我们的企业和政府一定要把 OLED 作为一个战略产业看待，一定要加大投入，其中政府更不应该等待，完全靠企业是不行的，因为这个产业不是一个企业能够完成的。我们的企业还不够强大，积累不够。目前我们一定要避免第三次彩电产业转移，也就是说，当我国把液晶电视产业建成相对成熟的产业链后，日韩企业又在 OLED 上大大超过了中国，中国企业又落后了。毫无疑问，未来新一代显示技术肯定是 OLED，目前限于尺寸、使用寿命等因素，OLED 还不是很成熟的。如果中国集中财力、物力来做 OLED，我想没有解决不了的问题。

也可以向苹果学习

刘东：你曾经表示，电信网、有线网、地标网、卫星网、因特网的发展对电视终端的生产、销售、经营模式将产生越来越大的影响，彩电 IT 化是目前彩电产品升级的重要方向。为此，创维推出了酷开电视，并与朗科合作，开始涉足内容领域。这与苹果公司的 iPod 模式有异曲同工之处。从现在来看，这种模式会

在电视领域取得成功吗？

杨东文：这就是所谓的3C融合、4C融合的问题。我认为，显示器件是现代人生活当中不能离开的东西，包括电视机、电脑等的固定显示终端和手机、MP3、笔记本电脑等手持移动终端等，都是显示技术的具体应用。无论通过哪种显示终端，最重要的是终端所显示的内容，而内容是通过各种网络传输和内容运营来获得支撑的。网络传输是多方面的，比如有线数字电视、卫星电视、因特网、电信网等，那么家庭客厅娱乐到底通过哪种方式来实现显示呢？用户使用电视机和电脑的习惯有很大不同，在技术和内容上两者有很大差别。

创维认为，客厅是家庭多媒体娱乐中心，关键定位是娱乐，比如看电视、看电影、唱歌等。所以我们的酷开电视就是针对以上分析所推出的，首先我们的酷开电视是不让上网的，因为上网速度很慢，但用户可以通过非即时把内容从网络上下载到酷开电视上观看。为之配套，我们建立了酷开网，该网站为用户免费提供电视节目、电影下载。从商业模式上，我们有点学习苹果公司 iPod 的味道。iPod 是移动的，而我们的酷开电视是固定的。我们开发酷开电视的目的是让电视机具有电脑的部分功能，但并不是取代电脑，可以弥补当前电视功能的不足。

刘东：创维建立自己的内容网站——酷开网出乎很多人的意料。作为一家专业的彩电整机制造商去办内容网站，跨度相当大。我们知道，目前许多专业的内容网站都没有找到自己的赢利模式，请你介绍一下酷开网的发展状况和商业模式。

杨东文：消费者需要的东西都是创维所关心的。虽然创维已经建立了酷开网，但并没有靠这个网站挣钱。当时我们是出于推动酷开电视的销售而建立了酷开网站，当时只是作为一个促销手段而已，根本没有考虑产业链如何延伸、如何营运。但实际情况相当不错，目前我们这个网站的会员急剧地增长，有将近100万的会员。其实，到这个时候我倒要好好考虑做好这个网站了。与其他网站不同的是，除了正常的下载服务外，酷开网还开发了一些产品，比如音乐枕头等产品在网上销售，而这些产品与创维以及合作伙伴朗科的产品都不冲突。我们的网站似乎找到了自己的商业模式，未来可能成为创维的另外一个产业。

刘东：你是营销方面的专家，提出了很多营销理论，比如第三种营销、加速度营销、增值营销等。家电企业如何才能介入下游渠道，打通研、产、供、销各个环节，提升系统效益？你们将如何开辟和利用三、四级渠道，网络等新兴渠道，并在营销模式上取得更大突破？

杨东文：这是目前比较热门的话题，我个人认为可以从几个方面去思考。首先，目前国美、苏宁等商业企业也处在产业转型期，我们注意到国美、苏宁等大规模开店的时候，单店的效率在降低，这不符合商业运作的基本原则。第二，中国市场非常像美国市场，市场上肯定会有多种多样的商业渠道模式出现，事实上这个苗头已经出现。我们注意到，这次五一节，尽管国美、苏宁销量也有增长，但增长幅度远不如物美、家乐福等，这些超市彩电销售的增长速度非常快。第三，中关村在线、京东电子商城、星期天等这些网络销售渠道的增长速度也非常快，迟早会出现网上国美、网上苏宁，网络销售将对大连锁产生影响。当然，目前在中心城市主流销售渠道仍然是国美、苏宁等大连锁。消费者消费习惯的改变，肯定会影响未来渠道的选择。

三、四级市场与城市化进展有很大关系。这是因为农村市场消费者的消费习惯也在改变，比如县城的消费者开始到市里买家电，而乡镇的消费者开始去县城买家电。所以，我觉得乡镇一级的销售网点会受消费者消费行为改变的影响，我们将强烈关注这个变化。

2008 年 7 月 3 日《中国电子报》第 72 期

低成本是一门学问

——访康佳集团多媒体事业部总裁　穆刚

文/刘东　胡春民　吴霜

人物简介

穆刚，回族，1970年出生，研究生学历。历任康佳集团品牌营销管理部副总监、总监，康佳集团营运管理中心总监，康佳集团多媒体营销事业部副总经理、总经理等职务。

合纵连横的时代

刘东：近两年，我国彩电市场的竞争日趋激烈。受人民币升值、原材料涨价、市场增长低于预期、日韩等国外品牌以低价策略抢占国内平板电视市场等因素的影响，大多数国内彩电企业的日子并不好过。你如何看待彩电行业和市场的发展趋势，康佳又将如何应对这些新的变化？

穆刚：我国彩电业正处在一个转型期。与以往相比，中国彩电企业的粗放型管理模式已有了巨大转变。康佳提出了价值经营，价值经营的内涵与几年前的价格战、不计成本的市场投入相比有非常大的不同。价值经营更多强调为消费者提供高附加值的产品，所以康佳首先要把产品做好。我们要能跟上世界上最先进技术的节拍，通过技术转化形成高端产品，要做性价比高、应用功能比外资品牌更全的产品，要做普及型的产品，就是原来所谓价格战的低价机。普及产品的低成本不代表低价值，低成本也是科学，有非常高的技术水准才能做出相对低成本的产品。低成本并不是粗制滥造，它也有非常好的结构设计、外观设计，有非常好的供应链管理。今年我们推出了针对奥运会定制的两款产品，并赠送给了前国际奥委会主席萨马兰奇。被我们称作"运动高清"的产品，无论是屏还是芯片，

75

都是与顶级的企业合作几年才做出来的高端产品。以前大家都以为国内品牌做不了高端产品，而康佳的高端产品 36 系列和 08 系列在整个销售收入中占了三成，在毛利润中大概占了五成。在当前比较困难的时期康佳高端产品卖得非常好，这跟我们转型阶段的战略调整有很大的关系。

还有意识形态上的转型。现在更多强调的是合作，而不是单打独斗。我们老领导陈伟荣那个时代是出英雄的时代，那个时代的英雄都很厉害，都是十八般武艺样样精通的人。但是现在的中国彩电业，我们更多强调的是合作、连横。譬如我们会去考虑涉足某些关键的上游资源领域，这可能是原来想都不敢想的，因为我们很清楚，如果我们不去走这步棋，这个产业就会遇到很大问题。正是因为这一思想的转变，我们可能会强调更多的联合，跟上游资源的联合，跟下游资源的联合，甚至更深层次的资本上的合作。

刘东：我们与其他彩电企业交流，他们也普遍认为彩电行业进入了一个新的转型期，有的企业甚至认为彩电行业的又一个冬天已经来临。面对这种形势，企业的发展战略、目标、重点等可能都需要进行相应的调整，对此你怎么看？

穆刚：我们要打持久战。持久战的前提是我们这些企业要活下来，这样才能谈到持久战。为什么能活下来呢？第一，中国国内市场巨大，不出意料的话，5年内可以超越美国。除了城市市场的需求之外，九亿农民的消费需求也是非常巨大的，一旦人口"红利"被彻底激发，中国国内市场一定是美国不能企及的。第二，当前的中国彩电企业经过二三十年的发展积累了相当丰富的客户资源、人脉资源、政府资源，我们自身的技术、营销能力也都在不断提升。中国企业经过前面的生与死的大轮回，学到了很多东西，更多强调人才、供应链的管理，战略的延伸能力等。从这个角度来说，中国彩电企业已经长大了，有能力去抵御风险。

此外，外资企业把非常大的 CRT 电视蛋糕让给了中国企业，不管液晶电视、等离子电视市场增长有多快，目前人们对 CRT 电视的需求量仍然是对液晶电视、等离子电视需求量的几倍。外资品牌在全球范围内让出了 CRT 电视这一市场，不管外界怎样评论，中国彩电企业仍然在靠 CRT 电视赢利，这是事实，在某种意义上来说也是战略，这是中国彩电企业能够活下来的一条途径。战略有很多种，第一种是进攻战略、迎面作战；第二种是游击战，别人不去的地方我们去，这是我们生存的根本。全球上亿台 CRT 电视的需求量是非常大的蛋糕，我们为什么不要呢？

刘东：日韩等国的外资品牌凭借产业链优势，在平板电视市场打起了价格战，对国内企业的冲击很大。价格战曾经是国内企业争夺市场的重要手段，国外品牌这次为什么会不惜牺牲利润和品牌形象以价格战开展市场竞争呢？你如何看待外资品牌和国内品牌市场竞争格局的演变？

穆刚： 在中国企业占领 CRT 电视市场的背景下，我们就不难理解为什么中国彩电市场上国内品牌这两年相对比较平静了。我们会注意到，外资品牌的进攻非常厉害，索尼、三星等日、韩品牌纷纷打起价格战，而国内品牌相对低调。我们不参与价格战，而他们采取价格战，为什么会这样呢？我认为有几个方面的原因，一是我刚才讲的中国企业在中国市场的优势，二是因为我们有 CRT 电视这条产品线在养着，这一点非常关键。现在浮躁的不是中国企业而是外资企业，据我们了解，外资品牌在中国市场上基本都是亏损的，因为外资品牌的产品线、渠道都相对单一，他们只做平板电视，同时他们的渠道伙伴基本上都是国美、苏宁这种商业费用较高的大连锁渠道。而中国彩电企业恰恰相反，在产品上，我们有 CRT 电视来保证生存，同时又全力进攻平板电视市场。在渠道方面，像国美、苏宁等大连锁渠道的销售额只占我们销售额的 30%，我们 70% 的份额在广大的地县级市场和农村市场，这些客户保证了我们的现金流，是我们的利润来源。

其实，未来在中国市场上国内品牌与外资品牌的争夺是持久的，外资品牌不会这么轻易就败退。虽然在像上海这样的市场，每一次"大战"下来外资品牌都要亏损，但外资品牌也会想办法改变这种状况。尽管外资品牌在平板电视上的策略是进攻，但中国企业有 CRT 电视这一产品支撑。我想这是一个持久战，持久战的一个层面就是中国企业能够能活下来，目的是为了把时间腾出来能够让中国政府、行业、企业进行反思，能够去做一些提升产业能力、优化产业布局的事情，这个时间段对中国企业来说太珍贵了。我们会对更多的上游资源进行布局，寻找合适的合作伙伴来掌握核心技术；同时，通过技术进步，使我们的很多方面得到改善。简单来讲，两三年后中国企业也能掌握包括背光源、模组等技术。如果这一块的成本下降超过 20%，那时候中国企业就有足够的能力与外资品牌抗争。

首先要做好当下

刘东： 经过 20 多年的发展，我国已经形成了比较完备的 CRT 电视产业链，但受到整个行业利润普遍下滑的影响，当初所谓的 8 大彩管企业和大多数配套企业，有的退出了彩管产业，有的转型面板、模组等平板电视上游产业。当前 CRT 电视技术出现了超薄、高清、宽屏等趋势，随着 CRT 电视产业链上相关企

业的减少，CRT 电视技术和市场的后续发展会不会受到制约和影响？

穆刚：全球 CRT 电视市场经过大浪淘沙之后会形成集中优势，最终会只有三四个品牌在经营。CRT 也会从现在过亿台的销量稳定到 7000 万 ~ 8000 万台。当这样规模的市场只有三四家去经营的时候，这将是巨大的市场机会。当然对这种看法也是仁者见仁、智者见智。日韩企业在战略上会出现分化，三星这样的企业会朝平板方向发展，他们会放弃 CRT 业务，但是并不代表没有人做这件事情。中国的企业也在分化，有一些企业不再做了，但还有一些企业非常看好这个市场。比如彩虹，我们了解到他们今年还有超过 1500 万只彩管的产能，这是一个集中效益，当一个行业的资源向少数企业集中的时候，掌握这些资源的企业的优势就会显现出来，投资者才会觉得这块市场是真正的"蛋糕"。彩管行业在回暖，CRT 电视产业也越来越稳健，液晶电视销量的大幅提升并没有导致我们 CRT 电视销量的大幅萎缩，康佳 CRT 电视销量的萎缩绝对不超过 15%。我个人认为，当一个市场变得相对集中的时候，参与这个市场的企业的优势就会显现出来。

目前我国拥有完整的 CRT 电视链，而全球 CRT 电视的销售量从 1 亿台萎缩到 7000 万 ~ 8000 万台大概需要 10 年时间，这为中国彩电企业提供了难得的机会。从全球范围来看，CRT 电视整机生产大部分部件来自中国，印度在彩管等部件生产上有一定优势。比如，汤姆逊的 CRT 业务中整机部分被 TCL 兼并了，而彩管业务部分则被印度的企业收购了。

刘东：尽管你非常看好 CRT 电视的市场前景，但全球彩电产业从 CRT 电视产业向平板电视转型已经成为大势所趋。康佳作为国内最大的彩电企业之一，在现阶段如何寻求 CRT 电视与平板电视发展的平衡，在未来如何抢占平板电视产业的高地？

穆刚：在销售额上，康佳 CRT 电视与平板电视的比例是 1 比 1。康佳作为年销售额超百亿元的老字号彩电企业，其应变能力有时候比较迟钝，这是因为企业组织的关系，而不是因为哪个领导人，或者是因为一时太成功了，被成就遮住了眼睛。外资企业在中国某一个市场很少有全军覆没的，但在中国的 CRT 市场却发生了。在中国 CRT 市场几乎所有的外资品牌都全军覆没，这是老一代中国彩电人立下的功劳。对于康佳来说，我们几年前就在想这件事，在液晶电视还不是非常火爆的时候，我们就在关注这件事，大概 3 年前，康佳在企业组织上就进行了非常大的调整，就是要确保当新产业来临的时候，我们有一批人在非常专业地研究新产品。

目前在组织架构上康佳的彩电业务分为两大块：一个叫 CRT 产品营运中心，主要是经营所有 CRT 的业务，对该运营中心的考核、评价等全都是独立的；另外一个是平板营运中心，它要解决当平板市场快速增长的时候，康佳如何快速跟上市场的问题，当然这需要时间，因为中国在平板产业当中还处于弱势地位，如何在几年内改变，需要专业的人才。康佳 3 年前把 CRT 电视与平板电视分开对待，就是让两套人马做专业的事情，实际上我们也取得了不错的成绩。开始的时候，我们对平板电视的态度有一些谨慎，其实在平板电视上，中国企业都处在学习的阶段，当你没有学到一定本事的时候，如果快速进去会遭到灭顶之灾。平板电视的供应链管理和 CRT 电视的供应链管理其实是两码事，通过向三星、索尼学习，我们觉得现在有能力去做这件事了。可以说康佳在平板电视领域做的不是最好的，却是最健康的，从现金流、周转率、应收账款等具体财务指标上来看，我们都是全行业最好的。

低成本也是科学

刘东： 你刚才说的一个观点我很同意，就是"低成本其实也是一种科学"。不论是 CRT 电视还是平板电视，都必须依靠物美价廉的产品才能赢得市场竞争。在人工成本和原材料价格普遍上涨的情况下，低成本策略对企业的产品研发、供应链管理、资金周转、市场营销等方面都提出了更高的要求，康佳是如何实践低成本也是一种科学的呢？

穆刚： 每个企业的核心竞争力都不同，其中低成本控制能力是最为重要的。国内彩电企业一开始把最普通的材质、最普通的技术、最便宜的人工叫做低成本的控制能力，而现在被叫做低成本的策略能力，低成本的策略能力不仅仅是针对低档产品的，对高端产品也一样。这需要企业的整个系统都要有这种意识，首先在产品规划上，比如在结构设计、芯片技术和各个工艺上要保证处于相对低成本，请注意是相对而不是最低成本。我们是要最低成本还是要最合适的成本，需要与市场定位、产品定位联系起来。一款产品锁定什么样的消费群，就针对这个消费群的消费水平来定义最合适的成本，这个观念应该是颠覆性的。其实，在市场取得胜利的战略有两个：一个是差异化战略，一个是低成本战略，康佳在这两个方面做得都不错。

刘东： 在大众消费品领域，明星产品、差异化产品的开发往往决定着企业的市场占有率和赢利能力。在平板电视领域，屏、模组、芯片等核心部件技术集中在少数企业手中，康佳如何才能做到差异化发展呢？

穆刚： 以康佳 08 系列的液晶电视为例，2008 年 1 月康佳推出了"双 120Hz + FHD"的技术。当同质化非常严重的时候，你如何让应用功能快速跟进，甚至创造一个细分市场，需要企业有敏锐的市场洞察力。康佳率先提出"运动高清"的概念，当时我告诉所有负责规划和生产的人，我们要做真正的运动高清产品，而不是用概念来忽悠人。2007 年康佳推出 120Hz 液晶电视，全行业没有一个做的，包括外资品牌。为什么连外资品牌都没有做呢？因为三星、LG、索尼这样的企业无须增加产品的附加值，依靠他们的品牌拉力就可以进入中国市场，所以他们一定用外观相对比较好的、功能相对简单的产品来打市场，这就是他们的低成本策略。其实三星、LG 早就有了 120Hz 的屏，但他们只在韩国和美国市场卖，中国市场他们不做。去年康佳提出运动高清的概念，并决心一定要做出这样的产品，无论成本有多高，这就是我们的差异化，因为我们一定要创建这个细分市场，锁定这个细分市场。事实上我们非常成功，现在很多企业都在跟进。我认为中国企业需要两条腿走路，只有差异化没有低成本，或者只有低成本没有差异化，都不太适合中国企业。

刘东： 平板电视市场的发展超乎很多人的想象，平板电视的上游资源还主要掌握在外资品牌手里，你刚才提到要打持久战，国内品牌什么时候才能扭转相对被动的局面呢？

穆刚： 中外品牌之间的竞争还会持续 3 年到 5 年，外资品牌通过低价倾销侵占国内品牌市场份额的状况明年可能要发生变化。日韩品牌为什么用低价策略打市场呢？其实 2008 年的中国市场给全球彩电企业都开了个玩笑，2008 年北京奥运会并没有给彩电企业带来多少实质性的销售拉升，这对日韩品牌的压力非常大。

我认为企业的发展史有三个阶段：第一个是产品公司阶段，第二个是品牌公司阶段，第三个是管理公司阶段。中国彩电企业都处在产品公司阶段，靠产品来赢利，靠产品的运营来提高品牌价值。三星、索尼则是处于品牌公司阶段的企业，而美国 GE（通用电气）公司是靠管理来赢利的。所以，三星、索尼等靠品牌来赢利的企业，很少兼顾低价、差异化两种竞争策略，而靠差异化产品赢得市场的企业很少涉足低端或者低价产品。

三星和索尼在中国市场做这么大胆的尝试肯定是短期的，为什么要做这种尝试呢？我认为，一方面他们认为 2008 年中国平板电视市场很可能会大爆发，另一方面康佳、TCL、长虹、创维、海信等国内企业已经在二、三级市场开拓得比较充分。所以，日韩品牌选用了超低端、低价的市场策略来打开中国市场。这种做法一定是短期的，所以不论是三星，还是索尼，他们作为上市公司一定是用财务报表来讲话的，不会因为一时的市场占有率而改变股东的想法。所以他们这种低价战略打开中国市场是短期战略。因为日韩企业的市场重点还是欧美，美国是第一大市场，但美国经济下滑得厉害，三星、索尼、夏普在美国市场的总体销量萎缩了30%。他们的销量在中国市场增长多少都是没有用的，因为中国在他们的份额里面只占10%，所以这是一个非常危险的信号，我相信他们2009年的全球战略肯定会调整。

如果今年他们通过低价策略拿不下中国市场，在2009年会用正常的策略来做中国市场，而不是用现在的低价策略来操盘。从现在各方面情况来看，他们还在往这方面走，这也是很可怕的信号。我觉得中国企业的战略是正确的，稳住阵脚，通过自己的努力使产品线拓展，形势慢慢会好起来的。

2008 年 7 月 17 日《中国电子报》第 78 期

流程管理至关重要

——访 TCL 多媒体有限公司 CEO　梁耀荣

文/刘东　吴霜　胡春民

人物简介

　　梁耀荣，自 1978 年起在飞利浦公司连续工作 28 年，于 2007 年 4 月退休，此前任飞利浦消费电子执行副总裁，主管家庭娱乐解决方案。梁耀荣在新加坡大学（现新加坡国立大学）取得机械工程学士及工商管理硕士学位。

先做好流程管理

　　刘东：你到 TCL 多媒体已经 9 个月了，TCL 多媒体第一季度财报显示，公司实现了经营性赢利，液晶电视和 CRT（显像管）电视保持了增长。你曾经说过，让 TCL 多媒体成为一个持续赢利性的公司是你的主要任务之一。如今，TCL 多媒体已经开始赢利了，我想知道，在这 9 个月期间，你主要做了哪些工作，TCL 多媒体实现经营性赢利主要原因是什么？

　　梁耀荣：不管 CEO（首席执行官）能力有多强，也不可能在 3 个月内实现扭亏，只不过 TCL 的扭亏行动一直在进行。TCL 多媒体在前几位 CEO 的领导下，开始了国际化进程，我比较幸运，插入的时间刚好，前面的工作都做了，我只是做一些改善、跟进的工作，当然也不能说问题都解决了。目前来看，扭亏趋势已逐步向好，这从前面六七个季度的市场业绩就能看出来，到了今年第一季度，TCL 多媒体总算是看到了"晴天"。

　　9 个月之内做了什么事情呢？谢谢你给我提这个问题，首先我要自我检讨，看看做得好还是不好。就一个企业来说，不管是 TCL 还是其他企业，如果没问题就是最大的问题，因为你没发现问题在哪里。

这9个月，TCL多媒体走过好几个里程碑，刚开始的两个月，就是认识TCL这个企业，虽然我在飞利浦时就与TCL合作了五六年，但真正与大家一起工作，深入了解TCL的工作流程、企业文化等，还是这两个月的事情。开始的两个月，我花在人际沟通的时间比较多，包括与中层管理者、普通员工等的交流。在我看来，事在人为，如果你不了解每个人的需求，就很难实现相对融洽的组合，即使是两个人的合作也比较难。在初步了解了企业状况、文化状况及竞争者的情况后，我开始着手建立一些流程方面的工作。我觉得国际企业都以流程为主，没有流程的企业，事情总是难以规划，效率低，内耗大，所以建立了人的管理、岗位定位、薪金激励等几个流程。我们会逐步建立、健全流程，目前流程方面的工作已初显成效。

在薪金方面，我们与市场标杆做了比较，需要调整的也调整了，激励系统也建好了。在人力资源方面，最少需要有五六个流程，我们也在做。

在供应链流程方面，供应链如果管理不好，毛利流失的风险会很大。我记得以前有个老板说过，做家电企业应该和卖苹果一样，苹果放上两个月就会烂掉，所以要尽快运行。现在我们的产品从半成品到成品库存，再到客户端，各个环节的数据都很清楚。有了清楚的数据，我们就可以调动各种资源来满足顾客的需求，在这方面如果做得好，至少可以挤出1%~2%的利润。供应链流程的关键是掌握好毛利管理的流程，每做一笔生意都能清晰掌握相关信息，比如这批货物赚多少钱，这个说起来容易，但做起来很复杂，因为产品的成本在变动，如何在第一时间去处理，需要一个系统，目前这个系统也已建立起来。

在财务流程方面，我们可以做到每月回馈具体的信息，在每个业务群、每个区域回馈的信息中，我们重点关注的是销售毛利，同时还要看风险。比如越南有金融危机的风险，风险有多大，怎么处理，我们会定期从全球宏观经济运行的角度分析。

刘东：正如你所说，科学的流程建设对于企业的健康发展非常重要。你来到TCL多媒体以后，对人的管理流程、供应链流程、财务流程等都进行了调整和完善。这种流程的调整挑战性比较大，因为这不但要改变人的习惯，而且要调整人的利益分配格局。你在推进流程改造的过程中，遇到的主要问题和障碍是什么，你是如何克服和解决的？

梁耀荣：坦白说，刚开始的时候是比较艰苦的，大家看到新的CEO来了，会带来一套新的做法，有些人可能觉得CEO只是说说而已，而不会真正去做。

我做事情是很负责的，我有一个比较薄的记事本，有什么事情我都会记到上面，没做完的就不会删掉。大家都明白，我说过的就一定要执行，如果你没执行，我就有办法跟踪，并且请你过来讨论，经过一段时间，大家都习惯了。当然只有一个 CEO 来推进流程是推不动的，还需要整个执委会、管理层、中层管理者一起来推。我最高兴的就是看到中层管理者也来推动，我觉得我们的进展会越来越快。

这 9 个月，流程推进工作相当理想。级别、薪金，关系到每个人的利益，刚开始的时候，大家对这个比较敏感。我们借鉴市场标杆制定了统一的薪酬系统，为 200 多名管理人员制定了薪酬制度，我觉得还不错，到目前为止，只有两个人来找我谈论，其他管理人员都说可以接受。当然，很多流程执行的时候，可能有些疑问，不过澄清之后还可以接受。执行的时候，我经常说 TCL 是一个学习的企业，确实会出错，因为理解得不完整，我们不会埋怨某个人，不能说他错，如果他错的话，就是我们做得不好，如果有这个心态，所有执行都是可以被逐步接受的。

刘东：在完善企业流程管理的同时，你特别强调人与人之间的协作。李东生董事长在总结 TCL 的成败得失时曾说过，TCL 内部还存在核心价值观难以付诸实施、诸侯文化短时间内难以化解、企业管理还碍于情面等问题。你是"空降兵"，又长期在跨国公司工作，与 TCL 在管理观念、企业文化等方面肯定会发生一些矛盾甚至冲突，你如何解决这些问题？

梁耀荣：我从一个顶尖的国际文化氛围中来到了 TCL 的国际文化氛围中，管理理念和企业文化方面的矛盾和冲突，是我来 TCL 后前两个月最先感受到的。我们进行了 9 个月的改变，已初步看到效果，现在大家互相合作，互相沟通。比方说我们的新奖励系统，我不管你是哪一个王朝的哪一个诸侯，行，我们大家一起行；不行，我们大家一起不行，将个人利益变成团队利益。我们在同一条船上，如果你在我的船里砸一个洞，我们会一起沉下去。

所谓的文化改革也不是说 9 个月就可以做得完，我认为大概需要两年时间。因为我们的预算系统运作是一年一次，产品规划也是一年一次，以前产品规划可能每个业务单元自己做，今年就统一起来一起做。总体上来看，经过两三年企业文化的改革，应该会取得成果。

坚持平衡经营

刘东：TCL 多媒体现在的主营业务还是彩电，平板电视近两年增长很快，但国外品牌对国内品牌形成了比较大的压力，国外品牌拥有产业链优势，日韩企业最近又发起了价格战。你如何看待 CRT 电视和平板电视的发展前景，TCL 多媒体这两块主营业务如何保持比较好的发展？

梁耀荣： CRT 电视销量尽管每年都在下降，但其毛利是可观的，在全球范围内还是有市场空间的。在销量下降的情况下，有一些品牌已经决定不做了，其实这些品牌不做是因为他们做不下来了，但 TCL 有这个实力去做。今年第一季度，TCL 的 CRT 电视全球市场份额比去年明显上升，其实总体 CRT 市场是萎缩的，这说明了那些退出品牌的市场转给了 TCL。我觉得 CRT 电视最少还有3 年~5 年的生命力，这与平板电视零售价格的走向密切相关，如果平板电视价格降得快，CRT 电视就没有什么生存空间了。我们也做了一个 3 年~5 年的 CRT电视计划，因为到了销量大幅下滑之时，我们最怕的是价值链的脱节，我们正在研究整个 CRT 电视的价值链。目前在 CRT 电视每个环节，我们都做了大量的工作，比如我们已经签订了 IC（集成电路）供应中长期的合约，所以心里比较踏实。我们会继续做 CRT 电视，对单个企业来说，CRT 电视还是有上升的空间的，在北美，今年 TCL 的市场占有率已从去年不到 30% 变成了超过 40%。

在平板电视方面，大家觉得压力非常大。其实做消费电子的企业，没有哪个企业敢说自己没有压力。与其他消费电子产品相比，我觉得平板电视具有一大优势，那就是市场容量很大，而且成长快。有些人认为欧洲现在平板电视的市场普及率为 50%，但我觉得还不到 25%，因为一些家庭里的平板电视不只一台，有些家庭里有两台甚至三台，据我了解，有一个家庭破纪录地拥有 30 台彩电，如果每个家庭都是这样的话，彩电企业的日子会更好。现在很少有人说他家有 3 台平板电视，通常是只买了第一台或第二台，有第三台平板电视的比较少，所以平板电视的成长空间很大。还有，中国很多宾馆的电视还是以 CRT 为主，他们迟早会购买平板电视的，所以平板电视市场空间很大，不只是在中国市场，在全球市场也是这样。

过去两年，企业在平板电视价值链上掌控得比较好，不过这些所谓的好时光不会一成不变，有些是上游掌控得好，有些是下游掌控得好。我觉得今年或明年，整机企业对上游和下游的掌控基本会达到平衡。

目前屏的供与求已基本平衡，去年这个时候，屏的价格一直在涨，如果没有关系，根本买不到屏。而今年的情况就不是这样，屏的价格一直下降，屏供应商一直表示，8 月份、9 月份价格会上扬，但我觉得价格还会下降。在上游供应相对平衡的情况下，TCL 在下游的制造、销售等就会轻松些，毛利会比较好。CRT

电视也经历过这样的情况，以前中国没有彩管厂，但后来有了。现在平板电视屏的生产厂在日本、韩国，但屏的价值链在拉长，也在转移。随着中国市场的扩大，屏的生产也会逐步转移到中国。尽管以后的市场竞争还会继续，但我觉得TCL的市场空间会比较大，因为TCL是国际性的公司，脚印遍布全球，所以机会很大。

刘东： 刚才你谈到屏的市场供需变化问题，由于核心技术掌握在日、韩及我国台湾地区少数几家企业手中，目前中国大陆企业在平板电视市场处于相对不利的地位。中国各级政府在积极促成相关技术的引进，企业也千方百计争取在屏、模组等领域获得突破，比如TCL和三星在液晶模组领域进行了合作，但在核心技术的引进方面进展依然缓慢。你觉得中国企业在屏和液晶模组方面如何才能获得更大突破？

梁耀荣： 这是时间性的问题。两年前，中国大陆的模组项目也不多，现在模组项目已经比较普遍。下一步屏的生产也会进入中国大陆，我觉得6个月到1年的时间里，一定有一家公司将在中国大陆建屏的生产工厂。现在屏的供应商迟迟不在中国生产，不仅仅是因为企业自身的原因，日本、韩国政府的因素也有，最近我听说日韩政府在思想上有些动摇，这是好事情。现在我国台湾想放开在中国大陆投资的限制，日本也在逐步放开，韩国还在观望中，如果我国台湾的企业或者日本的企业在中国大陆设立屏的生产工厂，韩国企业肯定也会跟进的。

刘东： 有一种观点认为，日、韩企业不愿意在中国大陆设立屏的工厂，是担心像CRT电视产业一样，中国企业通过引进、消化、吸收、创新，逐渐控制了CRT电视的产业链。在他们还没有找到合适的替代产品或者技术的时候，很难将平板电视核心技术转移到中国，对此你怎么看？

梁耀荣： 我看不见得，如果说屏的生产线搬到中国，那么也是很多企业投资的结果。以全球市场的视角来看，我有时对国家这个概念看得比较淡。如果屏在中国生产也不见得是什么坏事情，因为屏是高科技产品，屏的制造不需要太多人力资源，屏在中国生产或在韩国生产的成本差异不会太大，问题是关税、储运等这些问题怎么解决。所以，如果屏只是集中在3个国家或者地区，我看也不是好事情，因为这需要在运输上花费很多。像以前CRT电视产业旺盛的时候，彩管在欧洲、日本、中国都有生产，我觉得液晶屏也应该顺应这个趋势，在需要产品的地方设厂，对环境保护也是有好处的。

刘东： 差异化竞争是抢占市场的必然选择。在平板电视芯片、屏等核心技术都掌握在少数几家企业手中的情况下，我国彩电企业如何实现差异化，TCL在这

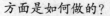

方面是如何做的？

梁耀荣： TCL实现产品差异化的途径是多方面的，TCL可以实现电视的上网、可录等功能，也可以在外观、造型上区别于其他企业的产品。其实未来最时尚的差异化功能可能是互动。我举一个例子，下班回到家要轻松一下，拿起遥控器打开电视机，然后再打开机顶盒选台。可能你选的台比较多，中国有100多个台可以选，筛选是挺烦人的。如果我们让电视机的遥控器设有记忆功能，电视机就会自动调至喜欢的几个频道上，每个频道停留5秒钟，让你选择最喜欢的节目，这样就省却了频繁换台的烦恼。遥控器的记忆功能可以提供个性化的服务，这就是产品的差异性。

再比如立体电视。现在美国已经有上千家电影院实现了立体电影放映，我在想为什么中国还没有立体电影院呢？立体电影肯定会越来越多，我们也可以确定立体电视有一定的吸引力，而且看立体节目的人愿意多付一些钱购买立体电视产品。消费者的这种需求，我们硬件厂商还没有满足，目前TCL正在做这方面的工作，为未来中国立体电影、立体电视做好技术准备。

打价格战受损失的是股东

刘东： 把TCL多媒体建成一个全球性公司是你的又一项主要任务。与其他中国企业相比，TCL通过并购国际著名品牌，在国际化方面已经先行一步，但也遇到了很多困难和挑战，你觉得TCL要成为可持续赢利的全球性公司，还需要在哪些方面努力？

梁耀荣： 我的思想都是围绕整个价值链来做，财务处理就是围绕赢利。我觉得管理一个企业就是这么简单，大的企业是这么管，小的企业也是这么管。首先你要了解全球产业的发展方向是什么，比如，如果CRT电视下滑了，我们就要减少这方面的投资。如果立体电视是今后发展的方向，现在我们就要做好准备。如果你现在不做这个准备，以后这碗饭就不是你的了。三年后电视的市场是什么样的？就是液晶电视上扬，CRT电视下降，美国市场如此，中国市场也是这样的。TCL国际化首先要了解今后市场发展的空间是什么。再比如等离子电视，目前我们没有参与，以后也不想参与，因为我们觉得等离子电视的空间是有限的，而且有风险。研究市场空间后，再进行筛选，筛选后，我们看看有没有能力去做，如果有能力去做，就制定计划去做，思路就是这样的。再举个例子，比方说数码相框，我们觉得这个产品有市场空间，而且和TCL现有产品有密切的相关性，所以我们可以进军数码相框市场。

刘东：从 TCL 多媒体的财务报表看，北美市场和新兴市场的业绩有所好转，欧洲市场的状况也正在好转。今年，美国次贷危机、人民币兑美元升值、物价上涨等对国内企业出口产生了不利的影响，TCL 多媒体在开拓国际市场方面做了哪些具体的部署？

梁耀荣：人民币兑美元升值导致成本压力上升，我们做过这方面的研究。一个生产企业选择在哪里生产，是需要考量几个因素的，其中，上下游企业之间的配套支持非常重要。比方说，CRT 电视或液晶电视在中国生产成本太高，就转移到越南，这说起来容易做起来很难，因为不单单整机生产转移过去，彩管、液晶模组等配套生产也要搬过去，这就费劲了。在中国南方一带，周边配套很齐全，所以整机生产很难搬。人民币兑美元升值使产品价格下降缓慢，因为生产成本在增加，事实上中国的产业优势至少在 3 到 5 年内不会改变。

TCL 对新兴市场非常重视，在新兴市场的业务要实现快速增长。越南、泰国、菲律宾、印度等新兴市场，最近不太稳定，TCL 的策略是将风险降低。其实风险不难预测，如果供应链完善，库存相对低，那么风险不会很大。在越南，如果越南盾贬值 20%，那么我们会提高零售价格，可能短期内对销售量有影响，但总归不会亏着卖。不过这几个新兴市场比较小，对我们整体的利润影响不大。

北美是竞争最激烈的市场，在北美市场，赚钱的家电企业并不多。TCL 去年在北美是亏损的，今年第一季度与去年同期相比，赢利水平已经改进了。我刚从北美考察回来，对北美市场充满信心，5 月份我们做得很好，销售额超过预期指标，利润和预算是吻合的。北美是一个很大的市场，我们不会退出这一个市场，国际化就是要参与全球竞争。

TCL 在欧洲市场保持平稳，欧元的上扬对 TCL 是有利的，TCL 在欧洲从去年 10 月开始有利润，目前还在继续这种成长趋势，我们最近在制定欧洲市场的三年发展计划。此外，TCL 在俄罗斯等东欧地区的增速也很快。

刘东：根据你们提出的数据，TCL 多媒体 CRT 电视已经占全球市场的 11%，今年液晶电视所占市场份额要进入全球前 8 位。你在企业内部强调规模至上的理念，TCL 多媒体要成长为一家可持续赢利的全球性公司，怎么平衡规模和效益的关系？你们又将采取什么措施，进一步加强 TCL 多媒体在全球范围的品牌建设？

梁耀荣：消费电子产品的生产规模是很重要的，因为规模和成本直接挂钩。如果我有 200 万元上游元器件的采购规模，而你只有 100 万元，那么我的竞争压力相对会小一些，也会获得较多的价格优惠。

规模和利润应该是同步进行的，以打价格战来取得规模，TCL 不想做这种事情，因为市场就这么大，打价格战受损失的是股东和投资者。作为 CEO，应该对股东负责。企业需要有利润，因为企业用的是投资者的钱，应该给他们回报，如果打价格战，投资者看你每年甚至每个季度都没有利润，他就会不再投资，所以亏本的价格战，是没办法打下去的。我的看法是以量求优势，去年 TCL 在全球液晶电视市场排第 13，我们今年计划从第 13 名进入前 8 名，大概占全球液晶彩电市场份额的 4%。

我觉得中国消费者对中国品牌的认可度和支持度偏低是需要反思的，因为韩国人都买韩国品牌，日本人都买日本品牌，中国人也应该支持中国品牌。我觉得应该研究一下这是中国消费者的心态问题还是中国品牌产品本身的问题。如果还认为中国品牌的产品不好，我觉得这就说不过去了，因为现在中国品牌的产品在屏、机芯、塑料等都和国外品牌的是一样的，差异在哪里呢？所以，这真的是值得专门研究的问题。我记得有一次去印度出差，印度客户看着我说某品牌的产品应该比你们的品牌好，因为你们是中国品牌。我说你知道你这个所谓好的品牌的产品用的屏是哪一家的吗？这个品牌用的屏和我们品牌用的是一样的屏。他听后说，可以给我们更大的支持，因为我们的定价稍微低一点。通过透明、公开地讨论，印度客户了解到所有的产品大概是一样的，虽然有品牌差异，但中国品牌的产品有价格优势。我觉得 TCL 在这方面要多做一些工作，当然也要靠媒体帮忙，这是我个人的看法。

2008 年 7 月 24 日《中国电子报》第 81 期

不能按常规出牌

——访冠捷科技集团自牌事业部 TV 总经理 刘丹

文/王建中 吴霜 胡洪森

人物简介

刘丹，2007 年 7 月至今，任冠捷科技集团自牌事业部 TV 总经理；2006 年 6 月~2007 年 6 月，任康佳多媒体平板营运中心总经理；2005 年 4 月~2005 年 10 月，任康佳数字平板事业部总经理；2003 年 1 月~2005 年 3 月，任康佳多媒体销售公司副总经理；2001 年 1 月~2003 年 1 月，任康佳多媒体销售公司青岛分公司总经理。

消费者只记住 7 个品牌

王建中： 每买 100 台显示器就有 45 台来自冠捷，作为中国最强势的显示器企业，冠捷宣布以 AOC 品牌进入平板电视市场在业界引起不小的震动。曾有不少代工商转走品牌路线，但很少有一帆风顺的。AOC 的品牌建设从哪里入手？

刘丹： 我们把品牌的策划当做一粒种子，对于种子而言，土壤是最基础的。品牌的土壤要满足两个条件：一是规模要大，规模大了才可能有成本优势；二是质量要有保证，小规模很难把产品的功能做全。冠捷产品的合格率要求在99.8% 以上，一般企业产品的合格率在 98% 左右，小企业在 92% 左右。

找到一个有制造规模的厂代工作依靠，或者本身具有制造规模优势，这对做品牌来说很重要。

做品牌要有以下三个"度"：

一是可见度。提高可见度有两种方式，一种是靠铺设渠道和陈列商品，另一种是借助于广告传播符号。以中国市场为例，起码要开 3000 家店铺才能把可见

度传播出去，平均50万人口开设1家店，至少要覆盖1亿以上的消费者，才可能有展示品牌的足够空间。

二是美誉度。美誉度取决于两个条件：第一，有好的产品质量；第二，要精心策划，品牌认知属于文化层面的概念，没有策划不可能有很高的美誉度。

三是忠诚度。让消费者感觉用这个品牌的产品有面子，此外消费者用这个品牌的产品不能有麻烦，这就要求品牌厂商的产品质量要好，服务也要好。

王建中：也许正是AOC具有得天独厚的品牌土壤，AOC的渠道模式也与众不同，不走国美、苏宁等传统家电连锁卖场，那么在可见度、美誉度、忠诚度方面，AOC品牌建设就必须独辟蹊径了。

刘丹：做AOC品牌时，我们确实需要有很多新策划，主要是因为我们的渠道模式与其他厂商不一样。AOC主要渠道是二、三、四级城市的个体渠道，个体渠道商愿意做推广。

AOC品牌在可见度、美誉度和忠诚度方面，有这样一些体会：

可见度一定要有长时间的积淀，我们认为品牌建设需要3年到5年的时间。AOC目前规划是要用3年时间，现在1年过去了，拓展了1000家店，渠道建设正在有条不紊地进行。

在美誉度方面，我们利用了AOC做电视历史悠久这一优势。AOC的前身是艾德蒙海外发展公司，在制造电视方面拥有70多年的历史。应该说AOC不是新品牌，而是老品牌，我们考虑的是如何让"老树发新芽"的问题。

AOC的品牌定位是要和三星、索尼和夏普这3个一线品牌竞争，在产品和品牌塑造方面，靠近这3个品牌，产品造型要类似，产品功能要比他们强。

在服务方面，我们借鉴欧美服务模式。中国一般是产品坏了就修，而欧美则是产品坏了就换，不是修。我们的产品在一年内是包换的，要做到这点，对企业的要求比较高，我们的产品只有1%的返修率。其他品牌的产品是屏和整机均为1年质保，而AOC的产品是整机1年包换，屏3年质保。

在忠诚度方面，目前已经使用我们产品的消费者对产品质量的反馈都还不错，应该说AOC拥有良好的口碑，进一步的品牌忠诚度正在培养和提升中。

王建中：虽然AOC品牌拥有70多年的历史，也很早涉足电视的制造，但相对于功成名就的TCL、康佳等主流企业来说，AOC还是处在起步阶段。你选择到冠捷来做自有品牌无疑将会面临来自各方的压力和挑战。对你来说，冠捷的意义是什么？

刘丹：我看重冠捷的主要有两点：

一是生产规模大，除了三星、索尼、夏普这 3 家企业在全球市场具有规模优势外，其他厂商都没有达到 600 万台的规模，要做到 600 万台到 1000 万台的规模，至少需要 3 年的时间。目前全球液晶电视的市场规模是 9000 多万台，三星占了 2000 多万台的规模，索尼占了 900 多万台的规模，夏普占了 700 万～800 万台的规模，其他品牌的规模就不多了。冠捷电视的年产能超过了 600 万台，这是吸引我的第一个因素。

二是零售渠道将会再次变革。如果国美、苏宁继续按目前"自己租场地、自己培训促销员"的模式发展，我们的产品将来是不会进入这些大型连锁渠道销售的。因为全球发达国家的渠道商都是自己做营销，自己配销售员促销，而中国的渠道商像是房东，所有的促销员都是品牌厂商提供。为什么这么多年很多新兴彩电品牌没有做起来，就是因为国美、苏宁设立的渠道门槛太高了，新兴品牌进入大型连锁渠道的门槛太高了。进 1000 家店就要培养 1000 名促销员，这对新兴品牌来说压力很大。

渠道商不可能永远不做营销，未来在中国市场的渠道变革后，渠道商将开始做营销。目前 AOC 和国美合作，也是国美自己做营销，我们不会按国美"自己租场地、自己培训促销员"的模式走。新品牌一定要走和别人不一样的模式，才有机会成功，如果跟从，会很被动。

王建中：对 AOC 的前景，你一定有一个具体的目标。

刘丹：做品牌要跻身第一梯队，消费者一般只能记住七个品牌，所以 AOC 一定要进入前七，力争进入前五，最终目标是进入前三。目前从全球市场来看，我们已经能进入前十。能够自建渠道的国家和地区是 AOC 的重点市场，比如在印度和南美，AOC 的市场占有率已达到很高的水平。

库存管理很重要

王建中：今年上半年，全球经济发展放缓、美国次贷危机、人民币升值等对中国彩电业产生了很多不利的影响。你认为当前国际经济环境的变化对我国彩电企业到底产生了什么样的影响？冠捷是中国最大的彩电出口企业之一，如何应对国际市场的变化？

刘丹：其实这只是外部环境的因素，应该说全世界再也找不到比中国更适合生存的土壤了，90% 以上的彩电核心材料在中国生产。在其他国家，很多彩电厂商只是完成组装。中国已具备完整的彩电产业链，所以一点都不用悲观。

我们应考虑产业升级问题，而不是组装问题，组装应转移到生产力成本更低的国家。不过，近10年，我国的组装产业不会转移出去，因为在中西部地区还是有能力和空间承接产业的转移。所以10年内，组装业完全撤出中国不太现实。一些厂商原先在印尼、越南设厂主要目的是规避关税，其实中国的制造优势依然存在。我们当下需要解决的问题是在中国大陆制造面板。此外，芯片行业的主要产业链也在中国，全球主要的液晶电视芯片提供商晨星和联发科，80%的研发和制造都在中国。

王建中：从整个产业链的角度来看，中国彩电业的发展前景还是很好的，但目前每个企业还是遇到了很多棘手的问题，你认为大家应该怎么做？

刘丹：国内彩电企业碰到的主要问题是液晶面板价格大幅下跌。相对而言，人民币兑美元升值只是他们面对的一个很小的问题，因为美元对人民币汇率平均每个月只有不到0.5%的变化幅度，而液晶面板价格的跌幅却高达15%~30%。从深层次原因来看，这可以归结于企业库存管理水平不高，是管理层面的问题，而不是行业性的问题。

中国企业普遍存在库存管理水平不高的问题，而今年中国彩电企业遭遇的危机也主要表现为企业库存周转遇到了麻烦。提高材料的周转率，可以提高抗风险的能力。今年上半年，如果彩电企业的存货周转次数达到6次，应该不会亏损，如果周转次数低于3次，应该是亏本的，除非本身毛利率比较高，还能承受液晶面板价格下跌的风险。

对于人民币兑美元升值等外部因素的问题，一个解决方法是采用灵活的财务措施避免汇差，那么美元贬值对彩电企业就不会产生很大影响。

王建中：除了价格等因素以外，从今年3月开始，液晶面板出现了供过于求。液晶面板过剩的原因业界普遍认为是上游过度扩产造成的，你如何看待？

刘丹：上游液晶面板过剩的原因有很多种，这是各个环节共同作用的结果。当然，需求下降是最主要的原因。比如受消费需求萎缩的影响，不少消费者原先打算购买大尺寸电视，现在换成了买小尺寸电视；原先想购买小尺寸电视的，现在不买了。但是做中国市场的企业没有受到太大影响，因为中国市场的需求是上升的，而且因人民币升值，企业购买面板的成本相对减少了。以32英寸液晶电视为例，去年卖到4999元的价格很难，但今年卖3999元的价格很正常，因为成本已降为3000元了。

今年8月中国液晶电视的需求量是7月的1.8倍~2倍，很多企业反映市场回暖了。价格下降后，需求就增加了，下半年彩电行业的整体环境会变好些。当然需求增加，不是每个企业都能赚钱，企业成本降多少，价格不能同样降多少，

不然企业还是不赚钱。

王建中：对彩电来说，价格一直是敏感话题，价格甚至在某种程度上起到了行业洗牌的作用。今年上半年，以夏普为代表的日韩品牌在终端市场采取价格战的策略获得了不少市场份额，应该是由很多因素导致的。

刘丹：这主要是上下游联动产生的效应。中国企业的规模没达到一定程度，很难和面板企业谈更低的价格，当面板需求过剩时，很多企业的采购员并不知道面板的真实成本。日韩品牌则不一样，他们既生产面板，也生产整机，他们生产面板的企业老总常和生产整机企业的老总一起开会，对价格和市场的判断比中国企业更精准。与之相比，中国企业很被动。

今年上半年，日韩品牌的价格降得比国内品牌多，只有两种可能：第一，他们知道面板会供过于求，所以拿出接近面板的成本价来做市场；第二，他们预测出人民币升值，他们在 4 月、5 月就预测出美元对人民币汇率在 1：6.5 左右，就按这一汇率计算成本了。但这种做法是冒险的，因为日韩品牌也是估摸着汇率变化在做相应的价格策略。

其实，对中国企业来说，当时正确的做法是，看到日韩企业把面板的价格降到 450 美元时，可以直接找面板厂去谈更合理的价格，不然就停掉和该面板厂的合作。另外，也可以预期汇率，采取相应的财务措施。

新兴品牌要和"山寨"区分开来

王建中：由于液晶面板的市场变化，近期广东等地出现了"山寨平板"的生产作坊，并初步形成了产、供、销一条龙的配套服务。目前"山寨平板"对大品牌的冲击并不大，但对新兴品牌的影响不容忽视。你如何看待"山寨平板"？

刘丹："山寨平板"的定义一定要和新兴品牌的平板区分开来。不能对所有新兴平板企业都冠以"山寨"之名。"山寨平板"应该专指采取以次充好，以超低价入市，为偷税漏税企业所生产的平板电视。

现在 32 英寸液晶电视的成本在 3000 元左右，但在广东一些地方，32 英寸液晶电视 2600 元就出货。如果不是偷税漏税，这些企业没有办法做到这么低的价格。

液晶屏的使用寿命很长，一般可达到 6 万小时。欧美市场对产品的生产要求很高，返修屏和坏屏都不得再次销售，所以有为数不少的劣质屏流入中国市场。生产企业是计提过退货损失费用的，所以会以非常低的价格出售给中国的一些企业。

目前在欧洲市场液晶电视有 4000 多万台的出货量，美国市场有 2700 万台的出货量，以 32 英寸液晶电视为例，通常这一尺寸级液晶电视的出货规模占所有尺寸出货规模的 30%，因此，32 英寸液晶电视约有 2000 万台的出货规模。以欧美两地产品 1% ~ 2% 的返修率计算，就会有 20 万 ~ 40 万块 32 英寸劣质液晶屏流入中国市场。这就是 32 英寸液晶电视可以在广东一些地方以 2600 元的超低价格出货的根本原因。总之，山寨厂的制造成本不会比正规企业的少，很可能是在偷税漏税和假冒伪劣上做文章。

王建中：实际上，"山寨平板"数量有限，对品牌企业影响不大。近期随着技术进步，等离子也推出了中小尺寸产品，这对液晶电视的市场份额到底会产生多大的影响？

刘丹：从成本角度讲，中小尺寸等离子电视的成本肯定比同尺寸液晶电视低。因为液晶电视的玻璃都是康宁的玻璃，价格比较昂贵，而等离子电视的玻璃生产则相对简单。实际上，如果长虹等离子事业能够成功，不仅能促进等离子产业的发展，也可以促进液晶产业的发展。因为如果等离子电视在中国大范围铺开，液晶面板厂为了节省成本，也会转移到生产力成本更低的地方生产。

冠捷暂时没有生产等离子电视的计划，但如果长虹等离子屏确实有竞争力，AOC 品牌可能会推出等离子电视。

王建中：彩电技术的发展日新月异，技术已经成为影响消费者购买行为的主要因素。目前市场上出现的 IPS（平面转换）技术，成为市场关注的热点之一，对此你有什么评价。

刘丹：液晶屏技术常用的有三种：第一种是 IPS，它的液晶分子初始排列是与玻璃平行的水平排列；第二种是 VA（现在高端液晶应用较多的面板类型，属于广视角面板）技术，液晶分子和玻璃呈 45°排列；第三种是 TN（扭曲向列）技术，与玻璃是垂直排列。这些技术各有优点：被挤压时，IPS 技术亮度变化不大，色彩效果会下降很多；VA 技术色彩效果变化不大，但亮度会出现变化。索尼比较重视色彩表现，所以选择运用 VA 技术。目前应用 IPS 技术生产屏的有 3 个厂：LGD、夏普、日立阿尔法。其他厂都是做 VA 技术的屏，IPS 技术的屏和 VA 技术的屏比例差不多为 3∶8，液晶电视差不多也是这样的比例关系。不过目前三星、友达、奇美等做 VA 屏的厂商都在强化自己的技术。这三种技术目前都在进步，都在融合，技术间的差异越来越小。

王建中：节能环保是今后彩电技术的发展方向，近期一些彩电企业推出以 LED 为背光源的液晶电视。你认为在节能环保方面，今后彩电技术需要取得哪

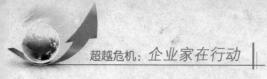
些突破？

　　刘丹：我们分析后发现，电视用 LED 背光源的必要性并不是很大，未来 5 年～10 年，应用 LED 背光源的液晶电视将占总量的 15% 左右。因为应用 LED（发光二极管）背光源电视带来的好处有三：一是省电，但省电的效果并不是很明显，LED 对于插头供电产品的影响并不是很大，而对手持的用电池供电产品的影响比较大，所以在手机上 LED 屏用得很多，目前已经超过 30%；二是动态效果好，但消费者用肉眼是很难辨别出来的；三是黑白对比度高，但黑白对比度也不容易觉察。

　　在 LED 成本降低的同时，CCFL（冷阴极荧光灯管）的成本也在降，而且降幅很大。原来 32 英寸液晶电视的背光源需要 100 多美元，现在降到 40 美元左右；19 英寸液晶电视背光源的成本只要 12 美元。此外，CCFL 也在优化色彩饱和度，CCFL 的技术也在进步。

　　未来 LED 背光源用于液晶电视的市场前景还不好说，但 5 年内，LED 背光源在大尺寸液晶电视普及是不现实的。

2008 年 8 月 28 日《中国电子报》第 96 期

过冬要有余粮
企业要有现金

——访长虹多媒体产业公司总经理 徐明

文/胡春民 吴霜 张建设

人物简介

  徐明，男，汉族，1964 年 7 月生，四川省绵阳市人，1998 年 5 月加入中国共产党，成都电讯工程学院无线电技术专业本科毕业。现任长虹多媒体产业公司董事、总经理、党委书记，高级工程师，中国视像行业协会等离子委员会理事长以及四川长虹集团多个子公司董事，电子信息行业质量管理优秀领导者，绵阳市劳动模范、优秀共产党员，"有突出贡献的中青年科技拔尖人才"，在电视机领域拥有多项国家级专利。

  2007 年 4 月至今任长虹电器股份有限公司多媒体产业公司总经理、党委书记。

只要膘肥体壮就可御寒

  张建设： *一个较为普遍的认识是我国家电业进入了"寒冬"，你如何判断这一产业形势？你认为家电企业该如何"过冬"？长虹采取了哪些措施？*

  徐明： 当前我国彩电业可以说处于不利的格局当中，比如在华东市场上，排名前 6 名的都是外资品牌。彩电业在我国整个消费电子行业中处于关键位置，无论从历史地位还是当前形势看，无论从政府层面还是从企业层面看都到了需要考虑彩电业出路的时候了。当前我国彩电业最大的困难在于平板电视产业链不完善，不过可喜的是国内彩电企业已经意识到健全产业链的重要性，诸如长虹投资

做等离子屏，海信、TCL等投资做液晶模组等。

2008年全行业都提出了要过冬的观点，对于长虹来说，我们也在强身健体，只有身体健康、膘肥体壮，我们才可以过冬。过冬要有余粮、要有棉袄，对于企业来说手头要有现金。除此之外还要蓄势，还有些事情，比如企业的基础管理可能不会马上见效，但必须要做并且要做好。

在应对彩电业过冬的时候，还应该从深层次寻找出路。就中国平板显示产业来说，由于出现了战略性的缺失，而在核心技术领域没有话语权，这需要包括《中国电子报》在内的广大媒体进一步对此进行呼吁。当前我国彩电企业竞争力的缺失，关键在于产业链的不完善，在平板显示领域政府应该发挥重要的指导和推动作用。当年我国为什么能在CRT（阴极射线管）电视产业具有竞争力，关键是产业链比较完整。当时国家投资了150亿元，彩虹、北京松下、华飞等8家彩管厂商建立健全了CRT电视产业链。目前我国企业在平板电视产业链上不完善，而产业链相对完善的日韩企业通过交叉补贴，在整机市场的亏损从面板业务上得到了弥补。这对于中国彩电企业来说，是购买"敌人"的子弹去与"敌人"打仗，注定是被动的。

为发展我国彩电产业，前一段时间，长虹、TCL、创维、康佳、海信等主要企业向国家提出了很多建议。比如，国家在发展平板显示产业上应给予更多的政策支持、规划引导。

国内外品牌已无本质区别

张建设： 最近几年，业内向产业链上游进军的呼声不断高涨，甚至有人认为不向上游延伸，我国平板显示产业将最终失去机会。同时，在液晶电视产业领域，日韩企业的垂直整合度非常高。你认为我国企业的机会在哪里？

徐明： 今年我国平板电视市场依然保持较高的增长，上半年液晶电视的销量同比增长了50%以上。但现在国内彩电企业压力巨大，我国液晶电视市场呈现小尺寸向大尺寸过渡、国内品牌和国外品牌同台竞技的特征。由于中国液晶电视产业链不完整，缺少核心技术，比如占液晶电视成本80%的液晶屏国内彩电企业全部依赖进口，这对于整机企业来说可控的成本空间注定就比较小。另外，在全球平板电视屏的供求上，国内整机企业是受制于人的。比如由于北美对大尺寸平板电视的需求增加，中国企业就很难在国际市场上购买到玻璃基板等核心部件，三星康宁首先保证对三星电子的玻璃基板供应，LG化学首先保证对LG电子的玻璃基板供应，对于中国企业或者中国市场，都是他们其次才考虑的问题。

这也是国内很多企业纷纷向前端延伸的主要原因。在 CRT 电视时代，做器件的和做整机的企业一般是分开的，而在平板电视时代，日韩企业都是垂直整合的。目前三星、LG、夏普等都是单个企业进行产业垂直整合，从前端到后端都可以进行成本控制，整体竞争优势明显。

当前国内外品牌在平板电视市场上的竞争已呈现白热化状态，国外品牌产品的价格与国内品牌产品的价格基本上没有多大差别了，甚至在某些型号上国外品牌产品的价格比国内的还要低，比如日立 50 英寸的等离子电视比长虹同尺寸产品的价格低。特别在一些节庆日，国外品牌通过促销手段，大幅度降低价格。所以，国内企业在产业链不完善的情况下，与国外品牌竞争很辛苦。

尽管如此，中国企业必须要进入平板电视产业。首先从长远来看这是战略选择，因为电视平板化是一个发展方向，中国平板电视市场的增量很大。其次，原来做垂直整合的企业也存在一些问题，由于每家企业都做屏，但每家企业屏的规格、电路等却不统一，配套没有专业化和社会化。驱动电路做 3000 万片和做 3 亿片的成本差异很大，这样就会直接影响他们的成本。现在一些面板企业开始逐步把驱动电路、背光源等一些部件的生产让出去，让专业的企业来做，并实现标准化，以降低成本，这就为中国企业提供了机会。再次，在液晶电视的尺寸上，上游企业正在探讨统一规范。比如，在 24 英寸上到底是采用 24.1 英寸、24.2 英寸还是 24.3 英寸，3 家液晶屏企业达成了一致意见，这使中国整机企业有了更大的选择余地，不会由于尺寸的不统一对某家企业产生依赖。所以对于中国企业来说，在液晶电视领域还是有很多机会的。

中外企业在平板电视上的差异主要是在品牌上，在研发、生产、渠道、销售等方面，日韩企业都实现了本地化。在产品质量没有本质差别的情况下，价格上如果国内品牌有一定的优势，国内消费者就没有理由再一味地购买国外品牌的产品了。当初 CRT 电视也存在这个问题，但当国内品牌的技术发展到一定阶段，即国内品牌的产品与国外品牌的产品没有本质区别的时候，国内品牌的市场份额一下子就上来了。如，从 29 英寸纯平 CRT 电视市场开始，国内品牌一下子就颠覆了国外品牌在国内市场上的地位。所以，中国企业在液晶电视市场上肯定还会有机会。

找到适合自己的商业模式

张建设：在平板电视领域，液晶电视占有较大的市场份额。在你看来，等离子电视市场发展加速的原因是什么？长虹如何权衡液晶和等离子的关系？分别采

取了哪些策略？

徐明：由于企业、行业协会以及媒体的大力宣传，消费者对等离子电视的看法正在改变，上半年等离子电视的销量呈现快速增长的态势。过去一些媒体的误导造成消费者认为等离子电视功耗高、辐射大的错误印象。刚开始做等离子电视的时候都是着眼于大尺寸，而液晶电视是从小尺寸做起的。现在同尺寸的液晶电视与等离子电视的功耗基本是一样的，在 50 英寸超大屏幕的产品上，液晶电视的功耗甚至超过了等离子电视。等离子电视由于是自发光的，所以在呈现动态图像、黑色、色彩的对比层次等方面都优于液晶电视。

另外，等离子电视可以做薄，甚至可以超过液晶电视。现在是向消费者还原等离子电视真实面目的时候了。今年上半年国内等离子电视销量同比增长了 3 倍，这表明消费者对等离子电视的接受程度大幅度提高了。曾经放弃等离子电视业务的企业又开始关注这个产业。还有，做液晶电视的有很多小企业，而国内做等离子电视的都是国际性的大企业。更重要的是，国内等离子电视的产业链要比液晶电视产业链更完善，目前玻璃、屏、模组以及相关配套材料等相对完善的产业链已基本建成。

市场给消费者提供了等离子电视和液晶电视两种产品，但我们还需要继续引导消费者对等离子电视有一个正确的认识。对长虹来说，等离子电视是我们的战略产品，需要从产业链上进行垂直整合；液晶电视也是我们的重要产品，今后会考虑与其他合作伙伴一起做。目前国内等离子电视与液晶电视的销售量比是 1:9，但长虹的销售量比达到 3:7，今年中国市场等离子电视占整个平板电视市场的比例可能还会提高。

张建设：正如你所说，等离子电视是战略产品，液晶电视是重要产品。如今海信、TCL、康佳等国内一些企业涉足了液晶模组领域，长虹是否考虑在液晶模组方面有所建树？

徐明：这要依据长虹的产业规划来定，如果长虹有需要的话，涉足模组领域有很多种途径。比如，海信、TCL 直接建立模组生产线是其中的一种方式。我们已经注意到，全球液晶模组生产工厂正在大规模地向中国转移，对于长虹来说，如果有这个需要，我们可以直接从源头买，也可以与模组生产企业合作。目前最重要的工作是找到适合长虹自己的商业模式。

张建设：有一种说法，CRT 电视仍然是国内彩电企业的重要利润来源，而且在全球范围内保持着一定的增量市场，对此你如何看待？

徐明：尽管我国彩电业正在从 CRT 电视向平板电视转型，但 CRT 电视仍拥有很大的市场，今年全球 CRT 电视的市场需求量估计还有 1 亿台。虽然 CRT 电视销售量在下滑，但平板化毕竟还需要较长的时间。比如，中国市场单纯黑白电视的需求量有 600 万 ~ 700 万台。目前我们所说的升级换代实际上指的是城市市场的升级换代，即从 CRT 电视向平板电视升级。而广大农村市场目前还是黑白电视向彩色电视升级、小尺寸彩电向大尺寸彩电换代、CRT 电视向平板电视升级等多种情况共存。就中国彩电市场来说，CRT 电视的生命期还很长，短期内还是市场的主流产品。

我所接触的几家彩管企业都认为，CRT 电视至少还有 5 年以上的稳定期，每年的市场保有量不低于 2000 万台。具体到今年来说，我国 CRT 电视的产量大约在 5000 多万台，其中大部分都出口了。另外，CRT 电视自身的技术也在发展，比如节能、超薄等，甚至 21 英寸、29 英寸的超薄 CRT 电视在城市市场的销售也是相当不错的，在城市市场依然保持一定的销量。这说明我国消费者对彩电的需求是多层次的。所以，今年我国 CRT 电视销量可能会下降 10%，但从整体上看还继续是市场的主流，并保持相对稳定的态势。

赢利需找准切入点

张建设： 国际市场依然需求不足，外资品牌依然产能过剩，那么价格竞争是否要持续下去？

徐明： 价格降与不降取决于两个因素：供求关系和技术创新。从 2008 年第四季度看，全球平板电视市场是有互补性的，在欧美会出现圣诞节行情，在亚洲市场春节前后是旺季。平板电视市场不会再出现 30% ~ 40% 这么大幅度的降价，总体上将呈现相对平稳的态势。不过，全球市场对大屏幕产品的需求增长仍将是缓慢的，我们已经注意到高世代线液晶面板比如第 8 代、第 7 代线纷纷切割成小尺寸的产品，市场对液晶电视需求的尺寸空间在下移，32 英寸、37 英寸可能成为市场的主要规格。其实，去年上游面板企业都认为，第 8 代、第 7 代线切割成小尺寸是不经济的，但从今年市场需求来看，切割总比不切割要好，毕竟市场需求最终决定实际的切割尺寸。

张建设： 面对外资企业的价格战，国内品牌大多是非常理智地回避。中期财报也显示，在营业收入增幅放缓的情况下，国内彩电企业毛利率有所提高。这是否暗示我们的赢利能力提升了？

徐明： 国内彩电企业的赢利水平取决于两个因素：一方面是企业内部的营运水平和效率的提升，消化了原材料涨价等外部不利因素的影响；另一方面是，品牌的溢价。品牌溢价能力的差异是目前国内品牌与国外品牌产品价格差异的主要原因，但从实际市场来看，在很多消费者已经认识到国内品牌的产品和国外品牌的产品在质量上并没有差异的情况下，他们会选择国内品牌的产品，毕竟在价格上国内品牌有一定的优势。

当消费者趋于理性的时候，日韩品牌的这种高溢价能力将慢慢被弱化。随着平板电视市场的成熟，国内品牌的赢利水平将进一步提高。

张建设："家电下乡"政策实施近一年来，对三、四级市场的拉动发挥了积极的作用。在你看来，如何更加有效地启动三、四级市场？

徐明：国家对农村、农民实施在税收、补贴等方面的优惠措施，对农村市场的影响是有一个滞后过程的，政府的优惠政策对农村市场的启动效应并不是立竿见影的。另外，中国农村市场的需求具有结构性的差异，城市市场的销售旺季在农村市场未必是旺季。比如"五一"前后城市市场是旺季，但农民在这个时期由于要购买化肥、种子、农药等农用材料而不会在家电产品上花费太多。

从整体上看，2008年农村市场的消费能力在增强，政府实施的"家电下乡"政策对农村市场的家电消费将产生促进作用，今后关键是做好宣传，让更多的农民知道这一政策。我们已经注意到，政府打算把"家电下乡"的试点范围从3个省市扩展到12个省市，这将大大提升农民购买家电产品的能力。总的来说，我看好农村的市场需求。顺便建议一下，国家在实施"家电下乡"政策保护农民利益的同时，也应适度考虑一下提供"家电下乡"产品的企业的利益，比如对中标的企业给予适当的补贴。

2008 年 9 月 25 日《中国电子报》第 107 期

战略决定企业成败

——访广东志高空调有限公司董事长　李兴浩

文/刘东　陈庆春　安静

人物简介

李兴浩，广东佛山人，中共党员，获 MBA 学位。1994 年 3 月与他人合资创办志高空调，后合作方撤资，遂全资拥有该公司。经过 10 余年的千磨万砺，将志高空调打造成中国乃至全球空调业一个响当当的品牌。曾当选广东省十大经济风云人物，全国人大代表。"福布斯"中国富豪榜、慈善榜常客，中国最具个性及传奇色彩的民营企业家之一。

用信心开拓国内外市场

刘东：经济界普遍认为，美国金融危机的影响会持续相当长的时间，对中国企业产生的影响也会越来越大。你如何判断今明两年的市场形势，志高空调将采取哪些措施应对外部环境的变化？

李兴浩：我认为，全球性金融风暴将影响 2009 年度的全球经济发展，世界经济将进入衰退期，中国同样会受到冲击。但同时也要看到中国经济的健康持续发展，对比国外的实业家和经销商而言，我们遇到的困难还算小的。在这种市场全球化的大背景下，只有不断巩固企业优势，持续打造核心竞争力，不断为市场提供最优质的产品和服务，为顾客贡献更多的价值，才能走向成功。

无论外部环境怎样变化，志高对每年实现业绩增长 15% 以上充满信心。目前志高位列国内空调市场第四，对于排名我不看重，我更加看重志高自己的增长，更看重能否给消费者带来更大的价值。

刘东：刚才你谈到，志高空调的出口并未受到金融危机的影响，仍然保持了高速增长。目前，在志高空调出口的产品中，自有品牌和贴牌产品各占多大比例？你们在开拓国际市场方面，有什么成功的做法和经验？

李兴浩：在 2008 冷冻年度志高空调出口量中，自有品牌占 30%，贴牌占 70%。我们给二三十个品牌做贴牌生产，几乎每个国家都有，都是非常知名的全球品牌。志高自有品牌在全世界都"播"了"种"，定位在中高端品牌，每个国家设一个代理商。其中在西亚、南非、中南欧、中南美、北美、东欧、东南亚等区域的市场表现尤为抢眼。从利润来讲，自有品牌的利润要低于贴牌生产，二者相差一个点的水平，因为很多外国人还是不认可中国产品，这也是为什么业界常说做自有品牌出口是"做得快死得快"。所以，对于中国家电企业来说，我认为"走出去"第一步是"借船出海"，成熟之后才是做自有品牌。同时要明确的是，要不断提高自有品牌产品的出口量，志高自有品牌出口量也是逐年提高的。

刘东：在出口市场环境变化的情况下，扩大内需是企业发展的必然选择。刚才你也提到，相对于一些大规模的集团化企业来说，志高的资源有限。根据我们对空调渠道的了解，目前国美、苏宁基本控制住了一、二级城市市场，剩下的都要靠企业自己运作，针对这一现实情况，志高如何获得优势商家资源？很多厂家采取了加大商家返点的做法，志高通过什么来吸引商家的淡季打款？

李兴浩：我一直认为对商家的返利都是表面功夫，比如有的厂家称对商家提高了返点，但是仔细一看他的产品价格也提高了，事实是十分清楚的。所以我认为在商家返点上做文章，只是一种营销手法而已。

真正要获得优势商家资源，途经只有一个，就是提升自身的核心竞争力。经销商现在也越来越看重空调厂家的发展前途，而不拘泥于现在的市场情况。志高空调拥有较强的产品技术优势，是最节能的空调、最静音的空调、最健康的空调。

而最让商家放心的是，志高拥有业界最高的售后服务标准：自 2002 年 9 月 1 日开始，志高推行"零配件终身免费更换"至今已有 6 年多时间，目前我还未看到更高的标准。这一方面说明了志高产品质量的水平，一方面也是志高对经销商、对消费者的保证。

同时更加重要的是，经销商和空调厂家之间要有互相认同的企业文化。还有就是企业管理层的人格魅力也是吸引经销商的一个重要因素。

志高在短短的 15 年间，成长为行业前四强品牌，说明我们的战略是清晰而准确的。未来我们也将沿着这样的道路走，不走弯路。我相信经销商也看到了这一点。

此外，我还想对"优势商家资源"说一下我的理解。"优势商家资源"也是人做出来的，存在着很大的变数，没有永恒性。做市场就是要"信心、信心、信心，进攻、进攻、进攻"。

刘东：最近，财政部和商务部启动了新一年的"家电下乡"工程，其中新增加了 12 个试点省份和洗衣机产品。很遗憾，空调仍不在列。你如何看待农村空调市场的潜力，国内市场需求的被激发是否会影响到志高空调的内外销比例？

李兴浩：十七届三中全会已经将内需市场提到很重要的位置，"家电下乡"工程同样也是为了激发更多的国内市场需求。但具体到空调产品，我认为，虽然大的政策环境会让空调在农村市场上的需求增加一些，但是农村空调市场潜力的真正释放还需要一段时间。首先电力跟不上，其次因为农村消费者住得很分散，所以物流成本和安装成本会比城市高很多，这样就导致农村市场的空调售价要高一些。从这一点上来说，空调产品的农村市场发展也需要像"家电下乡"这样具体的政策推动，否则将很难在短期内获得发展。

在这种大背景下，我自己的工作重心目前已经转移到国内营销板块。国内市场与海外市场还是有很大的不同，国外是专业消费者买空调，而国内非理性消费者仍占大多数。这对于以广告轰炸见长的企业是非常有利的，而志高的广告费用相对较少，因此虽然产品质量优异使志高拥有了较高的品牌美誉度，但品牌的知名度还是不高。下一步要重点扩大志高在国内的品牌知名度，以提高销量。

目前志高产品外销所占的比例要多一些，为 55%。将来随着市场的变化，这一比例也会发生相应变化。

危机是加快产品创新的机会

刘东：中国空调产业正由"渠道时代"进入到"产品时代"，未来的竞争将更多地集中在产品竞争上。志高在开拓空调新产品上有什么具体的规划？在志高的产品体系中，不仅有家用空调和商用空调，还有一些小家电产品，比如电磁炉酒柜等。这是否意味着志高将来也会走集团性的多元化之路？

李兴浩：我认同这一说法。刚才我也说到，渠道中的优势商家资源之所以选择跟你合作，看中的是你的核心竞争力。而打造核心竞争力就是要狠抓产品质量和科技创新。2009 年度，我们将进一步提升全面质量控制能力和科技创新能力，尤其是应对国家能效标准升级，我们已经推出三核智能变频三超王系列产品，而且针对不同细分市场的高能效产品系列，也已经进入了上市前的重要阶段，我们的产品群能够全面满足市场需求和国家能效新政。

志高确实也有一些小家电产品，但都是为了应对空调淡季的产品，是对经销商在空调淡季的一种补充。我们的主业只有两个：家用空调和商用空调，这一点是不会变的。

刘东：在家电产品中，空调是第一能耗大户。变频空调能够有效地降低能耗，但是由于标准、市场等原因，变频空调有些叫好不叫座。从新冷冻年一开始，很多空调企业都在主推变频空调，比如格力、美的等。志高在变频领域也推出过一些产品，最近志高又发布了拓展变频空调市场的具体实施计划，你如何看待未来变频空调市场格局的变化？

李兴浩：在"变频能效国家标准"的催化下，沉寂10余年的变频空调市场突然风生水起，很多主流厂家都推出了系列的变频空调产品。志高也于9月1日在北京发布了最新的变频空调产品——三核智能变频三超王空调，同时我们也发起"变频比真功擂台赛"，宣读了《变频比真功挑战书》。我对我们的变频空调技术充满信心。

说到变频空调技术，我们可以看到，今年主流厂家都重点提到了"180度正弦波技术"。志高三核智能变频三超王空调不仅采用了该项技术，其优越性还表现在三大核心动力源均采用全直流高端配置，即选用E涡旋直流变频压缩机，室内外机均选用直流无刷风扇电机，确保运行过程始终高效稳定。更为重要的是，它还通过DSP处理器上的PID智能控制算法，把三大核心动力源完美结合在一起。三核智能变频三超王空调的季节能效比达到7.4、噪声值仅20分贝、烟尘去除率达到90%以上、极具科技含量的智能睡眠模式等被列为挑战指标。

目前，变频空调在日本市场的普及率高达95%以上；在欧洲的普及率今年已上升至50%；在美国，随着政府对季节能效比的要求越来越高，变频空调在市场上的销售也越来越好。而对于中国市场来说，在政策的春风化雨以及行业主流品牌的推动下，变频空调的市场销售必将进入黄金期。与之相对应的变频空调市场格局，显然也将发生大的变化。

刘东：志高非常重视研发投入和技术创新，每年都投入巨额的研发经费，并且专门成立了相关研究院和研究所，与国内外的企业和科研院所开展了广泛的合作。你觉得目前中国空调产业在核心技术方面的突破口在哪里？

李兴浩：与多年前相比，经过市场血与火的竞争，生存下来的中国空调制造企业已经具有相当的竞争力。我们在空调产业的技术掌握上，已经获得了越来越多的专利和自主知识产权，尤其体现在外围技术和整体匹配制造及设计技术上。而在压缩机技术和芯片方面，中国空调企业与国外先进企业比较，确实还有较大的差距。但是，随着宏观环境的变化、国家相关支持政策的出台以及企业自身的积累及发展，尤其是变频空调在市场上全面普及之后，中国空调企业掌握核心技术的进程会极大地提速，这一点在行业主流品牌身上会得到充分体现。

做专业化的国际空调制造商

刘东： 作为一家民营企业，志高稳健地走过了 15 年的历程。志高的成功，与你提出的公司的发展目标、发展战略密不可分，与你制定的经营模式和管理模式密不可分。请介绍一下具体情况和基本经验。

李兴浩： "思路决定出路"，战略决定企业的成败。志高的终极目标是要造世界上最好的空调，让人类生活得更加美好，当然要实现这一企业愿景，需要数代志高人的不懈努力。而每一个发展阶段，又需要中期战略与短期战略，令人欣慰的是，我们所制定的阶段性目标都能按期完成。"兵无常势，水无常形"，"最合适的就是最好的"，志高空调在管理方面，善于研究企业实际与行业环境，非常讲究策略，并没有固定不变的经营模式。我们能走到今天，主要还是得益于企业文化。在发展过程中，我们总结提炼出了以"21 条理念"为核心的志高企业文化精髓。"21 条理念"看似平实简单，没有建立起一般现代企业数十万字的那种文本框架，也没有请外面的专家学者进行设计和规划，但它却与志高"从小到大和从弱到强"的历程相适配，具有强大而深厚的生命力。这种文化真正与志高以及所有志高人紧密相连，为企业的发展发挥了巨大的推动、凝聚和导向等作用。志高人始终认为，有梦想就去实现，没有梦想的企业不可能赢得未来。

只要大战略确定，成败在于细节。在认可志高文化的大前提下，抓细节。我有三句话：一是层层第一把手。每个人都是第一把手，包括在大堂扫地的员工，那是他的地盘，尽管你是贵客，在那里掉一个烟头，他也会叫你捡起来，因为那是他负责的地方。二是个个都是责任人。全面素质化管理，每个员工一定要努力成为冠军。三是找出与冠军的距离有多远。要知道与行业里做得最好的人有多大的差别，如何才能超越行业里的冠军。

刘东： 志高是典型的民营企业，你又曾经是全国人大代表。你认为，在国内外市场环境不确定、不稳定因素增加的情况下，政府应该创造哪些良好的发展环境，以进一步扶植民营企业做大做强？

李兴浩： 政府对于民营企业的扶植已经出台了很多优惠政策，党的十七大报告就提出，毫不动摇地鼓励、支持、引导非公有制经济发展，坚持平等保护物权，形成各种所有制经济平等竞争、相互促进新格局；又如"非公经济 36 条"

也明确提出在非公经济的市场准入、财税金融支持、社会服务等7个方面与公有经济一视同仁，给民企以平等的待遇。这些都为民营企业的创业发展营造了良好的环境。

在国内外市场环境不确定、不稳定因素增加的情况下，政府如能在进一步加强对民营经济的全面服务方面有更大的作为，将对推动民营企业的做强做大提供更好的帮助。

2008 年 11 月 13 日《中国电子报》第 126 期

构筑优势竞争力

——访同方股份有限公司消费电子事业部总经理　王良海

文/王建中　胡春民　甘莉

人物简介

王良海，毕业于清华大学，硕士学位，历任北京清华人工环境工程公司经理、深圳清华同方股份有限公司总经理，现任同方消费电子事业部总经理。

危机让小尺寸液晶走俏

王建中：国际金融危机对中国消费电子产品出口造成了较大影响，国内消费电子市场的需求也出现了不同程度的下滑，很多企业都在减产和裁员。你认为国际金融危机让消费电子市场发生了哪些变化？

王良海：国际金融危机对全球消费电子市场需求影响还是比较大的，整个市场的需求量在下降，老百姓的购买意愿变得比较谨慎。市场需求的变化已经在大企业身上表现出来，原来三星、夏普等企业根本不会考虑小尺寸液晶电视市场，因为小尺寸液晶电视利润相对较薄，这一市场一般都被中国品牌所占据。但现在三星、夏普等企业也开始生产22英寸、26英寸的液晶电视，从出货量来看，它们正在向小尺寸方向转变。这说明高端液晶电视市场需求下降后，它们又开始抢占中低端市场，因为国际金融危机使消费者减少了对大尺寸液晶电视的需求，而小尺寸产品相对较受欢迎。

三星、夏普等大企业的变化对中国彩电出口企业影响较大，如同方这样的企业，除了在个别国家和地区做自有品牌外，OEM（代工）是出口的主要方式，而大部分OEM产品也都是以满足中低端市场需求为主的。就我个人判断，目前中低端产品市场需求并没有下降，只是与以前相比产品价格下降得很厉害，这压低了制造商和供应商的利润空间。以同方为例，去年第四季度感觉一下子没有订单了，但春节之后我们的订单量又回升了，但这些订单与原来的订单有很大区别，要求价格比原来的要低。

海外市场的销售渠道是多样的，既有家乐福、沃尔玛等大型超市，也有像中国个体户一样的家电专营店，但现在大部分销售都集中到超市这一渠道上了。因为超市销售量比较大，可以给消费者更多的价格优惠，只要有 2% ~3% 的利润，它们就可以做。国际金融危机下的消费者当然更愿意在超市购买家电。

从以上分析来看，国际金融危机对液晶电视市场的影响主要表现在两个方面：一是产品向中小尺寸转移，价格更低，但市场需求量并没有减少；二是销售渠道向超市集中。

危机对供应链伤害最大

王建中： 国际金融危机使液晶电视的销售价格更低，企业的利润空间被压缩，你觉得降价的幅度会有多大？对企业的影响又有多大？

王良海： 液晶电视价格降低幅度不好预测，因为液晶屏的价格一直都在波动。但从毛利率来看，2008 年同方液晶电视在海外市场的毛利率大概在 8% ~10%，但今年能达到 5% 就已经很不容易了。5% 的毛利率对制造企业来说基本上没有什么利润，能够保本就不错了。

其实，国际金融危机对企业供应链的伤害是最大的。因为在国际金融危机下，企业都想方设法降低成本，但消费者对产品的环保、节能等要求并没有降低，企业能够降低的只能是自己的利润。企业成本没有降低，但终端产品价格下降，企业利润当然会减少，从长远来看这对产业健康发展是不利的。整机企业的利润下滑，面板供应商的日子也不好过。尽管国际金融危机对整机企业的影响相对较小，但对生产机芯、塑料、电路芯片、屏的上游供应商的影响则较大。要维持整个供应链的运转，整机企业会把成本上涨的压力传导给上游供应商。据了解，奇美、友达今年第一季度分别亏损了 5.92 亿美元和 5.328 亿美元。

王建中： 为应对国际金融危机，同方消费电子事业部采取了哪些措施？你对今年消费电子市场有何看法？恢复到较快增长水平还需要哪些条件？

王良海： 对于同方来说，首先，我们会降低成本，包括时间成本，因为产业链上每个环节都希望加快资金周转，提高效率。其次，在海外渠道上，我们改变了原来的做法，直接面对客户，减少了中间环节。减少中间代理商可以降低费用，但也会出现占用资金过多的问题。原来中间商可以垫付一定的资金，现在同方直接面对客户省却了中间费用，但要求自己必须有一定的资金实力。国际金融危机对同方来说也可能是一个机会，首先我们的运营成本有优势，没有历史包袱；其次同方规模相对较小、更为灵活，可以随时根据市场需求调整产品结构，比如迅速推出低能耗、低成本的产品等。

整个消费电子产业真正恢复信心还需要较长的时间，我还是以供应链为例。我们知道近期液晶屏的供应很紧张，这并不是说屏本身的供应有问题，而是整个供应链没有信心。屏的供应商怕出现库存积压，怕产品卖不出去。现在屏的供应商很谨慎，比如整机企业向屏的供应商下 1 万台的订单，而屏的供应商只提供5000 台。市场比较好的时候，整机企业大量下订单，遇到国际金融危机，市场需求急剧下滑，整机企业迟迟不去提货甚至取消了订单，造成屏的供应商库存增加。因此，现在即使整机企业下了订单，屏的供应商一般也不会足量供应。这种现象还会继续向玻璃、塑料薄膜、灯管等屏的上游供应商延伸，它们也不会给屏的生产商足量原材料。可见，整个产业链的信心不会在短期内恢复。

中外品牌产品质量已无差别

王建中：刚才你说同方液晶电视今年销售目标是达到 300 万台，而去年同方的销售目标大约只有 100 万台。消费电子市场是竞争最激烈的市场之一，特别是中国消费电子市场，中外品牌之间的竞争更是激烈。同方作为一家新进入的消费电子企业，怎么才能实现这一目标？与其他消费电子企业相比同方有何竞争优势？

王良海：今年同方实现 300 万台液晶电视的销售目标应该没有问题。在当前环境下，传统大企业的优势仍在。受需求环境的影响，首先倒闭的则是那些山寨厂商。山寨厂商倒闭对同方这样的企业来说是一件好事情，它们腾出来的市场空间，同方会填补。刚开始山寨厂商看似很"火"，但随着液晶电视产业对企业资金实力的要求越来越高，得不到银行支持的山寨厂商将无以为继。

液晶电视市场竞争的关键因素还是价格，在产品质量上已经基本看不出中外品牌之间、大中小品牌之间的差别。如果企业有良好的成本控制、较好的经营管理以及畅通的销售渠道，其产品价格就具有竞争优势，就可以胜出。

与海信、康佳等传统的彩电企业相比，同方最大的优势是进入时间比较短，我们的包袱也相对较小。虽然海信、康佳等大企业由于规模比较大，可以从屏的供应商那里获得一定的价格优惠，但由于同方采取了优先发展海外市场的战略，把规模做大了，同方从供应商那里获得的优惠与海信、康佳等基本相当。同方从2006年开始发展海外市场，主要是以OEM的方式，到去年已经达到100万台，与海信、康佳等企业相比成本差别已不大。另外，海信、康佳等传统彩电企业都是大而全的，比如它们都有自己的模具厂、注塑车间、钣金厂、贴片厂、模组厂等，而同方则是采用供应链合作的方式，模组、注塑等都是产业链上其他企业提供。从材料成本来看，海信、康佳可能比同方低，但如果加上人工成本、管理成本，同方或许更具优势。

抹不去的 IT 定位

王建中： 同方在消费者心目中是一家IT企业，而家电行业的运营模式与IT行业又有很多不同，同方消费电子业务如何改变自己的IT定位呢？

王良海： 客观地说，同方在家电行业还不算一个内行，但我们正在从理念上、产品设计上以及未来技术趋势上尽量发挥同方在IT行业里的优势，来弥补在家电方面的不足。应该承认，消费者对同方这个品牌的IT定位是当前我们遇到的最大的问题。消费者已经习惯购买同方电脑，但购买同方液晶电视的习惯还没有形成。另外，同方刚刚进入液晶电视行业，先进入的企业对同方具有天然的排斥情绪。不过我们认为，消费者是一个庞大的群体，有一部分消费者对同方这个品牌还是比较认同的。现在同方能够做的就是踏踏实实做好产品和市场，不会做投机取巧来获取消费者暂时好感的事情。

王建中： 销售渠道是决定消费电子企业成败的关键因素之一，同方目前所采取的渠道模式是什么？在城市市场和农村市场分别依托哪些渠道？同方为何这么做？

王良海： 同方在液晶电视的销售渠道上，一直与苏宁、国美等大的连锁销售商保持良好的合作关系。因为同方是新进入消费电子行业的企业，市场开拓还必须依靠苏宁、国美这些大的连锁销售商，截至目前同方与它们的合作非常好。尽管同方液晶电视的市场覆盖率不高，但已基本覆盖了苏宁和国美的旗舰店。同方总体规模还比较小，不可能把苏宁、国美所有的店都覆盖到。对于三、四级市场和农村市场，同方从去年9月份才开始做，液晶电视大幅降价是同方考虑进入农村市场的主要因素。目前同方在农村市场与当地大的经销商保持着良好的合作，销售还不错。

王建中： 正如你刚才所说，同方在城市市场选择与苏宁、国美等连锁销售企业合作。但在这一渠道中，索尼、三星、海信、康佳等大品牌的产品从高端到低端，基本上覆盖了各个连锁店，同方的品牌知名度和美誉度都不如它们，同方怎样体现差异化的竞争优势？

王良海：客观地说，消费者对同方这个品牌还是比较认可的。同方首先是把自己的产品做好，只有把产品做好了才有资格去谈别的东西。同方能够健康地活到现在，本身就说明了我们与市场其他产品相比，有自己的差异化优势。当初与同方同期进入液晶电视市场的很多企业都死掉了，即使老牌的企业，也都出现了经营困难甚至退出这一市场的情况。而同方的市场占有率一直都在提高，关键是同方一直按照踏踏实实做产品、一点点做市场的风格去经营。应该看到，有一部分人对清华同方这个品牌还是情有独钟的，特别是那些对 IT 行业比较熟悉的人。在产品的设计上，我们也在积极发挥自己的 IT 优势，开发出家电技术和 IT 技术融合的产品，如学习电视、网络电视、益智电视等。今年下半年同方还将根据市场需求，推出一系列 IT 化的液晶电视。

其实，同方在 IT 领域的优势并不一定都体现在产品上，而是更多地体现在对产业长远发展方向的把握上。做一个 IT 化的产品并不难，但能够把液晶电视放在 IT 技术的背景下思考产业发展的企业并不多。

IT 渠道和家电渠道是两种完全不同的渠道方式，用 IT 卖场销售液晶电视几乎是不可能的，就是说去中关村海龙大厦的消费者和去国美的消费者购买意图重叠的可能性不大。

必须涉足液晶模组

王建中：获得液晶屏和液晶模组的稳定供应是彩电企业获得较大市场份额的前提。国内主要彩电企业都涉足模组领域，同方如何看这一趋势？你们又是如何保证液晶屏和液晶模组供应的？

王良海：从液晶电视产业发展趋势来看，国内企业涉足液晶模组甚至液晶屏是必需的，因为这对未来中国液晶电视产业健康发展影响非常大。更为重要的是，国内彩电企业只有把模组与整机设计、生产相结合，掌握电路设计、软件、结构等技术，才能做出好的产品，而且还能降低成本。另外，三星、LGD、夏普等日韩企业既生产屏、模组又生产整机，它们已经实现了整机与模组的一体化生产。而奇美、友达等我国台湾企业只做屏不生产整机，如果它们把模组生产交给祖国大陆企业，自己专心做屏，海峡两岸将会在平板显示领域获得良好合作。在液晶模组阶段，随着技术的发展，每个企业的个性特征也会逐渐显露出来，特别是 LED（发光二极管）技术进入模组后，整机企业可以在色彩、清晰度、色温等方面彰显个性。如果整机企业掌握了液晶模组的生产技术，将会在整机产品上具备更大的竞争力。总之，彩电整机企业涉足液晶模组，从产品设计、降低成本、促进产业链发展等方面都有很大好处。同方也在尝试做自己的液晶模组，但这与海信、TCL等建立液晶模组生产线不同，同方购买相关的物料，委托一家工厂代工生产模组。

王建中： 高清、超薄、网络下载、节能等这些液晶电视的技术方向，你最看好哪一个？同方又做了哪些准备？

王良海： 网络下载的功能我还看不到希望，因为当前我们的网络环境还不是太成熟。网络电视要成气候，一方面需要网络电视切实能够为消费者提供所需要的东西，另一方面节目内容商、运营商、整机企业等也能从中获利，这个市场才会真正起来，当中哪一个环节出现问题都不行。今后液晶电视与内容结合肯定是一个方向，同方为此也做好了准备。节能是一个长期的技术方向，大家都在向这个方向努力。但老百姓最关心的还是价格，即使技术再好，如果性价比不好，消费者仍是不会买账的。同方今年将发布的新品包括超薄、节能、网络下载等特点，我们会根据消费者的实际需求随时调整产品策略。

2009 年 4 月 16 日《中国电子报》第 38 期

因势利导 把握
冬天里的机会

——访中兴通讯执行副总裁 何士友

文/刘晓明 丁少将

人物简介

何士友，中兴通讯高级副总裁1990年北京邮电大学电磁场与微波专业研究生毕业，获硕士学位，高级工程师。1993年加盟中兴通讯，现任中兴通讯股份有限公司执行董事、执行副总裁、产品体系总经理，是公司最高决策层经营委员会成员。

国内市场的重要性增加

刘晓明： 在国际金融危机的冲击下，不少国内外手机企业都出现了销量减少、利润下滑的现象，请介绍一下中兴通讯手机业务的发展情况。

何士友： 国际金融危机给很多产业都带来了冲击，手机产业也不例外。我们看到，诺基亚、摩托罗拉、索尼爱立信等国际巨头均受到不同程度的影响，手机市场在一定程度上也显现整体萎缩的趋势。据权威第三方咨询机构 Gartner 的预测，2009年，全球整体手机市场将收缩近10%，这是有史以来的第一次。

中兴通讯自1998年进入手机领域以来，在交了不少学费的同时，也获得了不少经验。尤其是近年来，中兴通讯的手机业务发展比较顺利。目前，公司70%的业务来源于海外市场，30%的业务来源于国内市场。2007年，中兴手机出货量超过3000万部；2008年销量达到4500万部，成为出货量全球排名第六的手机企业；2009年我们希望能达到6000万部~7000万部的规模。中兴通讯的

目标是到 2013 年成为全球前三的手机企业。

随着国内 3G 市场的启动和受国际金融危机的影响，我预计今年国内市场的发展将超过海外市场的发展，国内市场将占中兴手机市场很大一部分。去年中兴手机 70% 的收入来自海外市场，但今年预计将降至 60%，而国内市场收入将由 30% 升至 40%。

刘晓明：在大环境不是很好的情况下，中兴通讯还是取得了不错的销售成绩，你认为这其中的原因有哪些？

何士友：首先，这与中兴通讯雄厚的研发实力有关。目前，中兴通讯拥有 4000 人的工程师队伍，拥有的专利数量是国内手机企业中最多的，目前公司在国内外申请的专利达到 4000 项。公司的研发覆盖面广，在 GSM、CDMA 等 2G 领域和 TD-SCDMA（以下简称 TD）、CDMA2000、WCDMA 等 3G 领域均有布局。

其次，中国的电信运营商进行整合，3G 迅速启动，这给设备商和终端企业带来了巨大的机会。当前，中国的三大运营商都在大规模建设 3G 网络，但网络建设只是发展 3G 的一个方面，3G 发展还需要终端企业的配合。这就像高速公路与汽车的关系一样，只有高速公路，没有汽车在上面跑是不行的。

再次，国际金融危机爆发后，国外的运营商更加注重控制成本，追求更高性价比的产品。受国际金融危机影响，全球运营商的收入下降，人们的消费能力减弱，这时候，更高性价比的产品和服务就是目前的市场所需求的。中兴手机正是符合这些运营商和消费者的需求，因此在南美、印度等市场并没有受到太大的影响。

最后，欧美等地区虽然受国际金融危机的冲击比较大，但中兴手机在这些市场的份额并不大，因此对我们的冲击有限。从 2009 年第一季度反馈的数据看，中兴手机在欧美等发达国家的市场占有率虽然不高，但呈现上升的趋势。

综合看来，遭遇国际金融危机的这个"冬天"虽然寒冷，但只要手机企业因势利导，善于把握"冬天"里的机会，就一定能够渡过难关。2009 年以来，中兴手机在发展中国家的销售情况良好，在欧美地区的市场占有率有所提升。虽然今年中兴手机总的增长情况与去年相比有所下降，但增长率还是正的，再加上国内市场的逐步扩大，我相信中兴手机 2009 年会有比较好的市场表现。

三种 3G 制式全面出击

刘晓明：2009 年是中国的 3G 元年，无论是运营商、设备商还是终端企业都面临着全新的机遇和挑战，中兴通讯在 3G 手机领域有怎样的布局？

何士友：2009 年初，工业和信息化部颁发了三张 3G 牌照，中国正式进入 3G 时代。其实在 2008 年，3G 的试商用就已经开始了，经过一年多的发展，3G 正一步步渗透到人们生活的各个方面。作为中兴通讯来说，不仅要为全世界提供最优秀的通信设备，还要让消费者获得更轻松、更时尚、更自由的 3G 生活。未来，中兴通讯在三种 3G 制式领域都将有所布局，因为每一种制式都代表着一个巨大的机会。

在 3G 手机市场，中兴通讯有很强的实力。早在 2002 年，中兴通讯就开始了 3G 手机的研发，2004 年，中兴通讯就已经向欧美国家提供成熟的 WCDMA 手机，积累了丰富的经验。截至目前，中兴通讯在 3G 终端方面的研发专利已经超过 1000 项。

刘晓明：中兴通讯对三种 3G 制式都积极推进，这对中兴通讯来说是否有难度？请介绍一下公司与国内三大运营商合作的具体情况。

何士友：我认为，企业要获得市场回报，前期持之以恒的投入是最主要的。中兴通讯在 3G 领域的投入一直很大，公司会把每年收入的 10% 投入到研发上。因为中兴通讯同时在进行三种 3G 制式手机的研发，因此 3G 手机的研发费用占整个研发费用的比重超过 70%，而 2G 手机的研发费用不到 30%。

从技术上看，同时推进三种 3G 手机的研发，有一定的难度，但也并不是说非常困难。虽然 TD、EVDO（CDMA2000 演进路径的一个阶段）、WCDMA 是三种不同的东西，但它们也存在共性。从研发的角度看，有 60% ~70% 的内容是共性的、平台化的，因此并不是说 TD 手机与 WCDMA 手机、EVDO 手机一点关系也没有，它们在很多软件层面的研发都是可以共享的，只是无线调节技术有所不同。例如，我们可以将在 WCDMA 手机研发方面的一些成熟经验快速移植到 TD 手机研发上。

作为手机企业来说，每个运营商都是我们的客户，与其展开合作都是我们的机会。三种 3G 制式各有优点，但无论哪种制式想要获得发展，都需要产业链各环节的共同努力，需要得到消费者的最终认可。从手机产品来看，不同制式的手机之间并没有明显差距。WCDMA 手机可能先跑一步，TD 手机可能晚跑一步，但这并不会成为取得多少市场份额的决定性因素。先跑一步可能有一定的先发优势，但后跑者可以吸取先跑者的经验和教训。TD 手机在两年内就发展到今天这样的水平，非常了不起。在国外，WCDMA 手机是经过很多年的积累才做到比较成熟的。

品牌比企业生命周期还要长

刘晓明：一直以来，中兴通讯的手机销售主要依托运营商定制，手机品牌溢价不高。在 3G 时代，中兴通讯将如何打造自己的品牌战略？

何士友：的确，品牌一直是困扰中兴手机发展的问题之一。中兴通讯也意识到品牌的重要性，因此将品牌建设列为公司 8 大发展战略之一。

一个企业要想获得长期发展，没有品牌的支撑是很困难的，可以说，企业没有品牌就没有未来。品牌比企业的生命周期还要长，强大的品牌是伴随着企业的发展而建立起来的。我认为，企业在不同的发展阶段，应采取不同的品牌策略，在不同的国家，品牌策略也应该不一样。

在海外市场，中兴通讯一般采用与运营商联合品牌的策略，而不可能像有的品牌一样进行大面积高空轰炸式的宣传。因为，运营商在当地一般都有很高的品牌知名度，联合他们的品牌有助于产品的推广，也有利于降低营销成本。当然，在一些国家，我们也可能启用第三方品牌，这主要是从市场角度来考虑的。在国内，中兴通讯用的是自己的品牌，并且会不断加大品牌宣传力度。

品牌推广要与市场占有率相结合。在海外市场，随着中兴手机市场占有率的提升，加大品牌推广力度是必然的。但我们必须看到，在加强品牌推广之前，努力提升市场占有率是最重要的。当你的客户群很大的时候，品牌建设自然水到渠成。诺基亚、可口可乐等成功的企业，其品牌之所以有那么强大的号召力，与他们的市场占有率很高息息相关。我想，当中兴手机每年的销量达到 1 亿部的时候，中兴手机的品牌效应自然就会提高。

中兴通讯在品牌方面有很远大的目标，那就是一定要使"ZTE"成为全球最知名的品牌之一。不过，品牌建设是长期的，不可能一蹴而就，我们不能脱离自身的发展实际。在某些发展阶段，寄居在别人的屋檐底下，与别人共同成长，也是必要的。

刘晓明：对手机企业来说，3G 既是机会，也是挑战。国内外手机企业都非常看重 3G 市场，你认为中兴通讯的核心竞争力在哪里？

何士友：众所周知，中兴在网络设备方面有极强的市场竞争力，因为电信网络设备是一个系统设备，企业需要有极强的设计、研发、制造的系统能力才能在市场上赢得领先地位。从全球看，电信网络设备企业并不是很多，这主要是因为网络设备的技术非常复杂和系统，能掌握这些技术的企业很少。

3G 时代与 2G 时代完全不同。在 2G 时代，话音是手机的主要业务。而在 3G

时代，移动宽带飞速发展，数据多媒体业务将成为主流应用内容，而语音将成为手机的次要业务。集成数据多媒体业务的 3G 手机与 2G 手机完全不同，我们可以把它看成是一个系统设备。而当进入系统设备领域时，中兴通讯的优势就会体现出来。3G 时代，不同的运营商网络状况不一样，客户群也不一样，需要不同的业务来吸引客户，这就对手机企业提出了更高的要求。

在 2G 时代，由于手机的应用单一，采用统一平台制造手机成为可能。在芯片企业的支持下，手机制造成为"人人都能干的活儿"。因此，在 2G 时代，国产手机陷入了同质化竞争的局面，而当功能技术不能成为差异化卖点时，价格就成为唯一的竞争手段。

在 3G 时代，手机制造的门槛明显提高，这对中兴通讯这样的企业来说是有利的。门槛越高，就越有利于具备系统研发制造能力的企业的发展。在 2G 时代，"山寨机"、"黑手机"泛滥，但在 3G 时代，这种现象就会少很多。那些"山寨"手机企业很难做出技术复杂、差异化要求更高的 3G 手机。

随着 3G 的发展，未来的手机不仅仅是一个消费品，还是一个个人通信平台。这个平台既不是手机，也不是计算机，而是一个 MID（移动互联网终端）。未来手机的演进一定是朝着 MID 的方向进行。进入 MID 时代后，因为这个产品既不是手机，也不是计算机，因此对参与的企业来说，大家都站在同一个起跑线上。无论是诺基亚、三星还是联想、戴尔，都不会有所谓的品牌优势。在这方面，市场上也是有例可寻的。例如在 3G 数据卡市场，中国企业就做得非常好，因为数据卡是一个创新性产品，消费者的品牌依附度并不高，因此诺基亚等手机巨头在市场上品牌优势并不突出。我想，进入 MID 时代后，中兴通讯的优势会进一步显现出来。

另外，3G 时代的手机进入了多操作系统阶段。当前，不仅手机企业在开发操作系统，如诺基亚的 Symbian、苹果的 Mac OX，还有互联网企业也进入这个领域，另外运营商也加入了这个市场的争夺战，如沃达丰的 Limo、中国移动的 OMS。可以说，手机操作系统群雄纷争，技术复杂异常。未来，在多操作系统的格局下，不能说谁就一定能够取得优势地位。作为手机企业来说，要提供差异化的特色功能，就必须有能力将所有复杂的东西整合在一起。这需要持续的研发投入，需要强大的系统整合能力。在这方面，中兴通讯的优势也会体现出来。

总之，中兴通讯的核心竞争力在于它的系统研发能力。3G 时代，手机制造的技术越复杂、门槛越高就对中兴通讯越有利。

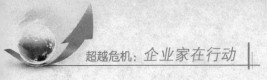

做"全能型"选手

刘晓明：3G手机的应用内容也是吸引用户的一大因素，你认为在这方面，运营商、内容提供商、终端企业应如何把握契机，推出"杀手级"应用的内容？中兴通讯会不会自己做内容？

何士友：3G手机与2G手机的最大区别就体现在3G手机的数据多媒体业务上。作为手机企业来讲，如果你销售的3G手机无法实现高速上网，无法实现视频、影音等多媒体服务，那么显然这个产品的3G优势就显现不出来，消费者也不会买单。对运营商来说也一样，如果它在进行大规模的投入后，用户难以通过它的网络实现数据多媒体功能，那么这也是失败的。从国外的一些经验看，无线宽带上网业务无疑是发展最快，也是最受消费者欢迎的"杀手级"应用。我想，中国在3G时代也应该大力发展无线宽带上网业务。当然，这还需要内容方面的支持，需要运营商、内容提供商、终端企业的共同努力。

中兴通讯会根据不同运营商的要求，提供差异化的产品和服务。在内容方面，我们不排除自己做内容的可能，但主要视客户的需求情况而定。有的客户在内容提供方面比较薄弱，我们会根据需要提供一些内容服务，集成到手机产品中；有的客户自己有很多很好的内容，我们就会直接将这些内容集成到手机产品中。总之，我认为，中兴通讯要做"全能型"的选手，具备满足不同运营商需求的能力。

在3G时代，内容对运营商和终端企业来说都十分重要。苹果的iPhone之所以能够异军突起，在全球掀起一股销售的热潮，除了iPhone具有时尚的工业设计之外，它所具备的丰富的互联网内容也是重要原因之一。苹果公司以计算机起家，进入手机行业后，使得手机行业多了一个"另类"企业。手机企业应该研究它的成功经验，不仅要跟上移动互联的潮流，还要将之进一步发展。3G为所有手机企业提供了一个进入移动互联的平台，能否将移动互联网的丰富内容与兼具差异化的硬件相结合，将成为3G时代手机企业能否成功的关键。

2009年4月23日《中国电子报》第41期

做世界研发中心和
高端制造基地

——访北京电子城有限责任公司总经理 王洪福

文/张煜 王适春

人物简介

　　王洪福，1968 年参加工作，先后在北京广播器材厂担任厂办公室主任、副厂长；北京电子城有限责任公司筹备组组长、常务副总经理和总经理。是电子城老工业基地改造的创始人及主要实施者。2009 年被评为全国五一劳动奖章获得者及北京中关村 20 年做出突出贡献先进个人。

　　记者：被誉为"新中国电子工业摇篮"的北京电子城走过了一段辉煌的黄金岁月，然而由于体制、机制等多种原因，于 20 世纪 80 年代后期开始衰落，90 年代初期陷入困境。但在国际金融危机袭来的 2008 年，北京电子城的经济规模已增长到 520 亿元。你认为电子城这些年来是如何实现突破发展的？

　　王洪福：1994 年，北京市政府做出改造电子城老工业基地的决策，1997 年各项改造工程陆续启动，1999 年电子城加入北京中关村科技园后加速发展，走出了具有特色的基地型开发区振兴之路。

　　我们首先全面改善了老工业基地发展环境，为加快发展电子城创造最有利的资源基础。环境建设工程是加速基地改造的基本措施，是电子城改造工程中投入财力、精力最大的工程，也是取得最显著进展的成就。我们成功地实施了市政基础设施改造、环境整治、老厂区改造、危旧房住宅区改造和以 IT 产业园与国际电子总部为标志的新产业区开发、创意产业园建设等大型工程。

这些年来，电子城改扩建道路31公里，扩容改造了各种管线89公里，实施了电力增容、热电联产、集中供热等重大项目。实施了道路绿化，完成了驼房营、万红里的危旧平房住宅区拆迁改造工程。我们率先实现了"数字电子城"，实现了"网络化制造及企业信息化"公共服务平台，包括企业协同办公（WEBOA）、销售管理、物流管理、客户关系管理、电子采购管理等多种功能，为企业开通了"信息化的公交车"。

一个"厂房破旧、道路不平、电灯不明、信息不灵、设施陈旧、容量不足且到处跑冒滴漏"的老工业区已初步改造成为"交通便利、环境优美、功能齐全、设施完备、布局合理、产业发达、信息畅通"的新园区，从而为科技创新、产业升级提供了可靠的环境保障，推动了区域经济又好又快的发展。

记者： 在对基础设施改造完成的基础上，你们又采取了哪些措施，建设现代高新技术园区，吸引国内外企业入驻？

王洪福： 与一般开发区建设"从无到有"的模式不同的是，我们面对的并不是一片可以规划美好未来的空地，而是在老工业用地资源基地上，通过盘活土地资源、存量调整的方法改造老基地，建设现代高新技术园区，就像"中山装改西装"。在不到200公顷的老厂区内，我们调整出约20公顷土地，投资建设了近40万平方米新厂房，创造了土地利用的"钻石效应"。电子城新厂房建设，为城内企业实现产业结构调整创造了条件。

栽下梧桐树，引来金凤凰。北广电子、兴大豪等一批城市中心企业东迁电子城，国有经济实力显著增强。通过招商引资，电子城先后吸引了30余家世界500强企业入驻电子城建立研发中心和高端制造基地，如西门子、ABB、松下、三星、索尼、爱立信、日立等。部分外资企业与原有企业优势互补建立合资企业，还有德信无线、世纪互联等一大批民营高科技企业集聚电子城创业发展。到2008年，电子城老工业基地新技术企业总收入达到520亿元，是改造前的15倍，在建成区不足2平方公里的产业用地上，实现了经济高速增长，并开始发挥强大的辐射作用。

记者： 老国企改制的突破口选在哪里，这里所有国有企业能否走出困境的命题。你认为电子城国企改制的难点在哪里？你们是如何取得突破的？

王洪福： 电子城的老国企改制没有选择简单的"拍卖"或"退出"之路，而是通过资产重组、明确产权关系、优化资本结构、实现投资主体多元化，从而最终建立、完善公司法人治理结构。在改制的过程中，电子城企业创造性地走出一条通过对企业国有资产进行重组，集中优势资产，依托优化环境全方位引进增量，获得发展后对企业母体再进行深度改制改造，借助存量与增量的结合与激励，促使传统产业全面升级、国有资产增值并增强控制力，并进而获得更大发展的振兴国有企业的道路。

记者：电子城早期的产业布局涵盖了从电子元器件到整机的项目，具有集约化发展电子信息产业的基础。但是，随着以信息技术为核心的新技术革命在全球的兴起，电子城的产品和生产却与市场需求差距越来越大。电子城是如何对原有的技术和产业实行改造升级的？

王洪福：电子城在发展中成功探索出"优化环境，激活工业技术存量，进而引进高科技增量"的发展路径，采取"自主创新与新技术引进相结合"的基本方针，实现了由传统产业向高新技术产业的转变。电子城产品结构成功实现了以军工配套元器件产品为主向网络与通信设备、光电显示与数字视听、软件与网络信息服务、新型元器件、自动化电力设备等五大支柱产品的转变，产业发展模式努力实现由引进技术向自主创新转变。

京东方通过并购韩国现代显示 TFT-LCD 业务将我国显示产业的技术水平与国际先进水平的差距缩短了 8 年。今年 8 月 31 日，京东方 TFT-LCD 第 8 代线项目举行奠基仪式，将改变我国大尺寸液晶面板市场需求完全依赖进口的局面。德信无线在短短 3 年时间内成为我国手机设计的领军企业。兆维集团已经具备 ATM 机、存取款机、POS 机、信息亭 4 大类自助服务终端设备和核心软件的研发生产能力，是国内行业第一的自助服务设备和服务提供商。七星华电在军工配套元器件、电声及装备制造领域拥有大量自主技术，一直是该领域的骨干企业。中国华大是国内有实力的集 IC 设计、系统应用开发和工具设计为一体的综合性 IC 设计公司，在二代身份证领域优势显著。北广集团是我国规模最大的广播电视发射设备制造企业，独家掌握了数字发射机非线性校正技术，自主研发的数字广播电视发射机已经投入使用并出口海外。其他如海域天华微波通信、握奇数据安全及智能卡、合众思壮 GPS、天宇华星的北斗卫星通信系统、世纪互联下一代互联网、北京吉天仪器有限公司及北京瑞利分析仪器公司分析仪器等自有技术产品也都具有广阔的市场前景。

此外，北京电子城在发展以现代电子信息产业为代表的高科技产业的同时，还利用电子城独具特色的工业遗迹，大力发展文化创意产业。闻名于世的"798 艺术区"和正东创意产业园成为电子城老工业基地改造的又一个新的经济增长点。

记者：电子城在近几年间的实践中，用优化环境措施加速基地企业改造发

展，依托存量组织增量发展，增量激活存量，存量放大增量，探索出一条改造老工业基地的新路子。展望未来，电子城的发展战略、发展方向和目标是什么？

王洪福： 在"十一五"后期和"十二五"期间，电子城将以自主创新为核心，坚持电子城发展与中关村规划相结合、老工业基地改造与工业遗产保护相结合、园区产业结构调整与发展创意产业相结合、园区规划建设与产业发展相结合、老区改造与新区开发相结合的方针，实施"自主创新驱动战略、制造业品质提升战略、服务转型战略"等三大战略，大力发展"网络与通信设备、光电显示与数字视听、软件与网络信息服务、新型元器件、自动化电子设备"五大产业，重点实施国际电子总部工程、IT产业园工程、基于自主创新的科研成果产业化促进工程、数字电子城升级工程等10大工程，努力在5年内把电子城建设成为我国重要的自主创新的新型电子信息产业基地和具有全球影响力的电子信息产业运营中心，推动国家老电子工业基地实现全面振兴。

电子城将打造具有全球影响力的"一个总部、两个基地、三个中心"的产业格局。打造"一个总部"：即国际电子总部。充分利用电子城区位、资源优势，形成国内外著名电子信息企业总部、研发中心、营销与采购机构的大规模集聚和高效运营中心。建成"两个基地"：即国家重要的电子信息产业自主创新基地和国家重要的文化创意产业基地。第一个基地将以电子城为平台，通过电子城IT产业园、老厂房改造工程、新区开发等建设，拓展产业空间，建设专业化服务平台，大力促进院校所电子科技成果在电子城加速产业化，并辐射到周边区域。第二个基地将加速以"798艺术区"与"正东创意产业园"为代表的"中关村电子城创意产业基地"的全面建设与升级发展。形成"三个中心"：即电子科研开发中心、电子产品展示交易集散中心、网络信息中心。

展望未来，北京电子城将紧抓上市的历史机遇，以"三个增值"为目标，加快老工业基地开发建设，争取通过5～6年的努力，到"十二五"末期，企业总收入达到1500亿元。

2009年9月29日《中国电子报》第106期

做品牌才能赢市场

——访联想移动总裁兼首席执行官　吕岩

文/刘东　丁少将

人物简介

吕岩，1964 年 9 月生于北京，高级工程师，北京理工大学自动控制专业硕士，中欧国际商学院工商管理硕士。1992 年加盟联想集团。1992 至 1998 年任职于台式研发部门，1998 年任台式研发部门总经理。1999 至 2000 年任 QDI 事业部总经理，助理总裁。2001 年任掌上设备事业部总经理，联想集团副总裁。2002 年至 2003 年任职消费台式电脑业务群，2004 年至 2007 年任职产品集团，自收购 IBM 后，全面负责全球台式电脑业务。2006 年任联想集团高级副总裁。2008 年 1 月接管联想移动公司。现任联想移动公司总裁兼 CEO。吕岩曾经连续两年被授予联想集团最高荣誉奖"联想奖"。

〜 "小步快跑" 的新经营模式 〜

刘东：你是去年 1 月出任联想移动总裁的，去年 4 月，联想移动正式独立运营。你接手联想移动一年多来肯定压力很大。一是国产品牌手机企业仍然处于低谷，联想手机也处于亏损境地；二是受国际金融危机的冲击，包括诺基亚在内的手机企业销售收入特别是利润都出现了大幅下滑。一年来，你主要做了哪些工作，取得了哪些成效？

吕岩：2004 年至 2005 年是联想移动的黄金发展期。当时，联想手机的毛利率在30%以上，但仅仅过了两年的时间，联想手机就陷入了亏损的境地。策略没有及时调整是造成这次亏损的主要原因。这期间，联想手机的高速发展是基于高毛利基础之上的。国内各手机企业都聘用大量的驻店员，靠人海战术将手机产品覆盖到各级市场，联想移动当时就有近9000名驻店员。然而，尽管人力成本较低，这种在高毛利基础上的营销效率却是非常低的，而仅靠低效率的营销方式是不能支撑企业的可持续发展的。另外，自手机的"联发科模式"推出后，手机制造的门槛一下降低了很多，市场竞争趋于复杂和激烈再加上国际品牌的低价策略，包括联想移动在内的很多国内手机企业都遇到了困难。

2008年，我调任联想移动，开始了新的策略调整，这种调整我们内部称之为"小步快跑"。首先，我们快刀斩乱麻，大量缩减了驻店员的数量。其次，加强产品的柔性制造，提升信息化制造水平。为了满足客户的不同需求，联想移动特意开发了SCP（业务控制点）系统，通过该系统，联想手机的生产线能够快速切换，大大提升了后端的生产效率。再次，集中精力进行研发、生产和市场管理，将销售交给更擅长这个业务的国美、苏宁、迪信通、中域等渠道商去做。

刘东：去年你曾经提出："未来3年将联想移动打造成国内手机第一品牌，具有与国际一线品牌竞争实力"的目标。董事会也提出希望联想移动能够独立上市。这就要求联想移动必须具备赢利能力和可持续发展能力。从目前看，你们离这个目标还有多远？

吕岩："小步快跑"策略的实施，使联想手机很快扭转了亏损的局面，扭亏所花的时间也比董事会预期的要短。去年，联想手机总共销售了700万部，销售收入达到30多亿元。其中，国外市场（主要是俄罗斯市场和印度市场）共销售了100万部，国内市场共销售了600万部。最主要的是，通过按需生产和信息化控制，我们释放了库存压力，提高了生产和营销的效率。今年，我们略有赢利，但由于今年是3G投入年，因此今年对我们而言不是以利润为导向的。

当然，我们也看到，联想移动还面临着不少的困难。受国际金融危机的影响，俄罗斯市场萎缩很快，现在基本处于发展停滞状态。另外，联想手机的出货量还不够大，无法发挥规模优势。目前联想移动每年的手机出货量还不到1000万部，而我们的生产能力能够达到2000万部以上。

我一直认为，上市不是企业发展的目标。其实对联想移动来说，仅仅是上市不是一件很困难的事情，毕竟联想不缺资金和品牌实力，不需要做更多的包装。上市当然是好事，但与上市相比，我更看重企业的良性可持续发展。我认为，如果我们把握住了3G契机，企业处于良性发展的轨道上，上市是很容易的事情。

但实事求是地说，联想移动需要做的事情还有很多，因此距离上市应该还有一段距离。

虽然国产手机整体仍然没有走出低迷的状态，但我依然坚信包括联想移动在内的国内手机企业仍然有很大的发展机会。据我了解，目前在所有消费电子产品中，手机依然是卖得最好的产品。中国每年有 2 亿部手机的市场容量，国内手机企业仍然有很大的发展空间。另外，3G 的到来，给手机市场发展增加了新的推动力。联想手机不仅拥有较为扎实的技术积累，而且已经推出了一批关键性新产品，因此我坚信未来联想移动依然能够稳步向前，在风浪中把握发展的机遇。

没有品牌的企业死路一条

刘东：在就任联想移动总裁之前，你一直在联想集团负责 PC 业务。在你看来，手机业务和 PC 业务有哪些异同？从事 PC 业务的经验对你从事手机业务有哪些影响？

吕岩：2002 年至 2003 年，我任职联想消费台式电脑业务群；2004 至 2007 年，我任职联想产品集团。自联想收购 IBM 后，我全面负责联想的全球台式电脑业务。从 PC 业务部门调任手机业务部门后，我感触颇深。电脑与手机有很大的不同。电脑是标准化的，其业务推广可以靠资本、技术去运作。从事手机业务则要考虑更多的因素，受大环境影响更大。但电脑和手机都是消费品，都需要通过品牌、服务和质量去赢得客户。

我在负责联想台式电脑业务的时候，经常要考虑如何使联想产品的毛利率比其他竞争对手的产品高出 3 个百分点以上。要做到这一点，提升品牌溢价能力尤为重要。例如，为了成功进入并占领欧美等"成熟市场"，联想当时投巨资建立了研发实验室，这既是产品开发的需要，也是提升品牌形象的需要。在"成熟市场"，联想电脑 2006 年的毛利率在 17%～20% 之间，超过竞争对手惠普 2 个百分点。

电脑和手机都是消费品，都需要不断提升产品的品牌价值。因此，我认为，即便在市场环境不好的时候，联想移动也一定要坚持品牌路线。可以说，在未来的市场竞争中，没有品牌的企业只有死路一条。对整个行业来说，品牌企业的支撑作用将是稳定而持续的。

刘东：提升品牌溢价能力，加大研发投入必不可少，而这一直以来也是国内手机企业的软肋。联想移动在研发方面投入有多大，具体做了哪些工作？

吕岩：手机企业要想在竞争中获得有利位置，不能只是拼价格，而应该拼生产效率、拼研发。近一两年来，联想移动在这方面投入的力度很大。

我们认识到，拼价格是有底线的，只有将生产效率提高，研发出高品质的产品，才能立于不败之地。在产品开发方面，我们将自主研发与加强同业界的合作紧密结合起来。例如，联想前不久推出的一款全球最薄的3.2英寸宽屏滑盖GPS手机X1。在其推出之前，我就告诉我们的研发人员，一定要按照或者超过韩国手机的标准去开发这款手机，你们只需一门心思地将X1打造成精品，手机开发出来之后市场销售是我的责任。事实证明，经过一年多精心开发的X1不仅获得了市场青睐，而且获得了国际工业设计界的"奥斯卡"奖——最高奖项"红点"大奖。

另外，联想移动也加强了与行业的合作。我们以更加开放的心态与业界不同类型的合作伙伴展开深入合作，在发挥各自优势的基础上更快更好地打造精品手机。应该说，联想移动不仅仅是一家通信终端企业，也是一家消费类电子企业。大家会发现，现在在手机行业里那些传统背景的专业通信厂商已经越来越少了，而越来越多的消费类电子或者其他行业的企业参与进来，这和手机的消费理念不断发展变化有很大的关系。手机更加强调娱乐性、互联网功能以及新的应用理念。因此，我们和行业里各方面的合作伙伴合作，把各项功能很好地集成到手机中。这是我们擅长做的事情。

去年，联想移动推出了80多款手机，每款手机仅CTA（中国质量检验联盟）认证一项就需要20万元到30万元，80款手机需要的CTA认证费用就达2000多万元。去年的研发投入大概在2亿元左右，这其中有5000万元是为了开发TD产品额外追加的。

刘东：近些年，国内手机企业经历了大起大落。在一些老牌手机企业濒临退市甚至已经消失的同时，也有一些新兴手机企业成长起来。但是，在品牌竞争力、运营效率、技术创新等方面，仍然与跨国公司存在一定差距。在国际金融危机的大环境下，国内手机企业如何才能走上可持续发展道路？

吕岩：在2G时代，国产手机的确经历了一段高速发展期。2002年至2003年，国内手机企业通过渠道、营销上的局部创新，以及推出一些具有噱头的产品，占领了国内手机市场的半壁江山。但是，随着国际品牌的发力和山寨贸易机的兴起，国产手机逐渐丧失了原有的发展优势。

从目前看，国产手机的发展环境依然严峻，仍然有不少困难。而在这样的背景下，有两类企业却活得比较好，一类是像诺基亚这样的国际巨头，另一类就是山寨企业。诺基亚在中国市场已经占据了 30% 以上的市场份额，品牌知名度高，实力雄厚。山寨企业相比正规品牌厂商，其灵活性更大。市场有钱赚他们就大力发展手机业务，没钱赚就干脆放弃不做。一年赚 300 万元，山寨企业就满足了，就可以关门或者转行。国内品牌手机企业不能像山寨企业一样，因为无论市场行情好坏，品牌企业都必须坚持下去。

国产手机走上可持续发展的道路具有十分重要的意义。虽然诺基亚是全球最大的手机制造企业，但它在全球很多市场并没有赚到钱，唯独在中国市场赚到了大量的真金白银。可是，诺基亚在中国并没有投入太多。例如，诺基亚开发了一款比较成功的手机 E71，但该手机没有配备手写笔功能，也缺乏一些例如互联网应用这样的功能，只能算是一部时尚手机，并不太适合中国人使用。另外，山寨机这种机会主义的发展模式，对整个行业的发展是极为不利的。因此，国内品牌手机企业走上可持续发展的道路，对行业发展、对普通消费者都是有利的。

从现实环境看，国内手机企业走上可持续发展的道路还面临不少困难。国际金融危机的确给国产手机的发展带来了冲击，但这并不是最关键因素。国际金融危机只是进一步暴露出国产手机发展的困境而已。手机产业是一个大的生态链，这从消费者的购机程序中就可以看出。消费者购买一款手机会考虑买哪个品牌的手机、选择哪家运营商的网络、选择哪项资费套餐以及到哪里购买等。要在手机企业、运营商、渠道商、消费者等环节构成的产业链上生存与发展，遇到挑战和困难是难免的。对联想移动来说，一方面要学习老牌手机企业的成功经验；另一方面则要加强内部资源的整合和调整，把握运营商格局变化带来的契机，从而走上可持续发展的道路。

实施以 TD 为主 3G 战略

刘东：今年是中国 3G 元年。国内三大电信运营商正在大力开拓基于三种不同标准的 3G 市场。这对手机企业来说既是机遇也是挑战。请介绍一下联想移动的 3G 发展战略。

吕岩：联想移动在 TD 技术积累和产品准备方面都取得了一定的成绩。除了试商用期间大家都比较熟悉的 TD800 和 TD900 手机之外，今年年初，联想移动又推出了 TD 家庭电话、TD 无线上网卡等产品，快速响应了 TD 网络发展对终端的需求。

无论是研发深度还是投入力度，毫无疑问，联想移动的 3G 战略都将主要围绕 TD 进行，可以说，TD 是联想 3G 战略的核心。今年我们计划每个月都要开发一款 TD 产品，在 TD 上的研发费用投入预计达到 5000 万元。例如 oPhone，至少需要投入 2000 万元，投入还是很大的。当然，这部分资金公司会提前规划预留，专款专用。

在 TD 产品的布局方面，我们将充分借助在 2G 时代建立的产品时尚设计和领先应用的优势，推出真正能够将用户的消费性应用和 3G 体验很好结合的 TD 产品。今年下半年，我们会有类似 X1 铂手机的 TD 产品，设计非常时尚；我们也会有千元以下的 TD 手机；我们还有和中国移动深度合作的首款 OMS 操作系统 TD 手机 O1，这些手机将于今年下半年正式面市。我相信，这些产品都将给消费者带来耳目一新的 3G 体验，也会极大地丰富 TD 终端。

就 TD 市场而言，联想移动成功与否不仅与自身的投入有关，还与运营商和芯片厂商密切相关。网络的完善度和芯片的成熟度对 TD 手机市场的发展起着重要作用。当然，对于联想移动而言，我们不会等所有条件都成熟了再去投入，一定是提前布局，提前投入。

当然，对其他网络制式，我们也会根据市场对企业的需求和资源的优先级，在技术和产品的规划上作选择性的准备。

刘东：目前，国内外手机企业都在大力布局中国 3G 市场，你们在 3G 特别是 TD 领域也投入了大量的人力和财力。但是，有一种观点认为，目前 3G 市场还缺乏消费者用得上、用得好、用得起的业务，特别是对 TD 而言，还存在芯片研发相对滞后、手机终端相对缺乏等问题，这种状况将直接影响 3G 市场特别是 TD 产业的快速发展。你认为，3G 业务的突破口在哪里，联想移动在补齐 TD 短板方面还能做哪些工作？

吕岩：可以说，3G 业务主要就是围绕互联网而开展的。因此，3G 手机一定要成为移动互联网设备才能凸显出与 2G 手机的不同。

由于 3G 与互联网密切相关，因此除了网络和硬件之外，内容就显得至关重要。内容建设的好坏直接影响到 3G 产业能否快速发展。对运营商来说，要以更开放的心态与合作伙伴一道来开发和丰富内容。

就 TD 终端而言，在市场定位已经明晰的情况之下，下一步应该加快应用业务的推广，提升工业设计水平。手机的应用内容确实是吸引用户的一大因素，TD 的广泛商用依然有赖于此。可视电话、手机电视、移动互联网等都是对用户很有吸引力的应用。通过运营商、内容提供商、终端企业的多方通力合作，这些丰富的应用完全能够在 TD 手机上得以实现。

对普通消费者来说，3G 能让他们享受到更多基于高速数据业务的功能和应用。在资费合理的情况下，普通换机用户会优先考虑 3G 产品。从目前来看，3G 的发展还是比较乐观的。国家在政策上的支持和各大运营商的积极推动，都将助力中国 3G 产业实现快速发展。如果说 3G 在 2009 年还是作为一种时尚的生活方式为部分用户所接受，那么我相信在 3 年后，3G 将逐渐成为人们日常生活中不可缺少的一部分。

开展多渠道营销

刘东：在 3G 时代，运营商在产业链中的主导地位更加明显。联想移动在联合研发、手机定制、业务推广等方面如何进一步加强与运营商的合作？你们将如何处理运营商定制市场和传统渠道市场的关系？

吕岩：的确，在 3G 时代运营商会更多地主导产业的发展。因此，对于手机制造企业来说，必须与运营商进行更紧密的合作。随着 3G 网络带宽的增大和传输速度的加快，将出现多种多样的数据业务。由于消费者对这些数据业务的认知度和接受度相对较低，因此运营商需要通过定制手机的方式有力地推动这些业务的发展。在定制手机规模增大的同时，运营商定制业务的层次也将由品牌形象定制向深层次定制模式方向发展，对终端厂商的手机研发、设计会提出越来越高的要求。

随着运营商业务推广的加速，手机定制市场也会不断扩大，这是毫无疑问的。如何在运营商定制市场获得更大的市场份额是联想移动必须考虑的问题。当然，除了关注定制市场之外，联想移动不会顾此失彼，仍会做好社会渠道的销售工作，做到双管齐下。深度定制与传统渠道共同发展，就好像两条腿走路，会走得更稳，这样更利于企业良性发展。当然，我们也会不断加快技术研发速度，不断提升用户的产品应用体验，这样才能赢得运营商、渠道商以及消费者的青睐。

刘东：中国移动推出了自己的手机操作平台 OMS，联想移动是首批 OMS 手机提供商，你如何看待运营商自己推手机操作平台？在 OMS 领域，手机企业与运营商如何才能合作共赢？

吕岩：运营商推手机操作系统，超越了以前简单地将增值服务内置手机的做法。通过推自有手机操作系统，一方面，运营商为自己的增值业务打造了一个整合平台，更加有助于其数据业务的推广、开展；另一方面，运营商进一步整合了产业链，提高了对行业的控制力。

运营商推自有手机操作系统，也促使竞争规则发生转变，比如山寨厂商就很

难参与其中。对于终端厂商而言，是否拥有运营商所期望的技术开发实力、产品品质、服务能力等都成为能否参与其中的关键因素。

在这种合作模式下，终端厂商与运营商是更紧密的合作伙伴。终端企业会得到运营商更多的技术和营销支持，同时终端企业开发的产品必须符合运营商的产品规范和约束。基于此，OMS 手机将更具有中国特色，更加符合中国消费者的需求。

2009 年 6 月 11 日《中国电子报》第 59 期

做能源装备百年企业

——访浙江精功科技股份有限公司
董事长兼总经理　孙建江

文/张建设　梁红兵　王雅静

人物简介

孙建江，浙江精功科技股份有限公司董事长、总经理，兼任绍兴市机械工业协会副理事长、全国工商联新能源商会副会长。1986 年至 1995 年 12 月历任绍兴经编机械总厂技术副厂长、分厂厂长等职；1996 年 1 月至 2000 年 8 月任绍兴华源纺织机械有限公司、绍兴精功科技有限公司总经理；2000 年 9 月至 2008 年 8 月任浙江精功科技股份有限公司董事长；2005 年 1 月至今任精功集团有限公司董事局副主席；2008 年 9 月至今任浙江精功科技股份有限公司董事长兼总经理。

危机是百年不遇的好机会

张建设：现在有一种说法，国际金融危机为太阳能光伏产业带来了很好的发展机遇。作为太阳能光伏产业链中的企业，精功科技是否感受到国际金融危机？企业如何应对这次危机？

孙建江：这次国际金融危机对精功科技来讲，是"机"大于"危"。精功科技是一家主要从事多晶硅太阳能光伏专用设备、建筑建材专用设备等高新技术产品研制开发、生产制造、经营销售和技术服务的国家重点高新技术企业。目前，精功科技在新能源、节能环保领域的装备制造业务代表产品主要有太阳能多晶硅铸锭炉及相关装备等。

装备制造特别是太阳能光伏装备制造，不仅仅是简单的设备制造，还要涉及更重要的工艺技术研究。现在的光伏制造产业，装备制造商在提供设备的同时，一定要提供工艺技术，包括如何生产出合格的产品，整个工艺制造技术都需要由设备制造商提供。所以成功的设备企业一定是对工艺技术研究深入的企业，如果工艺技术研究不深入，成功的可能性就不大。

精功科技有一个30多人的研究所，专门搞工艺研究，一方面不断对设备进行更新，另一方面，要对客户进行培训，应用新的工艺就要不断对客户进行培训。今年我们打算举办一次全国性的太阳能光伏铸锭、切片方面的工艺技术人员培训。对精工科技来讲，要尽可能地为行业发展作出自己的贡献。

目前，有很多企业购买了设备，由于工艺技术的原因，产品质量和转换效率难以提高，还在走中国轻工产品的老路。产品品质不高，不利于光伏产业的发展，所以一定要进行工艺技术培训，在这方面没有捷径可走。

这次国际金融危机对精功科技来说，可以说遇到了一次百年不遇的好机会，当然，机会也是给有准备的人的。精功科技要做百年企业，但做什么？我们选择了新能源，选择了太阳能光伏设备，设备是新能源产业的基础。2005年，我们就已开始对太阳能多晶硅铸锭炉进行了研发，同年我们就上马了1条太阳能铸锭切片试验生产线，对设备进行研发。那时做太阳能光伏的企业还不是很多，而精功科技已经开始关注这一新能源产业。所以，我认为机会总是给有准备的人的。我们相信，再过一两年，精功科技之前做的一些准备会有收获。

张建设：越来越多的国产装备日益成熟，大大降低了我国光伏企业的投资成本。你如何评价国产设备在发展我国光伏产业方面的作用？目前，国产装备业与国外先进水平的差距表现在哪些方面？设备的国产化是不是有利于整个价格的降低？你如何看设备的国产化问题和国际化竞争？

孙建江：前几年，国内光伏生产企业的核心设备一直依赖进口，进口设备价格高昂、交货周期长、工艺调试繁杂，这些弊端在很大程度上牵绊了国内光伏企业扩大产能的步伐，为光伏企业所诟病。因此，这些企业一直期望光伏核心设备能真正实现国内生产。

实现核心设备的国产化不仅意味着国内太阳电池生产企业产能扩张、降低成本、增强国内企业的市场竞争力，更重要的是意味着他们在设备更替和工艺改进上不再受制于国外，使国内太阳电池生产企业能摆脱国外企业的生产模式，创新自己的工艺和生产。

我国太阳能产业"三头在外"（"三头"指除了市场，还有材料和核心设备等）的局面，让产业尴尬，精功科技多晶硅铸锭炉的国产化意味着光伏技术发展的一些核心技术已经被我国所掌握，其意义在于我国光伏企业掌握了自己的命运，意味着我国拥有了最先进的制备技术。

就光伏设备来说，我们与国外产品的差距主要体现在工艺方面，制造是硬件，而工艺是软件。在工艺方面国外起步比我们早，投资比我们大，这点要承认。

对于国产化问题，我认为能国产化的当然要尽量国产化。但国产化要有前提，一定要与国际先进水平来比。如果单纯强调国产化，技术水平比国外先进水平低很多，这样的设备是没有市场的。现在的产品都是处在国际化的竞争状态下，国际化比国产化的概念更宽泛一些。精功科技的多晶硅铸锭炉虽然各项指标具备优势，但毕竟市场占有率还比较低，我相信用不了两年，精功科技的产品一定会被更多的客户接受。目前，国内的设备制造商基本上已经做到全球采购，精工科技设备的设计是我们的，是完全自主知识产权的，但零配件是全球采购的，我们选择最好的零配件来满足设计要求，我们的目标是做世界一流的产品。

全球光伏市场将逾 700 亿美元

张建设：有分析认为，全球太阳能市场将在 2013 年翻番，预计达到 700 亿美元的规模，甚至有人预测将超过 1000 亿美元。你对未来太阳能光伏市场的走势有什么判断？

孙建江：新能源是能源产业的发展趋势，新能源包括了太阳能、核能、水电、风电以及生物能源等。在这些新能源中，太阳能毫无疑问是今后主流的新能源，在我们可以看得到的若干年以后，太阳能发电会替代相当大一部分火电发电。我认为，700 亿美元也好，1000 亿美元也好，只是给业界一个信心。单就中国太阳能光伏市场来讲，到底有多大，谁也不好说。包括我国在内世界各国都很支持太阳能光伏产业，所以全球太阳能市场在 2013 年突破 700 亿美元的可能性非常大。

张建设：孙总对太阳能光伏产业很有信心，对太阳能光伏市场也非常乐观。今年"两会"期间，温家宝总理在政府工作报告中也提到了太阳能等新能源问题。在国际上，越来越多的国家开始实行"阳光计划"，开发太阳能资源。你如何评价最近几年国内太阳能光伏产业的发展？我们如何理性看待国内太阳能光伏产业的投资情况？

孙建江：中国太阳能光伏产业起步不算晚，2002 年就已经有不少成规模的

光伏企业出现。2005年到2008年，新增企业如雨后春笋般涌现，太阳能相关领域的企业参与度非常高。

我们知道，中国太阳能产业的发展是靠民营企业推动的，太阳电池制造其实没有门槛或者说门槛很低。加之过去几年欧洲市场的推动，中国太阳电池生产企业不断涌现。目前，中国已经成为太阳电池制造大国，我国在制造上应该说有一定基础。在"两会"期间，温家宝总理在政府工作报告中提到了太阳能产业，国家现在开始关注和支持太阳能产业，我认为正是时候。

张建设： 薄膜太阳电池近期发展很快，你怎么看多晶体硅太阳电池和薄膜太阳电池未来的发展？

孙建江： 我认为，这两种技术谁也替代不了谁。薄膜太阳和多晶硅太阳能有各自的优势。当前市场主流技术为多晶硅技术，多晶硅技术现在已经相对成熟，产业链完备，其最高18%的光电转换效率较薄膜技术有较大优势，但其生产成本较高。薄膜技术较多，技术发展也比较快。简单来讲，多晶硅电池转换效率高，成本高；薄膜电池转换效率相对较低，但成本也较多晶硅电池低。

现在，薄膜太阳电池占整个太阳能光伏产业的8%左右，随着太阳能产业的发展，薄膜太阳能电池所占比重一定会增加，至于增加到30%还是50%，就要看其技术的发展情况。

目前，薄膜太阳能电池发展时间还很短，虽然实验室技术转换效率比较高，但离产业化还很远。另外，薄膜太阳电池的应用领域也值得推敲，其应用还没有一个很好的定位。同时，由于薄膜太阳能技术发展很快，对投资来讲不是很有利。而多晶硅技术相对比较成熟，而且每道工序都可以提高光电转换效率。

关于未来产业的发展，我觉得这要看国家对产业的支持力度。如果有一个国家级的研究机构对薄膜太阳能技术进行研究，我相信3~5年后会有非常好的薄膜技术出现。薄膜技术也分为非晶薄膜和晶硅薄膜等多种技术，低成本和弱光发电能力是薄膜太阳电池的优势所在。目前来看，薄膜太阳能技术与多晶硅技术相比，确实存在不小的差距，但产业的发展也不是就只能走多晶硅一条路。

建议建立国家级研究机构

张建设： 一些省市将发展太阳能光伏产业作为工业转型升级的重要工作来抓，财政部、住房和城乡建设部也联合出台了《关于加快推进太阳能光电建筑应用的实施意见》，实施"太阳能屋顶计划"。据说，新能源产业调整和振兴规划有望近期出台。你如何评价目前国家出台的各种鼓励光伏产业发展的政策？在日前"敦煌 10MW 并网光伏发电项目"特许权招标中，国投电力和天威英利母公司——英利绿色能源控股有限公司组成的竞标联合体，报出了 0.69 元/千瓦时的超低投标价，你如何看待这一现象？

孙建江：这次财政部、住房和城乡建设部联合出台了《关于加快推进太阳能光电建筑应用的实施意见》，实施"太阳能屋顶计划"，这对行业发展来说，是一个信号，是对光伏企业一个很大的鼓舞。

从去年第四季度开始，欧洲光伏市场大幅萎缩，我国大量光伏企业面临生存危机，许多企业停产，甚至倒闭。这是市场不好造成的一种现象。如果市场好了，这些停产的企业还会恢复生产。虽然"太阳能屋顶计划"对光伏产业来说，所占比重并不大，但使业界看到了希望。

我相信未来国家还会陆续出台更进一步的政策，现在出台鼓励行业发展的政策确实需要慎重。我认为，政策到最后都要落实到两个点上：一个是上网电价，一个是装机容量的补贴。在日前"敦煌 10MW 并网光伏发电项目"特许权招标中，有报出 0.69 元/千瓦时的超低投标价，毋庸置疑这样的上网电价对于目前中国大多数光伏企业还是一个难以企及的梦想，以至于引来业界一片哗然，并广受质疑。但从中我们也可以看出，国内光伏企业已经看到，我国大规模推进光伏并网发电已是必然趋势。中国太阳能光伏制造在国际上排名是比较靠前的，如何把中国太阳能光伏产业呵护好、管理好，这是管理层和企业目前最重要的工作。所以，电价也好，补贴也好，这是我们看到的政策的两个落脚点。

但是，这个产业要健康发展，我认为更重要的还是在管理上。首先是制度的设置，一定要设置"门槛"，也就是标准，什么样的产品可以用到大规模发电上，什么样的产品可以用到屋顶上，屋顶的面积小，需要比较高的转换效率。所以，要在政策的细节上规范行业的发展，一定要设置标准，要有一个相对权威的机构来对转换效率进行检测。

其次，我们要看到，我国现在只是光伏产业的制造大国，而不是制造强国。我国在光伏技术上相当大一部分还受制于欧美，如果在我国出台的一些政策中，纳入鼓励企业和研究机构对太阳能光伏产业的工艺技术进行研究，这才是中国光伏产业由大到强必须要走的路。现在这种研究机构看起来每个企业都有，像精工科技每年都有匹配的研究费用，但这种研究仅限于企业层面。如果我国要从光伏制造大国发展成为制造强国，要从根本上解决技术问题，就需要非常尖端、庞大的研究机构。国家要有更大的支持力度，支持光伏技术的研究，组建国家级的联合研发平台，国家、企业共同投资，使资源共享。

上网电价以及装机容量的补贴，只是对现有企业和现有市场的补贴和促进，只是把企业送进"急诊室"，下一步要给企业进行更进一步的"治疗和调理"，就要从技术方面入手。所以，建立国家级的技术研究机构非常必要。

用耐力啃"硬骨头"

张建设：多晶硅铸锭炉是太阳能光伏产业的关键设备之一，我国与国际先进水平差距较大，精功科技的多晶硅铸锭炉已进入批量生产及供货阶段，是什么原因使公司决定着手研发国产新型多晶硅铸锭炉？

孙建江：用多晶硅生产太阳能电池，其瓶颈之一是多晶硅的铸锭和切片。关于铸锭和切片设备，目前全球也只有两三家企业可以供应，也就是说，铸锭和切片设备被两三家企业垄断。

铸锭是决定太阳能电池转换效率高低的因素，精功科技是专用装备生产行业的老企业，有40年的历史，40年来，精功科技一直在啃"难啃的骨头"。选择研制太阳能光伏电池生产的核心设备，也有我们的基础，我们有技术条件。更重要的是，精功科技把能源装备研制作为自己做百年企业的发展方向，激励着我们的技术人员进行能源的核心设备钻研，这也是我们选择做多晶硅铸锭炉、并将其拿到国际上竞争的原因。做能源的核心设备，这也是精工科技未来的奋斗目标。

张建设：你刚才也提到，铸锭和切片等关键设备在国际上被两三家企业所垄断，那么，国内企业创新和自主知识产权的空间在哪里？精功科技的优势在哪里？

孙建江：精功科技在工艺上完全走了自己的路。2008年，精功科技在240公斤级多晶硅铸锭炉——JJL240型基础上，独创性地研制成功了世界领先的新一代大型500公斤多晶硅铸锭炉——JJL500型多晶硅铸锭炉，这也是目前世界领先的多晶硅铸锭炉。

精功科技具有得天独厚的研发条件，因为精功科技所有的设备开发都必须经历中试阶段，在研发初期用太阳能多晶硅铸锭炉来铸一个锭，需要投放每公斤400美元的硅275公斤，光投料就要79.2万元左右，所以许多研究机构不具备中试条件。而精功科技旗下的精功绍兴太阳能技术有限公司是一家专业从事太阳能多晶硅生长和硅片生产的企业，掌握了太阳能多晶硅长晶及切片的核心生产工艺，可以确保精功科技今后太阳能光伏装备系列产品的试验和中试。精功科技今后新研制的太阳能多晶硅剖锭机以及太阳能多晶硅铸锭炉系列产品，均将在精功绍兴太阳能技术有限公司进行试验和样机测试。

张建设：精功科技拥有40年的装备制造的经验，除了多晶硅铸锭炉，下一步的产品研发方向是什么？

孙建江：下一步公司将在多晶硅剖锭机方面进行开发，多晶硅剖锭设备的生产制造难度非常大，精度非常高。目前多晶硅剖锭机样机已经出来了，精工科技将在目前样机的基础上进行更进一步的产业化工作，我对我们的多晶硅剖锭机是非常有信心的。

精功科技正在成长为国内领先的太阳能光伏专用装备制造商，我们的目标是在5年内成为国内乃至世界一流的新能源装备供应商。在未来3年内，公司仍将集中精力研制高性能光伏专用装备，实现硅片生产线系统方案的解决能力。公司将在现有产品基础上独立开发更新型的多晶硅铸锭设备和下道工序关键装备，如多晶硅剖锭机等。多晶硅剖锭机系列产品也是精工科技未来的产品研发方向之一。

张建设：40年来，精功科技从一个地方企业成为一个在国内值得骄傲的企业，而且在国际上也享有很高的知名度，是什么原因让一个地方企业总"啃硬骨头"？

孙建江："精于技术，功于品质"这8个字是精功科技发展的理念。精功科技历任主要负责人都是技术出身，40年走过来，都是靠"啃硬骨头"过来的。现在，我们也是在努力把我们好的产品推向市场，为中国光伏产业发展贡献我们的力量。

2009年6月16日《中国电子报》第61期

专注和创新是成功之道

——访江苏亨通光电股份有限公司总经理 钱建林

文/任爱青 诸玲珍

人物简介

钱建林，1973 年 3 月出生，硕士研究生，高级经济师。现任江苏亨通光电股份有限公司总经理，吴江市人大代表。他注重企业信誉和商业道德，以现代企业的经营思维，确立了企业的质量方针，树立了企业形象，创造了品牌效益。亨通依靠优质的产品质量以及真诚而完善的售前、售中、售后服务，赢得了用户的信赖，也得到了社会的承认。截止2008 年年底，亨通的市场占有率已达 18%，连续多年排名全国前列。在企业管理上，他建立了现代企业管理制度，不断提升公司的研发能力，增强了企业的核心竞争力。他的目标就是：一要完善产业链，二要给股东更多的回报，三要实现产业做强做大，造就百年亨通。

中国市场本身就是机会

任爱青：2009 年以来，国内 3G 网络建设的加快、宽带建设的提速以及广电、电力等行业扩容需求的增加，为光电线缆行业的发展带来了发展良机。你认为光电线缆行业面临哪些新的市场机遇？

钱建林：近两年来，国内光电线缆行业发展处于最好的时机，主要有以下几个因素：

首先，从宏观经济环境来看，虽然光电线缆行业受到了国际金融危机的影响和冲击，但我国政府适时出台了扩内需、保增长的一揽子政策和举措。随着这些政策和举措的实施与见效，以及城乡网络建设和改造进程的加快，必将带动国内电力电缆业新一轮的蓬勃发展。尤其是国家电网公司去年宣布在未来2年~3年内完成投资1.16万亿元，这对光电线缆行业是重大利好，光电线缆行业将面临难得的发展机遇。

其次，随着3G网络建设、FTTH（光纤到户）实施、西部村村通工程、光进铜退的逐步推进，为通信光缆行业的发展提供了良好的发展空间。

最后，根据行业专家估计，我国未来5年内特种电缆的市场规模约为每年400亿元~500亿元，约占国内线缆市场总规模的20%~30%，而当前中国市场所需的高档次的电缆几乎全部依赖进口。虽然中国本土的生产商数量高达数千家，但优秀企业却为数不多。由于特种电缆在电力、核电、造船、港口机械、机车车辆、轨道交通、隧道工程、矿产开采和勘探、陆地海洋石油工程、航空航天等领域有着广泛的应用，因此发展高档次的特种电缆具有广阔的发展前景。这为国内具有一定实力的光电线缆企业带来了新的市场机会。

任爱青： 多年来，光纤光缆行业一直处于恶性竞争之中，企业之间大打价格战，以至于光纤只能卖出草绳的价，光纤光缆企业都饱尝这种恶性价格竞争之苦。据了解，光纤光缆的价格今年回升了10%，这种价格上升趋势是否还会延续？

钱建林： 3G网络的大规模建设造成了光纤的短缺。对光纤光缆行业来说，虽然沉寂了七八年后才迎来这样一个市场的井喷期，但这次机遇对具备产业链优势的光纤光缆企业更为有利，只做光缆的企业由于买不到光纤，市场机会也就会大打折扣。

2009年以来，光纤价格上涨了10%，光缆价格上涨了4%~5%，但这种价格的上涨，准确地说应该是光纤光缆回到了合理的价位。从未来来看，由于3G建设才刚刚起步，市场正处于扩容中，目前光纤光缆的价格水平会维持两三年的时间，起码在明年不会有太大的变化。

任爱青： 光纤预制棒在光纤的制造成本中占60%的比例，光棒光纤光缆一体化的模式已经成为光纤光缆企业竞争力的体现。而从目前我国产业发展的现状看，光纤预制棒恰恰是我国光纤光缆产业发展的瓶颈。尽快在光纤预制棒的产业化方面取得突破，对我国光通信产业的发展有什么重要意义？

钱建林： 光纤通信具有损耗低、容量大、速率高、保密性强、重量轻、体积小等优点，已经成为现代信息社会最主要的传输手段和我国电子信息产业新的经济增长点。从2003年开始，我国光纤市场已经超过美国，成为仅次于日本的全球第二大市场。但我国光纤产业发展严重不平衡，虽然光缆和光纤拉丝能力迅速扩张，但作为利润核心的光纤预制棒大约90%都需要依赖进口，国外大型公司千方百计企图垄断我国光纤预制棒市场。随着光纤市场对光纤品种、规格要求的不断提高，光纤企业如果不掌握先进的光纤预制棒产业化技术，将在新产品开发和可持续发展方面处于劣势，我国光纤产业的发展在关键重要环节也会永远受制于人。

任爱青：作为国内技术和综合实力领先的光纤光缆企业，亨通在光纤预制棒研发方面下了很大工夫，目前这一项目的进展情况如何，能在多大程度上满足自己企业的需求？对提高企业的市场竞争力有什么帮助？

钱建林：光纤预制棒项目属于科技部攻关项目，符合国家产业政策，有利于公司完善产业链、降低生产成本、提高经济效益、增强抵御风险能力和提升我国光纤制造的核心技术能力。可以说，经过3年多的研发和实验，亨通已经掌握了光纤预制棒产业化技术，明年将实现规模化。

亨通的光纤预制棒项目完全达产后，可以在公司内部实现产品配套，逐步实现自产自用。在引进国际先进生产设备及技术的同时，通过吸收、消化和自我开发，改变了国内大多数光纤企业没有新产品研发能力的局面，打破了国内光纤产品跟随国际厂商的现状，使亨通真正成为光纤行业的主导者，而不是跟随者。

任爱青：经过这几年的努力，国内光纤预制棒的研发已经取得了很大的进展，你认为还要经过多长时间，国内光纤预制棒产业才能真正实现突破？国内几家从事光纤预制棒的企业是否可以联合攻关、共同发展？

钱建林：光纤光缆行业的竞争正在转向在光纤预制棒方面的竞争。今后5年全球光纤光缆市场需求量在2亿芯公里~2.5亿芯公里，中国光纤光缆市场需求量在1亿芯公里~1.5亿芯公里。在未来5~10年内，中国将成为世界上最重要的光纤光缆生产和研发基地，中国光纤光缆产量将占全球光纤光缆产量的50%左右。从主导企业的发展来看，未来3~5年内，国内将有5家企业形成完整的产业链，光棒、光纤、光缆产能将达到1000万芯公里以上，其中有2~3家企业产能超过1500万芯公里。

未来两三年内，国内光纤预制棒产业将实现突破，明后年亨通、长飞、富通、烽火4家企业光纤预制棒的产量都会有大的提升。但我国光纤预制棒的真正突围，光靠一两家企业的力量是不够的。一方面，要形成一种合力，在解决四氯化硅原料提纯难题、降低成本、规模化生产等方面联合攻关。另一方面，国内企业的光纤预制棒产品上量后，必然会遭遇到国外厂商的低价竞争，对此我们应该启动反倾销机制，同时国内企业也要联合起来。但国内企业的联合时机现在还不成熟，要等到一两年后各家的技术成熟以后，才有联合的可能。

行业转型正当时

任爱青：光电线缆行业已经是一个充分竞争的行业，虽然现在国内市场为光电线缆企业的发展提供了难得的机遇，但行业竞争激烈的程度并不会因此缓和，行业的洗牌也不会停止。你如何看待光电线缆行业新的竞争态势？你认为什么样的企业会在新一轮的竞争中被淘汰，什么样的企业能抓住这次机遇增强竞争实力？

钱建林：对光电线缆企业来说，近两年是市场大幅增长的好时期，对企业来讲也是加快转型的好机会。从行业的竞争态势来看，受"光进铜退"的影响，铜缆需求量及使用量逐步萎缩，传统的 HYA（聚烯烃绝缘铝塑粘接式护套市内电话电缆）通信电缆将逐步退出历史舞台，因此那些小规模的只有单一常规产品、没有形成产业链优势的线缆企业将失去竞争能力，新品研发及投资转型能力薄弱的电缆企业将被淘汰，过度扩张的线缆企业也将面临极大的经营风险。

任爱青：面对市场的变幻莫测和多元化扩张的重重风险，中小型线缆企业出路在哪里？

钱建林：在传统的 HYA 电缆将逐步被淘汰的市场形势下，瞄准特种线缆专业产品或细分市场，积极向特种电缆进行转型发展是中小线缆企业的出路。

任爱青：我们知道，在特种电缆方面，亨通进行了许多成功的尝试。前不久亨通光电举行了特种光电缆项目的开工典礼。在你看来，光电线缆企业应该重点关注哪些特种电缆？面向哪些专业细分市场？

钱建林：特种电缆立足于新材料和新工艺，以其独特的结构，呈现出各种优异的性能，如在耐高温的同时耐低温、耐磨、耐腐蚀等等。新一代特种电缆结构紧凑、重量更轻、坚固耐用、柔软可靠，可广泛应用于港口机械、航天、造船、高速铁路客车、轨道交通车辆等制造行业。因此，特种电缆具有广阔的发展前景。

从市场领域来看，对汽车线缆，核能、风能、太阳能、船用等特种电缆，超柔、超细的电子线，用户端接入的光电线缆等领域，光电线缆企业都应该重点关注。

任爱青：你刚才讲过，随着城市化进程以及城乡网络建设和改造进程的加

快，必将带动国内电力电缆业新一轮的蓬勃发展。你认为，电力电缆企业如何才能抓住这一机遇？

钱建林：电力电缆业在若干年后会进行大规模的行业重组，部分企业会退出市场。因此电力电缆企业要获得进一步的发展，必须要发挥规模化效应，提升研发能力，打造电力电缆的高端产品，在电力电缆细分市场领域有所作为。此外，电力电缆企业还应在新型材料的开发和推广上多下工夫。

唯一不受危机影响的行业

任爱青：在最近揭晓的 2009 年（第 22 届）中国电子元件百强的排名中，亨通集团有限公司首次荣登元件百强的榜首，这意味着亨通集团有限公司成为名副其实的行业领头羊。你认为，亨通能站在行业排头兵的位置，主要是因为什么？

钱建林：亨通在创建之后的 17 年里一直保持着持续稳健的发展态势，每年都上一个台阶。亨通之所以保持持续稳定的增长，首先要归功于亨通坚持主业、坚定地走光电线缆专业化道路的总体策略。从铜加工、铜材、拉丝、铜缆、光纤预制棒、光纤拉丝直至光缆，亨通坚持专注在光电线缆领域，把每一个产品从产业链上下游不断做深做精。

其次，亨通坚持在管理方面不断创新。我们一直在管理创新方面进行研究和摸索，坚持用科学的管理手段推动公司的发展。企业在发展过程中形成了一套对管理团队的科学有效的激励考核机制，在不同时期确定了不同的目标，要求每个子公司的管理者要用长远的战略眼光来考虑公司中长期的发展。

最后，亨通着力打造创新型企业，大力提高自主创新能力，努力培育自主知识产权产品，每年我们会申请 50 项以上的专利。亨通集团还依托国家级企业技术中心、国家级企业博士后科研工作站、江苏省光电传输工程技术研究中心等企业自身的科研开发和技术创新平台，先后承担了数十项国家火炬计划项目、国债项目、自然科学基金项目以及高新技术产业化项目，持续实现产业升级，不断向产业高端迈进。

任爱青：由于国际金融危机的冲击，大多数电子元器件企业的生产和经营都遇到了严重困难，销售收入和利润水平大幅下降。但从上市公司的财报数据看，亨通光电的业绩在去年全年和今年第一季度不但没有下滑，反而保持了较高水平的增长。今年第一季度，亨通光电实现收入同比增长了 23.9%，营业利润更是同比增长了 97.4%，请你分析一下其中的原因。

钱建林：国际金融危机不但对光纤光缆国内市场没有造成太大的影响，反而在今年年初 3G 牌照发放后，国内光纤光缆产品变得十分紧俏。今年以来，公司的光纤光缆的订单非常多，工人都在加班加点生产，即使这样也还是供不应求。而且，由于宽带数据业务的发展迅猛，公司的铜缆业务也涨势喜人。此外，公司在汽车线缆市场也取得了良好的业绩。应该说，国际金融危机对公司唯一有影响的是出口业务，按照计划，公司的出口业务要实现 30% 的增长，但目前看来，预期今年最好的情况是能与去年持平。

整体上市布局海外业务

任爱青：你说过，这一两年是光电线缆企业转型的好时机。你认为目前国内光纤光缆市场快速增长的态势还能保持多久？光电线缆业下一个新的增长点在哪里？企业应该如何根据市场变化调整经营策略？

钱建林：目前国内光纤光缆市场的大规模增长主要是由于 3G 建网需求引发的。而国内大规模的 3G 网络建设最多持续 2～3 年，光纤光缆市场的高峰期也就是在这一两年的时间。国内光纤光缆市场下一个爆发点是 FTTH，这个市场需求量从长期来看会超过 3G 网络建设的市场需求量。目前国内光纤光缆厂家正在大规模扩产，其未来市场势必要向国外市场延伸。因此，国内的光纤光缆企业应把产能的绝大部分用于出口，才能规避国内市场过剩的风险。

伴随着中国市场的启动，亨通今年的经营形势喜人，订单多得都做不过来。但如果主要面向国内 3G 市场，两年之后就会出现市场下滑的可能。因此，公司未雨绸缪，今年下半年开始调整经营战略，重点布局和建设海外渠道。

任爱青：我们知道光电线缆行业是一个竞争非常激烈的行业，"竞合优于竞争"是亨通光电的价值观之一，你对这种竞合是如何理解和定义的？在这方面亨通光电有什么成功的案例和做法？

钱建林：对竞合优于竞争这点，我们有许多切身的体会，并付诸实际的行动，从而从中获益良多。从产业链上下游来说，我们与运营商建立了平等合作的良好的关系。随着公司不断推出替代进口的新产品，使运营商的采购成本大幅下降。另外，我们也积极扶持下游供应商。我们从不拖欠供应商的货款，支持下游供应商大规模、低成本地运作，这有利于供应商的发展。而供应商的不断发展壮大，为我们营造了方便齐全的采购配套环境，有利于我们成本的降低和实力的提升。而从同行来说，在国内市场的竞争是正常和不可避免的，但在海外市场国内同行应该多一些合作与默契。

任爱青：3G 发牌后，国内电信业形成了 3 大巨头相互竞争共同发展的格局。亨通如何平衡与 3 大运营商的关系？

钱建林：目前，3G 建设刚刚起步，3 大运营商全业务经营的格局已基本定型。以固话起家的中国电信会加快 CDMA 网络的建设，而擅长移动业务的中国联通、中国移动则会加快固网的建设，以提升自身的综合竞争力。这对中国线缆制造企业来讲，无疑又是一次难得的发展机遇。亨通光电非常重视与 3 大运营商的合作，同时也会针对 3 家的不同特点采取不同的策略。

2009 年 7 月 14 日《中国电子报》第 73 期

坚定走"中国创造"之路

——访晶能光电（江西）有限公司董事长　江风益

文/任爱青　梁红兵

人物简介

江风益，1963 年 10 月出生于江西余干，1984 年本科毕业于吉林大学物理系，1989 年研究生毕业于中科院长春物理所，在高校从事教学科研工作 20 多年，现为南昌大学副校长、党委委员、教授，教育部发光材料与器件工程研究中心主任；晶能光电（江西）有限公司董事长；国家"863 计划"半导体照明专项总体专家组成员、教育部"半导体照明技术"创新团队带头人。

国内企业后来居上

任爱青： 半导体照明作为新一代革命性照明技术，因其节能环保的优势得到各级政府的大力支持。半导体照明的应用已与节能减排、环境保护等国家战略目标紧密联系在一起，推进半导体照明产业发展已成为国家意志，在我国针对国际金融危机实施的产业调整和振兴规划中，半导体照明也被作为提升传统产业、培育新兴产业的重点领域之一。你认为我国的宏观经济和政策环境为 LED（发光二极管）产业带来了哪些新的市场机遇？

江风益： 在国际金融危机大背景下，我国宏观经济还比较坚挺，总体是健康的，这为 LED 产业发展提供了基本前提。2008 年北京奥运会成功举办，其中 LED 梦幻般的神奇表现力，为 LED 知识的普及和应用推广做了一次极好的宣传，使越来越多的人认识了 LED，这成为 LED 产业在我国发展的群众基础；而让越来越多的政府官员认识了 LED，在政策环境方面为我国发展 LED 产业创造了有利条件。LED作为新兴产业，能有这么好的外部环境，真是千载难逢。目前，国内LED路灯、LED背光电视、全彩显示屏等市场潜力巨大，商机无限，值得高度关注。

任爱青：在面临机遇的同时，我们也面对挑战：技术方面，产业化的核心技术受制于人，发明专利数量不多；产业方面，产业链发展不均衡，上游产业势单力薄，仍处于提升技术和扩大规模的原始积累阶段，尽管拥有广阔市场空间，但在占有市场方面仍然缺乏竞争实力。你怎么看国内上游企业的发展前景？上游企业有无可能把当前劣势变为后发优势？

江风益：机遇与挑战总是并存的。LED技术发展到现在，距离终极技术还相差甚远，中国还有后来居上的机会。无论是性能的提高还是生产方式的变化，或是成本的降低，还有许多需要攻克的难关。从这个意义上来说，我们既要肯定国内研发和生产等方面取得的成绩，也要承认我们与国际一流技术相比还有较大差距。如果国家能够持续支持，企业也有信心加大研发力度，我们还是可以迎头赶上的。近年来我国LED产业的发展还是比较可喜的，上升的速度非常快。

从目前来看，国内也有不少单元技术拥有自主知识技术产权。从国际上看，也不是所有核心技术都是一家独有，一家公司拥有全套完整的核心技术是不可能的。一般来讲，一家公司拥有几项单元技术，而其他技术通过交叉授权获得，国际上几大巨头公司都是这种情况。所以，只要找准自己的定位，攻克一到两项单元技术，并形成自己的特色，就有底气和基础做大做强，我国企业后来居上也是完全有可能的。这样的话，即使遭遇知识产权纠纷，也可以通过交叉授权、有条件地授权、低价有偿使用等，取得有利地位。另外，从我国的国家层面上来说，应该对企业进行正确地引导，避免重复技术开发，要从互补的角度，看到自己的优势和强项，有所为有所不为。国家要从长远考虑，确定一些将来有可能使我国LED产业后发制人的课题，给予重点支持。现在看来，无论是工艺还是设备，都有必要考虑5年甚至10年以后，我们应该发展什么样的技术。

任爱青：你从事半导体物理发光的研究已经有20多年，在你看来，按照我们的产业发展水平，应该首先关注哪些领域，并在这方面取得突破？

江风益：LED产业链中，最核心的是外延和芯片，当然应该花大力气突破高档外延芯片技术。但封装和应用也有许多核心技术，不应忽视。依我判断，半导体照明核心的外延、芯片技术要提升上去、成本要降下来，应该不需要太多时间。芯片方面，降低成本的空间还非常大。但封装、应用能不能把制造成本降低，可能是今后半导体照明进入千家万户的一个瓶颈。如何把 IC 降低成本的优势和经验，应用到光电领域，是 LED 业界应该考虑的问题。

找到自己的优势

任爱青："十五"末，国家"863 计划"专家组对硅衬底 LED 技术给予高度评价，称该技术打破了目前蓝宝石衬底和碳化硅衬底半导体照明技术的垄断局面，形成了蓝宝石、碳化硅、硅衬底半导体照明技术三足鼎立的态势。与前两种技术相比，硅衬底 LED 技术有哪些优势和劣势？你认为，未来这 3 种技术会是一种什么格局，是 3 者共存还是彼此替代？按照你的设想，硅衬底 LED 技术未来发展将主要针对哪些市场应用领域？会有多少市场份额？

江风益：任何一种技术路线都有优势和不足，不同技术路线的产品并不是一种简单的替代关系，要从性能价格比来考虑，要从应用市场来考虑。对于硅衬底氮化镓芯片来讲，一小一大是优势，即小尺寸和大尺寸芯片有优势，中间尺寸芯片并不占明显优势。因为，中间尺寸属于中档产品，衬底不需要剥离，这样蓝宝石衬底更有比较优势。现在，小尺寸产品主要的应用领域是显示屏、数码管、指示灯等，大尺寸产品主要的应用领域是路灯、照明等。中等尺寸产品我们也正在发展，但不会简单模仿蓝宝石衬底技术，也不会简单与蓝宝石衬底产品竞争市场。另外，从应用角度来看，硅衬底 LED 芯片产品可以做得很小，而在一些特殊应用场合恰恰是希望产品尺寸尽可能小，这就成为小尺寸芯片产品不可替代的优势所在，如高密度、超高密度全彩屏用芯片。虽然，目前还难以预测硅衬底 LED 的市场份额，但发展势头很好。

任爱青：硅衬底 LED 技术作为一种全新的技术路线，国内外是否有企业也在跟进和研发这种技术？研究硅衬底 LED 技术既然如此困难，又有许多反对的声音，你为什么还会坚定地做下去？我们的成功有什么经验？下一步你对硅衬底 LED 技术发展有什么计划？

江风益：研究硅衬底 LED 技术的单位有很多，特别是我们推出产品以后，国内外有很多研究机构和公司更加积极研发和尝试。我们并不是第一家研究硅衬底氮化镓的，几十年前就有人在研究，但有不少专家认为无法改变硅与氮化镓的热膨胀系数，对这一技术判了死刑。十分幸运的是，我们的研究一路走得比较顺畅，可以使我们对技术走势坚持一个正确的判断。但我们也是通过大量的试验，一点一点积累，才攻克了这方面的关键难题。

尤其要提的一点是，我们做研究，既不像研究单位，也不像产业单位，而是

149

介于这两者之间，可以叫"科研工作企业化"运行模式。即在研究开发过程中，招聘了一批工人从事"研究工作"，实行三班倒的方式从事研发工作，研发人员在下班前只需要把编好的程序交给工人，第二天早上工人就把做出来的结果交给研发人员。这种模式，大大加快了研究进程。我们下一步主要是围绕提高性能和降低成本两大主题开展工作。

学者和企业家兼有

任爱青： 创新有不同的形式，有原始创新、集成创新，也有消化吸收再创新，而其中，原始创新是难度最大的，这种创新可以称之为创造。一走进公司，我们第一眼看到的就是"硅基发光中国创造"8个大字。硅基发光作为一条全新的技术路线，是当之无愧的"中国创造"。你作为这一"中国创造"的核心人物，在这个过程中，一定经历了无数的艰难、曲折、惊奇和欣喜。请让我们分享你的精彩故事。

江风益： 1993年原江西大学和江西工业大学合并，组建新的南昌大学。当年秋天，我提议建立材料制备实验室，从事新型发光材料研究工作。尽管当时学校各项建设资金早已分配完毕，但校领导仍然果断决策，贷款60万元建设这一实验室。从此，拉开了在红土地上从事发光材料与器件研究的序幕。起初，我们靠国家自然科学基金资助从事基础研究———Ⅱ-Ⅵ族宽禁带半导体材料研究工作。1997年，我们决定转入Ⅲ-Ⅴ族宽禁带半导体材料研究工作。经过几年的跟踪，取得了一定进展。2001年技术转让到一家企业，生产蓝光外延材料，实现了这一总体上属于跟踪（在跟踪基础上二次创新）技术的小批量生产。2002年，我决定要甩掉跟踪的影子，从事新型发光材料研究工作和寻找新的技术路线或途径。之前我们选择了氧化锌半导体发光材料，经过几个月的研究就生长出高质量的电子导电的N型氧化锌半导体材料，但经过一年的探索，发现生长空穴导电的P型氧化锌半导体材料非常困难，于是果断放弃了这一研究方向。

2003年学校大力支持重点学科建设，我的课题组获得了一笔为数不小的实验室建设经费，于是试验条件大为改善，添置了不少高档仪器设备，这一年年底我决定从事硅衬底LED研究工作。不到半年，我们就入门了，很快做出有一定显示度的硅衬底LED样管。经过3年的研究后，我们认为，产业化的时机基本成熟，于是融资建厂，并在2008年4月竣工投产。经过许多年的努力、辛苦和积淀，终于从强大的技术壁垒之中杀出一条血路，走出了一条区别于美、日等发达国家发展的 LED 全新技术路线。现在看来，有所为有所不为是何等的重要。

任爱青：晶能光电，以南昌大学发光材料与器件教育部工程研究中心为技术依托，由金沙江、淡马锡等多家国际著名的风险投资基金共同投资建立的专门从事硅衬底 GaN 基 LED 外延材料与芯片生产，可以说是产学研合作、科研成果转化的成功典范。你认为，高校、研究院所的研究成果，在进行成果转化过程中遇到的最大问题是什么？

江风益：许多在实验室中已经表现得相当完美的技术在产业化过程中，还会出现许多问题。一项新技术在实验室里也许已经完成了98%，可就是这剩下的2%所要耗费的精力、所需投入的资金，要远远超过之前的98%，这时候就需要真正能经得起风险、有资金实力的投资机构与高新技术企业携手走过从实验室到产业化的漫长过程。目前，国内很多风投机构的规模还不够大，很难真正承担起高科技产业化过程中所遇到的风险，他们一旦投入就要求很快看到回报。

任爱青：硅衬底 GaN 基 LED 外延材料顺利实现产业化，金沙江风投发挥了关键的作用。而且晶能光电与风险投资公司的合作，也堪称典范。你认为，在合作过程中，技术方、投资方应如何摆正自己的位置，你的经验是什么？

江风益：技术方和投资方，都需要摆正各自的位置。投资方对技术方的期望不能不切实际得一高再高，更不要奢望技术方在很短的时间里就出成效。如果一项新技术从实验室里研发出来，马上就能产业化，就意味着这项技术很容易被别人拷贝，不具备长期竞争优势。另外，研究人员不要把技术成果说得天花乱坠，应该向投资方如实地讲清楚新技术的优势和劣势，让投资方正确、全面地认识自己的投资选择和投资风险，只有增进双方的理解与合作，才能有效地促进高新技术成果向产业转化的进程。

任爱青：从学术带头人、研究专家，到现在的企业管理者、产业带头人，或者说两者兼而有之，你是如何扮演好这些角色，做好这种角色的转变的？

江风益：目前企业才刚刚起步，不能说有多成功，但我们的思路还是清晰的。就我个人来讲，在大学里从最基础的教学工作开始，从辅导、带试验到上大课，从专科生、本科生的培养到硕士生、博士生的培养，从基础研究、应用开发研究到做产业，一步一步走来。我认为，自己在大学里学到了很多东西，大学里的管理实际上非常规范，大学里许多规章制度均可用于或借鉴到企业上。如大学里机构设置、教学和科研工作量的考核、职称的评定、工资的定级、各种奖惩、后勤保障等都对企业很有参考价值。我在学校做科研的时候，就想到今后的产业化；做研究的时候，我一直考虑如何降低成本，考虑性能价格比，考虑今后的产品能否卖出去。所以，需要什么样的人做研究，买什么样的仪器设备，走什么样的技术路线，制定什么样的实施方案，都以性价比为前提。因此，我在学校所有实验室里的设备，实际上都是小型生产化设备，这样做便于今后产业化技术转移。

2009 年 7 月 21 日《中国电子报》第 76 期

降低成本是厂家永恒的主题

——访江苏中能硅业科技发展有限公司总经理　江游

文/任爱青　冯晓伟　王雅静

人物简介

　　江游先生于 2007 年 9 月担任协鑫硅业科技控股有限公司总裁，2008 年 2 月成为协鑫硅业首席执行官，2008 年 7 月成为协鑫硅业董事，2008 年 9 月兼任协鑫硅业全资子公司江苏中能硅业科技发展有限公司总经理。在加入公司之前，自 1998 年至 2005 年，江游先生担任新加坡交易所有限公司主板上市公司 IPCCorporationLtd 的全资子公司IPCCorp.China 的首席执行官。自 2005 年至 2007 年，江游先生担任上海埃力生（集团）有限公司首席执行官。江游先生曾获得上海立信会计学院会计学士学位、华东师范大学英语学位以及澳门科技大学 MBA学位。

决定企业能否发展的因素

任爱青：在经历了国际金融危机之后，多晶硅的价格出现了暴跌，多晶硅行业发展也表现出新的特征。在"暴利行业"的光环褪去之后，你如何看待全球多晶硅产业的前景？你认为全球多晶硅的市场需求在金融危机后发生了哪些变化？

江游：从 2008 年 9 月以来，全球多晶硅现货价格大幅下降。在我们看来，多晶硅价格出现这样的变化与其说是暴跌，不如说是回归正常，回归理性，因为在此之前全球多晶硅产业处于一种不健康的状态，原材料价格过高对于整个光伏产业都会产生不利影响。同时，随着多晶硅价格回归正常，多晶硅产业也将面临一个重新洗牌的过程。在这个过程中，企业的产能规模、产品质量和生产成本将成为决定企业实力消长的重要因素。

任爱青： 多晶硅产业确实面临一个洗牌的过程。这个洗牌过程中，哪些企业才是有竞争力和有市场前景的企业？

江游： 我们认为，从产能规模角度讲，只有年产能达到 1 万吨以上的多晶硅生产厂才是真正具有规模效应的工厂。就产品质量而言，由于太阳能发电是无人值守的，要求太阳电池在长达 25 年~30 年的时间里正常发电，这对太阳电池质量的要求非常高，而多晶硅材料的质量在很大程度上决定了太阳电池的效率，因此，多晶硅材料的质量至关重要。另外，从市场角度来看，太阳能发电的成本能否接近传统能源的发电成本，这直接影响到太阳能发电未来的推广前景，而太阳能发电成本与多晶硅生产成本密切相关。在过去的 5 年里，世界各国太阳电池的推广都是依靠政府补贴，太阳能光伏产业未来要独立、健康地发展，就必须具有非常低的制造成本。降低成本是多晶硅厂家永恒的主题之一。因此，对于多晶硅企业能否生存下去，我们可以围绕产能规模、产品质量和生产成本这三大因素，来评估企业的发展前景。

任爱青： 2009 年，我国在新能源产业方面进入了一个政策密集时期。既有太阳能屋顶计划、金太阳工程等促进产业发展的政策，也有抑制多晶硅行业重复建设的宏观调控政策。你是否认为中国多晶硅产业真的面临产能过剩的危险？国务院公布的"严格市场准入"等 5 项措施对多晶硅乃至整个光伏产业会带来哪些影响？

江游： 多晶硅市场是全球化竞争市场，国内的多晶硅企业主要还是与国际七巨头竞争。以国内现有和在建的项目统计，预计 2010 年国内多晶硅产量会超过国内太阳能光伏下游企业的需求。而从国际市场来看，全球太阳能光伏产业年平均增长率将在 30% 以上，全球多晶硅的总供应量也会超过需求。供过于求将导致价格下滑，并抑制国内那些生产成本入不敷出的多晶硅产能。总的来看，高质量、低价格，是全球太阳能光伏下游企业对多晶硅的共同要求。

国内的多晶硅产能过剩实际上是结构性过剩，那些土法上马、小规模高能耗、尾气回收技术不过关或根本没有四氯化硅氢化装置的企业，在市场供应过剩、价格下滑时只能停止生产；而那些技术先进、工艺效率高、实现封闭循环、物料合理利用、实现环保生产、能耗低的项目必然因产品质量稳定、成本控制得当而得到进一步发展。通过调控，国内多晶硅市场供应总体上会减少，多晶硅市场无序竞争的局面也会有所变。在当前中国多晶硅行业投资过热的情况下，政府在政策层面作出调整是合理的，而且是必需的，这些调控措施对国内多晶硅乃至太阳能光伏行业长远健康发展将起到正面促进作用。政府的调控措施有利于促使现有企业加强技术改造、降低能耗、节省成本。

兼顾低成本与高品质

任爱青：多晶硅价格的陡然下降，给多晶硅制造企业的生产经营带来相当大的压力。我们知道，江苏中能多晶硅的生产成本已经达到 36 美元/千克，接近国际先进水平。在降低生产成本方面，江苏中能采取了哪些措施？

江游：2008 年下半年，多晶硅价格大幅下滑，现货价格逼近甚至跌破国内部分企业的生产成本，降低成本是多晶硅生产厂家求生存的唯一途径。江苏中能在降低成本的道路上走得艰辛但成果丰硕，太阳能级多晶硅的生产成本已由2008 年的 66 美元/千克下降到今年 6 月的 36 美元/千克。

生产设备逐步实现国产化直接促使江苏中能的建设费用降低。从第二期工程开始，江苏中能的部分设备已经实现国产化。以尾气分离装置为例，除了压缩机仍然需要进口之外，其他部件全部是由国内厂家生产的；到第三期工程，设备国产化率已经达到 80%。第三期工程的产能是第一期的 10 倍，但其总投资却不到第一期工程的 7 倍。也就是说，通过设备国产化，江苏中能的建设费用节省了约30%；而即便以第一期来看，江苏中能的建设成本在国内多晶硅企业中也处于较低的水平。

在降低能耗、提高能源利用度方面，我们也取得一些成效。采用改良西门子法生产多晶硅，三氯氢硅还原过程所消耗的电能约占整体电耗的 70%，因此还原炉的余热利用对于降低生产成本具有重要意义。我们利用冷却循环水将还原炉的余热用于精馏工序，有效地降低了单位产品能耗。

任爱青：多晶硅产品既要追求高品质，也要追求低成本。而产品品质高，似乎必然会伴随高成本。你认为多晶硅企业应该如何在产品品质和生产成本之间寻求平衡？

江游：其实，产品品质和生产成本之间并不是一种相互矛盾的关系。当然，电子级的多晶硅产品相对太阳能级的多晶硅产品而言成本一定会更高，这是因为其采用的生产工艺有所不同。但对于生产同一级别的多晶硅产品而言，在采用相同工艺的情况下，产品品质越高，其生产成本应该会越低，关键就在于企业是否掌握了先进的工艺技术。另外，企业的管理水平也是能否提高产品品质、降低生产成本的重要因素。

任爱青：与太阳能级多晶硅相比，电子级多晶硅在生产成本和销售价格上会有怎样的变化？对中能而言，电子级多晶硅产品主要针对哪些市场和客户？

江游：我们预计，如果太阳能级多晶硅价格为 65～70 美元/千克的话，电子级多晶硅售价通常可以达到 100～140 美元/千克；电子级多晶硅的生产成本会比太阳能级多晶硅略高，但不会与售价同比例增加。

在太阳能多晶硅领域，我们目前已经拥有 223 亿美元的长期订单，这将满足江苏中能未来 7 年的太阳能级多晶硅产能；目前我们正在跟客户就电子级多晶硅的长期订单进行谈判，预计在 2010 年下半年，我们就将推出电子级的多晶硅产品。众所周知，亚洲地区是全球集成电路制造业的聚集地，这对我们销售电子级多晶硅是非常有利的。

从设备入手突破技术壁垒

任爱青：多晶硅的核心技术掌握在国外几大巨头手中。中能作为多晶硅领域的新进入者，是如何实现多晶硅核心生产技术的突破的？

江游：技术是企业获得生存与发展的关键要素，国外多晶硅巨头一直拒绝向其他公司转让生产技术。不过，江苏中能利用股东强大的国际网络找到了迅速掌握多晶硅制备技术的突破口———国际多晶硅装备企业。在中能多晶硅生产线建设的每一道主要工序，都有世界知名的多晶硅设备厂家长期提供设备和技术支持。我们的精馏设备是从日本引进的，还原炉是从德国引进的，尾气分离装置是从美国引进的，这些厂家数十年来长期跟国际多晶硅生产七巨头合作。比国际多晶硅七巨头幸运的是，江苏中能进口了这些设备厂最新一代的设备，在装备方面，可以说我们是站在了巨人的肩上。

引进设备的好处在于，一旦签订合同，技术支持就可以迅速到位，设备厂家还可以参与到工程设计之中。设备进场之后，在安装、调试的全过程中设备厂家的工程师都要到现场指导，同时，他们还要负责教会中能的员工如何操作。我们的操作工、技术员和研发人才就是这样一条线一条线地历练出来的。

任爱青：多晶硅的闭环生产无论对于降低成本还是环境保护都具有重要意义，而闭环生产也是体现多晶硅企业技术实力的关键所在。江苏中能是如何实现闭环生产的？

江游：实现闭环生产是多晶硅生产中大幅降低原材料成本和环保成本的关键。在三氯氢硅还原反应的过程中，总量高达 90% 的三氯氢硅、四氯化硅、氯化氢作为尾气排出，一部分三氯氢硅需要经过尾气分离之后再进入还原炉；另外，作为还原反应更大量的副产物四氯化硅则需要经过氢化，转化为三氯氢硅之后循环使用。这些尾气和副产物如果未经处理而直接排出厂外，不仅会造成原料的极大浪费，同时也会对环境造成严重的污染。副产物四氯化硅有效转化为原料三氯氢硅的氯氢化技术，是江苏中能与国内设计院合作研发的一大硕果，业已申请成为国家级专利技术。我们没有引进技术比较成熟但能耗非常高的热氢化工艺，而是立足于自主创新研发了冷氢化工艺。目前，投入运行的 7 套冷氢化装置已取得了能耗、成本迅速降低的良好效应。

任爱青：目前，改良西门子法仍在多晶硅生产领域占据主导地位。但在国际主流厂商中也不乏流化床法和硅烷法的支持者，而国内外也有很多企业在探索用冶金法生产多晶硅。你如何看待各种不同生产工艺的优缺点？新的工艺在未来的发展前景如何？

江游：用改良西门子法生产多晶硅已经有 50 多年的历史，是非常成熟的工艺技术。目前，这种工艺已经形成一种平台，各家企业可以以这个平台为基础，研究各种课题，开发出更多新的生产工艺。因此，我相信改良西门子法在可以预见的将来还将在多晶硅生产领域维持主流地位。

与此同时，我们也在潜心跟踪一些新的工艺技术，流化床技术、硅烷法工艺都是我们研究的课题。我们不但在徐州拥有自己的研发中心，而且在美国华盛顿州成立了研发中心；将来，我们还会在南京成立研发中心。设立这些研发中心的目的就是为了使江苏中能在业界保持技术领先的地位。当然，设在美国的研发中心的主要任务和国内研发中心有所不同。国内研发中心注重目前的生产技术、生产管理、改进生产装置、培养工程师；美国的研发中心则更关注未来技术的发展趋势，他们研究的课题是未来三到五年太阳能行业如何发展，如何提升太阳电池硅片的品质，如何帮助下游的电池和组件厂商提高产品的转换效率。从今年 9 月到 2010 年第一季度，江苏中能总共将投入 8 亿元，用于生产线的技术改造，我们的目标就是要向 Hemlock 和 Wacker 这样的国际巨头看齐，并且要做到比他们更好。

至于在改良西门子工艺和流化床、硅烷法等新工艺之中哪一种技术更有发展前途，现在还很难下定论。我认为不会有某一种技术垄断整个行业，未来的多晶硅生产还将维持多种工艺技术并存的局面。

多渠道吸引人才

任爱青：随着多晶硅产业近几年在我国的迅速发展，行业内也出现了人才紧

缺的现象。江苏中能在吸引人才、留住人才和培养人才方面有哪些具体的措施？如何看待多晶硅领域的人才争夺战？

江游： 人才的流动在任何行业都是存在的，多晶硅行业也不例外。不过，从江苏中能运营 3 年的情况来看，人才的流失几乎为零；与此同时，很多国内其他多晶硅企业的人才希望加入江苏中能。我认为出现这样的状况是很容易理解的，因为不论是高端的还是普通的人才都希望获得一个能充分发挥自己才能的平台，而江苏中能具有国内最大的生产规模，自然对各类人才具有吸引力。

江苏中能也把目光投向国外的高端人才。刚才我曾经提到，我们在美国华盛顿州成立了研发中心，目前已经有 20 多位从事改良西门子工艺的当地专家加入了我们的研发队伍。

另外，我们跟国内高等院校也保持着密切的合作关系，我们跟中国矿业大学、南京大学、南京化工学院都有合作的课题。我们还投入 1000 万元在南京大学设立了协鑫工程研究院，在研究院培养的很多硕士都将加入到我们的研发团队中。

任爱青： 在光伏行业，有不少企业寻求垂直一体化，也有部分企业专注于产业链的某一个环节。你认为在这两种模式中哪个更符合光伏产业发展的规律？

江游： 在太阳能光伏产业链中，生产多晶硅材料的技术门槛最高，利润也最为丰厚。江苏中能给自身的定位是光伏产业的材料供应商，也就是说，我们将专注于生产多晶硅和硅片，为下游的电池厂家提供原材料。在多晶硅领域，江苏中能要进一步扩大市场份额，要在全球市场上拥有话语权，要在产能规模、产品质量和生产成本方面居于世界领先地位。我们目前还没有向太阳电池、组件等下游领域延伸的计划。

位居多晶硅产业全球前三

任爱青： 多晶硅企业之间的竞争是综合实力的竞争，产能、工艺、价格、质量都是竞争要素。与国外七大巨头相比，江苏中能在这些方面水平如何？

江游： 据我们从行业内得到的信息，就生产成本而言，国外多晶硅产业的巨头（例如 Hemlock、Wacker）在经过十几年生产运营、已经没有折旧费用的情况下，目前的生产成本大概是 25～30 美元/千克；而到 2009 年 6 月，江苏中能的生产成本为 36 美元/千克，已接近国际先进水平。在与国际巨头生产成本的比较上我们还有两个不利因素：其一，我们所计算的生产成本中是包含设备折旧费用的；其二，我们的电价远远高于国外，目前我们的电价是每千瓦时 0.5 ~ 0.6 元，而美国的电价每千瓦时只有 3 ~ 4 美分。我们还应该看到，江苏中能毕竟只有 3 年多的历史，多晶硅的生产运营也只有两年的实战经验，在降低成本方面，我们还有很大的空间。

就产品质量而言，江苏中能太阳能级多晶硅产品的品质已经跟国际巨头持平。不久前，我国台湾地区的一家企业采用中能的多晶硅制造太阳电池，经测试，其生产的太阳电池光电转换效率达到 17.68%，处于非常高的水平。除了为太阳光伏产业提供多晶硅之外，我们将来还要为半导体、IT 以及航空航天产业提供电子级多晶硅材料。事实上，江苏中能第二期和第三期多晶硅生产线都是按电子级产品的标准设计的，只是因为当前太阳能光伏产业对多晶硅的需求非常大，所以第二期和第三期生产线所生产的产品销售到了光伏市场。预计到 2011 年底，在江苏中能的 2.1 万吨年产能中，将有 5000 吨左右多晶硅用于满足太阳能光伏产业之外的高端需求。

任爱青：跟 Hemlock 和 Wacker 这样的国际巨头相比，你认为江苏中能还有哪些方面需要进一步提高？

江游：我认为，与在多晶硅行业有多年生产经验的国际巨头相比，我们在生产工艺、制造环节的管理流程和测试技术方面还存在差距。尤其值得一提的是测试技术，江苏中能从国外引进了几位专门负责多晶硅质量全程控制的专家，针对从原材料进厂到多晶硅产品包装的生产全过程进行测试。在这方面，我们已经开始起步，但跟 Hemlock 和 Wacker 这样的国际巨头相比还有一段距离，还需要继续学习。

任爱青：从公司成立至今，江苏中能经历了一个快速发展的过程。如果对中能这几年的发展做一个总结，除了市场原因之外，你认为还有什么因素帮助公司实现快速成长？

江游：除了市场因素之外，我认为江苏中能的快速发展与公司的背景是有密切关系的。协鑫集团是一家电力公司，在环保能源行业具有深厚的基础，几十年来都在致力于清洁能源产业的经营，比如垃圾焚烧发电、生物质能发电、热电联供、风力和太阳能发电等等都得到协鑫集团的关注；同时，协鑫集团还具有深厚的制造业基础，除了发电厂之外，我们还拥有自己的设计和建设团队。与国内新进入的多晶硅厂家相比，江苏中能可以利用自己在能源行业和制造业的优势加快项目建设进度，从而把握住了前两年多晶硅市场的机遇。江苏中能第一期年产 1500 吨太阳能级多晶硅项目于 2006 年 6 月正式动工，2007 年 9 月投入生产；第

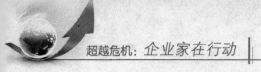

二期年产 1500 吨电子级多晶硅项目于 2007 年 8 月开工建设，到 2008 年 6 月就已经投入生产。在第二期工程基本建成的时候我们又规划建设了第三期年产 1.5 万吨电子级多晶硅项目，该工程已于今年上半年全面投产。相比之下，国内一些新进入多晶硅行业的企业由于种种原因延迟了建设进度，因而失去了前两年的市场机遇。

2009 年 11 月 10 日《中国电子报》第 119 期

专业的企业才能胜出

——访中微光电子（潍坊）有限公司董事长 孙夕庆

文/任爱青 冯健 王雅静

人物简介

孙夕庆，中微光电子（潍坊）有限公司的创始人，现任公司董事长、总裁。在创办中微光电子之前，他曾就职于美国沃商科技公司任研发副总裁、美国电光通讯公司任研发部经理、美国摩托罗拉化合物半导体技术发展中心任资深科学家。他拥有 11 项美国发明专利，6 项中国发明专利，16 项在审中国和美国专利。孙夕庆于 1993 年在清华大学获得微电子学博士学位。

钟情 LED 照明

任爱青：半导体照明作为新一代革命性照明技术，在全球能源紧缺、节能减排的大形势下，其发展得到了各国政府的大力支持。在我国针对国际金融危机实施的产业调整和振兴规划中，LED 照明也被作为提升传统产业、培育新兴产业的重点领域之一。你对 LED 照明的现状和未来前景作何评价？

孙夕庆：中微从 2004 年就开始倡导半导体 LED 通用照明并付诸实践，而在那时，LED 用于普通照明尚被普遍认为是很遥远的事情。5 年来，我们坚持着自己的方向，在初期不被理解甚至被怀疑的情况下，一步一个脚印地把 LED 通用照明的工作做好。

现在发展 LED 照明的产业环境更加优化，市场前景更加明朗，我们更不会退缩。我们一如既往、坚定地看好它的发展前景。尤其是当前在面临气候问题和能源问题的双重压力下，节能减排对世界各国来说都是一个紧迫的任务，LED

照明对普通照明的取代将产生明显的节能效果，并降低二氧化碳的排放量，因此发展 LED 照明产业自然成为各国能源战略中的重点。

任爱青：虽然 LED 路灯在实验室的数据比传统灯具要大大节能，但在实际应用中，也出现了一些问题，比如照度不够、节能效果和使用寿命并不理想等。我们知道中微的 LED 路灯已经在 2006 年投入使用，在使用中是否遇到类似难题，中微是如何解决这些技术难题的？

孙夕庆：这些可以说是制约 LED 路灯推广应用的主要问题。中微在开始做 LED 路灯时也遇到过类似的问题。照度不够存在两个方面的原因。一是照度这个指标用于评价 LED 路灯已经不合适，因为 LED 路灯显色指数可以达到 80，而传统的高压钠灯显色指数仅为 30，达到同样的照明效果 LED 路灯的路面照度值可以低一些。而通过普通的照度计测量是体现不出这个差别的。对此，中微正在主持编制住房和城乡建设部《LED 路灯照明标准》，这个标准将对这一问题进行说明和界定。二是某些 LED 路灯企业因为技术能力达不到，只能生产 80W 或 100W 以下的 LED 路灯替代 450W 的主流高压钠灯，这样肯定存在照度不够的问题。大家在安装中微 LED 路灯的道路上就可以看到，中微 LED 路灯不仅节能，而且照明效果也得到很大的改善。

使用寿命不理想的提法也不准确，实际上 LED 路灯的使用寿命是很长的，只是有些企业由于技术和管理能力的限制，生产的 LED 路灯可靠性不能保证，故障率很高，让人们误认为 LED 路灯的寿命不理想，其实，如果把质量做好了，LED 路灯的寿命是很长的。中微凭借对 LED 技术的深刻理解，对品质管控能够对症下药，所以可以确保产品的长寿命。中微早期的产品已经使用了近 3 年的时间，除极个别故障外，基本都处于良好运行状态，也很少有光衰。

至于节能效果不佳，主要是部分企业采用了效率不高的芯片，导致其灯具设计的效率低下造成的，说到底还是个技术问题。这里我要说的是，行业内对 LED 的应用确实还有很大分歧，甚至部分老专家因为长年致力于研究传统灯具，对 LED 缺乏了解，有的还有些误解。另外，一些没有成熟技术的企业向市场兜售不成熟的 LED 产品也损坏了 LED 的名声。其实，因为显色性的优势，LED 芯片达到 80lm/W 的光效时就具有广泛推广的价值，现在我们的芯片已经超过了 90lm/W，如果说不节能，道理上都说不通。目前，美国、韩国、欧洲等也都将 LED 的推广应用列为节能减排的重要战略举措。

任爱青：目前，从上下游外延、芯片、封装、灯具制造、电力供应等环节来看，哪个环节对产品效能和质量的影响最大？

孙夕庆：前4者对效能的影响都很大，而对质量的影响这5个方面都很重要。这也是 LED 照明产品不容易做好的原因。从投资角度来说，最难的是外延、其次是芯片、再次是灯具、最后是封装。

专业的企业胜算更大

任爱青：我们发现，尽管 LED 照明市场还未真正起来，但概念被炒得很热，最近2年吸引了大量企业争抢进入，市场竞争之势已初见端倪。这样的情况很容易让人联想到由于盲目建设而引起产能过剩之争的多晶硅产业，你认为 LED 照明产业是否也会有此担忧？

孙夕庆：客观地讲，这种情况在我们创立中微之前就已经想到。今天看来，实际情况已经超出了我们的预想，反过来也证明我国很多企业普遍缺乏战略能力。多数上马的企业没有足够的专业性，也不清楚这个行业要做好有多难，将来的行业洗牌是在所难免的。

中微 LED 路灯大范围成功应用之后，也有很多家企业跟风，但因为缺乏技术能力和成套方案，其未来的市场境况确实令人担忧。而中微是把 LED 作为自己的专业来做的，既积累了很多年，也规划好了未来几年的路。我们并不担心专业棋手被业余棋手打败，那毕竟是小概率事件。当然，我们也会倍加小心。

任爱青：正是由于大量企业的进入，竞争将迅速加剧，你认为企业在此领域取得成功的关键因素是什么？中微光电子采取的竞争策略是什么？

孙夕庆：我们发现，所有行业发展的基本规律，都遵循"先有，再优，然后是高效率、低成本和再创新"这样的规律。当前 LED 行业还有一个突出特点，就是其技术还在快速发展当中，如前面所述，现在做到了 90lm/W，明年可以做到 120lm/W，甚至 150lm/W，技术的持续进步可以有效延长行业的景气周期。

中微可以说做到了"先有"，正在做的是"再优"，眼睛盯着"高效率和低成本"，同时保持技术的领先优势，这就是中微的竞争策略。

任爱青：从眼前看，LED 照明布局的还多是示范工程，应用的大规模普及尚需时日。对于专注于此的企业来说，如何规划自己的发展步伐？

孙夕庆：实际上各地的动作是很快的，科技部提出"十城万盏"推广计划后，很多被列入的城市都已制定 LED 路灯的替换计划。到中微和潍坊参观学习的也是一波接着一波。特别是近年全球气候的持续恶化给全世界敲响了警钟，各国政府必将更加重视节能减排，迅速发展的态势是非常明显的。

任爱青：我们看到 LED 产业有垂直集成的发展趋势，应用层面的公司现在愈加向上游整合，有些 LED 照明公司已经向上渗透到了 LED 封装，甚至是芯片和外延生长环节，这是什么原因？

孙夕庆：这是因为上游的技术门槛和资金门槛相对较高，集中度较高，虽然会有竞争，但都比较规范。而究竟 LED 领域产业链应该如何划分，现在还没有确切的定义，因为微光电子跟半导体集成电路是不一样的，不一定要完全按照集成电路产业的模式分工。我们也提出了纵向集成的模式，我们做的是不同性质部件的集成。你会发现，现在很多 LED 厂商都做方案，而不单做芯片。我认为，对 LED 来说产业链也可以无限缩小，在某些领域没必要分工那么细。比如说，如果芯片本身就可以发出白光，就没有必要再去封装。在 LED 行业的发展路线上，我们已经看到了纵向集成的趋势。

任爱青：现在某些行业的出口市场已经在逐渐恢复。对于 LED 和光器件行业来说，国际金融危机的影响是否已接近尾声？出口业务是否已经在恢复之中，请预测明年的趋势。

孙夕庆：我认为这次国际金融危机是国际经济领域某些矛盾长期积累和演化的结果。现在还谈不上出口业务的真正恢复，而是前期去库存化的回弹，只能说停止了继续下跌或稍有回弹，与原来出口旺盛时的数量相比还差距很大，而且在未来几年内也难以恢复到过去高峰时期的水平。而国际金融危机对 LED 行业的影响是双重的，一是发达国家减少了对中国产品的进口；二是国际金融危机促使各国都在寻找新的增长点，加快了新能源和节能减排产品的使用，反而对 LED 产品的需求日趋活跃。对光通信器件行业来讲，影响会更长一些，但其前景也不是一片黯淡，因为中国具备低成本的优势，还有发达国家把产能向中国转移的机会。

任爱青：有人说国际金融危机虽然降低了海外市场的需求总量，但也为具有成本竞争优势的中国 LED 和光器件企业提供了一个抢占市场份额的机遇。你是否这样认为，中国企业应如何真正转"危"为"机"？

孙夕庆：我部分同意你的观点。中国 LED 和光器件的企业要想真正转危为机，当前要做到两点，一是技术上要跟上甚至领先，二是要真正把产品质量做好，二者缺一不可。反之，就会继续落得个"喝汤"的尴尬境地。

其实，对目前中国企业来讲，关键是要认清形势，尽早转变发展方式，没有比这更重要的了。5 年或者 10 年后大家回头看，这次国际金融危机对中国企业来讲，是一个发展方式的"分水岭"，转变了发展方式的企业能够长期健康成长，没有转变的就会很难。

国内市场是企业的源泉

任爱青：我们了解到，中微不但在 LED 照明领域有较大影响力，在通信和广播所需光器件领域也有强势的产品线。公司的主要产品包括半导体激光二极管（LD）、光探测二极管（PD）、发光二极管（LED）、光源模组、LED 照明灯具等。为什么会同时发展这两种业务，它们是否可以互补？

孙夕庆：其二者的核心都是芯片发光，不同点在于一个是发光照明，一个是发光传递信号。有个词叫殊途同归，而我们叫殊途同源，这也可以认为是相关多元化。虽然终端产品和市场不同，但核心技术在很多方面是相通的。

用于照明的光与通信的光是波长不同，但它们都属光的范畴。中微是一个专注做光的公司，不仅做用于照明的光，也做用于通信的光。光是生命之源，信息之源，梦想之源，而中微的使命就是做世界上最好的光。

我们中微对光有深刻的理解和完整的布局。我们的中微之"光"分成三个发展阶段，即绿色之光、智能之光和信息之光。绿色的含义就是节能环保，我们的前三代产品就达到了这一发展目标，为社会提供了合格的 LED 照明产品，减少了二氧化碳的排放量，第三代产品的光效已经达到 90lm/W。我们即将推出的第四代产品是一种智能化的照明产品，它通过采用 WiFi 等无线技术和 DDM 等技术，实现了对路灯等照明的无线控制，提供了一套智能的照明管理系统。通过数据采集，路灯的温度、消耗的功率、照度等数据会随时全部被传送到控制终端，而通过一个上网本，甚至一个 iPod，你就可以控制整个城市路灯的开关、亮度等。这就是智能之光。而信息之光就是指可实现通信的光。它不仅仅包括现在我们做的光通信器件，未来也要发展到更高的层面，我们正在研究既能通信又能照明的白光 LED，目前这一试验已经取得成功。将来这种能够照明的白光通信技术如能普及将实现真正的绿色通信，杜绝微波污染。这是一个崭新的境界，我们认识的还很浅很浅，需要去不断探索。

任爱青：虽然光器件近 2 年得益于 3G 和光通信接入网基础设施的加速建设而需求大增，但它实际上早已是一个竞争激烈的市场，国内供应商数量众多，价格战难以避免。中微在该市场是如何定位的，如何取得竞争优势？

孙夕庆：光纤到户还有很大的市场。虽然光通信起步早于 LED 照明，但从技术角度讲，光通信的难度要远远大于照明，它是一个多学科、多技术复合的行业，门槛较高，没有较长时间的积累是做不好的。中微在技术、人才方面相对具有优势，又有较长时间的积累，因此有较强的竞争力。

任爱青： 不管是 LED 照明还是光通信，目前国内的需求都跟投资最为相关，近 2 年的市场增长也多来源于政府的基础设施投资。但有人预计，随着 3G、光通信网络等的建设达到一定的规模，在该领域的投资会慢慢放缓，市场需求也会随之而减少。你如何看待明后年的市场走势，国内 LED 和光器件市场是否会增速放缓？企业将何以应对？

孙夕庆： 从国家宏观经济政策来看，明年基础设施投资放缓是可能的。对 LED 照明行业和光通信行业也是有影响的。但我们也应看到这两个行业的特殊性。

因为 LED 和传统光源属于替代关系，所以照明市场将是非常巨大的。而 LED 照明市场才刚刚启动，随着技术的持续进步，我认为 LED 行业还有至少 5~8 年的快速发展时期。特别是在今后的几年，节能减排将是重要的国家战略之一，必将给予 LED 照明行业一定的鼓励和支持，从政策层面上来看，对 LED 照明行业的发展是非常有利的。

不利的因素也存在。各地上马 LED 灯具的企业很多，企业的技术水平和规模参差不齐。这种混乱的局面在明年可能会对这个行业的健康发展造成一定的影响。

光通信未来的主要增长点在于光纤到户，目前在全球只有美国、日本、韩国等少数国家在这方面具备了一定规模，而中国和绝大多数的其他国家才刚刚开始或即将开始，所以说，光通信器件的真正爆发时期还没有到来。我认为，明后年我国相关部门会将这一事项列入基础投资和作为拉动内需的重点举措之一，但这个高峰过后光通信行业发展是否会出现真正的放缓还需要分析，但那可能是 3 年后的事情。

做最好的"光"

任爱青： 在微光电子这样的高科技领域，技术创新显然是企业成长的核心动力，在前期创业时期，这样的技术型企业一般都会以具备一定的技术领先优势进入市场，但在企业发展中，要持续创新并不容易。对此，中微的思路是什么，如何确保企业的自主创新能力不断增强？

孙夕庆： 谈到创新，首先必须明确一点，做高科技并不一定就是创新，比如在美国，很多创新的公司是去寻找别人没有做过的事情，要做出真正的不同。而在国内很多地方的企业却是在跟风，看到 LED 热起来就去抢着上项目，去复制、去模仿，这是高科技，但绝不是创新。只有真正去创新的企业才更有

生命力。

要保持长期的创新能力不是一件容易的事。中微是把自主创新放在公司总体发展战略中来考虑的。中微从一创立就非常重视战略问题，坚持提前"三五年布局"的做法，创新能力也包括在战略布局里，中微过去几年在技术创新方面取得了丰硕的成果。明年中微将进入到第二个战略关键期，一是要在国际化人才方面加大力度，通过招揽国际化高级人才使关键技术进一步取得突破或保持领先优势，二是要在架构上使中微更适合自主创新，如通过补充具有丰富经验的经营管理人才，解脱技术人才从事管理事务的状况，使他们更加集中精力于其所擅长的技术领域。中微持续创新的能力将不断加强。

任爱青：作为中微的创始人和领军者，你在海外有多年的工作经验和创业积累，对西方企业文化有更多的理解和体验，这是否影响了中微的企业文化？你是如何将西方管理理念与中国本地特点和传统文化有机结合起来的？

孙夕庆：这一点我的感受很深，虽然我成长和求学的主要经历在中国，但工作经历却主要在国外。我感觉国内和国外做企业的方式差别很大，国外企业讲究"战略"和"契约"，而中国经营企业更讲究"关系和人情"。国外企业会慎重讨论自己的商业模型是否有问题，而中国企业往往是抓住机会就做大的欲望更加强烈。当然，我觉得中国的企业也在改变，我本人也在改变。客观地说，中微这些年的快速发展，当地政府给予了大力支持和引导，潍坊高新技术产业开发区也给予了我们宽松的发展环境。

前几年"中国企业国际化"的说法很热，但到底什么是国际化的企业？出口到国际市场就是国际化？到国外收购一个企业就叫国际化？或到国外建个工厂就叫国际化？显然都不全面。我认为真正的国际化是要有国际化的视野、国际化的思维，能站在全球市场的高度审视自己的企业、规划自己的企业。中微的主要高管多数具有长期海外工作的经验，在这方面有天然的优势。

任爱青：人才短缺是国内光电子领域的突出问题之一，而专业人才的管理和任用又是企业经营的关键所在，请谈谈你对人才选拔和使用的观点。

孙夕庆：是的，对于任何一个高新技术行业来说，人才问题都是企业经营的主要矛盾之一，对中微来说也是如此。客观地讲，人力资源问题曾是中微的几个短板之一。这些年随着公司的发展，人力资源体系在逐步地建立，目前我们还在完善这套管理体系。而在人力资源方面，中微突出的特点是高层团队相对比较稳定，而且大家都有强烈的事业心和共同的志向。

中微是高新技术企业，选拔人才特别看重其发展潜质。对于有潜质的人才，

中微也敢于给其压担子，许多刚毕业不久的新人都被选拔到了公司的重要岗位。

中微在引进国际化高端人才方面有一定优势，因为公司高管有长期海外工作的经验，和行业内优秀的人才都比较熟悉，必要时就可以邀请他们加盟。

任爱青：经过这么多年的创业，你对企业经营感受最深的是什么？或者说你认为什么因素对于企业发展是最重要的？

孙夕庆：推动企业前进的不是企业的规模，不是钱有多少，权利有多大，而是企业的理念和信念。对于一个高科技公司来说，只有相信科技能够拯救地球，才能坚持科技创新和节能环保的方向。做世界上更好的光，就是中微坚持的信念。我们的工作就是围绕"最好的光"这个目标来开发一系列的芯片技术、封装技术等等。这种信念引领着中微的发展，是中微的灵魂所在。我们希望通过在"光"上的不断努力，能够对节能环保作出贡献，与其说它是一种追求，毋宁说是一种享受。

2009 年 12 月 29 日《中国电子报》第 140 期

躲过危机　新飞坚持品质立企

——访河南新飞电器有限公司董事长　张冬贵

文/黄俐　甘莉

人物简介

张冬贵，2002年，张冬贵离开他奋斗17年、身兼无数高管职位的银行业，进入制造业担任 Tasek Corporation Berhad（TCB）执行董事。18个月之后，TCB公司不仅转亏为盈，而且在偿还所有借款之后尚有1亿马币的盈余。张冬贵也因此在TCB公司取得的成功引起了公司最大股东的注意，2004年10月，丰隆亚洲有限公司（"丰隆亚洲"）董事会决定任命张冬贵为掌管公司整个亚太区业务首席执行官，同时继续担任TCB公司的执行董事。

躲过了危机

记者： 2009年国际金融危机给企业带来的压力不小，新飞的内外销售情况如何？

张冬贵： 2009年，在供商双方的不懈努力下，新飞取得了良好的经营业绩：各项主要经济指标稳中有升。近年来，新飞的经营业绩每年平均以15%的速度递增。

危机也意味着机会，国际金融危机导致全球经济增速下滑、国内消费市场低迷、产品出口受阻。由于新飞一直以来非常重视国内市场，在几年前将重心转移到了国内市场，因此在国际金融危机的压力面前，新飞几乎没有受到影响。当然，新飞也保留了部分出口市场，但是都是受国际金融危机影响不严重的国家和地区，如朝鲜等。

同时，新飞及时调整生产经营策略，通过管理创新、技术创新、产品创新以及控制成本、节能降耗等措施应对危机，同时借助家电下乡、以旧换新、节能惠民工程的实施，大力拓展农村市场。目前，新飞产品在城市和农村都取得了骄人的业绩。

2004 年至今，伴随着新加坡丰隆集团不断加大对新飞的资金投入力度和人才输入力度，新飞实现了从传统企业到逐步与国际接轨的现代企业的历史性转变。2006 年，新飞投巨资兴建了年产 200 万台冰箱的生产线，现已投产；2009 年初，新飞又追加投资 1 亿多元建成年产 30 万台高端风冷冰箱生产线；随着新飞高档酒柜、高档饮料柜走俏海内外市场，新飞还新建了年产 80 万台酒柜、展示柜的生产线。

此外，新飞正在筹建占地面积达 1.9 万平方米、存储能力达 25 万台产品的中心仓库，并配备了现代化仓库管理系统，实现了仓库管理可视化。"对新飞逐年追加投入的事实，强有力地说明了丰隆亚洲对新飞未来的发展充满了信心。"

不以低价冲量

记者：新飞正式对外发布高端冰箱后，将如何切入高端市场，是否会在初期采取低价冲量的营销方式？

张冬贵：我们不可能采取低价冲量的方式来开拓市场。新飞要在高端市场上打出品牌，凭借的是产品品质。我们一直努力在行业内塑造'要品质找新飞'的形象，品质永远都是第一位的。从产业发展趋势看，中国的冰箱行业面临重新洗牌的局面。目前中国冰箱市场，小品牌很多。在国外，经过充分的竞争后，市场上最后剩下的只有几家龙头企业而已。我相信中国冰箱行业的洗牌不可避免，5~10 年内，行业会经历比较大的整合，拥有高品质产品和优质品牌的企业，才能够在市场上立足。

随着中国经济的发展和居民生活水平的提高，中国高端冰箱销售量目前正处于提速放量阶段，对开门及 3 门以上冰箱销售数量将明显增长。

高端冰箱技术含量高，因此高端产品的竞争力也是冰箱企业在品牌、研发、制造、市场等方面综合实力的体现。近年来，国内品牌开始打破高端市场被洋品牌占据的局面，在高端市场开始显现出优势。然而，不可否认，市场上的高端产品多被企业冠以欧式名称。

记者：新飞在冰箱高端市场的目标是什么？将如何实现在市场上立足？

张冬贵： 新飞此次推出的高端产品秉承了新飞一贯的差异化理念，从命名、外观到内在功能都有我们自己的特色，融入了一些中国元素，融入了新飞自主创新的先进技术。

今年 1～11 月，新飞高端冰箱销量同比增长 51%，销售额同比增长 60%，成为新飞效益逆市增长的动力。今年，新飞又投巨资新建了 1 条年产 30 万台高端冰箱的生产线。新飞天尊高端冰箱有独特的设计风格，再加上在节能、保鲜、除菌等方面具备领先的技术，一定会在明年的高端冰箱市场上取得良好销售业绩。

明年新飞在高端市场要实现新突破，力争把高端天尊系列冰箱销量提升到 30 万台以上，占国内高端冰箱市场份额的 10%，拉动新飞业绩大幅提升。

消费者的观念在不断变化，因此新飞需要紧跟时尚潮流，在产品中加入更多的时尚元素，这样新飞的品牌和产品才能被更多时尚的年轻人接受。

坚持两条腿走路

记者： 新飞是家电下乡的中标企业并且在家电下乡中受益颇多。对于农村市场，新飞如何看待？

张冬贵： 新飞对农村市场也极为重视。家电下乡一直是新飞的工作重点，在生产、研发、销售等各方面新飞都投入了大量的人力物力。

截至今年 11 月底，新飞家电下乡产品的销售量达到 140 万台，销售额突破 30 亿元。家电下乡成为拉动新飞销售业绩逆市增长的强劲动力。

新飞将不断推出适合乡镇农村市场的环保节能、实惠耐用的新产品。在售后服务方面，新飞特别针对家电下乡为农民朋友提供了更方便的延伸服务。除在全国各省、自治区、直辖市建立 34 个绿色通道售后客服中心、5000 多家维修站点及开通 800 和 400 免费 24 小时客服电话以外，新飞还在人口集中的中心乡镇增设售后服务点，及时消除消费者后顾之忧。值得一提的是，新飞还延长了农民购买新飞中标产品的"三包"期限，将冰箱主要零部件的免费包修期从 3 年延长到 5 年。

记者： 2010 年，新飞的战略重点是什么？

张冬贵： 展望 2010 年，新飞在产品创新方面，将继续加大天尊系列高端产品的研发、推广力度，提升新飞的品牌形象，同时研发出更多更好适合乡镇农村市场的环保节能、实惠耐用的新产品，做好家电下乡工作。

在市场布局方面，新飞将坚持两条腿走路：一是使新飞高端产品进入所有主渠道、主卖场，占领主位置，提升品牌形象，提高销量；二是细分销售网络，使营销渠道更加通畅，大力完善新飞的整体渠道建设，着力培植高效网点，促进新飞产品整体销量的提高。

2009 年 12 月 31 日《中国电子报》第 141 期

第三章
中国机会

上游企业要带动产业链

——访美国康宁公司大中华区首席执行官 孟安睿
(Eric S. Musser)

文/刘东 诸玲珍

人物简介

　　孟安睿（Eric S. Musser），美国康宁公司大中华区首席执行官。

　　孟安睿自1986年到1993年间，一直在位于北卡罗来纳州威明顿的康宁光纤生产厂的不同生产岗位任职。从1993年~1998年，他先后担任澳大利亚墨尔本的光波导业务部（之后更名为康宁Noble Park）工程经理、康宁光纤部担任生产战略员、北卡罗来纳州威明顿的工厂运营经理和生产经理。

　　2000年1月，孟安睿加入了康宁Lasertron公司，并于2000年9月出任康宁Lasertron总裁。2002年4月他又被任命为康宁光子科技部生产运营总监。2003年8月，孟安睿重返康宁光纤部并担任该部门发展与工程副总裁。2005年1月，孟安睿被任命为康宁光纤部副总裁兼总经理。2007年4月，他被任命为美国康宁公司大中华区首席执行官。

投资液晶曾亏本15年

　　刘东：2008年3月28日，康宁位于北京经济技术开发区的液晶显示（LCD）玻璃基板项目正式开工了。我想知道康宁为什么选择这个时间点在北京投产玻璃基板项目？

　　孟安睿：康宁是第一个在中国大陆设立玻璃基板厂的公司。对于LCD产业，

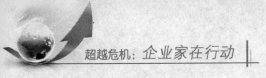

我们在中国看到有很大机遇。

当初选择投资地点的时候，我们考评过中国的好几个城市。在我们考评的过程中，客户的因素占得最多，即怎么能够最好地满足客户的需求，贴近客户，服务客户，是最关键的因素。北京市政府也给予了我们很多支持及优惠政策，在IP保护上也采取了有效措施。权衡下来，我们选择了北京。我们在全球有统一的供应链策略，目标就是要为客户提供可靠的保障，而且要有灵活的全球调拨体系。北京工厂主要满足中国大陆的需求，但也可以调拨给其他地区的客户。截至目前，我们对这家工厂所表现出来的生产能力和产品质量是非常满意的。北京这家工厂的标准和全球标准是一样的，具体体现在以下几方面：一个是生产流程，包括产品的质量和性能，另一个就是环保方面，我们对自己要求非常高。虽然选择北京，但并不意味着其他城市就不具备投资环境，我们在未来的投资中也会考虑他们，但同样重要的一点是考虑客户的需求。

刘东：康宁此次投产的是玻璃基板后道工序项目，你们有没有计划将窑炉等前道工序也放到中国生产？刚才你提到，康宁在全球有统一的供应链策略，中国在其中处于什么样的位置？

孟安睿：这和我们公司的一贯策略有关系。我们在进入新市场的时候，市场的策略主要是如何最好地服务客户，我们现在把后道工序引入中国大陆，这是考虑到整个市场的现状，因为中国大陆市场目前就是这个规模。另外我们一贯秉承的投资模式是，先引入后道工序，再看市场，然后才把前道工序引入。这个模式在日本、韩国以及中国台湾地区运营得相当成功，所以我们相信在中国大陆也能够做得很好。

在中国大陆LCD行业进一步发展壮大，客户逐渐成长起来并达到一定经济规模的时候，我们当然会考虑把前道工序引入中国大陆市场，但这要看我们客户具体什么时候宣布建设新的面板厂，届时我们会主动和客户讨论，怎么能更好地给他供货。

我们在全球有一个供需集中调配体系，而且会非常频繁地检查供需变化，所以我们能够很快地对市场做出反应，完成从一个地区到另外一个地区的调拨。在北京的所有生产，也是由全球的供应网络来调拨的，目前我们这个厂在北京刚起步，比起其他地区来产量还非常小，主要还是供给中国大陆的客户使用。

我们知道，玻璃基板是超薄、超平滑、超精细的玻璃，运输成本极高。运输这些基板，是对玻璃基板厂的考验。康宁除了在玻璃基板生产方面有很多专利，在包装上还有一项重要的创新，那就是DensePak包装系统。所以不管在

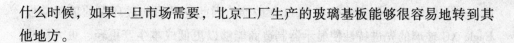

什么时候，如果一旦市场需要，北京工厂生产的玻璃基板能够很容易地转到其他地方。

改建百年研发机构

刘东：在玻璃基板领域，全球只有康宁、旭硝子等 4 家公司拥有核心技术。现在的市场竞争，已经不仅是技术的竞争，产品的竞争，而是产业链之间的竞争。相关分析报告称，康宁在玻璃基板领域占全球 60% 的市场份额。作为业界领导者，你们将采取什么措施，建立良好的生态环境，带动整个产业链发展？

孟安睿：你这个问题很有远见。我想解释一下康宁在 RD&E（研发和工程）方面是怎么做的，才做到今天领先的地位。2008 年是我们 R&D（研发）机构成立 100 周年，康宁是为数不多的拥有百年 R&D 机构的公司，在美国也仅有 5 家而已。

我们的研发投入是一个持续的过程，一般把每年营业收入的 10% 放到 RD&E 上，这个比例是相当高的。2007 年我们宣布，最近两年在 R&D 上再投入 3 亿美元，将位于纽约州康宁地区附近苏利文园区研发中心的设施进行扩充和改进。康宁研发中心的扩充计划包括对现有的研发大楼进行重大修缮，并建造一幢全新的大楼。扩充计划竣工后将大大提升该研发中心的运营效率、灵活性、空间利用率以及节能性。预计这一工程将于 2013 年全面竣工，而 3 亿美元也将在 6 年时间内分摊使用。通过这些能看到我们在研发上面的投入，看出我们对 R&D 的重视以及它的重要性。

我们在 LCD 领域的研究进行了几十年，在最初的 15 年内，我们一直在赔钱，但这也能够看出我们的决心和耐心。因为做成这个产业需要很强的技术积累以及对未来市场的信心。我们正是坚定了这个信心，并及时把握住新的市场机会，在该领域才可能拥有几百个专利。

玻璃基板是竞争性的行业，我们的竞争对手也在其他方面不断提高自己的能力，所以我们没有丝毫的理由自满，我们必须继续挑战自己，不断给客户提供最有价值的服务。

刘东：通过你的介绍我们可以看出，康宁在玻璃基板领域的成功来自对市场的准确判断和持续的研发投入，你们在技术和产品上有什么特点和优势？

孟安睿：讨论到康宁在该领域的贡献，首先我们看玻璃的配方，我们在全球范围内已经将所有的玻璃基板转换成 Eagle XG 玻璃。这是第一款绿色玻璃，是唯一不含任何重金属或卤化物的 LCD 玻璃，因此它是目前最环保的玻璃基板。Eagle XG 玻璃的先进特性使显示器制造商能够以更低成本生产更轻、更大尺寸、更薄和更高分辨率的显示器。尤其在中国市场上，我们认为是做得非常正确的一件事情。

第二，我们发明了熔融技术，这项技术使玻璃在熔融制程中不需要与人手的接触。通过熔融成型工序制成的玻璃基板具有纯净无瑕的表面品质、更严格的厚度公差、大尺寸的均匀性等特点，完全能够满足高清显示的要求。

第三，康宁在大尺寸高世代上处于领先地位，总是第一个推出更高代数的玻璃基板。我们的专利熔融制程具有扩展性，为了满足日益增加的面板尺寸要求，能够为我们的客户——面板生产商提供更有经济规模、尺寸更大的玻璃基板。

刘东：当今在显示领域，出现了很多新的技术，比如等离子、OLED（有机发光二极管）、LCOS（硅上液晶）、SED（表面传导电子发射显示技术）、DLP（数字光处理）等，你如何看待这些技术的市场前景？

孟安睿：我们基本上是以屏幕的尺寸划分的，50 英寸以上和 50 英寸以下。

对于 IT 和电视机的应用，LCD 还是占主导地位的，目前还没有其他技术能在短期内取代它。

在 50 英寸以上的市场，尤其在电视机领域，目前等离子技术占了很大的优势，但是我们看到 LCD 已经表现出很强的竞争性。

关于 OLED 技术，我觉得它更像是 LCD 的一个延伸，这是一个重要的技术，现在它还处于早期发展阶段。它应该从小型的应用开始发展，应该从手机或者其他需要很丰富画质的小型显示设备入手，OLED 做到更大尺寸还需要一段时间。

除了 LCD、PDP、OLED，你刚才所提，还有其他显示技术，例如 LCOS、SED、DLP 和 FED，我们也在密切追踪，但这些技术都处于比较早期的发展过程中，我们不认为 LCD 存在短期内被其他的显示技术取代的可能性。

刘东：目前中国大陆也有企业进入玻璃基板领域，比如彩虹集团，你如何看待它的发展前景？

孟安睿：我们对业界的任何宣布都很关注，对竞争对手的举措我们会认真对待，这也能激励我们挑战自己。

康宁在 LCD 领域有几十年的研究和生产经验，我们经过长期的投入，在配方、制程以及 IP 保护方面都做了不懈的努力，才达到今天的地步。对有很多想进入到这个行业的对手，我们也是非常关注，密切观望新的竞争对手的动作。同时我们也非常理解，他们需要一段时间的尝试。

播种多种新材料技术

刘东：虽然这几年康宁光纤、光缆在公司所占比重有所下降，但在全球仍占有很高的市场份额。目前，在全球范围内，光纤到户、光进铜退的进程正在加快，你如何看待光纤、光缆市场的发展现状和前景？

孟安睿：我们在光纤、光缆的连接硬件设备上，是全球领先的供应商。现在电信业务还是康宁重要的组成部分。过去的 5 年，电信行业为公司创造了 10 亿美元的现金流。2007 年我们在这一领域的利润率得到了很大的提高。

1999 年到 2001 年是光纤光缆需求的最高点，之后的两年市场进入急剧的衰减期，而 2007 年又恢复到以前。全球光纤需求量超过历史最高时期的市场需求量，所以我们对整个行业的回归感到高兴。中国的市场需求也一样强劲。从全球的角度看，中国是全球第二大光通信市场。

电信市场其实有两块很重要的市场，一个是公网，一个是私网。从全球的趋势来看，所有的公网都呈现出用光纤网络来代替铜缆网的趋势，而且在布局当中会用更多的光纤来代替，这为 FTTH（光纤到户）市场带来了广阔的前景。

从我们所参与的全球市场来看，现在 Internet 的用户数量急剧增加，他们对宽带的需求，对速度的需求，使得 FTTH（光纤到户）很受追捧，我们看到在亚洲、北美市场是这样，在中国市场也是如此。康宁能够提供好的解决方案，实现光纤到户。

刘东：随着需求的增加，成本的下降，中国的运营商加大了光纤采购力度，但是我们注意到，在中国电信、中国网通最近的集采中，中国企业占据了主导地位，对此，你怎么看？

孟安睿：2007 年，我们看到整个市场回暖，中国市场的需求也比较强劲，我们对 FTTH 更加充满信心。

在中国，四大运营商都是我们的客户。对于我们自己而言，我们认识到这是个竞争非常激烈的市场，有很多本地的供应商。我们作为最早在本地提供光纤、光缆的供应商，对自身的价值非常有信心，也正是基于对这个市场有信心，我们会在上海的光纤厂加大投入。预计该厂 2009 年第一季度能够正式投产。

每次新的网络技术出现的时候，对于我们的客户应用来说就会带来新的问题。现在需要向客户提供一种光纤，能够具有像铜缆那样的弯曲能力，这就是康宁投入并研发出 ClearCurve 光纤的动力。康宁光纤能够提供这种弯曲度，而不导致信号的损失。这样使得 FTTH 在安装过程中，安装时间减少至少 30%，成本也能够大大降低，同时可以方便地在有很多有死角的高层大楼内安装。

刘东：近几年，中国光纤、光缆企业的技术水平、产品质量、成本控制能力等不断提高，并且出现了一批具有市场竞争力的品牌企业。在中国市场，价格竞争还是比较激烈的。这种价格战对康宁产生了哪些影响？你们在这个领域的竞争优势体现在哪里？

孟安睿：我想康宁在这个行业享有很高的声誉，因为 30 年前是我们发明了光纤，从光纤在网络中启用的第一天，直到它的寿终正寝，我们所提供的光纤的质量从来不会有任何的折扣。

我们有最全的产品线，从单模光纤，到私网光纤以及海缆光纤，甚至我刚才介绍过的可弯曲的 ClearCurve 光纤。我们每年持续在产品研发上进行大量的投入，很多客户热切希望康宁参与供货，不光依赖我们现有的产品，而且希望用到我们目前还在研发的新产品。

在私网领域，我们主要谈的是数据中心、校园网络以及办公大楼的网络，我们提供的是多模光纤解决方案，从全球到中国市场都是这样。用多模解决方案，可以让海量数据能够用极快的速度，享有较高性价比的成本得到传输。现在，我们在多模光纤上价格制定应能够满足对于价格比较敏感的客户私网需求。我们在多模的传输机上的速度可以进一步提高，虽然还不能达到单模的能力，但是还有很大的潜力。

单模光纤要比多模光纤传输得快得多。价格因素虽然是一个很重要的方面，但康宁从不会为了价格牺牲质量。客户通常会发现康宁在价格上不是最低的，但是从一个市场走到另外一个市场，客户还是希望购买康宁的光纤。

刘东：我国汽车电子行业发展很快，已经出现节能安全大众化、信息娱乐一体化的趋势。据我们了解，康宁汽车排放控制系统在陶瓷过滤载体方面已经成为标准的制定者，请介绍一下这方面的情况。

孟安睿：我们在环境科技领域有 30 多年的从业经验，我们在 20 世纪 70 年代发明的蜂窝陶瓷过滤载体已经成为业界的标准，广泛用于汽油发动机车辆的排放控制，今天也越来越多地应用到柴油发动机车辆的排放，目前我们在上海浦东的厂是生产用于汽油发动机车辆的过滤载体。2007 年年底的时候，我们扩充了厂区，将产能翻了一番，这是因为中国大陆的汽车整车厂产量增加，相关排放法规也变得日益严格。

　　康宁的成功基于我们在材料科学和制程工艺领域的知识，对于研发持续不断的投入。在环境科技，我们同样运用这样一个成功的模式：选择一个独特的材料，加上我们独到的制程。

　　过去5年，我们在中国大陆有很高的增长，过去5年的成功使得我们对于今天，以及将来有更大的信心。很幸运的是，我们的强势领域，都是当今中国高科技领域的发展方向。

2008 年 5 月 13 日《中国电子报》第 51 期

创新型公司更需要市场判断力

——访 Broadcom（博通）公司总裁兼首席执行官 Scott McGregor

文/刘东 赵艳秋

人物简介

Scott McGregor，Broadcom（博通）公司的总裁及首席执行官，负责指导公司战略方针、业务拓展以及日常运营工作。于2005年1月加入博通公司，并成为董事会成员。

从2001年9月起在飞利浦半导体公司担任总裁和首席执行官，负责管理这家在超过50个国家和地区拥有3.4万名员工，2004年销售额达60亿美元的半导体公司。从1990年到1998年担任了各种高级管理职位。曾是提供网络计算解决方案的Santa Cruz Operation Inc. 公司高级副总裁和总经理。自1985年到1990年，在数字设备公司（现在惠普公司的一部分）担任高级职务，领导UNIX工作站软件集团。他拥有斯坦福大学心理学学士学位和计算机科学与工程硕士学位。

研发投入占收入的27%

刘东：博通公司自1991年成立以来，发展速度一直都比较快。业务领域覆盖企业网络、宽带和无线通信等三大业务板块。目前，这三大业务板块在市场上的表现怎么样？

Scott McGregor：从企业网络部门来讲，这个部门的产品包括PC（个人计算机）产品、网络产品、光纤产品和交换产品，涵盖从中低端到高端的广泛产品市场。2007 年，我们的一个主要变化是将产品线从原来比较集中的中小企业市场，向高端成熟的大企业市场渗透，发布的最新半导体产品基本都采用 65 纳米技术，因此更具竞争力。

宽带事业部包括博通原有的一些传统业务，像有线机顶盒、DSL（数字用户线路）产品、IP 机顶盒和卫星机顶盒等。同时，我们的产品也从原来的机顶盒向数字电视、蓝光 DVD 扩展，因为这些产品所采用的技术非常相似。我们非常看好 IP 机顶盒的发展前景，在中国与同洲等客户合作，将有线或 IP 机顶盒产品、数字电视产品带给消费者。

而说到无线通信产品部门，这个部门的蓝牙和 WLAN（无线局域网）产品的增长非常迅猛。目前蓝牙市场上的第一大供应商。我们看到，现在很多客户非常喜欢那些把蓝牙和 WLAN 集成在一起的产品，为此我们已经推出这方面的单芯片，不仅包括 WLAN 和蓝牙，还包括 GPS（全球定位系统）、FM 收音机等其他可以集成到一个单芯片中的功能。此外，在手机业务方面，我们已经开始了与诺基亚和三星的合作。今后，我们希望与更多的厂商合作，提供手机基带、多媒体及其他手机芯片产品。

刘东：诺基亚和三星都是国际市场上占主导地位的手机企业，请谈谈与诺基亚和三星合作的一些具体情况。他们大批量采用博通芯片后，你们每年的供货量大概有多少？

Scott McGregor：我们与诺基亚已经宣布了在 EDGE（一种通信技术）产品上的合作伙伴关系，预计产品在 2009 年就可以全面上市。我们和三星已经合作了很长一段时间，他们采用我们的芯片做 3G 手机，现在已经大批量出货，而且今年和明年我们还会有更新的产品发布。至于市场的需求量这很难讲。目前，我们的合作还处于初期，随着合作的加强，我们的出货量会有很大的增长空间。

刘东：博通是一家技术创新型公司，我想了解一下，你们每年的研发投入占销售收入的比例。与竞争对手相比，你们在核心技术上有哪些优势？

Scott McGregor：目前，我们把每年总收入的 27% 投入到研发方面，比和我们采用同样运营模式的企业通常所投入的比例要高一些，这表明了我们对"R&D"（研究与开发）的重视程度。

在技术优势方面，我们有三大优势：一是我们在广泛的技术领域拥有知识产权，因此，更容易拿到不同的技术进行集成；二是高集成化，我们可以把数字信号、模拟信号和混合信号产品集成在一起，做成一个成本非常低的单芯片；三是我们都非常努力地工作，能够尽快把战略执行下来，因此，我们的产品经常能够在市场进入最佳时期的第一时间上市。

刘东：通信市场是博通传统的优势市场，近些年你们保持增长的另一个推动力来自数字电视、蓝光 DVD、蓝牙等新产品。在各个产品线上，虽然博通都面临强有力的竞争，但在行业平均利润率不断降低的形势下，你们怎么保证在规模增长的同时，能够实现利润同步增长？

Scott McGregor：在你提到的这些市场上，竞争确实非常激烈，而且这种状况不会改变。保持利润高增长的策略有两点：一是你的产品比竞争对手的产品在技术上的领先性如何，二是你的产品是否能够为客户节省更多的成本。如果你能帮助客户的产品更快上市、更节省成本并实现更多的功能，你就能在高度竞争的市场上保持比较好的利润率。

在产品集成度方面，博通可以把各种模拟数字、混合信号集成在一起。这并不是很多竞争对手能够做到的。高集成度产品可以为客户节省成本、缩短研发时间。例如，我们有一款 1080P 数字电视解码器，它把除了高频头以外的模拟信号、数字信号都集成在一个单芯片里，而我们的很多竞争对手都是用几个芯片去实现同样的功能。因此，LG 和夏普选择了我们的数字电视芯片来进行产品设计。

此外，我还想再与你讨论一下 65 纳米技术。博通近两年花了很多经费研发 65 纳米技术。我们是从 130 纳米技术直接进入 65 纳米技术的，跳过了中间的 90 纳米技术。65 纳米技术所需的研发经费非常高，每款产品的掩模（Mask）需要花费百万美元。但是，做出的产品会更具竞争力，因为这些产品会更小、更便宜、耗电更低，且允许我们把更多的功能集成进去。这使我们比竞争对手有更多的技术领先性。今年，我们会推出约 100 款采用 65 纳米技术的新产品，我们现在已经出货的很多最先进的产品都采用了这一工艺技术，而很多竞争对手还做不到这一点。

刘东：你谈到了单芯片在保持博通技术和利润领先上的重要作用，也谈到了博通单芯片技术的特点和优势，你如何看待单芯片技术下一步的发展趋势？

Scott McGregor：单芯片技术确实是一个发展趋势，博通也在努力推动这方面的发展。但单芯片技术目前遇到几个比较大的障碍，尤其是要把模拟信号和混合信号产品都集成进单芯片，这在传统技术上来实现非常困难。这也就是为什么我们以前一般会用几个芯片来实现一种功能。但博通已经克服种种技术上的难关，推出了单芯片产品。我举两个例子：在卫星机顶盒芯片中，我们成功地把高频头、解调和音视频解码器都集成在一个单芯片里，这在技术上是非常难的。另一个例子是 GPS 产品，GPS 的接收器芯片敏感度非常高，要实现它，就像要实现接收从烛光上发出的一束光那么困难。在接收的同时，在 GPS 接收器旁边还要有一个蓝牙的发送器，你可以想象技术上的难度。因此，单芯片技术容易说，但很难做，要实现它，对一个公司技术上的要求是非常高的。

刘东：从你们的竞争对手那里我们了解到，博通在中国的业务增长速度低于全球的业务增长速度。你刚才所说的手机、机顶盒、数字电视、网络等产品在中国的需求量都非常大。你们将如何调整在中国的市场策略，在中国市场上发挥更大的作用？

Scott McGregor：这是一个错误的信息，我们在中国的业务做得很不错。实际上在中国的业务发展速度应该比在其他地方的更快一些。我们的机顶盒芯片以前在中国市场所占的份额非常小，但现在我们的市场渗透率很高，赢得了大量的设计（Design-win），将出现很大的出货量，这些份额都是从竞争对手那里赢来的。在网络产品方面，我们与华为合作，推出了新的交换机技术，像宽带技术和光纤技术，在这一领域我们做得相当好。在蓝牙和 WLAN 方面，我们看到市场份额又重新增长。所以，我们在中国的业务发展比较健康，而且迅速增长。

刘东：目前 3G 在国际上有 4 个标准，包括 WCDMA、CDMA2000、TD-SCDMA 及 WiMAX。我想知道博通对这几个标准的技术市场前景怎么看？你们对相关标准做了哪些投入？另外，目前，博通还没有推出相关的 TD-SCDMA 产品，请问将来是否会在这方面有所作为？

Scott McGregor：在投资研发一些标准的产品时，博通有几项原则：首先，我们要投资公开的标准，而且是可以公开介入的标准，所以我们关注那些市场上被大量不同的公司和组织所采用的标准。其次，这个标准要被市场广泛采用，说明这是个大市场。因为做半导体所需的投资很高，我们必须确认我们是在跟着市场走。所以博通一直沿着 GSM 的发展路线图，即 GSM/GPRS/EDGE/WCDMA/HSPA/LTE 这条线去发展，开发这个线路图上的所有产品。而其他的标准，像 WiMAX 和 TD-SCDMA，我们认为是有意思的标准，而且可能会有很重要的地位，所以我们正在等待它的大规模部署，看它们被市场接受的程度和以后的发展状况，来决定我们是否参与进来。我们对中国公开的、所有企业都可以介入的标准，像 AVS 非常感兴趣。我们认为 AVS 标准在中国具有针对性的市场和很好的应用，我们会全力支持。未来，我们对任何中国新的公开标准和技术都会非常支持。

在中国寻找并购机会

刘东：博通在北京、上海、深圳已经设立了 3 个研发中心，并对中国市场推出了有针对性的解决方案。博通下一步在中国还有哪些投资计划？

Scott McGregor：我们现在的工作重点仍然是推动这 3 个区域业务的增长，因为这 3 个区域的机顶盒、网络和 WLAN 的业务都非常重要。我预计，未来数字电视、蓝光 DVD 在中国是重点投资的领域，因为这些产品与中国的市场相吻合。

此外，让我兴奋的是，在中国不断涌现出一些新创立的公司，他们有令人振奋的新技术和好想法，我们希望能把这些收到我们旗下，把这些聪明人招揽过来，成为我们的一部分。我们还和国内的一些学校开展合作，把有潜力的学生招到我们公司来。

刘东：你提到希望把中国最聪明的人都吸引过来。的确，中国近些年出现了一大批创新性强、可持续增长的公司。博通是一家非常擅长并购的公司，你们有没有并购中国公司的计划？如果有打算的话，并购的重点会是哪类企业？

Scott McGregor：博通的并购策略是比较保密的。但是，就并购什么样的公司，我们有一些标准：首先，这个公司一定要有非常好、非常聪明的技术队伍，这些人必须有雄心、聪明、勤奋，非常愿意为市场开发合适的产品；其次，这个公司有很好的市场能力，能够把我们的优势和产品尽快带到市场中去。我们最近收购了两家公司，一家是 Global Locate，这是一家做 GPS 的公司，他们做 GPS 产品比我们公司做得好，我们把他们收过来，变成我们的一部分。另一家是以色列的 Octalica 公司，他们是具备有线电视所需的 MoCA 标准网络技术的公司，他们有非常聪明的科研队伍，技术比我们领先，使我们能够更快地进入市场，因此，我们收购了这家公司。

刘东：从 1999 年开始，博通历史上实施了 30 多次战略性并购，而且做得比较成功。在并购中，面对不同国家的企业、不同的文化、不同的价值观，博通怎么使这些企业在并购之后能够很快融入公司，并且形成一种合力，为公司的技术创新、市场推进带来更大的价值？

Scott McGregor：如果我们收购了一家公司，被收购来的公司会负责某个产品线的研发，而博通的员工会为他们工作。这不像一些公司，他们收购了一个团队，却让这个团队去干不怎么重要或不相干的事情。我们的做法更加激励人，那些被收购公司的员工会发现，他们从原来在一个小公司做事变成负责博通这样一个大公司的一整套产品线，这对他们来讲是一件非常激动人心的事情。我们通过这样的方法，能够很好地把这些被收购的公司整合在一起。

刘东：提到并购和重组，近两年，在手机芯片和数字电视芯片领域，由于市场竞争异常激烈，市场的并购重组非常多，最终这两个市场上形成了几大巨头。而这两个领域也是博通重点发展的领域，博通在这些领域有没有新的并购计划？

Scott McGregor：在手机芯片市场目前有两个主要的大公司，在数字电视市场也有两个主要的公司，一些公司可能会被迫离开，但这只会使博通更加强大。

博通会全力去做数字电视和手机业务。在这两个领域中，博通可能会去收购一些专注于某一器件技术的公司，这会增加我们的竞争力，所以，我们一直在这些领域寻找收购的对象。虽然我们还没有宣布什么，但我们一直在寻找收购的机会。

无生产线符合发展潮流

刘东：现在半导体领域主要有以博通为代表的 fabless（无生产线）模式，还有代工模式和 IDM（集成器件制造）模式。在你看来，这几种产业模式哪种更具竞争力？另外，随着技术的升级，半导体领域所需的投资会越来越高。随着投资规模越来越大，这几种产业模式会不会相互渗透、相互融合？

Scott McGregor：我在三四年前加入了博通，在这以前，我在飞利浦半导体公司，也就是现在的恩智浦半导体公司，我经历了半导体公司拥有很多芯片制造厂的状况。我认为，拥有很多芯片制造厂并不是一件好事。因为如果你拥有芯片制造厂，它们的投资是那么昂贵，花费是那么大，你必须花全部的精力去计算要生产多少芯片才能填满芯片制造厂的产能，即使这些芯片并不是市场所需要的，你也要生产，因为那是芯片制造厂所需要的。

而 Fabless 模式更好一些，我们可以将更多的精力放在产品上，就是说去思考什么是市场上所需要的产品，而不是芯片厂要生产什么产品；生产的事让代工厂集中精力去做，这也是半导体行业的垂直分工。我们作为产业分工的一员，会与代工厂紧密合作。博通目前是代工厂最大的消费电子客户，我们和台积电、台联电、中芯国际都有非常紧密的合作。

刘东：也就是说，博通会坚持做一家 Fabless 公司，不会投资建线，或是与代工厂在资本层面上进行合作。

Scott McGregor：我们的计划是继续做一家 Fabless 公司。即使博通是目前全球最大的消费半导体设计公司，我们在代工厂的产量也只占到他们总产量的

10%以下。所以即使我们在代工厂的产量逐步扩大，如果我们的比例少于10%的话，我们仍然有信心以这种方式进行生产。此外，全球还有其他很多代工厂，他们非常想和博通合作，加上更多的产能，我们不认为作为 Fabless 公司会有什么问题。

刘东：目前，在中国有很多初创的 Fabless 公司，总数在 500 家左右，而且据说每星期都会有一家新的 Fabless 公司成立。作为全球最大的 Fabless 公司之一，博通对这些初创公司未来的成长有哪些建议？

Scott McGregor：我认为对于这些 Fabless 公司来说，最关键的是他们能够关注客户的需求，他们要了解什么是客户最需要的。博通的成功在于我们非常关注客户的需求，我们尽最大的努力将客户需要的不同器件集成进单芯片，从而降低客户的成本，加快他们产品的上市时间。但对于初创的小公司来说，很难做到这一点。所以，他们最重要的工作是找到合作伙伴。

2008 年 6 月 13 日《中国电子报》第 64 期

抓住市场"甜蜜点"

——访安捷伦科技副总裁兼大中华区总裁 杨世毅

文/刘东 诸玲珍

人物简介

杨世毅，安捷伦副总裁兼大中华区总裁。1981 年加入惠普公司；1985 年，被任命为惠普（中国）的财务总监和行政经理，代表惠普，负责惠普（中国）的成立和谈判工作；1997 年到 2004 年，担任安捷伦副总裁兼半导体产品事业部亚太区（包括日本）总经理；2004 年 6 月到 2005 年 1 月，担任安捷伦电子仪器与系统事业部业务发展副总裁兼总经理；2005 年 1 月到 2006 年 1 月担任安捷伦前锋电子科技（成都）有限公司副总裁兼总经理；2006 年 1 月被任命为安捷伦科技副总裁兼大中华区总裁。

中国是安捷伦第二大市场

刘东： 由于受美国次贷危机、全球经济发展放缓等因素的影响，一些跨国公司的业绩下滑。作为全球领先的测试与测量公司，安捷伦 2008 年第二季度的财报显示，公司收入保持 10% 的增长，在亚洲市场持续发展，但是美国、欧洲的市场形势比较严峻。你如何看待和评价安捷伦在全球特别是中国市场的表现？

杨世毅： 作为全球最大的测试测量仪器公司及通信、电子、生命科学和化学分析领域的技术领导者，安捷伦为 110 多个国家和地区的客户服务。安捷伦的业务主要分两大部分：一部分是电子测试测量，一部分是化学分析与生命科学，这

两个市场的规模大概有 430 亿美元。

2008 年上半年，安捷伦电子测量业务虽然受到美国次贷危机的影响，但总体业绩还算不错，同时，生命科学与化学分析仪器的业务表现得非常好。

从全球范围看，安捷伦在亚洲的增长速度相当快，而中国又是亚洲市场增长最快的国家。目前中国是安捷伦除了美国之外的第二大市场，整个中国的业务占安捷伦的 13%～14%，所以对安捷伦来讲，中国市场是我们非常专注的市场。

刘东：中国市场已经成为安捷伦的第二大市场，并且保持了良好的增长势头。在美国、欧洲等市场不确定因素增加的情况下，安捷伦对中国业务比如市场份额、增长速度等方面有什么具体的期待？

杨世毅：过去几年安捷伦每年增长速度会根据业务的需要大概保持在 16%～18% 之间，还是很快的，我相信未来会将优势继续保持下去。

总公司对我们期望也是非常高的。在未来，中国以及印度都是公司的发展重点，因为这两个国家现在是真正快速发展的国家，我们希望寻找快速增长点来弥补美国市场的不足。我对我们的团队一直在讲，贴近客户，倾听客户的心声，并推出客户需要的解决方案，是一个很大的工程，当然如果我们能够做得更好更快，我们的业务自然而然就会继续发展壮大。

刘东：近几年安捷伦先后在上海、北京、成都等地建立了研发和生产基地，产业布局已经非常清晰。在本地化方面你们还将采取什么具体举措？

杨世毅：安捷伦先后在上海、北京和成都成立了业务基地，以这三个城市为中心，面向全国开展业务。

安捷伦成都基地将整合安捷伦成都测量仪器分部、成都市场销售分公司及生物科技等事业研发部门，成为安捷伦在中国的产品研发、生产制造、市场营销、技术支持和用户培训的重要基地。

我们的口号是——植根中国、贡献社会、长期承诺。安捷伦在测量测试方面可以说是领先且资深的品牌，能得到这种口碑，我们经过了很多努力，其中最重要的方面是企业文化。而这其中最大的基础就是"以人为本"。怎么样去对待别人，其实非常简单，那就是公司管理的公开化。譬如我的办公室，或者其他管理者的办公室，对公司每个部门的普通员工都是开放的，加之人与人之间相互尊敬，公司为员工提供了最好的工作环境。我相信在相互尊敬、和谐、友善的环境里，我们的员工会研制出更好的技术和更先进的产品。

当然，这个道理听起来非常简单，但是说实话，并不是每个公司都能真正实施贯彻下去。譬如人与人之间的管理的开放性，就不是很容易做到。再加上公司提供的工作环境，我觉得能体现出来，当我们的客户，我们的员工走进这栋楼的时候，潜意识地觉得这是很好的工作环境，他会觉得比较舒适。这些小的地方可以展现出一个公司对员工的心态，对管理的心态，我觉得这虽然是些细节，但是能显示出很大的不同点。

我们在人的培养方面，过去这几年以及现在都投入了很大的精力，同时幸运的是，我们每年的离职率非常低，经理级的离职率还不到7%。公司有系统的培训课程：新员工培训、新经理培训、下一代领导人发展计划、良师指导计划、网上培训项目、开拓员工国际视野等等。公司还很重视并帮助员工设计自己的职业发展生涯。公司有资助员工继续深造的项目，员工都有机会选择他们感兴趣的课程去学习。内部招聘时，公司鼓励员工根据自己的志向和兴趣去尝试，在不同的岗位上发挥自身的价值。员工每年和经理讨论个人发展的计划，经理是员工的职业顾问，会根据员工的兴趣和特长指导他们的职业发展。

要在中国抓住"甜蜜点"

刘东：安捷伦近些年十分关注并支持中国信息产业领域的标准建设，从第三代移动通信标准TD-SCDMA（以下简称"TD"），地面数字电视传输标准DTMB，到数字音视频编码标准AVS，安捷伦从一开始都积极参与其中。而一些跨国公司往往会等到相关标准的技术、市场走向成熟后，才在人员、资金等方面大规模投入。安捷伦是出于什么考虑积极跟进中国标准建设的？

杨世毅：谈到这个问题，先要说安捷伦与惠普公司的渊源。安捷伦公司的前身是惠普公司的电子仪器部门，1999年7月从惠普公司剥离成立了安捷伦公司。从1985年惠普公司进入中国算起，到现在已经20多年了，一路走来，在中国市场安捷伦扮演的角色同我们在欧美扮演的角色是一样的，即都是测量测试界的老大哥。就全球而言，安捷伦一直站在测试与测量科学和技术的前沿，并且不断创新。举例来说，我们在过去3年相继推出了一些新产品，这些新产品占今年业绩的50%以上，也就是说我们靠创新来推进业绩。

过去20多年，我们可以很自豪地说，我们做得非常成功。但是我深深觉得，在未来的5年、10年甚至20年，如果要继续扮演老大哥的角色，我们必须更贴近客户，贴近产业，这就需要我们积极跟踪中国的标准，并不断推出适合中国市场需求的测量产品。

在高尔夫球赛场上要击出一个真正的好球，球杆要击到"甜蜜点"，不必发力，球就会飞得又高又远。从20年前走到今天，安捷伦的"甜蜜点"就是测量测试领域。因为我们的技术在业界是领先的。

在未来的5年至10年，我们要更深入地贴近客户，这就需要我们团队密切配合，除在销售、客户支持、客户培训等方面发力，更重要的是我们要不断推出适合中国需要的产品和技术，包括TD、CMMB（中国移动多媒体广播）以及视频传输与接收的测试在内的解决方案。

在数字视频和4G方面，我对未来的市场非常有信心。现在就希望市场的"甜蜜点"能赶快到来，即市场真正的扩大，使我们所有的参与者都能得到应有的一份回报，这是我们迫切的期待。

刘东：中国政府非常支持TD-SCDMA标准和产业的发展，研发运营、制造、测试、服务等产业链各个环节正在走向成熟，TD已经为北京奥运会提供了一系列特色应用。你如何看待TD、WCDMA、CDMA2000、WiMAX等3G技术的市场发展前景？

杨世毅：我觉得一个成功的标准需要经过很长久甚至比较艰难的时期，并最终得到业界以及大部分用户的认可。TD的发展正走入这一步。中国政府也在大力推动TD产业，我觉得这是一个很正确的方向。中国市场面临很好的机遇，最主要的是如此大的市场支持中国推动新的标准，进而提升科技创新能力。当然CDMA、GSM是发展很久的标准，很多的认证或者系统的操作已经非常成熟。

刘东：一种观点认为，TD虽然是国际标准，但是其标准、技术、产品、市场等还没有真正与国际接轨，如果TD不被国际市场广泛接受和应用，它的生命力将受到挑战，你对此怎么看？

杨世毅：我觉得TD只在中国应用不成问题，最终的问题是3G能被用户接受的速度有多快，如果只有1%至5%的用户慢慢接受3G，那么能支持多久是一个很大的问题。

从2G到3G，如果它的内容很丰富，每个月的费用也合理，使用率可能会在几年之内达到30%~40%，甚至更多，而在3G的诸多标准中，如果TD能占20%~30%，就是很大的拥有率。

从运营商的角度来看，如果有很多的用户存在，就会产生很好的结果。所以我觉得3G的成功，包括TD的成功，最终还是要看它的内容，它每个月使用的费率是否合理，内容是否丰富。从惠普与安捷伦的经验来看，最终的胜者不仅取决于自己能否坚持到底，还取决于如何与用户和运营商合作。尽管这是一个艰辛的过程，不过我认为从中国开始推动 TD 到现在，所呈现的各种迹象表明，其成功的几率远远超过失败的几率。如果能做到这些，应该会非常成功。

还有另外一个例子：我们去日本后发现，我们每个人的手机都不能用，因为日本有它自己的标准。到日本手机市场去看，发现真正流行的都是 NEC 等本土品牌。我觉得日本这样做当然有其自身的原因，第一就是 1 亿多用户本身就是不小的市场；第二可以保护日本的技术和市场，也可以保护日本企业的利益。我觉得中国的市场也面临很好的机遇，这么大的市场不但可以支持中国推动自己的标准，而且可以提升国内企业的科技创新实力。

刘东： 中国政府推动 TD 标准和产业化，一方面是为了满足消费者的需求，另一方面是为了带动产业链相关企业的发展，提高自主创新能力，优化产业结构和经济增长方式。TD 已经开始大规模商用，你认为中国政府在这个阶段如何才能推动 TD 更好地发展？

杨世毅： 我觉得商业模式最终的目的就是要赢利，如果这个商业模式能帮助供应商或者研发团队，找到自身扮演的角色，并得到他们应得的利益，那么这种商业模式就是成功的。我觉得政府在这个方面的推动，除了技术上需要考虑之外，在税收上也应该给予优惠。

刘东： 安捷伦在 TD 等中国标准的建设中作出了突出贡献，在推动 TD 产业化和后续技术演进中，你们如何发挥更大的作用？在市场占有率等方面有什么具体的目标？

杨世毅： 在我们 1500 人左右的团队中，大概有 500～600 人是工程师。刚刚讲到整个市场的变化，我们要想在未来成功的话，TD 只是一个起步。在未来我们可以做的事情还很多，包括 4G、视频的传输等各个方面。我觉得我们正在付出很大的努力，力图在中国建立一个更强壮、更完美的包括硬件、软件的应用开发的团队。这个团队不仅是从事销售、维修的团队，更是一个从事研发的团队。我们为此已经努力了好几年，我们相信未来的发展脚步会更快，而且我们将不断创新。譬如对于 TD 而言，从 CDMA 到下一步 TD LTE，我们有源源不断的技术及时跟进。在视频方面，在传输方面，在无线方面，安捷伦都有比较强有力的团队。

我希望我们在 TD 或者 LTE（长期技术演进），或者在数字视频领域，能收获这样的口碑：譬如当大唐、中兴或华为需要测试设施设备时，首先想到的是安

捷伦。而要实现这个目标,我们必须做很多工作,不但要和研发单位、学校有良好的合作关系,还要与生产厂商密切配合。

从 2008 年到 2009 年,安捷伦科技将推出更多新产品,以满足 LTE 的新需求,包括模块分析仪、逻辑分析仪、信号发生器、信号分析仪以及综合测试仪。这些产品将为研发工程师设计组件、基站以及移动产品提供巨大帮助,并且在 LTE 产品即将问世之际,安捷伦科技还将给设备厂商提供更多解决方案。

生化分析技术贡献社会

刘东: 从 1972 年奥运会第一次对运动员进行兴奋剂检测开始,安捷伦为历届奥运会提供了检测仪器,这次北京奥运会也是如此。据我们所知,安捷伦在食品、药品安全等其他很多领域也为北京奥运会提供了技术和产品支持,请介绍一下具体情况。

杨世毅: 兴奋剂检测是从 1972 年以来历届奥运会关注的焦点,安捷伦为历届奥运会提供了检测仪器,今年当然也不例外。在 2008 年北京奥运会期间,安捷伦测试测量仪器应用到食品安全、通信保障和禁用药品检测等相关方面。特别值得一提的是,安捷伦会通过世界反兴奋剂机构(WADA)将全球领先的测试测量解决方案运用到兴奋剂检测中来,为奥运会在中国的成功举办贡献出自己的力量。

除了兴奋剂检测仪器以外,安捷伦的技术和设备还广泛应用于北京奥运会的无线通信设备的频谱管理和监测,在食品、水质、环境监测等方面,公司的十几名技术骨干在奥运会期间、在关键技术保障现场 24 小时不间断值班,确保万无一失,为举办一届科技含量最高的奥运会贡献我们的力量。

刘东: 刚才你谈到,安捷伦在化学分析与生命科学领域业绩增长很快,并且已经成为公司下一步发展的重点。事实上,食品、药品安全和环保问题,也是中国政府高度重视并重点解决的课题,请问在这些领域你们将如何争取有更大作为?

杨世毅: 我们在生命科学与化学分析仪器领域的增长情况还是不错的,并且拥有巨大潜力。比如化学分析仪器,主要应用于食品、医药安全和环保领域。在这些方面,不仅是中国,全球市场也有很大的需求,未来的发展空间会很大。因为人类对健康越来越重视,小孩刚出生就可以做一些健康的检测。这种检测包括测量 DNA、测量细胞的组织状态是否可能发生变化。

在食品安全方面，为解决"苏丹红"、"孔雀石绿"和"瘦肉精"等问题，安捷伦与业内专家密切合作开发了一系列整体分析解决方案。

在环境保护方面，多年来，安捷伦不断将全球领先的环境污染物识别、定量和鉴别解决方案引入中国市场，帮助业内人士更快更好地检测空气、水和土壤中的污染物，这已成为保护"碧水蓝天"的有力手段。为解决"松花江污染"以及室内、车内空气质量的问题，我们提供了最广泛的测量方案。

不仅如此，安捷伦还提供了欧盟关于禁用纺织物染料的检测技术。在安全生产方面，我们积极参与煤矿爆炸性气体测试方案的制订。同时在推进传统医学现代化，中药研发、生产和质量控制等方面我们发挥着积极的促进作用。

刘东：植根中国，贴近客户是你们的目标。中国的一些客户反映，安捷伦产品的价格比较贵，你们将如何进一步提高产品的性价比，更好地满足中国市场的需求？

杨世毅：我知道很多客户也对我们有这种反映：质量不错，但是价格贵一点。我刚刚也讲了，在中国的发展要植根中国，贴近我们的客户。目前中国对低端的测量测试设备的需求很大。比如很粗浅的农药残留的测试，非常简单的一些测量测试手段就可以满足市场需求。我们要真正了解客户需要的简单的测量测试是哪些，价格的定位大概是怎么样，并推出满足中国需要的产品。除了高端以外，中低端市场都有很大的空间。因此对于未来的发展而言，我们在中国的策略是非常正确的，即推出适合中国客户需要的解决方案，这一方面如果我们做得成功的话，成长率就可以达到20%～30%。

总的来讲，我们从一个在中国的销售业绩表现很不错的公司正在向另一个方向转变。我相信在未来，比如说10年以后，中国团队一定有4000到5000人，而其中的2000人甚至一半以上将从事研发工作。在测量测试领域，与竞争者相比，安捷伦在深入中国市场方面已经处于领先地位。我相信在这方面我们会加快发展。我个人也感受到强烈的使命感，要完成使命不是一件很容易的事情。我们的工作不光是在中国占领好市场，服务好客户，更重要的是要认真去倾听我们客户的声音，了解他们的需求，这是一个很大的挑战，也是非常难得的机遇。

刘东：安捷伦是测量测试界的老大哥，据说占世界市场的40%以上。中国最近出台了《反垄断法》，你如何看待这部法律对业界可能产生的影响？

杨世毅：我们需要更深入地了解《反垄断法》对各个不同的行业产生的影

响。《反垄断法》在欧美已经推行很多年了，安捷伦的领先地位在欧美也保持了很多年。在安捷伦的发展历程中，我从来没听说过我们的客户或当地政府在反垄断方面与安捷伦发生冲突。当然，安捷伦的企业文化对业界的贡献是非常大的，使我们呈现出一个优秀企业公民的形象。我们看重的是能否提供更好的产品，而不是用价格战，或者进口税收方面的手段去竞争，这种竞争是恶性的、不良的竞争。

2008 年 8 月 26 日《中国电子报》第 95 期

从"全球本地化"
到"本地全球化"

——访摩托罗拉（中国）技术有限公司总裁兼摩托罗拉（中国）研究院院长　庄靖

文／刘晓明　安勇龙　马帅

人物简介

庄靖，摩托罗拉（中国）技术有限公司总裁兼摩托罗拉（中国）研究院院长。

自 2002 年迄今，庄靖曾任摩托罗拉网络及企业事业部大中国区产品和技术市场部总经理，主管摩托罗拉（中国）移动通信系统解决方案。庄靖拥有美国南加州大学的电机工程博士、硕士和数学硕士学位。现为 IEEE 的高级会员，并在 1991～1995 年间担任 IEEE 通信协会西雅图分会主席。目前还担任中国 FuTURE 论坛副主席及中国标准化协会副主席并曾受聘为大中区多个电信专项提供咨询顾问。

中国成为研发重心之一

刘晓明：摩托罗拉是最早在中国设立研发中心的外资企业，1999 年摩托罗拉（中国）研究院成立，通过这么多年的发展，摩托罗拉中国研发部门取得了哪些成绩？

庄靖：大家比较熟悉的是 1999 年摩托罗拉（中国）研究院的成立，但是实际上摩托罗拉在中国的第一个研发中心 1993 年就成立了。随着各地研发人员规模不断扩大，到 1999 年公司决定成立摩托罗拉研究院。摩托罗拉（中国）研究院有两个特点：一是进入中国时间早。据权威资料认定，摩托罗拉在中国的研发中心是外资企业在中国设立最早的研发中心。二是规模相对比较大。摩托罗拉现在在中国有 3000 名研发人员，遍布在全国十几个研发中心。目前摩托罗拉在中国的研发投入累计超过 10 亿美元，研发领域涵盖摩托罗拉所有的产品部门。摩托罗拉（中国）研究院的研发范围涵盖终端、软件、手机界面、服务等各个领域，此外还有现在大家比较关注的在环保方面的研究。摩托罗拉面向未来的后三代、后四代无线宽带技术，也都在中国展开了研发工作。

从在中国取得的绩效来看，除了我们拥有的大量专利之外，值得一提的是 CMM（能力成熟度模型）认证，它是软件行业对于软件质量最高等级（五级）的认证。在中国第一个和第二个通过 CMM 认证的软件单位都是摩托罗拉的研发单位。我们通过 CMM 五级认证，并不是要便于我们与对手竞争，而是把拿到认证的这些经验与很多本地的软件业同行去分享。现在中国国内的很多公司都拿到了五级认证。

刘晓明：在摩托罗拉之后，有多家跨国公司先后在中国建立了研发中心，与其他跨国公司的研发部门相比，摩托罗拉（中国）研究院在发展和创新的理念上有哪些独到之处？

庄靖：我们的一个很重要的理念就是本土化。除了技术、经验在中国落地生根，培育中国的人才之外，我们现在也往国外输出技术、经验。另外，本土化的另一个重要表现是我们的员工构成，公司 90% 都是本地的员工。所以，可以比较骄傲地说，摩托罗拉本土化做得比较早，也做得比较扎实。

摩托罗拉（中国）研究院经历过几次观念转变的过程，从早期的全球本地化到现在的本地全球化。也就是说，我们在初期的做法是把国外的技术、经验带到中国来，我们利用中国丰富的人才资源和政府的支持来进行研发。现在，我们本地的研发团队，经过这么多年的培养成长，他们都有能力单独进行研发工作，所以现在在中国研发的成果，已经反过来输出到摩托罗拉在全球的市场中了。我们在中国的研发工作跟在中国的生产一样，不断投入，目的是让中国成为我们在全球研发的一个重心。2007 年年底，摩托罗拉（中国）电子有限公司，位于北京望京的摩托罗拉中国创新园研发中心正式投入使用，这是摩托罗拉全球最主要的研发基地之一。该研发中心占地 10 万平方米，建筑面积也是 10 万平方米，拥有 18 个硬件实验室和 24 个软件实验室。

刘晓明：在多年的发展中，摩托罗拉在研发方面与中国本土企业既有竞争又有合作。在与中国本土企业的接触过程中，你有哪些经验和感受，你认为摩托罗拉的哪些经验可以让中国企业得到借鉴，中国企业在研发方面有哪些需要改善和提高的地方？

庄靖：我们跟中国本地企业合作时经常会发现，他们的研发所走的过程跟我们早期是一样的。我觉得中国本地公司一个最大的收获是他们从摩托罗拉学到了整套的管理流程，因为这种东西是长期积累的成果。在中国有大量的大学毕业生，他们都是很好的研发人员，不过中国现在比较缺乏的是中高层管理阶层或者说比较资深的管理阶层人员。本地员工现在逐步地向这方面发展，但是比例还是不高，在这方面还是需要国外的一些经验。

创新与市场需求紧密结合

刘晓明：创新是企业发展的关键，一个企业要想在创新方面持续取得成功，必须有一个完善的体制和机制来保障。摩托罗拉在技术创新方面取得了显著的成就，那么，你是如何理解创新的，摩托罗拉（中国）研究院如何从机制上和管理上为持续不断的创新提供保障？

庄靖：第一，创新是摩托罗拉的价值观和企业文化之一，也就是说创新是公司各个部门、每个员工都一起参与的。创新的概念在摩托罗拉公司里并不狭隘，并不是只定义在研发或产品技术上，实际上各种管理流程，甚至人事部门或者是财务部门都鼓励创新的做法和不断的改进。

第二，以市场为导向进行研发管理。此举的主要目的是避免由于判断错误造成在研发投资上的浪费。我们所有的研发项目必须通过 M-Gate（门径管理）流程，与市场需求紧密地结合在一起。这也是我们在中国成立研发中心很重要的目的之一，就是说更加贴近市场，更快速反映市场的需求。

第三，加强质量控制。如果质量控制不好，或者成果满足不了市场需求，或者使用过程中经常出现需要打补丁的情况，都会极大地影响客户对产品的体验。

第四，加强创新培育。摩托罗拉对创新主要有两种培育方式：一种对内，一种对外，所采用的方法类似风险投资和创投公司。创新培育对内体现的是什么呢？我们某些技术领域的新产品或者新的想法，可能离市场商用和市场实现还有一段时间，现在做的话可能还不是公司的当务之急。但是公司又不想让这种新的想法不了了之，因此公司另外设了一个鼓励创新的基金，凡是送来审核的创新项目、想法、建议方案，如果被通过的话，这个基金就会拨款支持他们去执行。可以想象一到两年之后，这些成果正好可以赶上市场的需求，这样我们就不会错过市场时间，能够更早地开发内部创新的资源。创新培育对外主要通过摩托罗拉风险投资部门体现，该部门不断观察业界有哪些与摩托罗拉技术领域吻合、可以合

作的小公司。他们可能在资金上需要资助，其拥有的技术又与摩托罗拉以后的发展方向有互相补充的地方，我们就会去赞助他们。

第五，完善创新鼓励机制。我们有很多鼓励机制，比如说对专利申请、文章发表、著作等的奖励，我们给予研发人员与管理团队同级别的头衔，在升迁方面是并行的。

第六，进行全方位的合作。合作是我们进行创新的一个非常重要的因素。合作表现为多种方式：一是跟科研单位、高等院校进行优势互补的合作，基本上采取的方式是双方制定一个题目，然后投入人力资源进行研发，在中国，这种性质的合作有30多个项目和单位，如北京邮电大学。二是跟业界同行进行优势互补的合作。这种合作主要是体现在手机领域，比如说行业内有一些导航软件应用和游戏软件应用开发公司，我们跟他们合作，把他们的软件植入我们的手机里面，提供给终端客户使用。三是本地采购的合作，现在主要采用两种方式，一种是培育本地供应商，我们现在有200多家本地供应商。另一种很重要的方式是，摩托罗拉把我们在国际上一些大的供应商带到中国来，因为摩托罗拉告诉他们，如果继续跟摩托罗拉进行合作的话，需要这些供应商在中国也要同样进行投资，建立供应链。通过这样的合作，到2007年年底，摩托罗拉在中国本地的累计采购额达到285亿美元。

TD 业务积极布局悄然推进

刘晓明： 在外界看来，摩托罗拉在 TD-SCDMA 领域相对低调，公司在这一领域采用何种策略？

庄靖： 的确，从外界来看我们在 TD-SCDMA 领域可能比较沉默，但是实际上公司很早就开始介入 TD-SCDMA 领域了。从 TD-SCDMA 开始标准化之时，在3GPP（第三代合作伙伴计划）和 ITU（国际电信联盟）我们就很积极地推动 TD-SCDMA 标准化，一直到该标准最后被采用。摩托罗拉在 TD-SCDMA 系统端和终端采取不同的策略，系统端我们采用跟业界合作的方式来体现对 TD-SCDMA 的投入。终端领域自己直接进去做，我们在完成终端设计之后，终端生产通过合作的方式进行。

刘晓明： 此前，摩托罗拉在系统领域跟中国移动保持着良好的关系，摩托罗拉在系统领域会改变 OEM（授权贴牌生产）策略吗，比如说推出自有品牌的产品？

庄靖： 在 TD-SCDMA 系统端推出自己的品牌产品也有可能。但是，我们在该领域将采用与 WCDMA 技术领域比较相同的策略，也就是有自己做的部分，也有跟别的公司合作的部分来实现我们最终面向市场的产品。所以，我们一直在说，在现在所有的移动产品和技术领域，不管是 CDMA1x、CDMA EV-DO，或者是 GSM、UTMS，甚至 WiMAX（几种通信制式）摩托罗拉都有投入，只是我们投入或者参与的方式有所不同，但是只要有市场和客户在，摩托罗拉就会尽力为客户推出相应的解决方案。

刘晓明： 摩托罗拉在 CDMA 以及 TDD-LTE 和 WiMAX 方面都有很强的实力，在这些领域的优势对于摩托罗拉进入 TD-SCDMA 领域有什么帮助？

庄靖： 我们知道 TDD-LTE（长期技术演进）是 TD-SCDMA 的下一步演进方向，TDD-LTE 从本质上来说属于 LTE 相关的技术范畴，像 OFDM（正交频分复用）、智能天线以及扁平化的网络结构在 WiMAX 技术中同样得到应用。我们在 WiMAX 领域积累的经验以及产品都可以完完全全移植到 TDD-LTE 的实现上来。所以，我们认为这些经验的积累，对于以后 TD-SCDMA 的成长，包括后续 TDD-LTE 的发展都会起到帮助和促进的作用。

在 TD-SCDMA 系统端和终端两个方向，我们都在并行地进行投入。早在一两年前，我们就已经开始研发 TDD-LTE 技术，现在推出的是 LTE 测试系统，2010 年可能将推出 LTE 商用系统。随着 TD-SCDMA 一步一步向前走，摩托罗拉的投资规模以及人力资源投入会越来越大。

刘晓明： 摩托罗拉目前正在加强关于"媒体移动特性"概念的推广，《中国电子报》也作了相关报道。那么，摩托罗拉提出"媒体移动特性"的初衷是什么？"媒体移动特性"解决方案有哪些市场驱动力？

庄靖： "媒体移动特性"是一种新型体验，用户可以在任何移动情况下，通过任意联网设备，随时随地、安全地访问媒体内容。这为服务提供商提供了广阔的服务空间，他们可通过高度直观的界面来促进用户采用数据服务，进而吸引新客户，并提升现有用户的忠诚度，提高 ARPU（每用户平均收入）值。

"媒体移动特性"可以说是对摩托罗拉此前提出的"无缝移动"理念的进一步延伸。"无缝移动"更多体现的是满足通信方面的需求，使得用户随时随地都可以通过移动终端进行通信，不管是话音的通信，还是数据的通信。但是，到了媒体移动领域，我们进一步把视频内容加进来，实现了除通信行业之外，把广播行业也包含进来的愿望。目前，融合也是业界的一个趋势，有些是基于竞争的考虑，有些是基于商务的考虑，不管基于哪种考虑，融合都是未来的趋势。

除了拥有手机终端部门和面向第二代和第三代移动通信的系统部门之外，摩托罗拉还有很重要的一个部门是宽带部门，如 WiMAX、LTE 技术。摩托罗拉在固定宽带上也有产品和解决方案，像光传输、光纤到户、光纤到楼都有解决方案。同时，摩托罗拉是视频网络解决方案的公认领导者，加之终端用户使用的机顶盒，我们能够提供所有端到端的解决方案。

2008 年 10 月 10 日《中国电子报》第 112 期

利润率体现竞争力

——访韩国 LG Display 公司 CEO　权映寿

文/刘东　陈庆春　安静

人物简介

权映寿，现任韩国 LG Display 公司 CEO。

1979 年毕业于韩国首尔大学，1981 年获得 KAIST 硕士结业。权映寿先生 1979 年进入 LG 电子工作，历任 LG 电子 GSEI 部长、LG 电子 CD-PLAYER OBU、LG 电子全球化理事、LG 电子 M&A Leader、LG 电子金融兼经营支援担当常务、LG 电子财经常务、LG 电子财经副社长、LG 电子财经 CFO、LG 电子 CFO 等要职，并于 2007 年 1 月出任 LG Display 公司 CEO& 社长至今。在 LG 电子及 LG Display 公司工作长达 30 年。

比对手多 3% ~ 5% 的利润

刘东：受美国金融动荡、世界经济放缓的影响，在全球范围内，尽管平板电视特别是液晶电视市场仍然保持了高速增长，但是企业的利润情况并不理想，一些企业出现了利润下滑甚至亏损的情况。液晶面板等上游产品也出现了供过于求的状况，一些企业开始减产。作为液晶面板领域的主导企业之一，LGD 的经营情况怎么样？

权映寿：由于液晶显示领域出现了供过于求的状况，导致液晶产业利润开始下降，有些公司甚至是亏损。但是 LGD 的利润依然达到了 20% 的增长率（2007 年营业利润增长率为 10.53%）。更加值得一提的是，即使在供过于求的市场环境中，我们的利润比竞争对手还是多出了 3%~5%，这让我们更加坚定了信心。

在这样的市场环境下，LGD 之所以能保持稳定的利润增长，是因为 LGD 一直坚持无贷款经营，持有充足的现金储备，所以在美国次贷危机引发的金融危机中也不会受很大的影响。另外，我认为还有三个原因很重要：

第一，我们的良品率是世界上最高的，达到 95%。

第二，我们的技术力量非常雄厚。我们有先进的 IPS（平面转换）硬屏技术，这一技术是目前液晶面板技术中在动态画质表现力方面最先进的技术。

第三，在采购方面要比其他的公司有一定的优势。

我认为，企业的综合实力主要表现为公司的利润率和市场占有率。一个好的公司，它的市场占有率一定要高，而且市场占有率足够高的话，它的利润率也会高。在全球范围内我们的利润率保持行业第一；市场占有率则仅次于三星，位居第二。在中国市场，三星、索尼、夏普的市场占有率约为 35%，我们在中国市场的占有率为 30% 左右，剩下的被中国国内企业和其他品牌所占。我相信 LGD 会成为名副其实的世界第一的显示公司，因为我们有非常雄厚的 IPS 硬屏技术，我们不仅利用技术实力不断加强市场推广活动，而且充分发挥原材料采购竞争力，增加企业利润。现在 ISP 硬屏技术已经在中国被广泛应用，这将带动 LGD 在中国以至全球市场占有率的逐渐提升。

刘东：三星、奇美、友达、夏普等企业都制定了建设新的第 8 代线甚至第 10 代线、第 11 代线的计划，LGD 新的第 8 代线 2009 年也将量产，现在液晶面板已经供过于求，如果这些项目陆续投产的话，市场的竞争格局会有什么新的变化？LGD 有没有新建更高世代生产线的计划？

权映寿：2009 年第一季度第 8 代生产线将正式启动。据我了解其他面板厂商的新生产线启动时期各不相同，特别是在量产初期，其供应量不会太大。而且 26 英寸以下的中小型及 32 英寸液晶电视的需求量在增加，Full-HD TV（全高清电视）市场的发展在加速，以后中国每个地区都会陆续开始数字信号转播，这些因素都会带来液晶面板市场增长的可能性。相比预期，供过于求的程度不会很大。

LGD 面板的出货量不会有大幅度减少，将保持稳定。以北美为例，上半年的大型电视面板的出货量不但没有减少，19 英寸、22 英寸、32 英寸电视用面板的出货情况还很不错。而且随着消费者的旅游与休闲经费的减少，人们在家消耗闲暇时间加长，因此电视的购买比预期还多。

IT 用面板将随着季节因素有所变化，但是整机厂商积极进行推广，其需求也不会减少太多。实际上最近 Back to School 系列的 19 英寸宽屏产品销售情况就很好。

2008 年 8 月 8 日开始在韩国坡州工厂内搭建第 8 代线，目前已搬运设备。经过设备搬运和安装、试验之后，计划明年第一季度中期开始投入量产。第 8 代线计划明年年末将达到约 83000 张（玻璃基盘投入基准）的生产规模，主要生产 32 英寸、47 英寸、55 英寸等大型电视用液晶面板，投资额将达到 2.5 兆韩元。

值得一提的是，LGD 为了这次第 8 代线的成功安装，从各个工厂特别严格挑选了 70 多名熟练工，由这些人员组建了"梦之队"。明年的第 8 代线若要成功，离不开 IPS 推广活动在中国市场的成功。我们将把中国的成功事例扩展到世界各地，以取得更大的成功。

对于新一代生产线的投资规格与规模、时间等都在做着多方面的讨论和研究，具体事项还没有最终决定。我们在生产能力方面做好准备，以保持市场平均增速以上的市场增长率。

其实，我们第 8 代线按计划投产，就已经说明了 LGD 的实力。据我所知，不少厂家已经停止或者是延期了第 7 代或第 8 代的生产线，客户基础不坚实或成本竞争力较差的公司将延迟或取消投资。但是 LGD 有充分的实力进行再投资。

刘东：从目前的平板电视市场来看，液晶和等离子占据着主导地位，但是新的显示技术也在不断涌现，比如 OLED（有机发光显示器）、LED（发光二极管）、激光电视、电子纸等，你如何看待这些技术的市场前景？

权映寿：首先我们公司是不生产 PDP（等离子）的，因为 LCD（液晶）明显优于 PDP，在多种显示技术中，目前我们主要研究 LCD IPS 硬屏技术，同时也在进行 OLED 的开发。只是 OLED 的市场推广和普及还需要一段时间，OLED 的画质非常清晰，我相信它慢慢会在市场形成一个新的轮廓。

刘东：平板电视的上游产品主要集中在亚洲地区，你如何看待和评价日本、韩国、中国台湾等国家和地区在这一领域的市场表现和竞争优势？

权映寿：日本的技术能力好，但是生产能力一般；中国台湾的技术能力不是特别好，生产一般，但购买能力非常强；韩国是技术能力好，生产能力也好，但是购买能力稍差，但是整体来说，还是韩国较好，不谦虚地说我们 LGD 更好。

到 2009 年下半年或 2010 年上半年，利润率低、现金储备量较少的企业可能会被市场淘汰。

中国面板企业还需要时间

刘东：京东方宣布在安徽合肥上马一条第6代液晶面板生产线，上广电、龙腾光电等企业也有上马第6代甚至更高世代液晶面板项目的计划，中国大陆的一些省市正积极吸引液晶面板项目落户，力求打破液晶电视上游面板垄断的局面，形成新的经济增长点，对此你怎么看？

权映寿：一年前，我们也考察过中国大陆的面板企业。LCD的核心是产品技术和装备技术，说实话，以目前的情况来看中国大陆在技术上还是存在差距，纯粹依靠自身发展确保研发能力和研发人员则需要一段时间。尽管不少的日本技术工程师到中国大陆开发技术，但目前整体来讲，中国大陆的液晶产业还是处于初级发展阶段。如果中国大陆仅靠自身力量建立面板企业，投资建厂是比较简单的，但是真正把公司经营好并获取利润并不简单。中国大陆面板企业要发展是绝对有可能的，但是需要时间，需要储备技术实力。

刘东：中国政府非常重视平板显示产业的发展，正在制定相应的发展规划和扶植政策，特别希望外资能够在中国大陆独资、与国内厂家合作建立面板工厂，将平板电视上游技术引到中国大陆，LGD有没有到中国大陆建厂的计划？

权映寿：如果LGD考虑在韩国以外的其他国家或地区投资面板工厂的话，中国大陆一定是首选。因为我们的模组工厂已经在中国大陆落户了，我们预计到2012年，LCD在中国大陆的消费比率将达到18%，这是非常可观的市场数据。我们相信其他的公司也和我们一样，都在观察、考虑，经过深思熟虑逐渐制定一个更加具体的发展计划。但什么时候进入、在什么地方建立工厂等方面目前尚无具体计划。

刘东：预计到2011年，中国大陆平板电视的市场占有率约为70%，其中LCD TV的比重预计超过90%。中国大陆市场在LGD全球市场布局中处于什么样的位置，目前LGD在中国大陆的市场占有率是多少？我们知道，LGD已经在南京、广州、苏州等地建立了模组厂，你们在中国大陆市场还将有什么具体的举措和目标？

权映寿：中国大陆是LGD最重要的市场之一，而且作为一个生产基地也非常重要。目前，在中国大陆市场LGD的占有率达到了32%，今年预计LGD在中国大陆的销售额为16亿美元。LGD是LCD业内最先在南京设立模组工厂的，生产力在中国大陆属于第一，并且持续不断地扩充生产设施。目前我们已经在广州有了第二个工厂，现在开始量产，广州不仅是生产基地，还是研发基地。此外，

LGD 会根据市场情况来扩大生产能力。最近我们还跟创维一起合作建立了一个研发小组，为了让竞争更具优势，我们把模组和电视生产两大块组合在一起，最好的例子是我们公司和中国台湾瑞轩公司一起合作，共同生产电视。中国大陆市场非常重要，我们把模组工程转移到中国大陆，把 IPS 技术带到中国大陆，通过模组加整机生产物美价廉的产品奉献给中国市场。

刘东：最近，广东等地出现了山寨平板电视，就是一些手工作坊式的企业也在生产液晶电视。据说山寨平板电视的出现与包括 LGD 在内的一些上游企业有关，你们提供的模组、主板、机构件整合的解决方案为上述企业生产山寨平板电视机创造了条件。对此，你怎么看？LGD 作为产业链的上游企业，有没有能力从根本上阻止发生山寨平板电视现象？

权映寿：如果是这种山寨公司的话，我估计他们用的面板也是 B 级的，品质方面跟不上去。中国台湾企业把 B 级面板卖给了山寨公司。如果想减少山寨公司的供货量，就要减少 B 级产品的生产。LGD 的良品率最高，B 级面板数量很少，而且通过技术进步不断提高良品率来减少 B 级面板的数量。如果所有的公司都能提高良品率生产出 A 级面板的话，山寨机这种现象就会消失。小企业因为缺乏竞争力，从长远来看总归会被淘汰。

中国布局是全球化缩影

刘东：来自中国电子视像行业协会的数据显示，2008 年上半年国内液晶电视市场零售量同比大幅增长 39%，达到 527.7 万台，国内液晶电视产业进入快速发展时期。在这个新的时期，上游资源变得越来越重要，随着竞争的加剧，液晶面板"品牌化"趋势将越来越明显。你如何看待这种现象？

权映寿：目前，中国电视产业已经完成了从显像管（CRT）电视向平板电视的战略转型，液晶电视以超越前者的巨大优势取代了处于衰退时期的 CRT 电视。特别是 2008 年北京奥运会数字信号转播普及，更是为满足全高清播放标准的液晶电视注入了新的发展动力。中国迎来了"液晶化时代"。

正如你所说，在这样的时代，液晶面板变得更加重要，面板品牌化的趋势逐渐明显。液晶面板占成品液晶电视成本总比例的 60% ~ 70%，是液晶电视机的核心部件，决定着产品的品质和竞争力。因此，采用优势技术面板的液晶电视将在市场争夺战中胜出，液晶面板也将建立起属于自己的"王国"，一个液晶电视领域的"英特尔"正呼之欲出。目前，液晶显示领域最有希望树立技术品牌的非 LG Display 的 IPS 硬屏技术莫属。

刘东：你刚才反复提到，IPS 硬屏技术是 LGD 的核心竞争力之一。我们注意到，最近一年来 LGD 明显加大了 IPS 硬屏技术的推广力度，你们强调 IPS 硬屏技术要优于 VA（图像垂直调整）软屏技术，并以此来争取整机厂家的合作。在中国大陆，你们将如何更好地推广这项技术？

权映寿：在 2008 年 9 月 19 日中国液晶电视产业发展高峰会谈上，LGD 在中国正式推出了 IPS 硬屏标志。LGD 始终认为，LGD 的 IPS 硬屏在动态画面显示上不仅色彩鲜艳和清晰，而且没有残影，是全高清及 100Hz/120Hz 等高清产品的最佳选择，同时很适合用于今后具有触摸功能的电视或者公共显示器上。在耗电方面，是比以往的面板节电 30%（累计耗电）的环保产品。所以，我们相信，今后的 IPS 硬屏标志会像 Intel 的标志一样成为所有液晶电视的高档品牌标志。

就目前来看，在中国已经有长虹、康佳、海尔、海信、LG 电子、松下、飞利浦、创维等 8 个企业采用了 IPS 硬屏。LGD 联合整机厂家的合作意图十分明显，通过与核心零件和整机厂商的合作，在保证生产 LCD 所需的设备、零件的稳定性的同时提高成本与技术竞争力，并且通过与全球整机客户及代产商的股份合作或者合资投资来开展提高竞争力和顾客价值的活动，以此进一步强化顾客基础。

在中国的战略布局，是 LGD 全球化发展计划的一个缩影。LGD 在 2006 年启动东欧地区第一个 LCD 模组工厂波兰模组工厂时曾经对日本东芝进行了波兰法人 19.9% 的股份投资的吸引，与此同时东芝在波兰模组工厂附近建设了 LCD 电视生产工厂，两个公司通过协作共同开拓欧洲 LCD TV 市场。在中国也将持续与当地整机企业进行技术合作、股份合作与合作投资。2007 年 12 月开始量产后广州模组工厂吸引了创维的股份投资，与波兰一样打算在模组工厂附近建立 LCD 电视机生产工厂。

今后 LGD 将通过与上下游产业的积极战略合作持续推进业务模式转型。

刘东：我们知道，LGD 的目标是世界第一，你们在技术、品牌等方面将如何进一步提高自己的核心竞争力和品牌影响力，在激烈的市场竞争中尽快实现这一目标？

权映寿：首先要把 LGD 打造成"2011 年收益性 No. 1 的显示公司"，即到 2011 年为止要在 EBITDA（税息折旧及摊销前利润）率与 EBIT（息税前利润）率等收益上确保业界第一位，销售额方面要保持市场平均增速以上的增长率，至少维持现有的市场占有率。还有通过除了 LCD 以外的第二代显示器的 AMOLED（主动矩阵有机发光二极体面板）、Flexible Display（柔性显示器）等新产业的推进及价值链的扩张，确保能够带领整体产业的具有领导力的公司地位。

虽然 IPS 硬屏技术已经成为液晶显示领域的趋势性技术，但 LGD 并不会因此放缓前进的脚步。在我们的研发实验室里，诸如圆形 LCD 显示设备、A4 规格的可弯曲彩色电子纸、利用 a-Si（非晶矽）技术开发的 Flexible（折叠式）AMOLED 正在紧张研发当中，并期待着早日实现民用。全高清融合 120Hz 技术是液晶电视未来发展的趋势，也是满足运动高清标准的最好解决办法。我们将倾力于这项技术的优化，为消费者带来最清晰、最舒适的影像。当然，节能环保是我们一直以来的努力方向，我相信我们能做得更好。

为了达到"世界第一的显示公司"的目标，公司今后还将进一步加大与中国国内厂家的合作，推进技术创新，推出更多新型高端产品，为股东、员工和顾客提供最高规格的服务。无限的机遇，加之领先且雄厚的技术实力，相信 LGD 成为"世界第一"将不再是梦想。

我们 LG Display 会为中国的消费者提供非常高画质的面板，我们会非常努力地进行投资，让消费者享受到高性价比的、高品质的电视，这是我们的宗旨。

2008 年 10 月 16 日《中国电子报》第 114 期

抓住应用技术市场商机

——访微软首席研究及战略官　克瑞格·蒙迪

文/刘东　巫小兵　邱江勇

人物简介

克瑞格·蒙迪在 2006 年 6 月被任命为微软公司首席研究及战略决策官，向首席执行官史蒂夫·鲍尔默汇报工作。蒙迪主要负责公司的技术战略和长期投资，并管理微软研究院和其他技术研发项目；公司的健康与教育业务部门；以及为数众多的技术孵化工作。同时，蒙迪与全世界的政界及商界领袖一起致力于技术政策、法规和标准相关事务。此前蒙迪担任微软公司首席技术官，负责高级战略及政策，任职期间他与盖茨为微软公司在全球层面制订出全面的技术、业务及政策战略。

危机给新技术让行

刘东：美国金融危机对全球经济的影响越来越明显。最新发布的财报显示，一些跨国公司的销售收入和利润出现了下滑。但是，从微软的财报来看，金融危机目前并没有对公司的业绩产生影响。不过微软也调低了对于明年销售收入和利润的预期。你如何看待金融危机对微软可能产生的影响，微软又将怎样应对这种影响？

克瑞格·蒙迪：在刚刚过去的一个季度中，我们没有看到金融危机对于微软产生明显的影响。但这场危机对微软造成的实际影响到底有多大，目前还难以预测。所以，在过去的几周，微软高层作出了一个决定，采取了更具有防御性的战略，略微调低未来收入的预期，同时将进一步控制开支，聘用新人的速度也有所放慢。但是，在本财年剩下的时间里，我们在全球范围会继续聘用新员工，大学招聘计划不会停止。

刘东：微软是全球 IT 产业的领军企业之一，在这场危机之中，IT 产业如何发挥应有的作用，让金融危机对实体经济的影响减少到最小？

克瑞格·蒙迪：这个问题要分成两部分来看，一部分是金融危机对于 IT 行业本身的直接影响，另一部分是对于 IT 行业在整个实体经济当中的作用和地位的影响。

微软现在采取的诸多措施之一，是帮助整个行业更清晰地理解在目前形势下，如果部署一些相关领域最先进的技术，从短期的角度以及经济上考虑有哪些优势，有哪些可取之处。在这儿我想讲一些技术，比如"统一沟通"（UC）或是其他先进的通信技术。过去在危机来临之前，公司对于自己的电话系统以及语音技术是非常满意的。但金融危机带来的财务上的压力，使得企业无论在运营上还是在现金流上都需要更多地节省，这就要求我们部署更加集成化的通信架构。其实对于公司来说，我们在更加集成化的通信以及部署相应的软件方面，有了作出更大投资的驱动力。而在危机之前，这些 IT 投资项目是一直被推迟的。

另外，我们看到企业对于一些更加先进技术的投入，例如对新型服务器产品的投入，也会进一步加强。因为这些新型服务器产品性能更高，成本更低。这方面项目的推进，对整个 IT 行业，特别是对 IT 基础设施的部署和投入会起到支持作用。

同时我们也看到，各种类型的企业与 IT 企业一样都有一个共同的利益点和兴趣，就是在基于互联网的市场营销和其他方面的运营进行更多投入。所以，我们看到在这个领域的投入会继续。

中国中产阶层成新目标

刘东：你是微软总部中国事务顾问委员会的主席，从你的角度看，中国市场对微软意味着什么？中国事务顾问委员会在微软起到了什么作用？

克瑞格·蒙迪：在过去约 10 年当中，我一直是负责微软公司与中国政府，以及与中国市场之间联系的主要领导。很久以前，我们就认识到中国市场具有巨大潜力，我们也看到中国已经成长为世界上第二大 PC 市场。

我们在中国看到了各方面的重大机会，我们也正在把中国的企业界以及中国越来越庞大的中产阶层群体带来的机会变成现实。这些越来越多的中产阶层，他们会采用新技术。例如他们会采用未来的互联网服务，他们接触互联网服务会通过各种设备，或者是手机，或者是 PC，甚至是他们的电视。

微软一直非常注重吸引中国本土训练有素的人才。我们在 10 多年前就充分认识到这一点，我们在北京设立了微软亚洲研究院，后来又设立了微软亚洲工程院。我们在中国还建立了很多开发和技术支持团队，以及中心机构。在全球，中国是除了美国之外，唯一一个几乎部署了微软所有业务运营部门和技术研发机构的国家。

我们认为微软（中国）以及中国市场不仅能够为微软带来中国本土市场的商机，也能够帮助我们把在中国推出的产品和服务推广到全球。我想举一个例子，在中国的微软亚洲工程院我们成立了一个新的业务部门，专门负责医疗行业的产品。我们一方面通过这个部门的开发，把产品推广到全球医疗市场；另一方面通过对技术做一些改进，使这些产品和技术能够用于中国本土的医疗行业。

刘东：目前，微软在中国的收入与希望相比有一些差距。如果需要打"持久战"，微软准备打多长时间？微软对中国市场占微软全球的收入有没有具体的目标？

克瑞格·蒙迪：微软公司是不披露收入国别划分的。如果谈设定目标，我们希望微软在中国的业务进展的速度要能够超过其他与中国类似的新兴市场国家，比如巴西和俄罗斯。我们认识到这些新兴市场的国家和发达国家相比，情况不一样。但是，我希望在微软的业务当中，新兴市场国家能够同步取得进展。一旦我们在中国的进展滞后于其他国家的进展，我们就会寻找问题的根源，分析是外部环境有问题，还是微软自身的执行上有问题，并加以改进。我们在这方面设定了目标，实际上一般是在同一类型的市场之间做一些比较性分析，而不是为哪个国家，例如说为中国本身去制定一些绝对性的指标。

在微软公司内部，我们负责不同国家市场的高管团队，他们之间每年有一个友好竞赛。而对于业绩最好的国家或市场的管理层，我们也是有奖励的。

刘东：微软与中国各级政府部门进行了广泛的合作，比如与国家发改委的合作已经进行到第二个阶段，与原信息产业部在农村信息化、建立联合实验室的合作上也取得了明显成效。有一种观点认为，微软是在与中国政府一道培育良好的产业生态环境，"放长线钓大鱼"，对此，你怎么看？我想知道，微软在与中国政府部门开展更广领域、更高层次合作方面有什么更进一步的具体计划？

克瑞格·蒙迪：微软在中国，与中国政府合作的深度和广度都超过了任何其他公司。微软在中国非常广泛地与政府合作，合作项目涵盖了教育、对 IT 专业人员的培训、大学软件课程的设计，以及农村医疗和农村教育的信息化，还有在农村普及 IT 教育，如大篷车这样的一些项目。在中国现在的发展阶段，所有这些项目都是中国有关政府部门认定的最好和最优化的项目和方式。在过去 9 年，微软在这些领域作出了承诺，而且微软的执行是完美无缺的。我也期待着我们将来在这些领域推出更多的项目。我们当初是在仔细分析了中国政府的"十一五"规划，仔细了解了中国有关部委对于信息化方面的目标和要求后，按照中国"十一五"规划和这些政府部门的目标和要求在相应的领域进行投资。所以，我们在这方面的成绩非常优秀。

早些时候我也提到微软公司在向一些新领域拓展，我们也希望在这些新领域当中，能够与中国也有更深层次的合作。例如现在在微软公司，我们已经成立了三个新业务部门，一个专注于医疗行业，一个专注于教育，第三个新业务部门则专注于为新兴中产阶级服务的新产品。在以上这三个重要领域当中，我们在中国都有巨大的机会，而中国市场也有非常强烈的需求。

商业机会90%在应用技术

刘东：说到知识经济，现在中国比以往任何时候都重视知识经济的发展。这次金融危机对中国实体经济的影响已经出现，一些以出口为主的中小企业受到了严重冲击，有的已经停工了，这促使中国企业必须加快产品转型和升级。对于中国企业的转型升级，对于中国知识经济的发展，你有什么意见和建议？

克瑞格·蒙迪：我们认为推动知识经济，中国包括其他国家要具备以下几方面的核心要素。第一就是在国家教育体系当中，要提供更多的围绕新技术领域的教育和培训机会。因为正是这些新技术构成了科学和工程行业的发展核心。

第二，就是要建立形式多样的充分的融资渠道。这样才能够支持那些创业公司，特别是技术领域的创业公司的成立和发展。对于技术性的创业公司来说，他们在投资阶段的估值往往要比建一家工厂或者再建一个制造业企业要低得多。所以，在这方面我们需要有相关融资渠道加以支持，特别是风险投资。

第三，在广泛的生态系统当中构建一个群体，提供低成本的设施，而且要构建能作为高技术软件服务基础的通信基础架构、基础设施。

第四，就是要大力支持和加强建设一套完整的端到端知识产权体系。这个体系包括了完整的各个环节，从基础法律法规的制定，到对于有关执法和司法人员在知识产权方面的培训。因为这些执法和司法人员过去对于知识产权的了解并不是很多。然后是对学生，特别是大学生，围绕知识产权的价值、专利，包括如何申请专利方面进行教育和培训。此外，要支持加强有关领域的法律服务，帮助中国和其他国家申请相关方面的能力和技术，并获取专利。总而言之，围绕着知识产权的整个生态系统都必须加强。我们也看到，其他国家在使本国经济过渡到知识型经济方面作出了努力，而以上这些方面的工作都是需要做的。

另外还有一个新的领域，目前我还没有看到哪个国家已经能够做到位，但是，对于向知识经济过渡而言，这也是一项关键能力以及必须要满足的一个要求，即在大学中要正式引入多学科或者跨学科教育，特别是要把 IT 融入理工科教育当中。

刘东：2008 年成立的工业和信息化部承担着重大使命，其中一个是推进两化融合，就是推进信息化与工业化的融合，你在这方面有什么建议，微软在其中将起什么作用？

克瑞格·蒙迪：我希望中国政府能够继续坚持加大在这个领域的投资。因为我认为对于中国来说，在现阶段，加强基于已有的技术来开发、创建应用的能力，比再去重做第一层次的平台技术要重要得多。可能到将来某个时候，重新发展平台技术的机会会出现。但是，在现阶段这不应该是中国从事的重点。

刘东：软件外包目前在中国发展很快，微软在这方面如何开展与中国的合作，你对中国发展软件外包有什么意见和建议？

克瑞格·蒙迪：几年来，我们一直在和原信息产业部以及现在的工业和信息化部开展密切合作，以增强中国软件外包行业的实力。我们的工作分成两方面：一方面是我们意识到在软件外包业方面，中国的一个薄弱环节是项目管理方面的技能还比较薄弱，还不够成熟。所以，微软作出承诺，并进行了实际工作，帮助中国加强这方面培训，就是帮助提供软件外包服务的这些公司进行人员培训。另一方面，微软公司直接大量采购中国的软件外包。在过去几年，微软公司在中国无论是对软件外包领域的人才培训，还是在软件外包的采购额方面都已经大大地超出了与有关政府的合作协议中的规定和数额。所以，我们为中国软件外包行业能力的加强作出了巨大贡献。随着中国的软件外包行业变得更加成熟，我相信其在国际上的竞争力也会不断提升。

刘东：工业和信息化部非常重视软件产业的发展，在基础软件领域，包括操作系统、中间件、数据库等方面要力争有所突破，在市场格局已经形成的情况下，中国要想在这些领域实现突破，突破口在哪儿？

克瑞格·蒙迪：我记得当时的国家计委主任曾培炎有一次让我去编制一份白皮书，我注意到那些向政府提供咨询的传统咨询机构，他们向政府提出的建议总是要加强平台技术，要取得平台技术成功。我当时提出的白皮书建议指出，一方面平台技术作为基础软件是非常重要的，但是另外一方面对于中国来说，中国真正要做的不是去重新发明已经有的这种平台，而是要利用已有的全球平台来推进中国所有行业、所有部门的信息化。在此后的 10 年当中，我们看到"十五"规划中中国政府就已经把信息化作为一个重点推进的领域。当时在"十五"规划中，中国提出要建立一些软件大学来补充原来的计算机科学专业，这项工作微软参与了，也提供了大力支持。我认为这是中国政府采取的一个非常好的举措。

我们在多个国家，包括发展中国家和发达国家，从经济角度做过有关方面的研究，我们发现在这些国家的整个 IT 经济中，基础平台所占的比重往往是 10% 左右。而对于整个经济发展产生的杠杆效果来说，往往不是来自于这 10% 的平台技术，更多是来自于平台技术之外的另外 90% 的 IT 业的其他技术。正是平台技术之外的其他技术，起到了实现各个部门转型和发展的作用。我认为对于中国现阶段的发展来说，这是个非常关键的要点。

我们看到，中国实际上还是非常缺乏更高级的技能，这也是中国外包行业继续成功和继续做大做强的一个瓶颈。微软亚洲研究院在中国已经设立了 10 年，而微软亚洲工程院在中国也已经设立了 5 年。但是，即使到今天我们还经常需要把微软在世界其他地方的工程师调到中国来，以加强对中国本土团队在应用、架构，以及其他高阶层技能方面的培训。尽管微软已经拥有这个领域最优秀的中国人才，但我们仍然在这方面面临着困难。所以，我想着重强调，中国政府应当坚持已有的政策，继续在这种高阶层的应用架构和项目管理方面，做人才和技能培养的投资和发展。

我想讲的最后一点是全球在计算领域的平台技术的演变，它的周期非常长，一个典型的周期是 20 年。现在我们可能正在经历这种全球计算平台技术从上一个 20 年周期向下一个 20 年周期的过渡和转型，新的计算基础平台肯定会出现，但是在这样一个平台形成过程中，中国能够发挥的作用是有限的。如果中国现在非常匆忙地去推进，在这种基础平台基础领域进行突破，是没有必要。而且我们认为在这个领域虽然会有新一代平台出现，但是下一次革命性变化可能要在 20～25 年后才会出现。

在这样的一个漫长的时期当中，随着中国对于 IT 行业的投入不断增加，人才培训力度不断加大，中国的 IT 企业也将不断成长和壮大。中国的 IT 业以及 IT 业专业人员，必将在全球 IT 生态系统当中，也包括在新一代平台软件当中获得应有的地位。只是从短期发展的角度来说，我认为现在没有必要专门专注于这样的平台软件，更没有必要去改变在这个领域已经制定的政策。

刘东：你刚才谈到，现在的商业机会 90% 是在应用层面，只有 10% 在这个

平台层面上。微软作为一个平台厂商，怎么进行应用方面的部署，从而抢占90%的市场机会？

　　克瑞格·蒙迪：微软并不是一家基础软件或者主要以平台技术为主的供应商，虽然这个行业中的一个核心平台是由微软推出的。但是，多年以来，Office其实更多的是一种应用业务，而不是平台技术。而且，微软已经有选择地进入到一些新的以应用为导向的市场当中。我刚才谈到了我们已经成立了三个新的业务部门。所有这些业务都是基于应用，而不是平台技术。所以，在平台和应用之间，微软公司已经找到了一个相当好的平衡点，将来我们仍然会继续加强这方面的业务。

2008 年 11 月 11 日《中国电子报》第 125 期

靠独特技术保持领先

——访爱普生（中国）有限公司董事长兼总经理　牛岛升

文/刘晓明　巫小兵　徐恒

人物简介

牛岛升，爱普生（中国）有限公司董事长兼总经理。

牛岛升（Ushijima Noboru），1972 年 3 月毕业于日本电气通信大学电子工学专业情报处理学。1977 年 2 月加盟精工爱普生株式会社，先后在美国分公司工作 6 年、销售分公司任职 5 年，于 2000 年回到公司总部，2003 年 2 月 24 日出任爱普生（中国）有限公司总经理，2008 年 7 月出任爱普生（中国）有限公司董事长兼总经理。

在环保信念与成本中取舍

刘晓明：爱普生在布鲁塞尔公布了 2050 年的环境愿景，我很想知道为什么爱普生会公布一个超过 40 年的环境计划？是否意味着在未来 40 年爱普生的企业发展战略中与环境保护相关的业务会成为你们最重要的工作？

牛岛升：我们的地球所面临的一大课题就是地球的温暖化，即全球变暖。这一问题并不能在短期内例如 5 年或者 10 年内解决，而是需要长期的举措。至于与环保相关的环境技术，或者说在 40 年以后，爱普生的业务领域将扩展到什么程度，或者我们公司的业务将处于怎样的状态，现在还都很难说。但至少我们的业务扩展过程是以环境保护为前提，致力于以环保为宗旨，开展我们的业务。爱普生一直都是围绕这个原则来开展业务的，而且我认为我们在业务的扩展过程中，环境保护以及环保的相关技术是公司业务拓展不可欠缺的一大方面。

刘晓明：环保技术研发是需要大量投入的，包括使用可回收的材料，其成本也比非回收型材料要高。爱普生在环境愿景里提出未来的产品资源要全部替换成可循环利用的材料，如果这样，成本可能会增加。那么爱普生在未来40年内，将准备投入多少资金？另外，在创新、利润和成本发生矛盾时，爱普生是如何进行取舍和平衡的？

牛岛升： 在将来整个社会环境中，材料可以全部再利用或者再循环，这是我们在2050年要达到的一个目标。在这40年当中，我们会努力向这个方向不断推进。首先我们要设定一个目标，在未来的40年当中，我们会为了这个目标而不断更新我们的技术，推进各方面的工作。

其次是关于投资金额。具体的金额我们现在还没定下来，但有一个非常明确的原则：因为我们已经制订了"环境愿景2050"，为了达成这个环境愿景，我们必须要投入一定的成本，也就是投资。这种投资是我们必须做的，这一点非常明确。至于多少金额，现在还没有一个具体的数字，而且我们的资金投入也是为了实现"环境愿景2050"。

最后是关于成本的问题。刚才已经说到创新、企业利润、环保三方面的问题，我认为顺序应该倒过来，第一是要进行环保，这是我们首先要考虑的问题。因为公司要生存下去，要进行可持续的发展，我们要跟周围的大环境有一个非常好的融合，所以首先要考虑的是环保问题。第二，就是在考虑环保问题的基础上，向我们的用户提供非常优秀的产品，以及非常优秀的服务。第三，在以上两点的基础上我们公司作为一个企业才会考虑到必要的利润。因此，应该是先环保，然后是产品和服务，最后才是我们的利润。

在上述过程中，我们不可能为了减少成本，而违背这个原则，因为我们尊重环保这个理念。此外，我们非常不认可无限制地乱砍伐、乱开采等无节制地利用环境资源。在这个过程中肯定要投入一些必要的成本，这个成本是我们应当承担的，因为我们是一个非常负责任的公司。

刘晓明： 除了技术创新，还可以从业务模式与商业模式上寻求更多突破，以实现产品的循环使用。在日本，回收利用机制是比较健全的，但中国还处在发展的初期。爱普生公司在中国的产业链涉及很多中国企业，爱普生有没有计划帮助产业链上的中国企业加强环保，并逐渐健全回收机制？

牛岛升： 其实不光是在日本，这种回收制度在欧洲也是比较健全的。当然，无论是在日本或者欧洲现在的这种回收体制的建成都需要花费很长一段时间。这些不光需要企业的努力，还需要政府的扶持。这种持续性时间很长的工作或者努力，可能需要20年甚至更长时间。

在这一领域，中国目前还处于发展初期。爱普生曾经在中国也试行了一些回收的计划，但并不是很成功。在这其中我们也发现，中国和日本还是存在很大差异的。中国和日本的国情完全不一样，因此我们在使用了一些手段或者制定了一些措施后，成果也并不是很显著。当然，今后为构建完善的回收、再利用体系，光靠我们自己一家之力是不够的，需要与同行业的其他企业共同努力，在政府相关部门的支持、指导下，共同合作来完成这项体制的构建。同时，我们还相信，未来的这个体制应该是具有中国特色的，是根据中国的实际情况而构建的，绝不是照搬国外的模式。

研发别人无法模仿的技术

刘晓明：爱普生是一个非常注重创新和知识产权的公司。有人认为，过度的知识产权保护会限制技术的推广和产业的创新，你是怎样看待这种观点的？

牛岛升：对于知识产权保护，我们认为知识产权保护最基本的原则就是尊重他人的权利，同时保护自己的权利不受侵犯。这是在任何一个国家，任何地区被认可的企业经营原则。至于刚才提到的过度保护可能会限制技术的普及，或者会引发其他方面的纷争，我们认为在考虑这种可能性的同时不能忽视另一方面的问题，那就是知识产权滥用的问题。如果知识产权一旦被滥用，后果将不堪设想。因为这种现象一旦产生，企业在技术开发上就没有了积极性，新的技术缺乏开发，整个产业就不会有发展。产业不发展，这个市场也就不会发展，社会也不会进步。

刘晓明：目前中国保护知识产权的整个产业环境还不是特别成熟，有些公司比如微软的做法是通过打击盗版来获得一定的效果。爱普生在这一领域，也同样会遭遇这方面的困难，你有何看法？

牛岛升：和微软所面临的盗版问题一样，我们也遇到了类似的问题，比如兼容品等。这种现象的发生，是每个发展中国家都要经历的一个阶段，是谁也回避不了的。日本也曾经经历过这个过程。当然，盗版是一个非常不好的行为，十分恶劣的行为，应该予以打击。但作为微软，最初采取的打击盗版措施，效果可能并没有预期那么好，或者很难完全消灭盗版。后来，微软自己做了一些促销，鼓励用户用正版。我们非常赞同这种做法，我们认为纯正品产品的促销是非常必要的。爱普生其实也在这方面做过一些努力，比如针对用户的正品促销。

不过，对于这么大的知识产权保护课题，仅凭一个公司的力量是难以完成的，还需要很多社会普及工作。此外，对用户来讲，也存在着如何提升自身知识产权意识的课题。我们深刻认识到，做好上述工作，离不开整个产业的共同努力，离不开当地政府方面的指导与支持。

刘晓明：爱普生在所涉及的主要业务领域里，都是处于领先的地位。爱普生下一步将如何通过创新来继续保持自己的领先地位？公司的哪些技术会成为未来产业竞争的焦点？

牛岛升：我们一直在进行不断地创新，研发出独特的技术并且能够拥有这种技术。最重要的是这种技术是他人无法模仿的。利用不断创新的先进技术开发出更多更好的产品给我们的用户，这是我们保持领先地位的法宝。

另外，我们也深刻认识到，我们所面临的竞争是非常激烈的，外部环境没有以前那样乐观。但是关于技术研发、技术创新等，我们的方针是不会改变的。我们始终以技术为本，进行公司业务的扩展。

至于今后核心技术的发展方向，作为企业，我想最根本的还是要紧紧把握自身的核心技术。爱普生在自身业务领域都拥有核心技术，比如说微压电技术。目前这种技术已经在消费市场得到了充分应用。今后我们还将利用微压电的核心技术开拓一些新的业务领域，比如商务领域、行业领域等。基于核心技术并不断扩大核心技术在新的领域里的应用将成为我们公司未来发展的一大方向。

刘晓明：半导体跟其他业务的运作方式是不一样的，一些跨国公司都把半导体业务分拆出去了。爱普生有没有这种想法？

牛岛升：我们公司以手表起家，慢慢扩大到了现有的业务领域，而且拥有了相关业务领域的核心技术。我们现在要做的就是充分利用、拓展自身的核心技术与核心业务。半导体业务属于我们的核心业务，因此目前还没有分拆的想法。

运用"现场主义"超越对手

刘晓明：现在一些全球著名的 IT 公司，都在从跨国企业演变成全球整合的企业。爱普生是否也进入了全球整合阶段？爱普生（中国）公司在全球化经营中处于什么样的地位？在中国的业务占爱普生全球业务的比例是多少？

牛岛升：其实我们并没有一个非常明确的关于全球整合型企业（GIE）的思想，但是爱普生是一个全球化的公司。因此，我们在进行业务拓展或者业务实施的过程中，都会考虑在什么地方运用怎样的手段，才能够对公司的整体发展起到最好的效果。也就是如何使公司整体达到一种最佳的状态，这是公司运营过程中非常重要的一点。

目前，我们的产品制造集中在以中国为中心的亚洲，研发集中在以日本为中心的地区及以欧美为中心的地区。但是这种情况是不固定的，因为市场在变化，外部环境在变化，所以现在的这种格局，将根据上述外部环境情况的变化或者时代的变化而调整。5 年或者 10 年之后情况会怎么样，目前还不好说。但我们的原则是：根据将来的状况和外部环境的变化，为使集团整体发展到一个最佳的状态，及时调整策略。

中国有巨大的潜在市场，对于这个颇具潜力的市场，我们如何应对是一个重要课题。对于爱普生而言，中国是爱普生的生产基地，同时中国不仅是具有潜力的市场还是一个人才基地。2007 年，中国市场的销售额占爱普生全球市场销售总额的 10%。

刘晓明：你曾经提到过一个说法，即"现场主义"，能否解释一下"现场主义"的内涵？在中国爱普生又是如何贯彻这种"现场主义"的？

牛岛升：爱普生的"现场主义"源于我们的经营理念。我们经营理念包括"顾客优先"，即一切都是从顾客优先这个角度出发，"现场主义"就是由此衍生出来的。它包括三个方面的内容：现场、现实、现物。通过"三现"让我们能够到现场去看到实际发生的事情，通过感受、理解、判断，最后再采取实际行动。

在中国，我们公司内部有很多的部门、很多的职位，但无论员工在哪个部门从事什么样的业务，都要尽可能地到第一现场去，到第一线去，通过一个人、两个人，或者三个人的眼睛去看、去用心体验，总结出来真实的情况，从而采取正确的行动。这已经成为公司的整体风气，渗透到每一个人的行动中，成为一种企业文化。

刘晓明：在中国市场爱普生面临很多的竞争对手，包括惠普、佳能以及一些中国本土厂商。爱普生是如何看待中国的市场竞争环境，又会以什么样的策略来超越对手？

牛岛升：中国发展非常迅速，各个领域发展都非常的快。世界上一流的企业基本都来到中国，参与到中国市场的竞争中。我们所处的 IT 产业也不例外，也同样存在着非常激烈的竞争。总的来讲，中国市场环境有两个显著特点：第一个是成长速度非常快，第二个是竞争程度非常激烈。在这样的环境下，爱普生怎样去做？其实在这方面我们也拥有一些非常好的成功经验。作为一个公司，如果想要处于长盛不衰的状态，最重要的一点是要做好"本地化"，这点非常重要。

我们有自己独特的技术，有好的产品和好的服务，但这些还不够，我们还要把这些进行本地化，以适应中国的环境。比如人才的培养，我们首先会让中国员工能够理解公司的传统，公司的企业文化及其历史传承，并在此基础上更好地开展工作。因为员工是本地的，所以他们对中国的情况非常了解。如果能深刻贯彻、良好运用公司所积累的经验和优势，将能更加有效地开展在中国的工作。

刘晓明：好多公司都准备将生产基地转到印度、越南等劳动力更便宜的地方，爱普生在中国的工厂会不会将来也有这种变动的可能？

牛岛升：爱普生其实不光是在中国有生产工厂，在印尼或者菲律宾也都有生产工厂，只不过在中国工厂的生产产值在集团总部中所占的比例高一些，但并不是全部产品都在中国生产。我们在中国设立工厂并不是简单的因为廉价劳动力，而是看中了中国高素质工人。我们今后的一个发展方向，并不是把中国作为一个简单加工基地，而是要将设计、技术改进等高附加值的业务在中国展开。因此，未来工厂的职能可能会发生一些变化。我们在深圳有一个工厂，将来是否还在深圳现在还不能确定，但至少中国作为爱普生的一个生产基地是不变的。

跨区域管理求同存异

刘晓明：过去6年，你一直担任爱普生（中国）的总经理。现在又升任董事长，向你表示祝贺。同时也想请你谈谈工作中面临着哪些新的挑战？

牛岛升：今年4月份我开始兼任董事长这个职位，董事长跟总经理的职务侧重还是有所不同的。作为董事长，一个非常重要的责任是地域整体管理。因此，现在考虑工作或者安排工作，不能只看到局部。在判断或进行决策的过程中，必然要有全局性的考量。

具体来讲，例如在人才方面，如何让优秀人才在全局运营当中发挥更好的作用，使各地区的优秀人才有效流动。在技术能力方面，如何使成功的经验得以共享。总而言之，现在作为董事长，考虑更多的是整体利益以及地域管理的责任。如何使地域管理更加高效，如何构筑更加有效的组织结构是最大的挑战。

刘晓明：你在中国这6年的最大感受是什么？对中国的政策环境和市场环境，你如何评价？有什么样的期待与希望？

牛岛升：6年来，我常常觉得中国的变化太大了、太快了。中国一直处于非常激烈的变化当中，并且变化中又会发生很多意想不到的事情。这种环境使得市场既存在风险，又存在机会。在中国的6年间，我丝毫没有感觉到疲劳，每天都会发现新鲜的事情，总会有新鲜感。这是我最大的感受。

当然，中国的快速发展离不开政府相关策略的指导与支持。政府出台的法律法规，如果需要得到很好贯彻的话，是离不开企业的，需要通过企业的运营完成整体贯彻。但是，有些时候，对于新出台的法律法规，或者是过去制定的现在又发生变化的法规法律，外资企业理解起来比较困难，因此我想应该在透明性以及公平性上得到一定的改善。如果能够让外资企业对新的法律法规有清晰的理解，了解一些变化了的法律法规的变化点，那么这些政策可能就更能比较好地贯彻。

刘晓明：包括爱普生在内的很多日本企业在管理上都有一套行之有效的做法值得中国企业学习，爱普生在企业管理方面有哪些成功的经验？

牛岛升：爱普生最早是从海外发展起来的，从海外市场开始拓展业务，不断地扩大、发展，形成现在的国际化公司。当初在进行海外拓展的过程中，也有一些自己独特的做法，比如在海外人员派遣时，日本人的数量就不是很多。因为我们觉得当地的事情还是由当地的人参与解决效果才更好。也就是培养当地的优秀人才，使其在短时间内成长起来，然后被分配到各个岗位从事不同的业务运作。我们公司的企业文化就是"持续不断地挑战与创新"。在这种氛围中，员工可以更好地发挥他们自己的主观能动性和想象力。此外，我们在管理上还很注重员工的工作热情以及现场的工作效率。

刘晓明：你觉得日本公司和中国公司在管理方面有哪些不同？当中国公司的需求和总部发生一些冲突的时候，如何去协调？

牛岛升：其实日本跟中国虽然同属亚洲，但在人的个性方面还是存在一些差异的。坦率地说，中国的员工和美国较为相似。对于每个人你要给他非常明确的责任，给他一个非常明确的权限，这样他才容易理解，工作起来会更加方便，发挥得更加出色。对于日本人，这就不用了，你只要意思到了他就能体会到，不用说得那么清楚。同时，日本人更擅长的是团体协作。

我接触到中国员工的时候，觉得他们非常的优秀，非常的年轻。跟日本员工相比，他们的积极性非常高，而且非常愿意发挥自己的个人主观能动性、发挥个人的能力，这是我印象最深的一点。因为我们是 IT 公司，从事的是与 IT 相关的业务。这项业务在中国发展的历史还不是很长，所以他们在经验上面还是有着一定欠缺的。

中国人比日本人更具有企业精神，另外在发挥自己能力方面，欲望非常强烈。此外，中国员工有强烈的欲望来提高自身的能力。因此，管理中国员工不能照搬日本的管理方法。比如爱普生（中国）有限公司人事管理体制是由一家专业的美国人事咨询公司为我们量身定做的，日本的套路在这里就不太适合。

本地需求与总部需求发生矛盾，这种现象在任何地方或者任何环境下都会发生，这是大家回避不了的一个问题。关键是看你如何去看待这个问题，是考虑整

体还是考虑局部，即采取何种思维步骤。

作为爱普生的本地公司，我们会充分考虑总部的立场，总部也会积极与中国本地公司沟通、交流，去了解当地的真实情况，给予最适当的支持。这样一来，从源头上就能避免不必要的冲突。如果都能够站到对方的角度、整体的角度上，考虑到价值观的差异，互相理解，那么我相信一些冲突也就不会发生，用中国话来说也就是求同存异。

2008 年 11 月 20 日《中国电子报》第 129 期

培育新增长点

——访高通公司大中华区总裁　孟樸（Frank Meng）

文/刘东　安勇龙

人物简介

　　孟樸（Frank Meng），高通公司大中华区总裁。

　　孟樸现任高通公司大中华区总裁。此前，他担任高通公司中国区总裁。孟樸在中国信息技术行业拥有多年的工作经验。在加入高通公司之前，他曾担任数家公司的高级管理职位。孟樸在北京邮电大学获得微波和光通信专业的电子工程学学士学位，在纽约理工大学获得通信系统专业的电子工程学硕士学位。

逆 势 而 上

　　刘东：目前美国金融危机愈演愈烈，对实体经济的影响也越来越明显。我们注意到，一些跨国公司的业绩出现了明显的下滑，并且普遍调低了对于明年的预期和指标。你如何看待此次金融危机对全球经济的影响？高通公司今年的整体经营情况怎么样？

　　孟樸：此次金融危机确实有愈演愈烈的趋势，主要是一些错误的金融操作造成的。现在看来，全球金融危机对整个实体经济也开始产生一定的影响。我们看到的一些公司调低业绩预期还不是最严重的情况，因为公司业绩肯定是有好有坏，我目前比较担心的是美国第四季度的零售业。第四季度有从感恩节到圣诞节和新年这个最重要的美国假日阶段，因此第四季度美国零售业的销售总额大概占全年的50%，比例非常高。我听到最悲观的说法是：这将是近20年以来经济状况最差的一个圣诞节。如果事实果真如此，我觉得美国经济状况就相当糟糕了，可能引发失业率的增高，影响不仅表现在第四季度，可能明年全年美国经济都不会太好。美国的不景气状况会影响欧洲经济，然后通过日本影响到亚洲国家，像中国这种比较依赖出口的国家的经济也可能会受美国需求减缓的影响。

对于高通来讲，2008年全年公司的发展非常好，增长速度也非常快。2007财年（截止到2007年9月30日）高通在中国的业务收入占公司总收入的21%，首次成为第二大市场。2008年高通中国业务收入比2007年提高很多。从整体上来看，高通在2008财年的发展还是比较好的。【编辑注解：根据刚刚公布的财报，2008财年高通公司受益于全球3G市场的蓬勃发展，总收入比上一个财年增长26%，营业收入首次突破百亿美元大关。高通（中国）在高通公司全球整体收入增长迅速的环境下，仍然保持了21%的份额。】

刘东：此次金融危机也将给全球手机产业带来不利影响，包括主导企业在内的手机企业利润大幅下滑，全球手机市场也出现了疲软的态势，这势必影响像高通这样的手机芯片企业的出货量。在这种情况下，高通如何寻找新的市场机会保持增长？

孟樸：从宏观上来讲，全球主要投资银行和市场分析机构都已经调低2009年全球手机出货量预测值，有的是稍微下调，而调低最多的则是把明年预测为10年以来的首次负增长，所以市场变化将带来较大影响。高通公司看到，受金融危机影响，发达国家市场的换机速度已经减缓，该市场原来的换机周期大约是18个月，现在则有所延长。这对整个手机行业会产生一定的影响，对我们也有影响，这是行业大势。

尽管如此，我认为一些局部市场，对高通来讲可能是不错的机会。两个机会对高通来讲值得期待：一个机会是中国3G市场将真正启动。由于中国3G市场比全球起步晚很多，目前有数年被压抑的市场需求，所以3G市场启动以后，明年消费者对换机、新应用、新服务的需求会有超常的增长。特别是最近几年与高通合作的中国厂家，在缺乏中国内部3G市场的环境下，在国外艰苦地打拼，中国市场启动以后对这些公司来讲也是一个收回投资的很好机会。第二个机会是目前全球手机都在朝智能化方向发展，随着iPhone和GPhone的推出，带动了消费者利用宽带移动网络进行手机直接上网获取数据应用的需求，也推动了全球智能手机、高端手机市场需求的增长。

中国3G市场和智能手机的需求是不是会在一定程度上弥补全球手机市场的下滑，我们还有待观察，从宏观经济来讲明年经济形势肯定不乐观。不过，高通公司现金储备比较多，在现在的经济形势下对公司未来发展有好处。

刘东：目前 Symbian、Windows Mobile、LINUX 等智能手机平台之争相当激烈，高通与 Windows Mobile、LINUX 开展了合作。你们是如何选择优先支持何种平台的？

孟樸：高通优先支持哪个平台完全是看消费者需求或者说运营商导向。运营商有需求的话就会有厂商做，有厂商做高通就会提供支持。

在过去的两年里，欧洲主流运营商包括沃达丰在内都对手机厂家提出要求采用 Windows Mobile 平台。其原因在于运营商的企业客户有此类需求，由于这些企业客户的后台资源都是微软提供的，所以 Windows Mobile 比较方便。现在全球有30 多款 Windows Mobile 手机，绝大多数都是采用高通的芯片。

所以从几个操作平台上来讲，Windows Mobile、Symbian 在相当长一段时间里应用量比较多，iPhone 的 OS 平台只有 Apple 在用，RIM 只有 Blackberry 在用。

协助中国企业零起点进军3G

刘东：中国电信业重组已经基本结束，三大运营商围绕全业务运营将开始新一轮大规模投资。高通如何看待 WCDMA、CDMA2000、TD 等三大 3G 标准体系目前在中国的市场格局以及未来中国市场发展的态势？

孟樸：要看三大标准的竞争格局，主要是看三大运营商的发展态势。

中国移动拥有的现金以及在移动通信领域里多年的积累是其最大的资本，其在过去几年所进行的投入应该是今后抗御风险最大的保证。我相信中国移动的市场份额可能会有所下降。不过，除非有特别大的变动，下降到 50% 以下的可能性不是很大。虽然中国移动的市场份额会下滑，但是在市场上还将是主导运营商。

至于另外两家运营商，我们知道中国电信第一次进入移动通信领域。虽然要做的工作比较多，但是也有很多机会，中国电信有固网宽带网络资源，也有企业客户资源，这在一定程度上让其能够取长补短，特别是从 CDMA 网络升级到 3G 的角度来说，其是三大标准中成本最低、见效时间最快的。如果中国电信能抓住机会，打出时间差，将会迎来比较好的前景。如果网络升级拖的时间过长，中国

电信 CDMA 网络的时间优势失去的话后面就会更被动些。

对于中国联通来说，中国联通和中国网通的内部整合需要一定的时间。所以，3 个运营商有各自不同的特点，在今后 1 年大家都有很多机会，也会根据市场竞争格局做出很多调整。

刘东： 高通目前的主要技术和产品集中在 CDMA2000 和 WCDMA 领域，对于 TD 还没有介入。目前，TD 市场在中国即将正式启动，高通在这一领域有没有什么具体计划？

孟樸： 目前还没有，我们希望能够多观察，从技术演进、成熟度、商业规模等方面对 TD 领域进行认真判断，目前我们还在观察期。TD 市场究竟有多大？这个问题就跟 3 个运营商今后的格局会怎么样一样，就算是市场专家，10 个专家可能有 10 个不同的答案，不确定性比较大。另外，除了中国以外，TD 在全球市场有多大的机会？这也是值得关注的问题。高通公司毕竟是一家全球性公司，还要看公司全球资源的调配和全球的市场机会。过去，高通公司还没有针对哪一个具体市场来做产品，这两年 TD 领域的变化很大，有很多不确定性，我们也不太好做决定。

高通没有介入 TD 的另一个原因是基于市场的考虑，TD 自始至终都提倡中国企业自主创新，我们介入会不会有机会？如果我们做了相应的产品运营商不采用，我们做了有什么价值？这可能是公司做决策的时候要考虑的事。

刘东： 2007 财年高通中国业务占高通全球市场的比例达到 21%，应该说，对一个跨国公司来讲，中国业务所占比例已经相当高了。刚才你谈到中国电信业新一轮投资会给高通带来新的市场机会，高通中国业务将重点在哪些领域取得突破和增长，对未来中国业务占全球市场的比例有什么期待？

孟樸： 如果已经占到全球收入的 20%，不管对哪个行业和哪个企业都已经非常好了，如果超过太多，比如说占到 40% 以上反而不一定正常，所以我倒是希望和中国公司合作，能够把他们的基础打实，把产品的层次提高上去。

虽然中国企业一直在说要进入主流市场，要把产品做成高端产品，但是现在看来，在所有手机厂家里面，中国企业的产品还是中低端的比重比较大。我认为中国的很多公司在过去过多地追求外形设计，虽然外形设计很重要，但是在一些软件的应用上面，特别是根据中国市场开发一些比较好的应用，然后做出一些产品可能更为重要。我更愿意看到中国企业在软件应用上面能够有所创新，能够做出一些好产品，引领产业发展。

刘东：近几年高通公司跟中国的企业开展了广泛的合作，尤其是跟中兴、华为的合作创造了双赢的局面，最近你们和中国公司的合作广度和力度都在不断扩大。你们在与中国企业合作方面，有什么新的战略部署？

孟樸：过去几年高通跟中国公司的合作符合公司一贯的战略考虑，也符合我们对中国的承诺。我们承诺过支持中国通信产业发展，很早的时候我们就明白CDMA要想在中国取得成功，没有中国企业广泛参与肯定不能实现得很好，所以我们在很早的时候就针对中国企业进行支持。

不管是中兴公司还是华为公司或者其他的公司，这些公司在跟高通公司合作的过程中，加深了对手机终端和系统研发的理解。我们虽然没有直接参与 TD 产业，但还是间接地对中国 TD 产业发展作出了贡献。因为中国很多企业在做 GSM 终端时技术投入较少，而后来在 CDMA2000 和 WCDMA 上与高通进行联合技术研发方面有很好的合作。我们看到，在 TD 领域取得了较大成功的公司，都是和高通在 CDMA2000 和 WCDMA 上合作得很好且取得成就的公司。从战略方面来讲，在今后几年里面，随着全球市场的发展和中国 3G 的发展，我们和中国公司的合作会越来越紧密。

加强合作是我们一直所倡导的，因为高通和这些公司没有根本的利益冲突，我们不生产系统和终端，所以不管是在产品的选择上还是在海外市场的开拓上，我们都与合作伙伴一起肩并肩合作。

刘东：3G 标准的后续演进非常重要，很多运营商已经开始了从 HSPA、EV-DO 向 LTE 演进的实验。高通如何设计三大 3G 标准体系后续演进的技术路线，如何在推进演进方面发挥更大的作用？

孟樸：从第三代移动通信技术来讲，WCDMA 和 CDMA2000 有很多相似的地方，不同的就是 CDMA2000 将语音和数据分开，WCDMA 是放在一起。CDMA2000 的 EV-DO 版本出来以后下行速度很快，WCDMA 就提出 R5 版本做 HSDPA（高速下行分组接入），单独把数据拿出来，使得下行速度也很快。CDMA2000演进到 EV-DO 版本 A，使得上行的速度提高，WCDMA 就有了 R6 版本。CDMA2000 演进到了 EV-DO 版本 B，就是把多个 EV-DO 版本 A 的载波捆绑在一起，使它的传输速度更高。WCDMA 这边就出了 R7 版本，它是把多个 HSPA（高速分组接入）载波捆绑在一起。未来几年无论是单载波还是多载波都会发展下去，高通在这方面投入也很多。

在后一步演进中就将采用不同的技术了，OFDMA（正交频分多址）技术在频谱利用率方面实际上并不比 CDMA 好。现在主要 CDMA2000 运营商都希望在下一步走到 OFDMA 的时候和 3G 产业链合并起来，大家在下一步部署 OFDMA 的时候会使用 LTE（长期演进）。作为高通来讲，以 OFDMA 的技术为基础，我们在 LTE 上面也做了很多投入。不管是 WCDMA 运营商还是 CDMA2000 运营商演进到 LTE 所要花费的工夫都是一样的，要做一个叠加网，而且这个叠加网也不会完全取代 3G 网。所以我觉得 CDMA 和 OFDMA 技术会在一段时间内共存，这样就需要多模终端。

专利授权给中国企业机会

刘东：移动和计算的融合趋势正成为行业的热点，目前通信厂商和 IT 厂商都在试图进入互联网领域并加紧向对方优势领域渗透。例如来自计算领域的英特尔和来自移动领域的高通公司凭借各自的优势各自推出了新的产品。你如何看待这种状况？

孟樸：在产业融合的时期，一方面是 IT 厂商进入移动领域，另一方面就是通信厂商进入 IT 领域，两边的门槛都是很高的。IT 厂商如何把 PC 变成通信产品，他们有很多要学的东西。从 Intel 做 WCDMA 芯片可以看到，在这个过程中 IT 厂商确实有许多移动通信的技术和理念要学习。

通信厂商在这一方面也有很多要学的东西，不能讲谁更容易一些，但是我们会有一些优势。从技术难度来讲，我认为移动通信的难度要比 IT 的技术难度高一点，因此我们的技术优势更多一点。此外，在半导体的应用上面我们也有优势，因为我们开发手机芯片，从一开始就非常重视功耗问题。Snapdragon 在进行速度为 600MHz 的计算时，功耗只有 500 毫瓦，而 PC 进行相同的计算时功耗达到几瓦，所以在低功耗的芯片上面我们也有优势。

刘东：全球半导体行业正在处于新的整合阶段，此前宣布的爱立信移动平台部门（EMP）与 ST-NXP 的整合引起了行业的极大反响，业内人士认为这将对目前无线芯片行业的领军企业高通公司和德州仪器带来极大的挑战和冲击。你如何看待这一竞争形势的新变化，通信芯片市场格局将如何演变？

孟樸：通信领域的半导体产品很难做，因为专业性非常强。在过去几年里，半导体产业已经经历了很大的变化，像 2003 年前后 WCDMA 在全球宣传得比较多，那时候全球半导体公司，包括英特尔、摩托罗拉、德州仪器都在做 WCDMA 芯片，因为大家都看到了 3G 今后的发展。但是到了去年，成功的与没成功的就开始区分开来，所以有一些公司被 PE 公司买下来，有一些公司进行合并。爱立信移动部门和 ST-NXP 的合并是最近的一个例子。从一开始有很多家，到最后的少数几家，这是市场化竞争带来的自然结果。

现在做 3G 芯片的公司，做得比较好的也就剩下 3 家：高通、爱立信与 ST-NXP、德州仪器。我认为有点像三分天下，基本上 3G 芯片市场大的格局已定，下一步对高通来讲就是怎么在这个格局下更好地提高自己产品的竞争力。这是高通的机会，同时也是挑战。

总的来讲，3G 芯片市场的发展证明了高通在通信领域的竞争力非常强。高通也没有失言，2003 年国外 WCDMA 市场大发展的时候，国内 3G 还没有起来，国内很多企业在做 WCDMA 手机的研发。那时候对高通的挑战是，每个公司都说自己有 WCDMA 芯片，凭什么说服客户用高通的芯片。当时高通就告诉国内厂商，高通的商业模式是支持多个厂家，你如果用德州仪器的芯片，德州仪器对中国厂家的支持力度不可能超过对诺基亚的支持力度；你如果用爱立信 EMP 的芯片，索尼爱立信肯定是其最大的客户。此外，高通只开发通信芯片，不做照相机芯片、Wi-Fi 芯片等其他产品。这几年不管是产业研发还是海外拓展，中国公司和我们都合作得非常好，这才是真正的合作伙伴关系。

刘东：你们的芯片价格会不会按照市场需求有所下降？

孟樸：专利费的根基是公平、非歧视，如果做不到公平非歧视，你的技术授权体系就被打破了。而且从商业模式上来讲，我也不认为专利是影响技术的根本原因，专利是随着技术发展而发展的。如果没有高通公司持续研发并广泛授权，几个大型半导体公司与几家大型手机厂商捆绑在一起，中国公司和韩国公司的机会就会很有限。

因此，还是要辩证地看问题。如果没有 CDMA，三星、LG 等韩国公司就起不来。如今三星 GSM 做得不错，但那也是其在 CDMA 成功以后取得的进步，如果没有 CDMA，三星怎么与诺基亚和摩托罗拉竞争？中国的情况也一样，高通做了研发，通过技术授权给很多厂商，如果没有这个模式，手机企业只会大的越来越大，小的越来越小。所以对中国和韩国这些企业来讲，高通公司是很好的盟友。

刘东：近日高通推出了 Mirasol 显示产品，这是否意味着你们未来除了关注芯片领域以外，还将向显示屏领域发展？显示屏领域是否将成为高通公司新的增长点？

孟樸：对手机和其他便携式电子产品来说，用户体验非常重要。Mirasol 显示屏可以解决两个问题：一是不论在很强或者很暗的光线下，消费者都可以很清楚地看到显示屏上的内容，这是一个技术革新，用户体验会更好；二是功耗非常

低，比现有显示屏的功耗低很多，如果原来能待机 5 天，采用 Mirasol 显示屏能待机 10 天。

Mirasol 显示屏技术还处于萌芽阶段，下一步要实现彩色显示屏的商业生产。实现大规模生产，还需要完善技术。如果技术成熟，显示屏产业会变成公司新的增长点，毕竟显示屏也属于半导体领域。

2008 年 11 月 21 日《中国电子报》第 130 期

做国际化的本土企业

——访诺基亚西门子通信公司大中国区总裁　张志强

文/刘东　安勇龙

人物简介

　　张志强，诺基亚西门子通信公司大中国区总裁。

　　自1987年开始职业生涯至今，一直服务于西门子公司，并且由于业绩卓著而屡获升迁，成为西门子在全球职位最高的华人之一。

　　1998年任西门子VDO（威迪欧）汽车电子中国区总裁兼CEO。2005年10月任西门子（中国）通信集团高级副总裁，负责西门子通信集团在华的业务运营及政府关系方面的工作。2007年4月起，担任诺基亚西门子通信大中国区总裁。

合并不一定需要3年时间

　　刘东：受国际金融危机的影响，全球经济增长放缓，很多通信企业2008年第三季度的利润都出现了萎缩。自2007年4月正式运营以来，诺基亚西门子通信公司（以下简称"诺西"）大中国区业务保持了连续4个季度的增长。公司如何确保快速的整合以及业绩的提升？

　　张志强：诺西合并已有18个月的时间。作为新公司，诺西的大中国区业务18个月以来保持市场稳步发展和获得客户高度认可，很不容易。合并后，诺西需要形成新的文化。为此，我们很早就倡导诺基亚和西门子两家公司的员工进行

233

沟通交流，使其整合成为一个团队。目前来看，诺西的员工非常认可这种自下而上、共同参与讨论而形成的诺西文化，诺西的员工不会再谈论自己原来是哪家公司的了。文化的和谐和团队的融合，是业绩的保障，我们很早就进行了产品线、管理层以及文化等方面的融合，因此迅速形成了很强的战斗力。诺西的快速融合给客户留下这样的印象：合并不一定需要 3 年的时间。事实上，诺西仅用了 6 个月到 10 个月的时间就已初步整合成型，现在诺西各方面的运作都已步入正轨。从全球来看，我们的目标是超过业界的平均增长速度。我们正与运营商一起评估金融危机的影响。

刘东：诺西成立 18 个月以来，整合工作进展顺利。两个跨国公司实现产品、技术的整合已属不易，在价值观和企业文化上实现整合，其难度之大更是可想而知。请你介绍一下具体的做法和经验。

张志强：诺西在整合过程中，首先强调软性、核心的东西，即文化。诺西的每个员工都带来不同的文化，诺基亚的理念是以人为本，而西门子作为德国公司，框架规矩比较多。新公司成立之初，诺西专门推出一个网址，让几万名员工参与讨论什么是诺西的文化，如何借母公司的优势，形成自己的新文化。经过大讨论之后，确定了诺西几个比较核心的价值观：关注客户、开拓创新、开放沟通、共赢共进、相互激励等。

在确定新公司的文化之后，诺西在选择员工、组织建设等方面都遵循新文化，如果不符合新公司的文化，就提醒员工改变自身。

诺西要永远做到"客户第一"，内部流程也必须为这一原则让位。例如，去年年底因为合并的原因，客户的合同和账单必须要改动重签，给客户带来很多麻烦。我们就改变内部流程，几十名员工在春节期间加班完成了这项工作。虽然当时公司内部也曾激烈地讨论过要不要这样做，但拿出"客户第一"的原则后，大家就明白了还是客户重要。

构建了大的文化框架后，所有的员工遵循这个原则工作。诺西是一个整体，谁也不能搞小团体，更不能在选人的过程中带有倾向性。我们希望看到新团队有来自两个母公司的员工和新加入的员工。我从自身做起，保证用人是公平的，选最适合的人。这项工作很快地开展，诺西形成新的团队大概用了一年时间。万事开头难，只有从上到下以身作则，奖惩分明，把开头做好，后续工作就比较容易了。价值观和文化都统一不了，是没有办法开展工作的。

刘东：你们提出了"同一个诺西"的口号，并在中国将自己定位为国际化的本土设备厂商，这一点如何理解？

张志强：作为国际化的公司，诺西必须要适应中国市场的需求。诺西确实是国际化的公司，从董事会的构成可见一斑，在最早的时候，董事会成员拥有10个以上的国籍。但我们认为诺西的业务在一个国家开展之后，就必须成为当地化的公司。只有在当地真正理解客户的需求，才能生产适应当地市场的产品。我们力争在中国成为中国公司，力争在美国成为美国公司，只有这样才能不断成长。把芬兰和德国的东西完全照搬到其他的市场，是不可能成功的，在未来技术更为强调应用的时候，更是如此。

刘东：作为诺西大中国区总裁，在你的带领下，新公司成立18个月以来，整合进展顺利，业绩也保持增长。下一步你的工作重点是什么？

张志强：在内部流程、文化和公司架构都确立起来后，诺西下一步要更好地建立团队，必须让年轻人有更多机会，将员工放在最适合的位置。诺西有着优秀的研发、客户和服务团队，我们的目标是重组与发展并进，保持稳定增长，凭借全球成功经验、端到端优势开拓3G市场。

中国运营商要运营3G特色业务

刘东：GSM和WCDMA一直是诺西的强项，在这些领域，诺西的核心竞争力体现在哪里？你们将采取什么策略获得更多的市场份额？

张志强：诺西有三大明显的优势：一是诺西的网络与诺基亚终端的端对端优势，诺西在开发应用时，就会考虑设备和终端之间接口的问题。二是诺西网络铺设的速度很快，这对中国运营商非常重要。中国联通明年很可能要铺设WCDMA网络，没有几家设备商能在短短6个月铺设好成熟应用的网络。三是诺西对中国联通目前的网络非常了解，中国联通在将近20个省市用的是诺西的网络，诺西对其基站、客户群体和网络都有了解。在3G网络设计的过程中，诺西能帮助中国联通解决2G网络建设时存在的问题，这一点并不是每个厂商都能做得到的。在完全不管2G网络的情况下，3G网络也不好做。中国联通也会利用现有的2G网络进行WCDMA网络建设，而不是单独建设3G网络。

刘东：你刚才强调的诺西与诺基亚形成的端对端优势，会不会随着诺基亚手机市场份额的波动而有所变化？如果过分强调与诺基亚的合作，会不会对诺西与其他厂商的合作有所影响？

张志强：诺西不只和诺基亚合作，只是说诺西和诺基亚合作有助于更快地推出业务。同时我们的3G产品能降低70%的能耗，站址的占地面积也大大减少。

虽然技术上的优势只有专家才能评估，但诺西在节能和端对端、网络快速部署等方面的优势很明显就能看出来。在几个月内迅速铺设网络，没有几家设备商能做得到，从纯技术的角度来看，部署 3G 网络开展电话业务不是很难，但在 6 个月内推出多种应用则需要很强的实力。

刘东：随着中国电信运营商重组的完成以及 3G 正式运营，运营商会开始新一轮的大规模投资。诺西将如何利用在全球 2G 及 3G 市场的成功经验，更好地把握机会，在中国占据更大的市场份额？

张志强：随着中国电信运营商重组的完成以及 3G 正式运营，每个运营商都将变成全业务运营商。运营商只有具备全业务能力，才能提供应用的能力，重组对运营商和诺西都是利好。

在中国 3G 的发展过程中，诺西作为国际厂商有很多事情可以做。例如，利用在全球 3G 部署的经验以及 2G、3G 互通的经验，帮助中国运营商开拓市场。中国 3G 要想成功，和 2G 共网是必由之路。

诺西一直在全球支持各种通信技术的发展，这么多年一直支持 TD-SCDMA（时分同步的码分多址技术，以下简称"TD"）的发展。由于频谱具有优势，TD在中国具有很大的发展空间。从西门子、诺基亚再到诺西，我们一直支持 TD 的发展。在过去的一年中，诺西将很多的时间和精力投入 TD 业务，同时力争在TDD-LTE 方面有所突破。TD 是能够在中国获得成功的，诺西的渠道可助 TD 到其他国家推广，这是诺西作为国际化公司的优势。

在 WCDMA（宽带分码多工传输技术）市场，诺西有很强的实力。诺西部署了全球一半的 HSDPA（高速下行分组接入技术）网络。合并后的诺西在无线市场的份额不断增长，在合并重组的情况下，还能实现增长确实不容易。WCDMA发展到 FDD-LTE 之后，我们也会提供支持。

在 LTE 的发展过程中，诺西在中国的研发力量将起到非常重要的作用。诺西相当一部分的研发都在中国完成，诺西在中国有 6 个研发中心和几千名工程人员。目前我们不做 CDMA 产品，不过绝大部分的 CDMA 运营商都表示将转向LTE，诺西将来有机会与中国电信在此方面展开合作。

诺西能为重组后的中国移动、中国联通两大运营商，提供强大的解决方案，同时诺西与中国电信未来也存在合作的可能。我们将与中国运营商一起开发，把全球成功的应用案例介绍给中国运营商。诺西与中国台湾的"中华电信"、台湾大哥大、远传电信等公司都开展了十几年的合作，拥有在华语地区的业务经验，因此可以把中国人喜欢的特殊应用提供给重组后的三大运营商。重组后的三大运

营商侧重点不同，其开发的应用肯定也有所不同。

刘东：随着新一轮网络建设的启动，中国政府出台了相关政策，要求电信基础设施共建共享，避免重复建设和资源浪费。诺西对此怎么看？

张志强：中国政府限制重复建设的愿望非常好，我们也一定会积极配合运营商，但在实施过程中，可能会有较大的难度。资源浪费确实不对，但市场竞争毕竟以企业为主体，政府要注意保护企业已有的投资。此外，在政策的具体实施过程中，还有很多技术问题有待解决，在应用过程中要考虑到具体的情况，以更好地节约资源。

刘东：未来几年，中国运营商将展开全业务竞争。在全业务时代，同质化竞争的趋势非常明显，在提供差异化服务方面，诺西能为运营商提供哪些帮助？

张志强：中国的3G时代毕竟还没有全面到来，不过我们一直在和运营商讨论哪些业务会大受欢迎。我认为3G时代深受欢迎的业务可能有以下三类：

一是手机上网业务。二是移动电视和流媒体业务。三是音乐下载业务。其实，各个国家3G应用的发展方向并不是趋于一致的，因此，中国运营商一定要开发有中国特色的应用业务。

在中国，手机电子银行应用业务将有很好的发展前景。中国农村地域广大，财政系统在这些地区并不发达，因此可以利用3G网络开展相关的应用业务。例如，交易平台可以通过手机来实现，在光纤不能铺设、没有有线网络的地区，无线网络将有很大的发展机会。

另外，物流体系应用业务在中国也有很好的发展前景，它需要银行、物流和政府一起来搭建平台，而不是仅仅靠通信界就可以做的。在3G网络技术发展起来之后，互联网的所有应用都会转到无线手机上，通信的未来应用将是无线的应用。

刘东：通信技术发展很快，目前几大3G标准体系向LTE演进的技术路线已经比较清晰了。你们在今年通信展上在中国首次现场演示了Flexi多模基站支持的LTE解决方案，先人一步展示了实力。诺西在推进3G后续演进过程中，将发挥什么作用？

张志强：TDD-LTE和FDD-LTE的差距越来越小，我们积极推动LTE成为全球标准。LTE成为全球标准之后，接下来要做的是实现LTE的节能环保和开发客户应用。作为3G和4G之间平滑演进的技术，LTE必须要考虑的是将来如何只需要升级软件，就可演进到4G。诺西与中国的产业链各方进行了合作，推动TDD-LTE成为主流技术。

TD 需要国际企业参与

刘东：在 2G 时代，爱立信和诺西等国际跨国公司在中国市场占据了较大的份额。最近几年，以华为、中兴为代表的中国企业发展迅猛。在 3G 时代来临之际，你怎么看待中国电信设备企业的竞争实力，中国电信市场的格局又将发生什么变化？

张志强：诺西欢迎竞争，只有竞争，我们才能做得更好。我们在产品结构、设计以及研发等方面向中国倾斜，以保证在中国市场具有竞争力。谁能为运营商提供最大的价值，帮助运营商的网络尽快成熟并很快推出业务，保证运营商的网络平滑演进到 LTE，谁才能得到运营商的青睐。

TD 的成功需要国际化，TD 本身是一个国际性的技术，只有更多的国际企业参与，TD 产业才能做好。中国电信设备企业快速发展，也会使我们做得更好。在 3G 时代，我们坚信诺西将位列全球设备商前三名。

刘东：从最近的情况看，中国电信设备企业在运营商招标中，占据了较大的市场份额。有的国外企业担心，中国运营商在招标过程中，会受政府意志的影响，加大向中国企业的扶植和倾斜力度。你对此怎么看？

张志强：国家可以在研发上支持中国企业，但一定要按市场原则来做，如果在市场方面也进行扶持，是资源的浪费。运营商错误地选择了设备商，会影响 TD 产业的全局发展和长远发展。中国对 TD 产业投入巨大，因此应长期支持最有实力的企业和可靠的技术方案。

刘东：诺西从 TD 标准开始制定时就与中国企业进行了合作，并一直推动 TD 标准的产业化，最近，诺西又投入了大量人力进入 TD 领域。我们知道，一些跨国公司由于产业、市场成熟度等方面的原因，一直没有介入 TD 领域。目前，TD 的国际化问题很受关注，一些企业通过多种方式，开始了 TD 国际化的探索和尝试。诺西在推进 TD 国际化进程方面，能做哪些工作？

张志强：TD 要想国际化，首先要做好中国市场，只有中国市场做好了，在国外市场，那些有频谱资源的运营商才会考虑使用 TD 系统。要想把中国的 TD 市场做好，需要国内外有实力的厂商一起参与进来，把包括设备、终端、服务、网管等在内的整个系统做好，这是 TD 成功的关键因素。TD 在中国市场成熟的过程中，很多国外运营商都在观察和等待机会。

刘东：在试商用和规模商用的过程中，TD 在网络优化、TD/GSM 互操作、芯片、终端等方面，还存在一些问题，TD 要大规模正式商用，最需要在哪些方面取得突破？

张志强： 我认为 TD 的前景比较乐观。TD 不仅需要有好的网络，还需要有好的终端，最终用户才能接受。因此，TD 产业必须要由真正具有强大实力的厂商来做大。最近，诺基亚再次重申了对 TD 的支持，并将于 2009 年年底推出 TD 手机。诺基亚、诺西与中国移动全面合作，将极大地丰富 TD 应用和用户体验，促进 TD 产业链的发展和成熟。

我们认识到，3G 技术远比 2G 技术复杂得多。到了 3G 时代，网络需要随时随地调整和优化，因此，3G 时代需要能将 2G、3G 的网络技术很好地结合在一起的厂商。

2008 年 11 月 27 日《中国电子报》第 132 期

投入研发是抵御危机良策

——访 Altera 公司总裁、CEO 兼董事会主席　John P. Daane

文/任爱青　冯晓伟

人物简介

John P. Daane，Altera 公司总裁、CEO 兼董事会主席。John P. Daane 先生从 2000 年 11 月开始担任 Altera 公司总裁兼 CEO，2000 年 12 月成为公司董事会成员之一，并于 2003 年 5 月被任命为公司董事会主席。在加入 Altera 公司之前，Daane 先生曾在半导体制造公司 LSI Logic 工作了 15 年，离开该公司前的职位是通信产品部副总裁，负责电脑、消费电子与通信部门的 ASIC 技术开发工作。Daane 先生拥有加州大学伯克利分校的学士学位。

持续投入研发策略显现成效

任爱青：在 2001 年由于网络泡沫破灭，可编程逻辑器件行业经历了一次巨幅下滑。与 2001 网络泡沫的影响相比，这次国际金融危机对 PLD 行业的影响有什么新特点，对中国可编程逻辑器件市场影响如何？

John P. Daane：此次全球性的金融危机对半导体行业的负面影响是显而易见的，我们可以看到很多半导体企业 2008 年第四季度的业绩都不如预期，并且有很多公司已经开始裁员。

2001 年网络泡沫的破灭使通信行业企业遭遇严重挫折，而本次金融危机则对所有行业都有影响。从目前的情况看，从事消费类产品和汽车电子类产品的公司受到的影响最大，因为他们跟消费者有最直接的关联。

由于中国市场的产品和服务多元化特征非常明显，因此国际金融危机对中国半导体行业影响相对较小。值得庆幸的是，Altera 公司的主要客户是政府、通信运营商及工业企业，相对而言，在这次风波中所受到的影响也较小。对 Altera 公司在中国的客户而言，以出口为导向的企业所受到的影响较大，而服务于中国消费者的客户受到的影响则较小。总体来讲，Altera 公司在中国的业绩受冲击程度较轻。

任爱青： 不同企业受国际金融危机影响各不相同，但有一个共同点就是所有公司都会在诸如成本控制、研发策略、销售策略等方面采取主动措施，以弥补损失和降低风险。请问应对当前的国际金融危机 Altera 会采取什么举措？

John P. Daane： 记得在 2001 年网络泡沫破灭的时候，Altera 公司采取的策略是继续在研发领域投资，用 FPGA（现场可编程门阵列）的新产品取代 ASIC（专用集成电路）和 ASSP（专用标准产品）。从后来的结果看，当时的策略是完全正确的，因为我们的产品市场占有率已经连续 6 年得到提升。对这次的金融危机我们也会采取同样的策略。2009 年，Altera 公司对研发的投资将会超过 2008 年，同时，我们迄今为止也没有裁员的计划。依靠充足的资金和人力资源，在未来的一年里，Altera 公司将继续扩大产品的市场占有率。

芯片研发成本上升是机会

任爱青： 半导体公司，包括可编程逻辑器件公司正面临利润率不断下降的压力。一方面随着产品设计制造向深亚微米进军，产品的研发成本不断攀升；另一方面产品的 ASP（平均销售价格）却快速下降，这两大因素迅速减少了行业的利润率。你认为半导体公司应该如何应对这种挑战？

John P. Daane： IC（集成电路）芯片研发成本的迅速提高对 PLD 企业而言应该是一个很好的机会，因为这意味着很多公司没有足够的资金独立开发 ASIC 或 ASSP，PLD 方案就可以替代业界很多使用 ASIC 或 ASSP 的方案。据测算，在 65nm 工艺节点，ASIC 产品的 NRE（一次性工程费用）成本约为 200 万美元，而升级到 40nm 工艺之后，这一数据将增至 400 万美元。而利用 FPGA 进行 40nm 产品的设计，其 NRE 成本仅为 40 万美元。可见，随着集成电路光刻精度的不断提升，FPGA 的重要性更加凸显出来。对 Altera 而言，由于我们的客户数量众多，因此还可以跟这些客户一起分担研发费用。

尽管 Altera 公司是以 PLD 产品而知名，但从很多年前，我们也开始关注

ASIC 产品的发展。从传统来讲，我们是以 FPGA 来替代 ASIC；如今，以我们新研发的 ASIC 产品来替代当前市场中的 ASIC 产品也是我们新的发展方向，同时这也符合产品产量较大的一些客户的需求。对替代 ASSP 的产品而言，我们也会加大投资来增强 IP（硅知识产权），并将更加关注系统方案的开发。

Altera 公司迄今已有 25 年历史，在过去的 25 年中，我们都在不停地探索如何改善我们的工作流程，如何更有效地利用我们的资源，并在此基础上进一步开拓新的产品领域。从 2008 年的情况来看，可编程逻辑器件的应用热点频出。就技术角度而言，有五大热点最为引人注目，它们是：无线通信技术由 3G 向 LTE 发展，带宽达到了 100Mbit/s 以上；GPON 家庭接入，支持三重服务（语音、视频、数据）；汽车将采用大量的电子设备，实现辅助驾驶和导航等功能，并提高乘坐舒适度；企业借助千兆以太网和无线技术实现效能和自动化方面的全面连接；军事、测试、医疗、工业、消费电子及通信等诸多领域的便携式设备的应用。针对这些应用需求，Altera 公司推出了一系列具有创新特性的产品。

任爱青：2008 年 5 月，Altera 公司发布了业界首款 FPGA 和 HardCopyASIC，年底前 Altera 还将推出 40nm 的工程样片，而业界公认 65nm 之后的下一个技术节点是 45nm。Altera 这种"领先半步"的策略会为公司竞争力的提升带来哪些好处？是否也面临较大的技术风险？

John P. Daane：我们认为研发 40nm 产品的风险并不大，并且这种风险也在可控的范围内。我们与 TSMC（台积电）保持着长期的合作关系，我们合作开发新的工艺，使得产品也可以实现更高的性能、更高的集成度，同时降低功耗和成本，这些都是 40nm 产品具有的优势。2008 年 12 月，Altera 公司应用 40nm 工艺的 StratixIV FPGA 产品开始供货，比我们的计划提前了一周时间。StratixIVFPGA 面向通信、广播、测试、医疗和军事等各类市场的客户，在高端 FPGA 解决方案中具有业界最高的密度、最好的性能、最大的系统带宽以及最低的功耗。此次推出的第一款器件是 EP4SGX230，它含有 230K 逻辑单元（LE），工作速率高达 8.5Gbps 的 36 个嵌入式收发器，17MbitsRAM 以及 1288 个嵌入式乘法器。

在 40nm 开始出货之前，我们已经接到了很多订单，这已经创下了新产品在出货前接受订单数量的纪录。对此我们也感到非常兴奋。首批出货的产品将有 40 家客户，涉及通信系统（包括基站、交换机等）、军事系统及医疗系统等多个应用领域，在这 40 家客户中也包括中国的企业。

任爱青：与 ASIC 和 ASSP 相比，灵活性是 FPGA 器件最大的优势。但对大批量生产的产品而言，可编程逻辑器件在成本方面的优势并不明显，因此业内有观点认为可编程逻辑器件不可能大规模地占有消费电子市场。

John P. Daane：消费电子产品所面临的最大挑战是市场需求变化很快，因此需要不断地推出新产品以适应市场，并且要求产品的研发周期尽可能短。如果采用 ASIC 或 ASSP 器件，产品从研发到投入市场大约需要两年时间，而使用 PLD 器件在帮助客户增强器件功能、提高器件性能的同时，也可以大幅缩短研发周期，从而迅速地切入市场，在市场竞争中占据有利位置。对于 Altera 公司而言，消费电子产品也是一个重要的发展领域，我们已经有 PLD 产品应用于摄像头、机顶盒以及平板电视领域，我相信这类应用还将继续扩展，Altera 的产品在消费电子领域的销售收入也会继续增长。

此外，消费电子产品对低功耗的要求也非常高，与竞争对手的产品相比，Altera 公司的器件功耗通常不到它们的一半，因此在功耗方面 Altera 的产品也对客户有很大的吸引力。

PLD 市场高度集中

任爱青：既然一些实力较弱的竞争对手可能会在国际金融危机当中遭遇很大的困难，Altera 目前是否有新的并购计划？

John P. Daane：事实上，多年来 Altera 公司一直在探讨如何加快自身发展的速度，采取并购的方式可以用较短的时间实现技术积累和市场拓展，这自然也是可供选择的途径之一。在过去的 10 年里，我们的确也并购了一些公司。在最近几个月，也有几家公司与 Altera 洽谈，表达了希望 Altera 并购的意愿。不过就目前而言，我们还没有看到能对 Altera 的发展有较大帮助从而值得收购的公司。

任爱青：可编程逻辑器件厂商近几年在 IP 和解决方案上投入了越来越多的力量。有了更多 IP 和解决方案的配合，FPGA 器件可以被更好地使用。Altera 公司在这方面有什么样的规划？

John P. Daane：我们对 IP 和系统解决方案非常关注，Altera 公司已经把对 IP 和解决方案的重视提升到战略性的高度。在 2009 年，我们将投入更多的资源用于 IP 和系统解决方案的研发，预计 2009 年全年的投入将比 2008 年增长 50% 以上。除了我们自身的研发之外，我们也与很多第三方公司合作，通过建设完善产业链和生态系统来向客户提供更多的 IP 和解决方案。

任爱青：PLD 是一个不断变化的行业，在 2008 年更是如此。一方面，Altera 的主要竞争对手进行了组织机构的重组，并采取了裁员的措施；另一方面，还有几家新的公司加入到 PLD 行业，你认为这对 PLD 行业的格局会带来哪些改变？

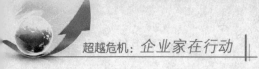

未来会如何演变？

John P. Daane：如今，半导体行业已经日渐成熟，在各个不同的领域，可能只有领先的两三家企业能持续参与竞争，我们所从事的 PLD 行业也不例外。8年前，Altera 和赛灵思两家公司的销售收入占 PLD 行业整体销售收入的 80%，目前，这一数据已经达到 87%，可见 PLD 行业也越来越集中，其发展趋势与半导体产业其他领域是相似的。

与半导体产业其他领域相比，PLD 行业具有较高的收益率，因此也不断有新的公司加入。据我们统计，最近几年已经有约 10 亿美元的投资投入到这些新创建的公司，但遗憾的是，其中 7.5 亿美元的投资失败，所投资的公司已经不存在了。因为一个好的产品不仅要求有高性能的芯片，还要求有适用的软件工具，如果要兼顾这两个方面就需要有非常庞大的投资额度，这对于新兴的公司来讲是非常不利的。未来 PLD 行业仍将由少数几家主要公司参与竞争，新加入的竞争者很难有所作为。

任爱青：Altera 是否有一个时间表，在未来的某一年会成为 PLD 市场最大的公司？

John P. Daane：Altera 公司不仅仅希望做 PLD 行业的龙头，我们也希望做整个 Custom Logic（定制逻辑）领域的龙头。在 CustomLogic 领域，就包括了 PLD 和 ASIC。在 5 年前，Altera 公司在 Custom Logic 领域的全球排名是第 10 位，现在我们已经上升到第 5 位。我们的目标是在未来的 5 年内成为 PLD 行业的龙头企业，在未来的 7 到 10 年内成为 CustomLogic 领域的龙头企业。

大胆扩充中国团队

任爱青：通信是 Altera 公司一个非常重要的产品应用领域。在 2008 年年底或 2009 年年初，中国将发放 3G 牌照，中国的通信市场正面临着难得的发展机遇，中国 3G 市场的竞争也将不断升级。面对这一正在兴起的市场，Altera 公司将采取什么策略以领先对手？TD-SCDMA 是中国提出的第三代（3G）移动通信标准，被 3GPP 标准组织采纳，针对 TD-SCDMA，Altera 公司有哪些产品研发和推广的计划？

John P. Daane：通信市场对 Altera 公司的确是至关重要，不仅在中国市场是这样，就全球范围而言同样如此。2007 年 Altera 公司 40% 的销售收入来自通信产品，在 2008 年这个数据还会有所增加。在无线通信领域，产品对芯片的性能和低功耗的要求非常苛刻，而我们新推出的 40nm 产品将在这两个方面具有很大的竞争优势。另外在 IP 方面我们也进行了相当大的投入，为我们的无线产品客户提供了所需的 IP。Altera 公司是为无线通信设备提供 PLD 器件最多的厂商，很重要的一个原因就是我们产品的低功耗。对运营商而言，设备的功耗在其成本构成中占有很大的比例，而 Altera 产品的低功耗特征正契合了客户的需求。

目前，我们已经有很多无线通信领域的 IP 可以用于 TD-SCDMA，而事实上 3G 领域的很多 FPGA 对于不同的标准是可以共用的。当然，我们也会针对 TD-SCDMA 技术的特性作一些特殊的研发。

任爱青：中国是全球重要的电子产品生产大国和最大的消费市场，在当前国际金融危机背景下，中国市场的重要性就更加凸显出来。2008 年，Altera 公司在中国的业绩表现如何？2009 年，Altera 公司将在中国市场采取什么样的竞争策略？

John P. Daane：对 Altera 公司而言中国是一个非常重要的市场，如果按区域划分的话，最近几年中国市场的销售收入增长率在我们公司中是最高的。Altera 公司之所以能在中国市场取得成功，大致可以归结为以下几个原因：首先，作为我们的客户，中国的 IC 设计公司非常努力，不断地开拓国内和国外的市场；其次，Altera 公司进入中国的历史很长，在中国有一个实力很雄厚的团队，我们跟中国客户保持着长期的合作关系，从客户产品的开发阶段就开始提供服务，并且也邀请客户在我们产品开发的早期参与我们的开发计划，因此，我们与客户之间的合作是非常密切的。我们也相信，中国的市场还会继续高速增长。

谈到 2009 年，虽然很多半导体公司由于业绩下滑而开始裁员，但 Altera 公司仍将扩充在中国的团队，更深入地开发中国市场。与此同时，我们也会继续投资于我们的大学计划。我们在中国已经有非常成功的大学计划，到目前为止，已经有超过 50 所中国的知名高校与 Altera 公司合作建设了联合实验室。预计在 2009 年，将有 5 万名中国大学生参与我们的大学计划，了解我们的产品。对 Altera 公司而言，在中国的大学计划是一个非常成功的战略，为我们开拓中国市场作出了很大贡献。

2009 年 1 月 6 日《中国电子报》第 1 期

危机中更需要长远规划

——访芯源首席执行官兼总裁 邢正人

文/任爱青 赵艳秋

人物简介

邢正人，芯源首席执行官兼总裁，1959 年出生于上海。1980 年到美国留学，获佛罗里达州大学电子工程学士学位。之后他作为一名普通工程师进入 Micrel 公司，并在该公司做到项目执行人职位，主要负责大功率模拟集成电路工艺研发。1997 年，在硅谷他和 Jim Moyer 创建了芯源系统有限公司（MPS），同年出任 MPS 公司总裁兼 CEO 至今。

超前和坚持是创业成功之道

任爱青：在成立芯源（MPS）之前，你在 Micrel 等老牌模拟半导体公司已经做到了高级技术职位，当时你是怎样萌发自己创业的想法的？

邢正人：当我还在 Micrel 工作的时候，我发现了几个巨大的市场机会。例如，电源管理 IC 市场已经展露出巨大的发展前景，但当时业界的工艺技术都用于弱电 IC，还没有专门用于电源管理的 IC。我想我们可以为电源管理 IC 开发专门的工艺技术来赢得这一市场。当然，这需要公司在工艺和 IC 开发上做一些根本性的变革。然而，在那个年代这些概念有些超前，公司不赞成我的想法。经过一年的挫折，我最终决定放弃原有的高级职位，离开 Micrel，在 1997 年与当时模拟行业的大师级人物 Jim Moyer 先生共同创建了 MPS 公司。在新公司中，由我来负责开发工艺技术，Jim Moyer 先生做 IC 设计，公司就这样开始运作了。我相信，我可以做一家更好的公司！

任爱青：在公司创立之后，经过 3 年多的初创期，自 2001 年以来 MPS 一直保持高速增长态势。今天，公司的市值已经达到几十亿元，可以说，MPS演绎了一个成功的创业故事。请你分析MPS取得创业成功的主要因素和经验是什么？

邢正人：这是一个很难回答的问题。现在回过头来看，在公司的发展历程中，我们遇到了很多困难和艰辛。不同的成长阶段需要付出不同的努力，也要制定不同的发展战略。但是，能有今天的成功，我想有两个因素非常重要：首先是"永不放弃"的理念——如果你相信自己能够发现"钻石坯"，那么，你就需要始终如一、坚持不懈、不屈不挠地贯彻你的想法；其次是必须组建一支优秀的人才队伍，因为人才对于模拟技术公司的发展来说尤为重要，这个我们也做到了。我想这是我可以给出的最简单，也是最重要的答案。

任爱青：在硅谷创业取得成功后，从2004年开始，MPS又在成都设立了子公司，这也可以称为你的"第二次创业"。请问是什么原因促使你选择回国创业？与当初在硅谷创业相比，这次"创业"你有什么新的感受？

邢正人：我看到未来在模拟/电源芯片市场将发生一些根本性的变化。在未来5到10年中，整个半导体市场格局也将发生变化。首先，今天的模拟市场或半导体市场多由美国公司掌控，但未来5到10年，虽然美国和欧洲仍是主流市场，但亚洲特别是中国的市场将是巨大的。我们希望成为新兴的亚洲，尤其是中国市场的重要一员。其次，我看到美国半导体公司的优势正在逐渐消退，因为在过去10年里，很多优秀人才在"金融泡沫"的诱惑中去了华尔街或成为律师，所以近几年来，在美国我们很难雇用到足够好、足够多的工程师来满足公司业务快速发展的需求。

与数字半导体业务动辄数十亿美元的投入不同，我们从事的模拟业务最大的投资是人才。我们发现在中国有很多优秀人才，他们所接受的基础教育十分扎实，这是我们"第二次创业"的基础。这也是我选择中国内地的一个重要原因。当然，这些优秀人才缺乏经验，特别是芯片设计的经验，我们必须通过培训传授给他们很多先进的技术和经验。这与我们12年前在硅谷的第一次创业不同。

选择成都最重要的原因之一是成都市政府给我们提供了极大的支持。另一个重要的原因就是人才，成都有很多很好的大学。而且，在我们刚回国创业的时候，模拟设计在中国才刚刚起步，各地域之间的差别并不是很大。

以新技术开拓成熟市场

任爱青：虽然这些年来很多半导体企业都采取了轻资产（Fab-Lite）策略来优化投资结构并规避风险，但很多模拟半导体企业仍然保持了IDM（集成器件制造商）模式。他们保留主要晶圆工厂，以确保自身专有工艺的开发。作为一家模拟技术公司，MPS 目前仍然是一家 Fabless（无晶圆制造厂设计）公司，采取以自身专有工艺与代工企业合作的模式，满足自己专门的生产需求。从现在看来，这种模式有什么利和弊？您曾经表示，考虑建立前端工序。那么公司今后是要按照现有的 fabless 模式走下去，还是在合适的时机创建自己的晶圆生产厂？

邢正人：这是一个很好的问题。无晶圆模式已经被证明适用于大型数字半导体公司，现在还不存在大型 Fabless 的模拟公司。正如你所说的，建立一个大型 Fabless 模拟电路设计公司是很困难的。然而，我们与晶圆代工合作伙伴之间的合作模式是非常新颖的。与没有自己工艺技术的数字电路设计公司不同，我们在代工厂中导入我们自己的专有制造工艺，甚至也安装一些我们购买的专有设备，我们的一些技术人员也在代工合作伙伴的工厂中工作。我总是告诉华尔街，我们的商业模式不是纯粹的 Fabless 模式。我们只是没有自己的生产线和流水线上的工人而已，但我们有自己的专有制造工艺技术，与此同时，我们也做一切除了拥有生产线以外的事情。MPS 是第一个采取这种 "Semi-fabless（半 Fabless）" 模式的模拟芯片企业。近期，我暂时还看不到需要建造我们自己晶圆厂的需求，但是，我们并不排除将来有这种可能性，也正在探索更适合我们自己的发展道路。

同样，在封装业务方面，我们的运作模式与芯片制造业务大体相同，我们做一切除了拥有生产线以外的事情。

任爱青：工艺技术对于模拟企业的发展来说至关重要，每一家成功的模拟企业都拥有自己独特的工艺技术。MPS 就拥有名为 BCD Plus 的专有工艺，该工艺解决了高压状况下器件集成的难题。作为工艺技术相关专利的主要持有人，请你具体谈谈公司工艺技术上的重点和规划？

邢正人：模拟电路的工艺设计需要非常多的经验，它不仅仅是一门科学，更像是一门艺术。在过去的 10 年里，我们专注于 30V 电源芯片设计。我们的专有工艺可以把产品做得非常小，从而极大地降低产品的成本。我们最新的工艺技术是 BCD Plus 专有工艺，它针对的是 40% 的电源芯片市场。

两年前，我们开始开发用于 AC-DC（交流-直流转换器）应用的 800V 高压工艺。AC-DC 产品具有巨大的市场空间，例如，中国白色家电、马达控制市场需要大量高性能的 AC-DC 产品。虽然目前还没有介入该市场，但我相信我们在这一领域可以大有作为。此外，我也看到半导体分立器件领域存在一些新机遇。虽然一般认为该市场比较低端，但我们看到约有 10% 的半导体分立器件市场需要非常高性能的产品，利润也很高。例如，可调光节能灯是市场的一个发展趋势，我们可以对现有的高压调光整流器技术和产品做进一步的改进，提供更便宜、耗电更少的模块产品。绿色能源是未来至关重要的增长点，我坚信 MPS 的 AC-DC 和 DC-DC 产品可以在这些领域产生重大的影响。

任爱青：那是不是可以说 MPS 产品创新的策略是通过开发更新的工艺技术来替代市场上已有的产品？

邢正人：我喜欢这样的市场。我们虽然发展得很快，但与其他美国模拟半导体公司相比，规模还是比较小。因此，我们要把眼光放在现有的一些非常大的市场上，通过开发领先的工艺技术在这些市场上进行创新和替代。就像我们刚进入笔记本背光市场时，我们的新技术将原来有 70 多个分立器件的背光模块做到了只有 20 多个分立器件的模块。

任爱青：公司名称 MPS 的意思是单片电源系统，那么公司在研发上是坚持开发高压下高集成化的工艺技术做单芯片产品，还是同时也会考虑开发一些特殊的封装技术，根据系统的特点将多个芯片堆叠到一个封装中？

邢正人：你们是第一个关注我们公司名称意义的媒体，你说得对，自从我创立公司起，就致力于将电源系统直接集成在硅片上。绿色能源是至关重要的，电源系统要更高效地提供能源、降低损耗，这就导致了未来电源系统中硅的含量越来越高。

任爱青：为了保持较高的利润率，各公司都在不断调整产品线。我们观察到，行业中像凌力尔特等公司今年更多地转向了工业和医疗等领域，而 MPS 的产品主要用于笔记本电脑和消费电子产品，请问贵公司是否会开拓新的产品应用领域并适当调整自己的产品线？

邢正人：是的，我们也在调整产品线，并取得了成效。但我们走了一条与传统模拟公司不同的发展道路。像凌力尔特这样的公司，他们从工业和医疗领域开始做起，并逐步进入消费类市场。当竞争加剧时，他们又退回到原来的工业和医疗市场。而 MPS 则刚好相反，由消费类市场起步，至今我们仍然十分看好消费类市场，特别是中国的相关市场。现在，我们也进入了工业和医疗市场，但是并没有退出现有的消费类市场。正因为进入了这些新的领域，我们欧美市场的增长率才会比其他区域市场发展得更快，目前欧美市场一半以上的收入来自工业和医疗。这些业务成为 MPS 收入的重要组成部分。当然，从消费市场到工业或医疗市场，营销的模式也发生了很大的变化。

长远规划比股价波动重要

任爱青：国际金融危机从 2008 年下半年开始波及半导体行业，但我们看到，

公司2008年的营收仍然比上年增长17%，毛利率达到61.9%。金融危机对公司的业务有哪些影响？公司采取了哪些措施来降低金融危机的影响？

邢正人：坦率地说，我们没有做什么特别的事情，我们保持着较为平衡的公司运营，开支和收入直接挂钩。我们一直在按照公司的中长期战略规划进行营运，业界的发展趋势还是那样，中国的发展趋势没有改变，我们不能因为金融市场的波动就改变策略。但是，我想说的是，如果没有国际金融危机，我们可能会增长得更快一些。

任爱青：产品价格下降，企业利润走低是目前半导体公司普遍面对的严峻挑战。我们观察到虽然公司的销售额增长率和毛利率的水平都非常高，但净利润增长水平呈现出减缓的态势。请你分析一下其中的原因？

邢正人：我认为，短期内毛利率不会有太大的变化。我们可以保持高利润率和高增长率的原因主要有两点：一是我们不断改进技术——这些技术不仅提高产品的性能，而且还降低产品的成本。我们始终把提高性能、降低成本放在首位。二是进入新的高利润产品市场，比如说，由于介入工业和医疗市场，最近我们在欧美地区的销售收入增长了几倍。

另外，我们看到一些巨大的商机，如正在增长的中国市场，因此需要在研发和基础设施上进行更多的投资，以支持我们新的增长。这也许就是你看到的净利润增长速度减缓的原因吧。

任爱青：目前，MPS在NASDAQ上的股价表现很好。在可持续发展上，你有哪些战略上的思考？

邢正人：我总是告诉华尔街，我并不关注MPS股票的日常波动。一个公司的运作不能听命于股票市场。我们只专注于我们的强项，并坚持执行我们的战略。我们总是制定两年之后的战略规划，我们现在所做的事情会影响到两年后。我们有非常明确的方向，以实现未来2至5年的发展目标。

变化带来机遇。从我们公司发展的历史看，都是在行业最不好的时候却获得了最快的发展速度。这次国际金融危机给MPS带来了一些机会，尤其是在美国，经济萧条使我们可以招聘到许多有经验、有才华的人。与此同时，在价格和市场的双重压力下，大型传统用户将有兴趣认识和评估MPS的产品。这都将带给我们新的发展机遇。

培养本地人才不惜成本

任爱青：目前，MPS很大一部分的产业链都落户中国内地。如MPS的晶圆制造主要集中在上海华虹 NEC 和上海先进。我们也看到你在积极考察国内封装产业。把一个业务放在中国或美国，你是怎样界定的？据悉，中国 MPS 年轻的本地工程师设计的产品部分已经开始流片。请问这些产品预计将会在什么时候实现销售，它们的目标应用和市场有哪些？

邢正人：2001 年我们就开始在国内进行芯片制造了，在模拟公司中是最早的企业之一。来中国的主要原因并不是降低成本，我们的高利润率也不是这样获得的。我们希望与国内的产业链开展全面的合作。

不像美国以高端产品设计为主，中国 MPS 的设计业务两年前才刚刚开始，因此目前开发的产品仍处于低端，许多开发是以培训人才为目标的。然而，我确实看到，我们培养的这个年轻的工程师团队将会有非常成功的未来。

任爱青：中国 MPS 在人才培养中采用了这样一个策略：主要招募高校毕业生，然后送往美国硅谷进行实训和创新思路的培训，再回国工作。但是一般认为，模拟人才都需要积累很长时间的工作经验才能够设计好的产品。贵企业如何看待和解决这一矛盾？

邢正人：培养一个具有独立研发能力的工程师确实需要多年的时间。我们必须提早 2 到 5 年来培训新的工程师。中国虽然拥有一大批优秀工程师苗子，但他们大多数在模拟设计领域缺乏开发优秀产品的经验和技能，这就是为什么新工程师培训对我们未来发展非常重要的原因。

把优秀的毕业生送到美国总公司长时间的学习和实践；选派最优秀、最有实际经验的业界前辈亲授设计技巧和经验，我们这样做的目的就是创造良好的条件，培养优秀的模拟设计工程师。也许在美国只有 MPS 对中国工程师进行这么大的投资。我们培养的人才在公司未来发展中将成为重要的基石。

国内模拟企业 5 年后成主角

任爱青：这些年，国内创建了很多集成电路设计公司，其中也涌现出一些成功的案例。但是从目前反映的问题来看，这些公司缺乏一种持续发展的能力，在规模达到一定水平后都进入了停滞甚至倒退的状态中。你如何看待这一现象？对这些公司有些什么建议？

邢正人：逆水行舟，不进则退！正如我所说，由中国企业控制的模拟芯片市场相对较小，因此，这些公司必须学习如何在世界范围内赢得市场。根据我们的经验，我们感觉到目前的中国市场与美国半导体市场发展的早期很像，需要几年的时间，使企业了解市场，建立创新的企业文化，并开发出更加有价值的产品。

因此，要给企业时间。与此同时，这些企业也会优胜劣汰。我们相信，中国的公司一定有成长的空间。随着中国市场的逐步成熟，在 5 到 10 年之后，那些国内优秀的模拟设计公司将成为行业发展的主角。

任爱青：最近一些年，国家倡导集成电路行业和企业的自主创新，这也是国内模拟集成电路行业急需解决的发展瓶颈问题。美国企业在创新思维上有很多值得我们借鉴的地方。请你谈谈贵企业在创新上一般采取的思路和做法。

邢正人：在 MPS，创新已经融入公司的血液中。我们从来没有做过"人云亦云"的产品。我们确实会在价格上进行竞争，但我们的产品在技术性能上具有优势。我认为，最佳创新公司的三大要素是：自由的思维环境、鼓励具有冒险性的行为以及思想的自由碰撞！在研发创新方面，模拟产品的特点之一是非常分散，所以我们就是要广泛听取大家的意见，然后再决定最终要做什么。

任爱青：MPS 的发展一直是内涵式增长方式。你是否考虑过业务的收购与整合？在国内近 500 家的集成电路设计公司中，估计约有 200 家左右专业从事模拟和混合信号设计的公司，他们的规模普遍比较小，销售额最大的约为 5000 万美元。你是否考虑过对国内企业的收购？

邢正人：国内大部分模拟集成电路设计企业的平均毛利只有 15%，这意味着，他们只注重价格竞争而不是提高性能。这些公司不适合 MPS 的模式，但我相信，在中国一定也会有具有创新精神的公司，我想知道他们，我也保持着开放的心态！

2009 年 4 月 24 日《中国电子报》第 42 期

业务重组重塑领导力

——访恩智浦高级副总裁　Mike Noonen

文/王建中　冯晓伟　赵艳秋

人物简介

　　Mike Noonen 是恩智浦公司负责全球销售与市场的高级副总裁。Mike Noonen 的任务是领导恩智浦全球销售与市场团队，加强市场战略、保持收入增长和为新老客户创造价值。Mike Noonen 将利用其在半导体和系统销售方面 20 多年的经验，推动恩智浦全球业务的发展。加入恩智浦之前，Mike Noonen 担任美国国家半导体公司全球市场与销售高级副总裁。在此之前，他是国家半导体公司接口、PC 与网络部门的副总裁。他还曾担任思科公司新市场与技术总监。Mike Noonen 在半导体行业的职业生涯开始于 NCR 微电子公司，最初担任现场应用工程师一职。

危机让同行联合起来

　　王建中：在你看来，自国际金融危机爆发以来，全球半导体产业发生了哪些变化？从 2009 年第一季度部分厂商的财务报表来看，全球半导体产业似乎出现了复苏的迹象。你如何看待半导体产业的走势？

　　Mike Noonen：其实，在国际金融危机爆发之前，半导体产业就已经显露出下滑的苗头。当时，我们就根据一些行业的市场走势，预测到半导体行业将出现大的波动。

　　从 2008 年第四季度到 2009 年第一季度，半导体产业需求下滑的幅度应该是前所未有的。但与前几次产业经历低谷时相比，这次半导体行业在库存管理方面做得要好得多。同时，很多市场分析师认为，2009 年第一季度整个半导体行业

已经见底了。因此，未来我们会看到需求将渐渐回升，库存的存货指数也将继续下降，形势将开始好转。

王建中： 在行业低迷时期，产能利用率不足、资金短缺是半导体企业共同面对的挑战。在你看来，应对此次国际金融危机，半导体企业除了等待大环境好转之外，是否还能主动采取一些措施，让企业尽快走出困境？

Mike Noonen： 这是一个很好的问题。要想在这一行业取得成功，就需要根据产业的发展形势迅速做出调整。实际上，恩智浦是最早对行业波动采取应对措施的半导体企业之一。在 2008 年下半年，我们启动了"Redesign（重新规划）"的工作，该规划的大部分内容与我们的制造业务重组有关。

该规划通过对我们制造业务的优化提升了竞争力。在该规划中，我们减少了欧洲的制造设施，并加强了在中国合资制造厂的生产能力，这使我们在提高了制造效率的同时，不仅能够降低 5 亿美元的运营成本，还使财务状况变得更加稳健，能够在研发和创新方面投入更多的资金。

另外，我们也看到，中国政府推出的经济刺激政策非常有效，它极大地恢复了消费者的信心，扩大了中国的内需市场。现在消费者对购买电视、IP 机顶盒等电子信息产品表现出更大的热情，这也使恩智浦受益良多。这些因素使我们相信，当经济形势开始好转的时候，我们将具有更强大的实力，我们的业务将更加成功。

王建中： 在这次国际金融危机到来之后，业界经常提及的一个词叫"抱团取暖"，意思是企业之间进行整合，它是摆脱危机的一个重要手段。我们看到欧洲的三大半导体厂商意法半导体、英飞凌和恩智浦，都面临着不同程度的挑战。你认为这三大企业之间的整合是否将使欧洲半导体产业更为成功？

Mike Noonen： 我喜欢你提到的"抱团取暖"这样的说法。实际上，我们认为有很多方式可以让我们获得成功。例如，我们在手机基带业务上与意法半导体进行了整合，创建的新公司是这一行业中最强大的公司之一。这一举措使我们在该市场具备更强大的竞争力。

业务重组强化领导地位

王建中： 提到业务重组，2008 年恩智浦在这方面有两大动作：一是剥离手机基带业务，并与意法半导体进行了整合；二是并购了科胜讯的宽带媒体处理业务。请问这两大业务的调整体现了恩智浦怎样的发展思路？

Mike Noonen： 恩智浦进行业务重组的目的是在所参与的业务领域拥有更强

大的领导力，从而更好地服务于客户。

在你提到的第一个重组案例中，我们的手机基带业务与意法半导体进行了整合，目的是建立一家在该市场上拥有领导地位的企业，可以与该市场的其他巨头例如德州仪器进行有力的竞争。

在另一个重组案例中，通过并购科胜讯的宽带媒体处理业务，我们成功地将科胜讯的机顶盒业务融入我们已经非常成功的数字视频业务中，这不仅让我们在该领域具备更强大的领导力，也让我们的业务延伸到 IPTV（网络电视）等一些新领域，而 IPTV 业务在中国的发展令人振奋。

目前，我们的业务主要集中在汽车电子、智能识别、数字视频、无线基础设施、计算机和嵌入式应用等领域。我们相信，在这些业务领域，我们可以让客户的产品实现增值，而且这些业务也有保持长期增长的潜力。在每个市场领域，我们都希望做到市场的第一名或第二名，我们也会设计不同的产品组合来实现这一目标。目前，在我们的产品组合中，有77%的产品在市场上处于领导地位。

王建中： 我们观察到，这两次重组都发生在此次国际金融危机的早期阶段，这是不是恩智浦的先见之明？这两次重组对恩智浦应对危机、寻找商机起到了什么样的作用？

Mike Noonen： 2008 年，恩智浦完成了第一阶段的发展历程，即从飞利浦剥离出来后自立门户的过程。在新一阶段的发展中，无论市场情况如何，公司都需要新的发展策略。当然，事后证明当时市场的形势非常严峻，但我们仍然执行了这些重组的计划。

王建中： 恩智浦在半导体行业已经积累了 50 多年的经验。2009 年年初，恩智浦公司迎来了新一任首席执行官 RichardL. Clemmer，他必将给恩智浦带来很多新的发展理念，请你具体谈谈恩智浦在发展策略上的变化。你是在去年年底加入恩智浦的，我们想知道恩智浦新的领导团队会为公司下一个 50 年的发展带来哪些有影响力的战略？

Mike Noonen： 2009 年年初恩智浦迎来了新一任首席执行官 RichardL. Clemmer。他是恩智浦的董事，此前在杰尔系统任首席执行官，在行业中拥有丰富的经验。我们的整个管理团队在行业中也非常有经验。

展望未来，我想只有历史超过 50 年的公司才可以想象他们下一个 50 年将有怎样的发展。在接下来的 50 年中，企业将面临很多挑战，我们认为，这也是恩智浦的机会所在。

在半导体行业，没有多少公司能够像恩智浦这样拥有如此深厚的技术基础。

因此，恩智浦有机会把很多技术整合到一起。例如，我们可以通过整合半导体技术和其他类型的技术，来满足节能、安全、医疗保健等未来发展的需求。因此，我们相信恩智浦将面临更大的发展机遇。

总之，我们有技术、人才和历史的积累，这让我们可以成为半导体业界的常青树。更为重要的是，我们目前有充足的现金流，这可以让我们在研发上持续投资。这样，当经济形势好转后，我们将变得更加强大，能够更好地为客户服务。

王建中：你在系统和半导体企业都有工作的经历。在你看来，系统与半导体企业的销售与市场工作有哪些不同？从你的角度看，系统厂商一定要剥离半导体业务吗？

Mike Noonen：在过去几年中，业界存在这样一个有趣的现象：如果一家系统厂商原来有半导体业务部门，现在这样的部门一般都被剥离出来了。恩智浦也是在这一潮流趋势下从飞利浦剥离出来的。

但是，成功的半导体公司需要了解他们的客户——系统厂商所面临的挑战是什么、需求有哪些、体系架构如何等诸如此类的问题，这些远远超越了半导体业务知识的领域。恩智浦拥有这方面的优势，我们的思维方式仍然像系统厂商那样，因为我们与系统厂商（不仅仅是飞利浦公司）合作的时间非常长，我们了解客户的需求，就像成功的系统厂商一直都了解他们客户的需求一样。我们了解系统厂商，探讨系统厂商的需求，研究他们需要解决的问题。而我们这样的"系统厂商思维"在很大程度上帮助我们取得成功。

节能和安全技术潜力大

王建中：在恩智浦的业务中，汽车电子是非常重要的部分。但此次国际金融危机给全球汽车产业带来巨大的冲击，例如，克莱斯勒公司和通用公司都受到了很大的影响。请问，恩智浦的汽车电子业务是否也感受到了压力？在该领域，恩智浦将采取哪些措施来保持自己的优势？

Mike Noonen：你说得非常对，汽车行业是在此次国际金融危机中受到冲击最大的行业之一，尤其是在欧美市场受冲击更为明显，因为当地的企业缺乏新一代的产品和技术。但我们也看到，在一些新兴市场，特别是在中国，汽车的销售量却在增长，并超过了欧美市场的销量，这个消息令人振奋。而且，汽车电子解决方案在汽车产品中所占的成本比例在不断提升，这也为汽车电子供应商提供了良好的机遇。

因此，即使在国际金融危机之下，克莱斯勒公司、通用公司等汽车大厂相继出现问题之后，在汽车电子市场，我们仍然看到了很多增长的机会，我们也更加关注客户的需求。实际上，恩智浦 2008 年在汽车电子市场的销售额比 2007 年有所提高。

王建中：一直以来，半导体市场是变幻不定的。你负责为公司开发新的商机，在你看来，除了公司当前专注的几大领域之外，你还看好哪些新业务？你认为哪些新业务有潜力成为恩智浦未来的主营业务？

Mike Noonen：半导体业务就是要为客户提供他们感兴趣的新服务和新产品。

我们看到，当前半导体行业面临很多挑战：其一是来自节能方面的挑战。在不同的应用市场，例如从电脑、家用电器、照明到汽车，都需要节能技术，这就要求半导体企业提供创新的方案，达到节能的目的。其二是来自安全方面的挑战。今天，人们希望确保他们所使用的电脑、手机、信用卡等产品具有安全性，这对安全技术提出了非常高的要求。而且我们看到，节能技术和安全技术是每个市场、每个消费者都需要的。鉴于上述我们对市场需求的理解，我们希望以这两项技术为重点，向市场提供相关的产品和技术。

王建中：提到节能，这是目前大家都在关注的问题。我们注意到恩智浦已经在这方面做了大量的工作。你认为未来半导体产品在节能环保领域有哪些主要的应用？这些应用领域的市场容量有多大？恩智浦在这些领域将推出哪些具有竞争力的产品？

Mike Noonen：你说得很对，节能是最受关注的问题，它包含了很多方面。目前对于电子产品设计师来说，延长电池的使用时间、减少热量的散发、降低能源的消耗是重要的设计理念。在这方面，我举几个例子来说明恩智浦在各个领域都在提供智能化的节能产品。例如，在电脑产品方面，我们提供的 GreenChip B 高效电源供应方案，在保证了台式机、笔记本和上网本性能的同时，使客户大幅度地降低了能源的消耗。在汽车产品方面，我们提供的车内网络、感测器、胎压检测、车载信息服务芯片，为汽车减少了铜线等原材料的使用。我们还提供传感器产品来优化燃料的燃烧效率，减少了二氧化碳的排放。在电视产品方面，我们提供的 LED（发光二极管）背光方案可以为液晶电视节约近一半的功耗。

总的来说，我们在很多应用领域都能提供智能化节能产品，这些产品应用了我们数字、模拟和混合信号的设计技术。这也是我们大力投资研发所取得的成果。

王建中：你刚才提到要将更多的投资用于研发。由于从投资研发到产生利润还需要一个漫长的过程，我们想了解，当前半导体行业的不景气是否会影响恩智浦在研发上的投入？而且，你刚才也提到，通过降低运营成本以便将更多的资金投入到研发上，这是不是也是我们研发资金不足的一种体现？当前恩智浦研发的关注点在哪里？

Mike Noonen：实际上，降低运营成本可以确保我们持续地在研发上进行投入。我们认为，只有在研发上持续地投入，我们才能够具备长期赢利的能力。因此，我们的策略就是降低非研发方面的运营成本，将更多的资金持续投入到研发中去。

2008 年我们在研发上的投入达到了 8 亿美元。我们的研发中心遍布全球各地，这些研发中心可以使我们更近距离地接触我们的客户。为此，我们在中国也设立了多个研发中心。当前，我们研发的重点是混合信号技术。由于这一技术涉及很多领域，需要的投入比较大，为此，我们还会持续提高研发投入。

寻求与初创公司合作

王建中：恩智浦在中国市场的业务收入在全球市场业务收入中的比例是比较高的。你如何看待中国业务在恩智浦全球业务中的地位？与其他竞争对手相比，恩智浦会采取哪些战略提升在中国市场的竞争力？在中国市场上，恩智浦将重点采取哪些举措？

Mike Noonen：在国际金融危机的形势下，中国业务在恩智浦全球业务中的地位显得比以往任何时候都更加重要。

我们认为，我们在中国的客户比在其他市场的客户更有能力应对这次国际金融危机带来的挑战。特别是在无线通信基础设施市场上，华为和中兴做得都非常成功。我们的策略是不断加强与中国客户的联系，并确保开发的产品能够满足他们的需求。建立合作伙伴关系一直是我们中国战略的重要组成部分。实际上，在中国，我们已经在设计、制造、封装等环节参与了多个合作项目。我们认为，与中国市场上的领先公司进行合作非常关键。例如，我们与 ASMC（上海先进）的合作就是其中较为成功的案例。

同时，恩智浦在中国的合作是多层面的，这些合作包括与重要的前端制造工厂和后端封装工厂建立合资企业、与客户建立联合实验室、与大学在早期研发上开展合作等。这些投资与合作，使我们能够与中国客户保持更为紧密的联系，这也有助于我们取得成功。

王建中：很多跨国公司现在已经不单单把市场销售以及制造放在中国，而是逐步将他们的研发中心向中国转移。你刚才也提到了恩智浦与中国客户以及大学在研发方面开展合作。恩智浦是一家在研发上很有能力的企业，请问贵企业有没有考虑与中国企业在研发上开展更深入的合作？

Mike Noonen：一直以来，恩智浦都在寻找接近中国客户的机会。在过去几年中，我们也采取了一系列举措，我认为这仅仅是开始。我们希望，在未来恩智浦不仅能够与现有的公司开展合作，还能与一些技术初创型公司进行合作，尤其是一些设计公司。在这方面，我们在不断寻找好的机会。

2009 年 6 月 23 日《中国电子报》第 64 期

中国市场合作需要新模式

——访杜比实验室全球总裁兼首席执行官　叶凯文

文/刘东　胡春民　吴霜

人物简介

　　叶凯文于 2005 年加入杜比实验室，担任杜比首席财务官。2009年，担任杜比实验室全球总裁兼首席执行官。叶凯文拥有出色的领导力、丰富的行业经验以及领导企业在复杂多变的环境中发展壮大的能力。在担任杜比首席财务官期间，叶凯文帮助杜比成功地从私营企业转变为上市公司，并协助完成和整合了几项重要的并购。这些并购对杜比向更广阔的音频技术应用领域拓展和把握视频领域的机会至关重要。叶凯文建立了完善的财务框架，为杜比未来的发展铺平了道路。

执行稳健的财务政策

　　刘东：由于受国际金融危机的影响，很多跨国公司的收入和利润增速都出现了下滑，有的公司甚至出现了严重亏损。你在担任杜比 CEO（首席执行官）之前是杜比的 CFO（首席财政官），请介绍一下杜比的经营情况。

　　叶凯文：国际金融危机对绝大多数企业都产生了影响，但杜比的财务状况表现十分稳健，杜比不但没有债务，而且现金流比较充足。基于有一个稳健的财务状况，杜比能够把更多的精力放在可以控制的事情上。杜比可以控制的事情是继续帮助顾客以及合作伙伴寻求优秀的娱乐技术解决方案，提供更好的娱乐体验。

　　中国对杜比来说是一个非常重要的市场，我担任杜比全球总裁兼 CEO 之前也经常访华，在担任杜比 CEO 之后，我访华的频率会进一步提高。

　　刘东：你刚才谈到，杜比的财务状况在国际金融危机的大背景下仍然表现稳健，你认为能够保持这种状况的主要原因是什么？

叶凯文：杜比实验室成立于 1965 年，在娱乐技术领域已积累了 40 多年的经验。一直以来，我们在管理方面很有条理，也很有策略性。

在公司策略方面，杜比在过去 40 多年里进入了不同的市场领域，所以我们的多元化程度非常高。无论是在不同的区域市场，还是在不同类别的技术市场，杜比都能通过自己的创新，帮助客户提升竞争力。如今，无论在影院平台、家庭平台还是移动娱乐平台，杜比都能为终端客户提供高品质的数字娱乐体验。所以，多元化为杜比带来很多优势。

刘东：为了应对国际金融危机，很多公司对产品战略、市场战略、组织结构、人员安排等进行了调整，有些公司还减少了各项开支，甚至进行了裁员。为应对国际金融危机，杜比做了哪些工作？

叶凯文：和许多企业一样，在经济不景气的情况下，杜比非常注重成本控制，但我们的根本战略没有发生改变。我们的根本策略是为顾客提供创新的娱乐解决方案和最佳的娱乐体验。现在，世界上许多热卖的盘片内容以及播放设备都应用了杜比的音视频技术。

布局产业链协同发展

刘东：你刚才谈到，杜比的根本战略没有发生改变。在你担任杜比 CFO 时，曾经主导过一些并购，比如收购了加拿大的 Brightside 公司，试图使杜比从音频技术提供商向音视频综合娱乐服务商转变。40 多年来，杜比一直在音频技术方面占有优势，在向音视频综合娱乐服务商转变方面，杜比取得了哪些成效？

叶凯文：杜比环绕声是我们最负盛名的技术，目前我们 50% 的研发力量投入在音频技术的研究上。但视频领域也一直是我们业务的重要组成部分，杜比一直和电影业保持着密切合作，我们拥有很强的视频技术研发团队。

截止到 6 月中旬，杜比数字影院系统和杜比 3D 影院系统在全球的销量分别达到了 2750 套和 1250 套。在中国，中国电影集团、上海电影集团和联众电影院线都采用了杜比的数字影院设备。

刘东：杜比是在引领和依托整个音视频产业链的基础上发展壮大起来的。作为产业链上拥有核心技术和专利的重要企业，杜比是如何在加强产业链协作的同时，争取公司利益的最大化？

叶凯文：为推动整个产业的发展，我们花费了很多时间和精力，杜比与内容提供商、内容发行商、播放设备制造商、政府和行业协会等都开展了紧密合作。

我们希望能够实现整个产业链和价值链的共同发展。

我们一直密切关注市场需求，在全球范围内解决娱乐技术方面的问题，为客户提供适应新需求的解决方案。

目前，许多国家都在努力实现从模拟到数字、从标清到高清的转变。在这一转变的过程中，我们的许多技术和产品都为客户解决了问题或者创造了价值。比如，杜比为法国 TNT 高清频道提供了杜比数字＋技术，实现了更高效地传递音频信号，解决了高清频道传输空间不足的问题，保证有更大的容量能够传输更高品质的画面。

另外，我们也为很多 PC 厂商如联想、宏碁等提供新的音频技术解决方案，让消费者能以 PC 为娱乐中心，体验影院级的声音享受。同时，我们也为游戏领域提供音频技术解决方案，如 3D（三维）语音技术。目前，杜比已与中国著名游戏软件公司金山进行了合作，金山公司的《反恐行动》游戏通过应用杜比核擎技术，增加了网络游戏的 3D 语音通话和环绕声体验效果。总之，我们致力于提升消费者的娱乐体验，通过我们的技术为客户创造更多价值。

刘东：作为一家上市公司，杜比必须保证公司、员工、股东的利益。我们注意到，杜比的赢利模式主要是技术授权。在这一赢利模式之下，杜比如何保证产业规模不断扩大、利润实现可持续增长？未来杜比的赢利模式会不会有所改变？

叶凯文：我们的收入不仅来源于技术认证，还来源于产品和服务。

在未来，杜比将进一步为更广泛的产品领域创造更多价值，并重点关注一些新领域。比如，在数字广播领域，有些国家还没有开通数字广播，我们会去帮助他们开通数字广播；再如在移动平台领域，杜比把影院级的声音体验运用到移动设备上，人们可以在手机上欣赏高品质的电影。上述新领域将成为杜比未来利润增长的重要来源。

刘东：我们知道，音视频核心技术和标准主要集中在少数跨国企业手中，这种局面会不会制约整个产业的发展？与竞争对手相比，杜比的优势主要体现在哪里？

叶凯文：我认为音视频产业正在健康地发展，这对这一产业的市场环境和生态系统都有好处。刚才我们也提到，杜比花费了很多时间和精力与产业链、价值链上的伙伴合作来共同应对所面临的挑战。如果说杜比能够继续成功的话，也是因为顾客认为杜比为其带来了价值。目前还有很多企业想进入音视频领域，表明音视频产业仍有很大的增长空间。我认为客户选择杜比的主要原因是，杜比具有40 多年的专业经验以及杜比品牌所代表的高品质。

关于杜比的竞争优势，我认为主要体现在三个方面：第一，杜比和内容制作、发行等产业链各个环节都开展了广泛合作，这是杜比最主要的竞争优势，也是杜比的独特之处。第二，杜比这个品牌是高品质娱乐体验的一个象征。截至今年 3 月底，杜比技术认证的已售产品超过 36 亿台（部、套）。一项针对全球消费者的调查显示，杜比的品牌知名度达到 85%。消费者在未经提示的情况下，会提及杜比这个品牌，并把杜比列为全球十大娱乐品牌之一。值得一提的是，杜比是消费者心中全球十大娱乐品牌中唯一不直接销售消费类产品的公司。在中国，杜比一直用自己的品牌和技术帮助中国的合作伙伴拓展国际市场。第三，杜比的技术、产品和服务具有前瞻性、创新性。我们帮助客户引领娱乐潮流，把高品质的娱乐体验带给消费者。

新技术最先在中国应用

刘东：你上任两三个月以后就来到中国访问，那么中国市场在杜比全球市场中处于什么位置？你担任杜比 CEO 之后，在拓展中国市场方面做出了哪些新的战略部署？

叶凯文：中国对杜比来说是一个非常重要的市场，杜比在 20 多年前就已经开始和中国厂商合作。

目前，我们在中国的业务涵盖了广播、电影、PC、游戏和消费类电子等领域。杜比在中国拥有很多长期或密切的合作伙伴，除了前面提到的联想、宏碁和几大电影集团之外，还有 TCL、海尔、海信和许多电视台等，杜比帮助这些企业和单位获得成功，并推动了产业的发展。

杜比最近频频与亚洲企业合作，比如杜比和一些数字娱乐厂商签署了合作协议，授权他们用杜比数字＋技术和杜比 TrueHD 技术生产蓝光播放机；在广播领域，杜比与黑龙江电视台展开密切合作，使黑龙江电视台实现了大型赛事的 5.1 声道现场采集；在影院领域，数字影院、3D 影院正在中国推广，杜比为其在中国市场的推广提供产品和技术支持；在游戏领域，杜比与金山公司合作，实现了在线游戏的现实感和逼真感。

杜比为中国公司提供了很强大的技术支持，杜比将亚洲测试中心设在了上海。另外，杜比的亚太区负责人常驻中国，这有利于管理层近距离地与中国的客户交流，及时了解他们的需求。

刘东：中国最近出台了《电子信息产业调整和振兴规划》，积极推动数字电视、数字电影、3G 等产业的发展。杜比将采取什么措施把握这一市场机遇？

叶凯文：中国的确是一个非常重要的市场，我们看到中国的电影、广播、多媒体产业正在快速成长。消费者也希望能随时随地获得最优质的娱乐体验。中国政府推出的这一规划是非常好的措施，它能为企业和消费者带来更多的价值。杜比会紧密关注中国合作伙伴的最新需求，与他们共同寻求解决方案，并推动整个产业的发展。

刘东：看来你对杜比在中国市场的表现还是很有信心的。中国正在大力推广自己的音视频标准，比如 DRA（我国具有自主知识产权的数字音频技术标准）、AVS（我国具备自主知识产权的第二代信源编码标准）等。从杜比的角度看，这些标准在中国推广的前景如何？这些标准在中国推广后将对杜比产生什么样的影响？

叶凯文：我们相信中国的音视频市场肯定会不断成长和扩大，同时中国消费者对娱乐体验质量的要求也会不断提高。我们看到有一些企业希望能够参与行业标准的制定，这说明这个行业成长非常健康。中国政府正在通过一些方式不断给消费者带来极致的消费娱乐体验，这一点是我们非常愿意看到的。中国政府正在制定行业的相关标准，杜比非常愿意用我们的技术支持这些标准。

创新中国市场合作模式

刘东：杜比与中国企业开展了广泛合作，但中国市场有其独特之处。杜比与中国企业合作，在市场策略、商业模式等方面有什么创新和突破？

叶凯文：的确，中国市场有其独特之处，比如在中国，在线游戏是一个不断壮大的市场，我们在中国的游戏市场正在应用新的商业模式。比如与金山公司合作，杜比采用的是收入分成模式，而不是以往的以出货量为基础、收取专利费的模式。但中国市场也有很多与全球其他市场类似之处，比如中国消费者对优质娱乐体验的要求绝对不会低于全球其他市场的消费者，所以我们希望能把在全球其他市场上获得的一些经验，应用到中国市场上。

杜比一直致力于为顾客带来价值，而我们的合作伙伴一旦看到了这种价值，就会与我们建立长期的合作关系。杜比过去 40 多年来取得成功正是基于这种长期合作关系的建立，这点非常重要。

刘东：中国的 3G 市场已经大规模启动，杜比加入了 TD-SCDMA（时分同步的码分多址）技术论坛，并为 TD-SCDMA 产业的发展提供一些技术支持。中国是全球最大的手机生产国和消费市场，杜比对手机市场有哪些期待？

叶凯文：在移动平台方面，杜比移动娱乐体验（DolbyMo-bile）技术可提供影院级的体验。今年 6 月杜比移动娱乐体验技术在一年一度的国际移动娱乐论坛（MEF）上摘得了最佳娱乐体验品质大奖。在日本，越来越多的夏普手机将杜比的技术植入其中，LG 也在全球发售应用杜比技术的手机。所以，我们也非常愿意把杜比移动娱乐体验技术带给中国消费者。

刘东：杜比已经与一批中国企业开展了广泛的合作，你们将如何使这种合作达到更高的层次、实现更广的范围？

叶凯文：中国市场是杜比新技术推广非常重要的市场，刚才我们提到的杜比最新技术的应用就是与金山公司进行合作的。中国的在线游戏市场非常发达，而在全球其他市场，人们玩游戏更多的是非在线的，用户通过游戏机玩。所以，杜比技术在游戏领域的应用，将是杜比与中国企业进一步开展合作关注的领域。此外，在杜比移动娱乐体验技术的推广方面，我们也将与更多的中国公司合作。

2009 年 7 月 17 日《中国电子报》第 75 期

中国市场是全球"危中之机"

——访夏普商贸（中国）有限公司董事、
经营企画室室长　酒井功

文/梁靓　吴霜　张建设

人物简介

　　酒井功于 1985 年 4 月 1 日进入夏普工作，1999 年 8 月 1 日赴任于上海夏普电器有限公司，2002 年 11 月 1 日赴任日本夏普海外事业本部中国部，2005 年 10 月 1 日至今担任夏普商贸（中国）有限公司董事、经营企画室室长。

渐进式发展面板生产线

　　张建设： 国际金融危机对彩电行业造成了一定的影响，作为一家跨国企业，夏普如何判断彩电行业的走势和发展变化？

　　酒井功： 从国际金融危机爆发以来，日本、美国以及欧洲市场的电视销售都受到了一定的影响，中国一些主要城市的市场也受到了一定程度的冲击。我们主要从事的液晶屏生产和液晶电视销售，也受到一定程度的冲击。

　　进入 2009 年以后，美国和欧洲市场经济的恢复是比较缓慢的。日本政府也希望通过扩大内需拉动市场，日本政府也对采购一些环保节能产品给予一定的补贴和支持，通过此项举措来拉动日本国内的需求，液晶电视产业在很大程度上得到了恢复。

在中国，我们把市场分为沿海地区市场和内陆地区市场，内陆地区的需求没有受到很大影响，相对比较稳定。对此，中国政府推出了"家电下乡"活动，这项活动很大程度上拉动了内需，其他政策也使主要城市的经济得到了恢复。夏普在中国和日本市场上也保持了很好的发展态势。

在业务调整方面，夏普没有什么大的变化，我们会把公司在欧洲和美国的人力资源抽出一部分投入中国和日本市场。我们2009年在中国成立了"生活创意策划中心"，专门研究中国消费者的需求。

张建设：平板显示和彩电产业转型是中国电子信息产业调整振兴的重要工程，一些地方正积极投资平板显示产业，你如何看待这一现象？

酒井功：我们公司也改变了以往的商业模式。在液晶电视市场，大屏幕液晶电视销售量越来越大，成为一种主流，受到大家的欢迎。液晶电视的价格经历了上下波动的动荡期后，现在整体呈现下降的态势。

夏普液晶屏以前都是在日本工厂进行生产，分别向其他地区的5个工厂输出，再进行后续的加工和组装。这样的商业模式产生了几个问题：第一，液晶屏的运输费用很高，而且目前液晶电视价格向下调整得很快，由于价格的变动会带来价格差的损失；第二，汇率每天也在调整，汇率的变动也会给我们带来损失。

针对以上问题，我们正计划把液晶电视从前期面板生产到后期组装的全过程搬迁到产品的消费地完成，即"地产地销"。目前，中国平板电视整机的生产量虽然是世界第一，但是，无论是液晶电视还是等离子电视，中国液晶屏的生产厂商数量还比较少，规模还比较小，会限制中国生产厂商成本的进一步降低。如果中国市场能够增强液晶屏幕的生产能力，这不仅会增强中国企业的竞争力，也会使夏普液晶屏和液晶电视的生产规模扩大很多。

在当前环境下，我们也希望在中国尽快实现从液晶屏生产到液晶电视生产的整体过程，而且中国各地政府也希望尽快实现生产能力的提高，通过招商引进液晶面板生产线。在中国的广阔市场中，掌握上游制造主动权的平板电视厂商可以更快地适应市场。

对于液晶面板引进高世代生产线还是低世代生产线的问题，我认为没有第6代面板生产线就跨到第10代面板生产线是不科学的。其中，最重要的问题就是生产技术如何提高。液晶屏的生产是一步步地发展和成长起来的，其技术也是在不断发展过程中完善的，如夏普已经有36年的液晶研发历史。

张建设：平板显示投资热会不会导致一些过剩产能和淘汰技术的流入？

酒井功：首先，液晶面板今后应用的范围很广。小到录音笔、手机上的屏幕，大到电视机上的屏幕都可以使用液晶屏幕，其市场需求还是很广阔的。

关于设备的新旧问题，液晶屏从第 6 代、第 8 代到第 10 代生产线，都是针对屏幕的大小来区分的，而不是指屏幕技术的升级。即便是在第 6 代线，随着新技术的投入也会生产出大量应用新技术的屏幕，第 10 代线与第 6 代之间没有陈旧或者过时的技术之说。从小尺寸屏幕的生产到大尺寸屏幕的生产，屏幕越大，意味着成本的风险越小，生产液晶面板的技术越完善，生产规模也就越大。

LED 电视成本控制有优势

张建设：LED（发光二极管）电视是目前各厂家推广的重点，夏普是如何布局这一产品的？

酒井功：夏普在 2008 年 12 月向中国市场推出 LED 液晶电视。我们的 XS1 系列产品包括 65 英寸和 52 英寸两个型号，厚度只有 2.28 厘米。

我们在 LED 液晶电视上拥有一定的技术优势。在背光源方面，夏普的设计可以使 LED 显示屏黑的地方更黑，亮的地方更亮，其在大屏幕电视上表现得尤为突出。

张建设：事实上其他几家 LED 电视产品的市场推广并不顺利，夏普的优势在哪里？

酒井功：从环保、节能的需求来看，LED 技术有良好的发展前景。但是消费者的观念还没有转化，广大的消费者在购物的时候首先关注的是价格，传统液晶电视和 LED 产品相比还是有价格优势的。目前在日本和中国，政府都比较关注节能环保问题，也推出一些政策（比如以旧换新）来推进环保事业。我想如果厂商能在一定程度上下调产品价格，一些消费者是会采购 LED 产品的。夏普 LE700A 系列新品的独特之处在于"专注人性的节能减排"，OPC（光学图像控制）可以根据环境光亮自动调节屏幕亮度，节能环保又保护视力。LED 背光灯系统，做到彻底无水银添加，极大地减少了二氧化碳的排放，体现了夏普高品质液晶电视的核心价值。

夏普除生产 LED 电视以外，在日本还生产 LED 灯泡，并且产品已在日本发布。我们生产的 LED 灯泡具有较明显的价格优势，在日本接到了大量的订单，产品供不应求。目前我们一方面可以生产 LED 产品，另一方面可以生产传统液晶屏，这对我们控制成本起到很好的作用。由于夏普拥有产业链优势，所以能将成本控制在较低水平，相信我们生产的液晶电视将来会受到越来越多中国消费者的喜欢。据 Displaysearch 的报告显示，到 2013 年 LED 背光液晶电视的需求可能占液晶电视的 40%，并会在 2014 超过 50%。

在日本，对于 LED 节能产品的使用者，政府会给予一定的补贴，通过更换节能灯泡减少能源消耗。虽然来自政府的补贴不是一个特别大的数字，但这增加了人们的社会责任感，而且欧洲也是采用这样的做法来推动环保。

张建设：目前新的显示技术也在不断涌现，比如 OLED（有机发光显示器）、激光电视、电子纸等，你如何看待这些技术的市场前景？针对新型显示技术，夏普有哪些计划？

酒井功：液晶屏和等离子屏各具优势。等离子屏不能把屏幕做得很小，但是在大尺寸屏幕上有一定的价格优势。不过随着夏普第 10 代线的投产，相信我们在成本方面也会更具优势。

在新技术方面，我们还处在研发阶段，与此同时液晶技术也会得到相应发展。我们会随时关注市场的走势，一方面会不断发展液晶电视的生产技术，另一方面也会致力于新产品的研发与生产。我们会时刻跟踪技术的发展变化，之前在显像管电视向平板电视的转型期，我们就实现了技术的不断转化。

目前夏普在研究开发集聚液晶技术的精髓，即高画质、超薄、具有卓越环境性能的下一代液晶电视机。液晶技术正在不断发展，今后会取得更多进步，夏普公司将推出更美更薄的电视机。如果液晶电视停滞不前，还能预测其他技术赶上它的时期，可是由于液晶电视也在不断发展，所以现在很难预测各种技术，特别是液晶屏和等离子屏今后发展趋势如何。

张建设：各国的节能产品惠民政策正在推行，夏普在节能环保方面有何经验？

酒井功：不仅日本在推动节能环保，中国也致力于节能环保工作。相信中国在政府的强力推动下会不断地推出一些相应的政策，我们会及时跟进，积极地响应这些政策。我们也从产品生产的角度不断地考虑我们的环保问题。不管是设在中国的工厂还是设在其他国家的工厂，我们都应积极地考虑环保问题。希望今后各地建造的工厂，都能够实现节能节电、减少污水的排放、不使用有害物质。

我们设在南京的液晶电视生产工厂获得了超级绿色工厂的认证。这一方面是因为我们的工厂非常环保，另一方面是因为我们生产的产品也非常环保。夏普希望从产品设计到工厂生产整个流程都实现环保，最终能提供给消费者最节能环保的产品。

为"家电下乡"扩充产品线

张建设：2009 年上半年开始，几家国内品牌的市场份额开始上升，你是否

会担心夏普在中国市场的业绩？

酒井功： 从2008年到2009年，中国品牌在销售量上呈现很强的增长势头。从销售量占比来看，中国品牌可能占到70%，外资品牌可能只占30%。其主要原因一方面是受"家电下乡"政策的影响，另一方面是受中国品牌大幅降价的影响。但是从销售金额占比来看，中国品牌和国外品牌是势均力敌的。我们认为现在的趋势是，外资品牌集中在大屏幕液晶电视的销售上，而中国品牌集中在中小屏幕液晶电视的销售上。

几年前，"中国品牌居上，外资品牌居下"的格局就曾出现过。这两年随着液晶电视价格的下调，外资企业的销售量占比情况有所改变。近期可能又开始出现与几年前相同的情况：中国品牌价格下降，市场份额有所上升。

夏普认为，除了价格以外，企业更要注重产品的设计理念、品质以及品牌形象。一台液晶电视可能使用8到10年，所以最重要的还是产品品质。产品品质好对客户来说也是非常有诱惑力的。相信随着中国消费者逐渐认识到这一点，夏普的销售能够做得更好。

张建设： 夏普也有电视产品入围"家电下乡"采购名单，夏普将采取什么样的措施开拓中国农村市场？

酒井功： 夏普参与"家电下乡"已有一段时间。在"家电下乡"政府招标中，夏普的液晶电视也已中标。中国"家电下乡"政策正如火如荼地推行着，这也为夏普这一世界知名的电子产品制造品牌能够更好地实现"拓宽市场、提升竞争力"战略目标提供了机会。

首次入围"家电下乡"产品之后，夏普决定在继续开发全高清、高画质的高端机型的同时，推出符合"家电下乡"政策标准的低端机型。不过虽然是低端机型，夏普也同样采用了日本原产的液晶面板，只不过减少了部分功能。

为了满足庞大的市场需求，我们将会增加"家电下乡"的生产线，"家电下乡"将我们的产品从沿海城市推广到农村市场，政府相关机构积极推行"家电下乡"政策给我们的销售带来很大的促进作用。

随着平板电视价格的下调，现在农村也处于从显像管电视向平板电视过度的阶段。在农村，也有一些相对富裕的家庭对大屏幕平板电视有需求。我们今后也将不断地努力，努力成为中国市场排名第一的液晶电视生产厂家。我们不但要发展高端电视，也要生产适合农村三、四级市场的产品。在农村市场，消费者对夏普品牌的认知度比较低，我们要不断提高夏普的品牌形象和知名度。从2009年开始，我们已经在不断加强对三、四级市场的投入与拓展。

张建设：“增产不增收”或“增收不增效”的现象在彩电行业依然存在，你如何看待？

酒井功：之所以出现增产不增收的现象，还是因为有不合理的因素存在，这需要业界有序健康的发展。就我个人而言，我并没有一个特别好的解决方案。作为夏普而言，我们不会参与价格战，但是我们也不希望在价格方面与其他品牌相差太远，我们会随着整个行业的价格水平及时做出调整。在不参与价格战的同时，夏普要保证产品的品质不会因整体价格下调而受到影响。

为了增强我们在价格方面的竞争力，今年10月份我们的第10代液晶屏生产线准备投产。我们也希望在中国实现从液晶屏到液晶电视全过程的生产，这样可以减少运输途中所产生的费用及相关的税费。希望在健康的利润环境下，我们能够通过良好的价格、优良的品质实现在中国市场液晶电视销售的不断增长。

借国际经验投入中国 3G 市场

张建设：过去10年，中国手机市场的格局变化很大。从2009年1月7日3G牌照发放开始，中国进入了3G的投资热潮，夏普在中国3G手机市场有什么新的策略？

酒井功：夏普是从2008年6月开始正式进入中国的手机市场，那时其他日本手机品牌已经退出中国市场。为什么在其他厂家退出中国市场的时候，夏普选择进入中国市场？理由很简单，因为中国市场潜力巨大。

中国3G手机市场是从2009年开始的，而日本3G手机市场的发展已经有五六年的时间了，目前日本有90%以上的消费者在使用3G手机。夏普在日本的手机市场拥有25%的占有率，位居第一。夏普在日本的3G手机市场分别与5个运营商进行合作，在日本同时向5家运营商提供手机产品的生产厂商只有夏普一家。

中国2009年开始提供3G网络服务，我们会凭借在日本积累的经验积极地投入到中国市场中，相信中国3G市场也会逐步发生转化。3G手机开始推广之前，手机上不需要搭载很大的液晶面板。但是进入3G时代，搭载优质液晶面板的手机会有很高的使用效率。另外，日本3G手机的推广得益于运营商对费用的调整，相信随着中国3G市场的进一步推广，也会带来费用的调整。中国的运营商如果把3G的优势向消费者进行大力宣传，相信未来中国的3G手机市场有很大的发展空间。

张建设：中国同时发放了3张3G牌照，夏普的重点在哪里？

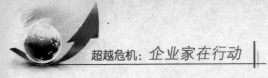

酒井功： 夏普在中国推出第一款3G手机后，还将与中国的三大运营商（中国移动、中国电信、中国联通）在3种3G制式（TD-SCDMA、CDMA2000、WCDMA）领域全面展开合作。中国的3G市场才刚刚起步，并且正处于从2G手机向3G手机进行转换的过程中，预计今后中国的3G市场还将有更大的增长，初步估计中国市场到2012年的手机需求量将会增长至6500万台。

2009年8月27日《中国电子报》第92期

为客户创造价值

——访 SAP 公司中国区总裁　张烈生

文/刘东　徐恒　赵晨

人物简介

张烈生先生现任 SAP 中国区总裁，全面负责 SAP 公司在中国大陆的业务和运营。

在加入 SAP 以前，张烈生先生已经于 IBM 供职 22 年，先后在销售、市场营销和技术等部门历任高级管理职位。他曾任 IBM 大中华区副总裁兼全球信息科技服务部总经理，负责 IBM 在大中华区重要的业务组合，管理的下属多达数千人。同时，张烈生先生还被 IBM 全球董事长兼首席执行官 Sam Palmisano 先生选为"整合 & 价值"领导小组成员，该小组由 IBM 全球 300 名高级管理人员组成，共同制定 IBM 公司的发展决策。张烈生先生还曾任 IBM 香港公司总经理，及 IBM 大中华区金融行业事业部总监等职务。张烈生先生毕业于香港中文大学，获得工商管理学士学位。

中国市场将成公司前 3 强

刘东：你是 2008 年 5 月开始担任 SAP 中国区总裁的，一年多来，面对日趋激烈的市场竞争特别是国际金融危机的冲击，你重点做了哪些工作？SAP（中国）公司去年的业绩如何，今年在业务上取得了哪些新的进展？

张烈生：这一段时间我所做的工作主要集中在以下几个方面：

第一，认识 SAP。第二，我需要重新看清楚 SAP（中国）公司的长期发展，需要思考公司的短板和将来所要做的事情。

273

2008 年我们的成绩还不错。2009 年，总的来说 SAP 中国的业绩还是在朝着好的方向走。即便是遇到国际金融危机，也还是有很多的亮点，比方说并购 BusinessObjects 以后，两家公司就进行了有效的融合，这对于 SAP 来讲是好的事情。

另外，即便在国际金融危机的阴影下，SAP（中国）公司还是赢得了一些很好的客户，比如在 2009 年第二季度，SAP 中国与中国交通银行、中国出口信用保险公司、中国石油化工集团、中国烟草总公司福建省分公司等客户成功签约。这说明很多企业在经济低迷时期仍然在进行着战略投资。

我特别想提到其中一个客户——玖龙纸业，它是致力于以再生资源废纸为主要原料生产高档包装用纸的中型规模企业。这家公司今年 6 月与 SAP 公司签约，全面推进包括财务管理、供应链管理、项目管理以及客户关系管理等财务、业务一体化管理的 SAP 系统优化方案，以进一步提升集团及各基地的系统管理水平，为业务快速增长到一定程度以后提供更强有力的支撑。

因此，我觉得当前是各种规模的企业重新思考其商业策略的最佳时机。这段时间对任何公司来说都是机会和挑战并存。

刘东： 看来你对 SAP 中国区一年以来的运转情况还是比较满意的。目前中国区的业务在 SAP 全球市场中占据多大比重，你曾经提出要把中国市场培育成为 SAP 全球的前三强，这个目标什么时候能够实现？

张烈生： 中国市场目前在 SAP 全球市场份额当中不算特别大，但是我们增长的幅度比 SAP 全球市场要高。我现在思考的一个问题是，"在未来一段时间当中，我们如何能做得更好"？我看事情不是看过去而是看将来，因为我们改变不了过去，但是可以创造将来。现在，在中国已经有 2600 多家客户在用我们的产品和服务，这已经是不错的成绩。当然我们还有很多事情要做，在全球化进程中，越来越多的公司要走到资本市场上去，我相信将有更多的企业可以和我们成为合作伙伴。

我们的愿景是希望 5 年内把中国发展成为 SAP 最重要的市场之一，这也是公司对我们的期望。虽然在市场当中有很多不确定的因素，但是有的客户即便现在困难，也会上信息化项目，所以我觉得机会和挑战是并存的。SAP 在中国市场应该会跑得更快。

简化系统但不简化任务

刘东： 像许多跨国公司一样，SAP 在中国也提出了本土化战略，即在产品、服务、创新等方面进一步实现本土化。你们将采取哪些措施推动本土化战略的实施？

张烈生：我觉得有几个方面：第一方面是人；第二方面是合作伙伴和生态系统；第三方面是产品；第四方面是基础建设。过去我们在这4方面都做了一些事情，而且做得不错，若继续开拓下去还会有很多空间。

在"人"方面，SAP（中国）公司目前拥有大约2500名员工，所有SAP（中国）公司的员工和管理团队成员大多数都是中国人，50%以上都是本土员工，包括有海外背景和在中国本地创业起家的各类员工，还包括我们的实验室、全球服务支持中心、生态系统、服务的合作伙伴等。我们在中国还有一个SAP创新社区，目前有5万人。下一步我们还要开发更多本地的业务渠道，加强同ISV（独立软件开发商）的合作，比如我们会让ISV开发一些软件。在生态系统当中，我们目前正在与中国各类学校展开合作，并且希望在明年会有100家大学与我们合作，我们可以为他们提供自主培训。

在产品方面，我们一直在做产品的汉化工作，并开发适应中国法规、会计标准等要求的补丁。接下来，我们要更多地去听取中国客户的声音，然后将这些意见融入产品中。我们会继续加强整个生态系统的基础建设，提高客户的满意度，降低项目实施成本。一个产品要提高核心竞争力还是要在降低整体拥有成本（TCO）上面下工夫。当然，我们要加强渠道的建设，培养更多的本地合作伙伴，并与其展开更基础的技术合作。

刘东：SAP是能够提供企业战略到执行的闭环端到端解决方案的提供商，在全球已经拥有8万多客户。中国企业在管理理念、组织架构、运作模式等方面发展变化都很快。在中国，ERP（企业资源规划）实施更是被称为企业的"一把手工程"。你们如何才能做到让欧美比较成熟的管理经验，更好地适应中国企业个性化的需求？

张烈生：有些人觉得SAP的系统比较复杂，但我们其实一直在简化软件的前端展示。SAP为什么收购Bus-inessObjects公司呢？其实就是希望用户使用的界面更简单，让用户应用起来更容易。在后台，SAP也提供很多的经验和选择。我们的客户在选择企业发展道路的时候，系统会提供很多种选择。如果提供很多种选择的话，有人可能就会认为很复杂，但是它的确能给客户提供很多的可能性。我认为要简化系统不应该在任务里简化，一个企业决定其在ERP实施过程中所走的道路是很难做到"简单"的。

可能有人会说ERP实施是"一把手工程"，我觉得用ERP也好，或者是用其他的企业管理系统也好，可以分几个层次：最简单的层次是代替手工操作，也就是自动化，这是最原始的；再进一个层次是希望能够改变企业流程；第三个层次是希望可以帮助企业管理层做决策；第四个层次是可以进行企业创新。所以"一把手"的作用在于第二、第三、第四个层次中。我觉得很重要的一点是："一把手"想要达到什么样的企业目标，企业的长远目标是什么。如果想达到一个长远的发展目标，企业"一把手"的力度就要更大，因为你要完成转变就会有抗拒的力量出现。领导的想法和工作人员的想法是不是一致，到底这个工作是不是很"透"，大家是不是一条心，这些对于这个项目的成功也很重要。

刘东：面对国际金融危机，中国政府提出了"保增长、调结构、上水平、惠民生"等一系列战略措施，并且提出了十大行业调整和振兴规划。中国市场对软件产品的需求还是很大的。我们知道，在这个领域，SAP不但面临着甲骨文、IBM等跨国公司的竞争，也面临着本土企业如金蝶、用友的挑战。你们将如何进一步打造下一步核心竞争力，满足中国市场的需求？

张烈生：我们和竞争对手相比，有两个比较大的不同之处，第一，SAP的产品蕴含着非常深的行业知识和最佳业务实践。现在，有很多小企业变大以后还是转来购买SAP的产品，很重要的一个原因是因为我们的产品能为他们提供进一步发展所需的一些比较深入的行业知识和最佳业务实践。第二，SAP拥有资金和财力优势。规模较小的软件企业都面临着资金和财力带来的局限性。小的软件企业要想跟上每一个技术发展的进步和新趋势，实际上是相当困难的。我们公司内部会有几千名开发人员来配合和支持每一个技术方面的进步和潮流。

此外，我们还具备以下优势：

首先是全球化优势。我们在全球有8万多客户，我们帮助客户遵从全球各个国家的法规条例。当中国站到国际大舞台上的时候，我们这些全球化的经验就会产生作用。

其次是端到端优势。我们并购BusinessObjects，是因为我们希望SAP解决方案能更容易被客户接受，我们要建成一个端到端的管理。

再次，在生态系统方面，SAP应该是更开放的，我们会把SAP好的技术开放，与好的软件公司合作，而不是盲目地去找很多服务合作伙伴。举一个例子，去年我们收购一个叫Lighthammer的小公司，是做MES解决方案的，它在2005年的时候作为一个软件开发公司采用了我们的平台，然后在上面开发解决方案。去年这个系统成熟了，我们就把这家公司收购了。像这些合作模式，也许今后在中国本土化的过程当中也有可能发生，而且我们非常愿意看到。我觉得在中国市场我们有竞争也有合作，这与其他外国公司的定位有所不同。

刘东：也就是说，你们在中国的一些竞争对手，在以后可能会成为合作伙伴，甚至是并购的对象。在你心目当中，哪一类企业将来合作的程度会更密切，走得会更近一些？

张烈生：并不仅是并购，合作的方式是很多的。我们看到很多的例子，无论是汽车行业还是其他行业，早期都是合作的。但在软件行业、服务行业、IT行业里，很少有此类合作。我们合作的对象最好是在行业当中有一定基础的，这样合作进程会比较快一些。这种合作在几方面会存在互补，比如技术。

ERP 是各方博弈的系统工程

刘东：我们知道，SAP作为软件提供商，必须与客户和合作伙伴共同发展，为客户创造价值才具有生命力。你们在这些方面有什么具体举措？

张烈生：我们主要通过下面几方面来为客户提供价值：

第一是我们的产品及行业经验。产品的价值体现在什么地方呢？首先，体现在整合上，比如业务和财务的整合，还有对外和对内的整合。我们的客户会追求业务效益的最大化。其次，在这几十年里，SAP（中国）公司从全中国上万名客户中提取了颇具行业深度的经验，把它提炼出来嵌入我们的软件，再返回给我们用户，这使得我们的客户实施时间会缩短。同时，会减少二次开发，实施成功的机会也会提高。

第二是前期调研。我们会在实施前期帮助客户做一些调研，通过特殊的顾问或者是其他调查方法发现一些问题。通过这种前期的调研，可以帮助我们的客户清晰洞察、清晰思考，并且了解如何运用科技的力量实现精益运营、获得更高的收益以及实现清晰运营。

第三是售后服务。过去人们一直强调运维的是硬件，大家比较认这个。硬件维修，比如换一个主机板是比较切实的，但其实软件运维服务的价值更大，但是这在过去往往被忽略掉。我们的SAPAGS（ActiveGlobalSupport）会7×24小时为客户服务，报告客户其系统是否可用。当然，除了系统本身以外我们还有其他的运维服务，还包括提供整个运维工程好的流程和方法，比如系统及时的备份。

第四是通过合作伙伴的实施来体现价值。SAP在中国大概有40家服务的合作伙伴，其中除了几家是跨国企业，大部分是中国本地的合作伙伴。它们都发挥着各自的优势。我们现在强调的是他们技能的培养，通过合作上的管理，可以让他们做事情的质量有所保证，而且资源也有保证，从而能够实现其想法。

刘东： ERP 实施，有三分软件、七分实施、十分管理之说。最近我们在国家级两化融合试验区——青岛采访，发现 SAP 在那里拥有比较高的市场占有率。有的企业效果很好，有的企业效果却低于预期，你认为造成这种状况的主要原因是什么？

张烈生： 应该说，绝大多数 SAP 用户都是获得了价值的。我刚才也提到了，项目开始时要考虑它的定位，包括策划、流程的改变和创新。定位则要相应的考虑：要改变多少现在的工作方法去顺应思路，抑或是要迁就？这个决定于你的需求，需求会决定很多方面。另外，我觉得成功的因素就是"一把手"制定的方向和推行的力度。最近我刚刚去了徐工集团，徐工集团仅仅用 6 个月的时间，就完成了旗下最大工厂的上线，是董事长亲自在推，他非常关注这个事情。这是一个很好的例子。

制定目标之后，接下来就是执行的力度，这些都是系统工程要做的事情。我们提供的解决方案本身是否已经具备了成型的东西，使得大家都可以采集，这都会影响到客户的转变。我们看到，很多成功的客户希望利用这些 SAP 的最佳业务实践来帮助自身完成转型，同时达到更高的层次。

实施 ERP 多方面的因素都可以影响成败。我反复讲过，任何一个系统工程都要考虑很多因素，包括领导力、项目的管控、需求的确立等等，以及一把手想做成什么样。这永远是风险、目标等几方面博弈的过程。通过 SAP 产品的行业特性，使得我们可以尽量接近客户要做的事情，同时加强前期做的服务，让他提早看到投资和回报的关系。另外，我们也在加强售后服务，把 IT 运维做到位，帮助客户规避在实施过程当中遇到的问题。

软件只是一个平台，它有它的功能，它毕竟是一个企业管理软件，目标管理等这些都是很重要的成功的要素。这方面，国外的案例其实能给我们打开一个视角。相比于一般的软效益，美国空气化工产品公司在判断 IT 系统的成功方面很严谨，他们有实实在在的数据做依据，包括通过实际的转型达到的效益并量化一些指标。与中国一些客户很不一样的地方是，外国这些成功的客户对系统实施成功与否会定一些合理的指标（不光是 IT 部门的指标，还有很多其他量化的指标），并将这些指标有效地传达下去。

刘东： 在我们的采访过程中，一些企业对 SAP 有所抱怨，比如产品价格比较高，尤其产品升级的价格比较高。另外定价策略也存在一些随意性，跟大公司的品牌不相称。针对客户的反映你有什么看法？

　　张烈生：首先，我解释一下 SAP 是怎么定价的。打个比方，如果是卖磁盘的话，多是以多少容量定价的，而对于软件行业来说，多是以登记用户的多少来定，这方面，我们也有一套专门的方法。另外，我们有一些特殊的行业软件包，有一些软件是根据客户的财务指标来做的。比如你的收入是 1 亿元，这个软件的价值就应该是 100 万元，这就是我们计价的方式，而且要根据客户上限来定。从去年开始，我们有了一套整体方法进行规范。

　　我们在中国的软件产品的价格不会比在德国的高。我们是以价值为依据定价的，目的是让客户了解，这个系统会给其带来更大的价值。

　　话说回来，假如我们分析中国的软件市场，中国软件市场跟 GDP 的比例是不成正比的。如果中国真的是全球化的经济体系，那么是不是软件行业的发展受到了制约呢？这个问题是值得大家思考的。在中国投入 IT 建设 30 年以上的企业，如果还是将 60%-70% 的钱投在硬件方面，我觉得是不平衡的。不光是对 SAP，对其他软件供应商和服务商而言都是一样的道理。如果对于软件的价值认定不准确，一定会有人觉得价格高，但我们觉得必须要通过价格传递，让人觉得这个软件产品是有价值的。

　　刘东：SAP 在中国的客户除了很多大企业，还包括一些中小企业。针对不同的企业 SAP 的策略有哪些不同？

　　张烈生：在绝大多数人的眼中，SAP 公司是一个为大公司提供软件的供应商。当然，我们在大企业市场中确实也做得非常不错。但实际上 SAP 也是中小企业软件供应市场中的领先者。SAP 所界定的中小企业是指员工少于 2500 人的企业。在我们全球范围内所有的客户总数中有 80% 是中小企业。而在我们全球收入当中，30% 的收入也来自于中小企业市场。中小企业的市场是我们一个最主要的、最大的业务增长引擎，即便是在当前不乐观的经济环境中，它也仍然是我们的增长点，而且其增长速度会进一步扩大。

　　未来，我们要加强的地方有两处，一个是需要加强生态系统的建设，要有更多的合作伙伴和渠道帮助我们做事情，同时提高我们的产品性能。

2009 年 10 月 16 日《中国电子报》第 109 期

市场需求是创新驱动力

——访 PTC 公司中国区副总裁　刘同龙

文/陈艳敏　徐恒

人物简介

　　刘同龙，现任 PTC 中国区副总裁，负责 PTC 在中国内地和中国香港地区的业务拓展。刘同龙于 1993 年加入 PTC，起初担任 PTC 应用工程师，是 PTC 在中国的首位员工。刘同龙历任销售经理、区域经理和北方区高级总监等职位。在加入 PTC 之前，刘同龙任职于中国兵器工业计算机应用研究所。作为 CAD 室副主任，刘同龙主要负责专业用有限元分析 CAE 应用。任职期间，他曾经获得部级科技进步二等奖。

信息化为创造提供能量

　　陈艳敏：我们知道你是 PTC 在中国的第一位员工，目前 PTC 在中国整体的发展状况怎么样？中国业务在 PTC 全球处于什么样的位置？PTC 在中国如何布局？

　　刘同龙：毫无疑问，中国的发展潜力非常大，中国也出现了越来越多的自主品牌，已经显示出走向世界的趋势。这些自主品牌企业走向世界意味着他们对研发的需求会越来越大，因此，PTC 在中国的发展空间也会越来越大。PTC 在中国这两年发展特别快，2008 年 7 月份，我们从 PTC 中国办事处转变成 PTC 中国公司，PTC 对中国的研发、市场、各种技术服务支持等都进行了大量的投资。目前中国员工有 500 多人，在上海建立了除美国总部之外的第二个总部——亚太区总部，由此可见 PTC 对中国市场的投入力度是非常大的。从"中国制造"到"中国研发"是一个发展趋势，我们将更好地贴合市场，满足中国用户的需求。

PTC 主要关注 4 大行业：航空航天国防造船、电子高科技、汽车、工业设备，还有一些涉及局部应用工具的行业。从单个国家来说，中国排在 PTC 全球业务的第 5 位，前 4 位分别是美国、德国、法国和日本。未来 3 年我们希望中国业务能排到第 2 位，成为除了美国之外最大的一个国际化市场。

陈艳敏： 从 1993 年就加入了 PTC，见证了 PTC 以及整个中国市场的发展，你觉得中国市场的特点是什么？经历了哪些发展阶段？发展趋势如何？

刘同龙： 中国企业非常有改革创新精神，尤其是改革开放以后，大家都特别期待接受外部的新知识，非常愿意接受新技术、新观点、新方法，愿意快速地尝试新技术，这种需求非常迫切。但同时由于缺少经验，企业对新技术是一点一点地尝试，着重关注于技术应用。发展到今天，有了技术以后，企业才开始考虑如何更好地发挥技术的作用，把信息化真正变成企业创新的能量。我觉得企业现在更多的是在把信息化推向更广、更深的应用。

目前，中国很多大型企业面临着结构调整和产品升级的问题。这些调整比如说联合设计开发、异地开发、资源能力的整合，或者把非核心业务剥离，把核心业务进行整合等，都需要 PLM（产品全生命周期管理）帮忙实现。一个企业的研发中心可能分布在全国各个地方，如何建立一个 PLM 平台，让所有人面对一个体系来工作？例如，在国内的大飞机开发平台上，国内很多厂商一起合作进行研发，而除了内部的设计、研发、制造中心互相联合以外，还有很多外包项目，开发平台供应商必须有能力根据变化提供服务。PTC 的 PLM 平台将帮助他们解决这些问题。

陈艳敏： 信息化与工业化融合，走新型工业化道路是国家倡导的战略。两化融合的大环境为 PTC 带来了哪些发展机遇？

刘同龙： 两化融合给 PTC 带来了非常大的机遇。例如，中国大飞机的研发希望采用最新的技术，而除了材料、使用方法之外更重要的是研发平台，毕竟项目一开始就要建设研发平台。良好的产业环境催生了一大批希望利用新的研发平台加速发展的企业，包括船舶行业、高科技行业。而 PTC 的 Windchill 平台产品就能帮助这些全球化的中国企业实现统一平台全球协同研发。像中船重工、中国船舶、华为、联想等这些走向国际的中国公司都是 PTC 非常重要的客户。

陈艳敏： 在国际金融危机的冲击下，有些大客户所受的影响相对小一点，业务还是比较稳定的，而中小企业受到的影响可能就大一些，PTC 中小企业市场业务有没有下滑？公司策略有什么样的变化？

刘同龙： 我们感觉国际金融危机对 2009 年的市场是有影响的，尤其是华南地区的出口型企业受到冲击较大，影响也比较直接。从大的趋势上看，很多企业在信息化的投入上会比较谨慎。但同时我们还有一个感受，就是很多企业反而在这个时候加大了他们的研发投入力度，因此 PTC 去年还是保持了增长。

陈艳敏： 我国中小企业占中国企业总数 99% 以上，信息化已成为这些企业提升竞争力的重要手段，但是中小企业资金有限，昂贵的研发软件让这些企业望而却步。为满足中小企业的研发应用需求，各地建了一些公共的技术应用平台，试图通过这个平台解决中小企业想解决而不能解决的问题，但效果不尽相同，其中涉及运营模式、企业研发数据的保密、安全等诸多问题，PTC 在这方面有什么看法？

刘同龙： 我觉得研发数据属于一个企业的核心竞争力，是很难共享的。社交型计算、云计算这些新技术形态可以进入到大企业的研发平台里。但在公共的环境建立一个技术应用平台，到目前为止我们认为是不太合适的。

贴近市场才能抓住机会

陈艳敏： 本土化是改变软件"水土不服"的有效方法，PTC 在本土化方面做了哪些努力？

刘同龙： 实施信息化实际上是企业管理理念和技术手段的变化，它必须跟企业本身的发展状况相结合。软件产品必须和市场贴近，而过去很多中国企业感觉从外国买回来的产品不符合国情。因此，当市场出现大机遇的时候，软件企业必须更加贴近市场，PTC 在上海建立研发中心会加快 PTC 本土化进程。

对软件企业来说，过去软件的本地化是一些外围工作，比如软件拿过来后做一些适应性的开发。而中国市场越来越大，仅仅依靠外围的适应性开发是不够的。如何来调整？若等到软件进入市场后再来调整，会影响整个软件构架的开发。如果在产品开发早期就跟中国用户接触，把这些需求早一点放到产品开发计划中去，就能够开发出非常适合中国用户的产品，在产品支持，软件稳定性、可靠性方面都会有很大的提高。从战略上来讲，我们认为中国业务在未来 5-10 年是快速发展期，PTC 为了满足客户越来越多的要求，会把对本地客户需求的响应结合到产品开发过程当中。

从销售模式来看，PTC 以前是一个传统的直销公司。虽然现在很多中等规模的客户还是由我们的直销团队来覆盖，但这 3 年我们也在不断发展渠道销售团队。因为中国是一个发展很快的市场，现在的一些小客户，可能很快地在三五年内发展起来，成为非常大的客户，我们现在对这两方面都非常注重，建立渠道的同时自身的销售团队也在不断扩大。

另外，PTC 在研发上的投入非常大，整体研发投入大概占公司总收入的 19%。对于中国业务来讲，市场需求就是创新的驱动力，PTC 非常注重贴近客户、市场，提升对客户的响应速度和服务水平，你可以从中国市场看到我们整个公司的机制。PTC 是行业内最早在中国建立 CallCenter（呼叫中心）部门的，与 PTC 全球 8 大 CallCenter 连在一起。而且我们的 CallCenter 部门不是仅仅面向用户的，而是跟研发结合在一起的，每个客户的需求都跟研发连在一起；我们在中国的服务团队也是最大的，有别于我们的友商。PTC90% 以上的业务来自于直销，我们给客户提供快速的直接服务。正因为贴近客户，客户对我们产品的需求持续不断。PTC 内部对新技术的响应也非常快，今年年初我们就发布了基于微软 SharePoint 系统的社交型计算产品 ProductPoint。

陈艳敏：就你的感受而言，目前中国 PLM 市场与外国相比还存在哪些差距？

刘同龙：在与客户交流的过程中，我感到高兴的是中国用户对于新技术非常热情，急迫地想把新技术应用到研发、设计、生产中。传统西方国家研发体系的建设已经进行很多年了，直接买工具应用就行了，这和中国企业的关注点不一样。在研发机制建立的过程中，PLM 作为一个体系，对整个研发流程起到改善和提升的作用。过去几年我们提出了产品开发系统 PDS，我们与咨询公司、客户合作，把研发流程中很多优秀的实践案例积累起来，比如项目管理、产品组合管理、技术质量管理等。

〰 "多米诺骨牌效应" 扩市场 〰

陈艳敏：你怎么看待现阶段的 PLM 市场？有哪些发展趋势？

刘同龙：PLM 是指产品生命周期管理。它包括了从前期策略到整个方案设计，延伸到制造流程，一直到最后用户的使用以及售后的支持服务多个环节，在这个过程中所有相关的技术问题、技术资料、技术内容都由 PLM 来管理。改革开放初期中国企业多是只负责加工、制造，然后交付给其他公司，因此业务流程很短。但是现在中国要从一个制造大国向一个创造大国发展，就需要在设计制造流程的前期去定义客户的需求。过去一个车型可以卖得很好，现在一个汽车厂下面的一个品牌要出几百个车型，怎么保证产品高速度、高质量地推向市场？我认为目前中国企业大部分还处于能力建设的阶段，而 PLM 就是这个能力建设的支撑系统。

谈到技术趋势，从 PTC 的角度来理解，我们认为 PLM 会呈现为一个应用越来越广泛的平台，达到实时的协同。像社交型计算，如 MSN、Twitter、Blog、Wiki 这些技术将融入 PLM 中。毕竟知识是无形的，所以要用一个协同的结构去实现更多的实施和沟通，让大家有更多实时的交流。比如一个研发小组，我们希望小组成员能够随时随地进行沟通，设计有变化能够马上记录下来，便于研发人员进行整理，从而提高设计能力和效率。

陈艳敏： 根据调研机构 CIMdata 的预测，PLM 市场 2010 年将保持稳定发展的态势，之后的 5 年年复合增长率将达到 3.5%，主流 PLM 投资将在 2013 年达到约 200 亿美元。你如何看待这个趋势？

刘同龙： 从我们自身的感受来看，PLM 的增长速度是远远超过这个百分比的，尤其在中国市场初期建设阶段，需要快速建立研发能力，有很大的增长需求。比如三一集团，过去可能只有几百名研发人员，现在达到了 2300 多人。当中国企业要走向世界的时候，PLM 系统的优点就能很好地体现出来，而现阶段很多公司还没用上 PLM，所以我们认为未来 5 年是中国 PLM 市场快速发展的阶段。

信息化前期有一个示范工程，经过了 3-5 年，现在样板工程已经出来了，接下来就是建设工程，未来两三年之内就是信息化拓展应用广度的时期，很多企业已经看到了这个模板，接下来就会有很多人去快速复制，不断扩大这个市场。

其实，PLM 由 3 方面构成：一是 Create——创建，数据首先要创建出来，过去都是手写手画出来的，现在利用桌面工具，如三维 CAD。二是 Control——管理工具，内容创建出来之后需要管理，这就是我们说的 PDM/PLM 部分。三是 Collaboration——协同，即实现跨平台、跨专业合作，如电子和机械两个部门之间的协作、制造和设计的协作、主体厂和配套厂商的协作等等。CAD 已经相对成熟，应用广泛，市场未来增长空间不大。但 PLM 则大有增长空间。

陈艳敏： PTC 在这个领域有哪些竞争优势？

刘同龙： PTC 不断地借用新技术改善产品。10 年前就基于互联网来发展我们所有的平台，领先我们的竞争对手 3 到 5 年。我们的友商基于互联网的平台才刚刚出来，并且任何一个软件系统从开发出来到成熟没有 3 到 5 年时间是很难完成的，此外，还须经过客户应用阶段。PTC 的系统已经是完全成熟的、基于新技术建立起来的。PTC 现在在全球开展"多米诺计划"，很多行业领先的、大的客户以前使用我们竞争对手的产品，现在迁移到我们的系统上来。例如欧洲宇航防务集团（EADS）是空客的母公司，阿丽亚那火箭也是这个集团旗下的产品，去年全部采用 PTC 标准化平台。诺基亚 10 年前用的是友商的系统，今年年初全部采用 PTC 的平台。EADS 是传统的大型国防企业，变化速度比较慢，而诺基亚是一个高科技企业，变化速度非常快，必须随时随地采用新的技术，一快一慢、一"老"一新，可见 PTC 技术所覆盖的行业是很广泛的。

陈艳敏：我们知道你是工程师出身，现在成为一位职业经理人，是复合型人才。两化融合以及企业信息化建设需要大量的复合型人才，你对目前的高校教育机制以及人才环境有什么样的建议和看法？

刘同龙：PTC 的创新文化滋养了我。对于人才培养，基础工作和国家投入很重要。中国的人才实际上非常多，这些年在与客户交流的时候，发现一些主管对信息化的理解是非常深的，而且越来越重视信息化。今天，很多企业已经把信息化融入血液当中，落实到具体的行动中去。中国企业的信息化发展到现阶段，技术人才成长的空间是非常大的，基础教育要做，企业教育也要做。我们现在对客户说，信息化不是仅仅买一个软件，而是如何接受、推广、应用下去。比如，华为公司有 1 万多人在使用我们的 Windchill 系统，公司不仅要培训他们使用这个系统，还要转变很多观念。培训和实践也是培养人才的有效方法，因此在职培训很重要。

2009 年 12 月 25 日《中国电子报》第 139 期

最好的服务是增值

——对话微软全球技术支持中心亚太区总经理　柯文达

文/李佳师

人物简介

　　柯文达，在微软工作 16 年，现任微软全球技术支持中心亚太区总经理。柯文达在微软的职业生涯始于 1993 年 8 月，任职大中华区财务总监，常驻中国台北。1994 年 4 月，公司提升柯文达接管整个财务及行政职能工作（财务会计、人力资源、运营、信息技术（ITG）及总务行政），并分别于 1997 年及 1999 年被提升为财务会计总监及高级财务会计总监。

　　有观点说，服务的最高境界是没有服务。我们需要什么样的技能才能提供"无形"服务？全球的信息服务业在这些年的发展中经历了怎样的演变？未来的信息服务业将向何方转型？在越来越融合的时代，如何成为拥有核心竞争力的信息服务提供商？我们营造怎样的产业氛围才能够加速中国信息服务业的发展？带着这些问题，本报记者日前采访了微软全球技术支持中心亚太区总经理柯文达。

服务无边界需实时而动

　　记者：微软是最早在中国设立技术支持中心的全球 500 强企业之一，从微软服务的发展历程以及您的观察来看，技术支持服务业这些年都发生了哪些变化？在服务方式、服务渠道、服务内容方面都有哪些改变？

　　柯文达：智者说，太阳下面唯一不会改变的事情，就是变化。变是这个行业最主要的定律。服务产业在这些年发生了很多变化，比如提供支持服务的手段和渠道。早年的服务支持只有电话，演变到后来就有了 E-Mail、社区服务、在线服务、自助服务等多种形式，利用社交媒体提供服务，已经成为服务支持领域很重要的平台和介质。我们过去的服务都很被动，当客户遇到问题时才会找到我们。而现在我们的服务变成了主动式服务，我们不是等客户遇到问题后才去"治疗"，而是在客户和伙伴没有发生问题之前就为他们提供预防式服务，变"治病"为"养生"。随着 IT 信息技术的发展，由软件或硬件出现的单纯问题越来越少，过去出现的单纯问题现在变成融合问题，这就导致了越来越多融合服务需求的出现。

我认为在服务领域有两句经典的话：最好的服务是没有服务，最好的服务是增值服务，这两句话体现了服务的最高境界。

记者：从被动到主动，从治病到养生，从保障不出问题到给客户和伙伴提供更大的商业空间，这背后的核心其实就是创造力和创新力。无论是在客户需求方面，还是在客户服务方式上，都有巨大的智慧空间供支持服务提供商发挥，这个空间就是服务的差异化和企业的竞争力。您提到网络社区的服务方式被越来越多地运用在服务支持领域，您如何看待这个媒介对服务产业的影响？据说微软Windows7 的问世，全球技术支持中心也扮演了很关键的角色，你们主要做了什么？

柯文达：我们看到越来越多的公司、越来越多的机构正在积极利用互联网社区、社交网站，他们通过互动来传递更多信息、收集客户需求、影响和渗透用户，网络社区为他们带来更大的销售与服务空间，这其中就蕴含着主动服务、无形服务和增值服务。服务是无边界的，需要实时而动，我们的客户在哪里，他喜欢用什么样的东西，我们的服务和渠道就应该跟进，比如 Facebook 或人人网等，因为那里有我们的潜在客户、我们的使用者、我们的企业客户和我们的消费者。社区、社交网站是一个非常强有力的工具，如何充分利用它是我们正在思考的议题。在 Facebook 等网站上都有我们的 fanpage（粉丝页面），如何利用和使用 fanpage，让它有很多创新的空间和想法。之后你们会看到我们更多"无形"的服务推出来。

在 Windows7 发布前，我们进行了客户信息收集工作，随后我们将遇到的有关消费者使用习惯等问题在社交、社区网站上进行讨论，并很快地通过人工服务、自动回复或其他渠道，指导消费者去解决问题。而且我们还把在客户端收集到的问题，反馈到研发部门，由他们整理成一个修复诊断工具"Troubleshooter"（问题解决者），嵌入产品。在 Windows7 问世之后，我们扮演了很重要的角色，就是帮助用户早点使用产品，并且用得更好。

优秀服务需要超越标准

记者： 中国正积极推动信息服务业的发展，正在制定信息服务的相关产业标准，您认为在推动信息服务业发展方面中国政府应该从哪些层面下大力气？是减税还是其他方式？

柯文达： 制定标准的目的是什么？它其实就是画一条线，在这条线下大家至少可以达成共识，但这不是最好的办法，这条线只是最低的标准。在我们服务过程中，画一条线很重要，这是最基本的，就如同我们买东西买产品，产品说明至少要提供给你。但是我们如何让用户满意？我觉得就一定要超出这条线，一定要在线之上。所以做信息服务这条线很重要，而要提供好的服务，就需要超出这条线，这是对服务企业提出的更高的要求。

这条线如何来划？如何设立标准？我们觉得这需要尊重专业。比如在餐饮行业，如何摆放碗筷，如何倒茶，菜是从左边上还是右边上，每一个环节、每一个动作都代表了服务品质。客人都是右手拿筷子，所以上菜应该从左边上。服务的品质表现在使用者的体验上，如果我们没有生活体验，我们就没有办法分辨出好坏，所以我们要给服务过程一个借鉴的标准，规定哪些行为是不应该发生的行为。另外中国的信息服务业刚刚起步，我觉得可以借鉴国外成熟的行业经验和标准，再结合中国的实际情况来进行定制。

至于中国政府可以做的事情，我觉得减税当然好，它是短期快速的可行方式，但是它会不会像吃鸦片一样上瘾？在国际金融危机下，企业很容易受到冲击，会遇到更大的麻烦。所以我想中国政府可以从加快信息服务业人才的培养、从营造愿意为服务咨询付费的社会氛围上多做事情。服务的关键是人，目前中国的服务型人才非常欠缺，能够培养服务型复合人才的机构和院校也不多。我们目前正积极与一些大学进行合作，希望我们培训服务人才的方法有助于中国人才的培养。未来也许中国政府可以在课程设置、教育体系建设上多做一些工作。另外，不仅仅是在中国，我觉得很多亚洲国家对无形资产不太尊重，只喜欢咨询不喜欢付费。如果大家都不习惯付费，都对知识产权不尊重，服务型企业就会缺乏成长的土壤和营养，信息服务业就不容易发展起来。所以政府可以在教育市场、培养人才方面做更多的推动工作。

记者： 提及信息服务业，人们往往容易将中国与印度进行比较，您觉得中国与印度在发展信息服务业上有哪些差异？中国如何形成自己的特色？

柯文达： 中国与印度在发展信息服务业上有以下差异。一是在基础设施方面，中国的基础设施比印度好太多。因为微软全球技术支持中心全球网连接，印度那一段是最贵的。不仅仅是信息基础设施，就是海陆空的交通基础设施，中国也比印度好很多，这是很有利的条件。二是在政府管理层面，中国政府有非常强的影响力和执行力，受到政府支持的领域就会很快发展起来。所以企业可以通过政府的大力支持来加快中国信息服务业的发展。三是在对外行销能力方面，印度有明显的行销优势，尤其在外包行业，无论是接包能力还是理解客户需求的能力上，印度比中国强，这也导致了印度的信息服务业尤其是外包行业过分依赖欧美经济。四是在内需市场方面，印度无法与中国相提并论。中国内需市场巨大，政府鼓励挖掘内需市场，这对于信息服务产业来说，有非常好的需求土壤，这使每一类服务企业都有机会。

有好的基础设施、有强有力的政府、有很好的市场需求，应该说剩下的关键是看企业自己去如何创新，在服务这个"无极限"的领域里只有想不到的，没有做不到的。

"善变"是优秀服务企业的特征

记者： 您认为发展信息服务业环境很重要、市场需求也很重要，但更为关键的核心还在企业。如何能够建立具有创新力的服务型企业？在产业越来越融合的背景下，信息服务业有哪些重要趋势？

柯文达： 我认为成为有竞争力的服务公司需要具备这样一些条件：一是需要有敏感把握客户需求的能力，并把关键共性需求找出来；二是需要具有专业性，需要培养自己独有的服务能力；三是需要有快速的反应能力，对客户和市场的需求要敏感，并快速进行产品的更改、服务的更改以及企业组织的更改。我不认为任何一个招数可以一直沿用，企业需要不断尝试找到自己当下的那一招数，应变机制是主动服务时代信息服务企业很重要的素质。四是提供服务的多样性和可选择性。以日本为例，为什么女孩子喜欢去日本买东西，是因为在日本的店里，只要你喜欢的东西，各种尺寸、不同颜色的产品都很齐备。只要你想要，他们都会给你一个选择。

在产业日趋融合的背景下，服务业将面临更为多元和复杂的需求。很多问题的产生，很难界定究竟是软件还是硬件的问题，是甲方还是乙方的问题，很多是互操作的问题，所以互操作又会产生很多新的技术与服务机会。此外，服务供应商、合作伙伴、客户的界线也越来越模糊。同时由于产业的融合，也会产生很多新型的服务合作模式。未来这个产业将会呈现出越来越多的"服务"形式：软

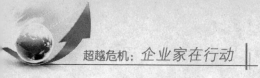
件作为服务，软件＋服务，云计算的模式也是将计算以服务的方式提供给客户。在 IT 产业越来越"服务化"的特征下，信息服务业企业将大有可为。

记者： 微软技术支持中心，从中国技术支持中心发展成为亚洲技术支持中心，最后成为全球技术支持中心，是你们主动选择变化还是总部要求实现三级跳的？

柯文达： 微软这个技术支持中心从服务中国到服务亚太地区到进行全球支持，这个演变过程是我们主动变化的结果，同时它也是微软灵活应变机制的体现。在我负责大中华区的时候，亚太区是独立存在的。当时我们这个组织与其他组织相比，客户满意度、员工满意度等各项硬指标都很不错，于是我们就积极主动向负责全球技术支持的老板提出建议，合并相关组织机构，并把合并中心的规模、效益等等各方面的情况形成方案，最后获得老板的认同，一步步演变成今天的状态。我觉得从全球运营组织来看，你不会有太多机会了解其他的机构，但是你可以主动表现你们的能力，提出你们可以实现的目标，并做出很好的计划，这样就可以把很多不可能变成可能。当然在这个过程中我们需要从人员、资源等方面做相应的准备。还是那句话，主动应变去推动，把不可能的事情变成可能。

2010 年 3 月 9 日《中国电子报》第 16 期

全球科技进入复合
创新时代

——访微软亚太研发集团首席技术官、
微软亚洲工程院院长　张宏江

文/李佳师

人物简介

　　张宏江博士担任微软亚太研发集团首席技术官，与集团主席张亚勤博士共同制定微软亚太研发集团的发展战略，推进微软中国研发集团建立涵盖基础研究、技术孵化、产品开发和战略合作的完整创新链条，致力于将微软亚太研发集团打造成为微软在全球的核心研发基地之一。同时作为微软大中华区战略决策委员会成员，领导微软在大中华区统一战略的制定，推进微软在该地区的业务发展、市场策略及本土自主创新。

　　张宏江博士毕业于郑州大学，获电子工程学士学位，之后获丹麦科技大学电子工程博士学位。

　　在金融危机、能源危机、环境污染危机的不断冲击下，全球科技产业正在酝酿新的创新革命，开启又一轮产业转型和竞争。20世纪是"计算科技"的世纪，而21世纪是"新能源科技、新材料科技、新生物科技、新生命科技、新海洋科技"的世纪，这意味着靠"计算科技"起家的微软将有可能在21世纪失去它的影响力和领导力，微软如何看待未来科技的变化？微软认为未来科技的制高点将集中于哪些领域？微软如何进行未来科技的布局？微软将采用什么样的体制机制、人才战略来抢占下一个科技制高点？

美国领先在于创新氛围

记者：张维迎教授说："每一时代都会有一些创新发明将改变世界，并创造一些属于这个年代的代表产业。比如蒸汽机的发明带来了工业革命，电的发明带来了电气化时代，计算机的发明带来了数字时代，计算机是 20 世纪最伟大的发明之一。而 21 世纪同样还将产生一些伟大的发明并带来一些属于这个时代的新兴产业。而具有颠覆性意义的产业和发明将在生物科技、医疗科技、新能源科技、环境科技等这些新兴领域产生。"您是否认同他的观点？您认为未来科技的制高点将集中在哪些领域？

张宏江：张教授的观点很大程度上是基于对历史的回顾来预测未来。未来如何发展，是不是未来最大比重会是在这几个产业，我不敢断言，但我相信新能源、新材料、新生物、新网络信息等等都可能是最重要的产业。

我认为置身于今天的时代预测未来是很难的事情，所以某种意义上，我并不太赞同要预测未来的做法和说法。谁都无法确认未来颠覆性的创新发明和重点产业是否就一定集中在这些领域。未来创新的发生充满了太多的不确定性，如同我们十年前无法想象到 Facebook，五年前很难想象到 twitter 的诞生会带来如此巨大的冲击一样。而且我们看 Facebook、twitter 等等，他们的诞生并不是因为技术上实现了多大的突破和创新，他们所应用的技术很多都早已经存在，但是他们建立的一些新兴的应用模式和新的使用方式，这是非常关键的。所以我认为未来的产业与科技竞争焦点将集中在应用领域，这样的定律有可能在每一个领域都同样如此。应用领域会创造很多人们难以预想到的奇迹来。

记者：如果我们不预测未来，不对未来作更多预先的研发布局，就有可能会失去很多先导的机会，尤其是您作为亚洲工程院的院长，如果您不赞成预测未来，是不是可以说某种意义上微软就放弃了对未来机会的把握和抢占？难道微软不对未来做预测性的研发吗？微软为何还要设立研究院、工程院、研发中心？

张宏江：那倒不是，首先我认为预测本身像赌博，很有可能押宝于某一个领域押错了方向，就有可能全盘皆输掉。真所谓"成也萧何，败也萧何"。所以我认为对于未来的制胜能力不能局限于预测能力，而更重要的在于"领悟能力"。领悟力是对正在发生的变化包括环境的变化、产业的变化、用户需求的变化的一种综合的领悟的反应及调整能力。这其中很关键的一个因素是企业的调整和适应变化的企业机制。这才是一个公司可以长盛不衰的关键。没有哪个企业能够每次都提前预知未来，但是能够在每次大潮来临时，迅速适应变化找到自己机会并建立新竞争力才是关键点。

人们常常容易忽略一个关键：为什么过去的几十年美国能够成为全球创新的领头人？为什么在微软之后还会出现雅虎等这样的公司，这样的公司为什么没有出现在欧洲，没有出现在亚洲？因为美国有这样的积累、建立了这样的系统、这样的氛围、这样的文化，使得它不是某一段时间领先，而是总是领先，总有源源不断地创新公司引领全球，而且在每一个领域都能诞生引领全球的科技。当我们预测未来科技的时候，我想我们不仅仅需要关注眼前的技术方向，更要从更为长远文化建立、产业系统建立、产业氛围建立，并在全球产业分工中找准自己的特色与机会。

其次，微软并不是一个不做未来研发的公司。事实上微软有一个关注长期、中期和短期不同目标的完整研发体系。研究院从事长期更多关注未来的科技的研究，工程院的孵化团队关注中期目标，产品开发团队做即将发布产品的开发。正因为有这样完整的体系，微软才能够保持持续的竞争优势。

教育应该引导人们看淡竞争

记者： 您提到一个公司想要持续的领导力和创新力，关键不是预测能力而是领悟能力，一个国家要想保持持续创新力需要建立适应创新的文化、产业体系、产业氛围。对于公司来说如何才能够拥有持续创新的领悟力？对于国家来说，什么样的文化和产业氛围、产业体系能够带来引领全球的能力？

张宏江： 从国家层面来看，首先需要从教育人手，教育是根本，应该培养人们更多创造力，而应试教育是很难培养出人们的创造性的，因为创新是需要无拘无束去幻想，去追求的。在美国，人们选择大学非常强调个人喜好；在德国，没有重点与普通大学之分，大学非常分散，不像在中国大家都争相上清华、北大。不久前，我在网上看到一个关于"钱在人们生活中重要性"的调查，中国 69% 的人认为钱在生活中是最重要的，而美国只有百分之三十几认为钱是最重要的，这在一定程度上说明我们当前的社会认为钱是成功的标志。当只有"有钱"一个标准去衡量成功与否的时候，或者"学而优则仕"是我们唯一的激励的时候，我们是不可能有利于产生和培育创造性的。教育应该引导人们看淡竞争，去追求兴趣，使得人们不要惧怕失败，这样才会有更大的突破性的创新源源不断地产生，我们看，历史上很多伟大的发明，都是源自于对个人兴趣和理念的激情和不舍追求。

其次，我觉得要建立一种氛围和一种社会价值观。为什么在中国"山寨版"

的东西有很大的市场，在我们大力提倡中国创造中国创新的时候，我们却能容忍如此低质量的东西？低质量的东西实际上是在重复和大量浪费资源，如果我们的文化始终满足于低质量的重复的话，我们无法形成一种有利于创新的文化。中国有巨大的市场、巨大的需求、丰富的人力资源，引领全球的很多创新本应该来自中国的，但是因为我们依然缺乏有利于创新的社会氛围和价值观，导致错失了很多很重要的机会。

再次，我认为在全球产业分工上，每一个国家都可以根据自己的特色找到自己的机会，并且利用这样的机会把工业带到新的台阶上。比如说美国善于技术的创新，日本善于在流程上做得更好，善于把这些创新转化成为生产力、制造能力，虽然日本在新经济产业上没有完全领先，但是通过这些年的努力，慢慢地演变到今天越来越多的精密技术、芯片技术来自日本。但是我们来看中国，我们的制造业规模已经是全球第一，但是我们需要利用这样的规模把产业升级与转型搞上去。而这样需要产业有良好的体系，从资本、体制机制、人才积淀上形成自己的系统。

从企业层面看，我觉得需要给出和培育一种机制，用这种机制去激发人们不断去了解市场，不断去领悟用户的需求，我用的是"领悟"而不是"预测"这个词，苹果 iPod 做得很好，是它领悟了用户的需求，又引导了用户的需求，从而建立了市场领先地位，而我们都知道第一个做 MP3 播放器的并不是苹果。领悟是一个互动式、碰撞式的方式去发现用户的需求，并创造和满足用户的需求。

公司竞争力来自"领悟力"

记者： 可不可以理解为，过去的科技创新主要是 1.0 的方式，即企业发明技术，自己定义市场，创造市场。而现在的技术创新方式是 2.0、3.0 的方式，需要企业与用户互动来产生创新？"领悟式"创新在微软内部是如何具体体现的？微软是如何快速调整的？我们知道在很多领域，微软都不是技术发明者，却能后来居上，并做到第一，为什么？

张宏江： 对，过去的技术发展比较慢，一个技术有很长的寿命，所以可以用 1.0 的方式开发技术。而现在的技术的寿命很短，变化很快，所以企业就必须建立一种互动式紧贴用户市场的快速变化机制。

我们看今天在市场很多拥有最大市场占有率的企业其实都不一定是技术的最早的发明者，不仅仅是微软，包括苹果的 iPod，百度的搜索都一样。但是这些公司善于快速把产品市场化，并建立了最好应用模式、商业模式，快速构建起产业生态系统，这就是制胜的关键，所以在今天的时代发现用户需求，创新技术和建立应用模式和构建生态系统同等重要。

微软尽管是全球最大软件公司，却有扁平化的管理机制，鼓励内部竞争，让大家都有饥饿感，很多事情都是自下而上的，并鼓励大家不要惧怕失败，勇于尝试。以微软亚洲工程院（ATC）为例，ATC成立时并不是总部当时已有了个要在中国建立一个几千人的研发集团计划，而是我们自下而上提出想法，把这种想法变成提案，鲍尔默很迅速批准，不需要太多的论证，这就是微软特别的地方。在微软，任何人都可以给鲍尔默和比尔·盖茨写信，提出意见和想法，当然要被批准需要有很合理的方案。公司管理层在我们创立ATC时没有设门槛，没有人员的限制，就如同在公司内部进行创业一样，有一部分钱你是需要去说服产品部门，让他们给你投钱。微软有很多技术和产品的创新和开发都是这样自下而上产生的。

记者：我们来看，未来的市场上有几类公司，一类是以微软为代表的，它有很好的公司机制，可以快速适应市场的变化，但不一定是技术的第一个发明者，但它可以收购来拥有技术建立市场。还有另一类公司，善于在前端创造灵活的应用，活跃在众多的细分领域，比如facebook，twitter等等，他们是无数创新者的代表，这两种公司谁更重要？

张宏江：我并不相信每一个公司可以一直持续的成功下去，只有少数的公司可以不断进入新领域还不断获得成功，伟大公司就是无数次转型之后还保持领先力的，落后之后依然能够赶上去的。比如微软、IBM、苹果、思科都算是不断进入新领域还能成功的公司，苹果从做Mac到做iPod，从iPod到iPhone，IBM从大型机到个人电脑，从硬件到软件，软件到服务，微软从做操作系统到进入Office领域，从Office到进入Server，从Server到进入xBox，都至少经历了2~3次以上的转型并且都很成功。

这两种公司我们都需要，他们都能持续推动技术和市场的创新。但我认为孕育和培育一种能催生创新的社会氛围比推动某些企业成功更重要，它是一个国家拥有持续创新力的关键。

记者：有人把过去几十年IT所做的工作进行了分类，概括为三个环节：数据采集、数据传输、数据优化，后两个环节IT与通信产业在几十年的时间里实现了很大的突破，而第一个环节，将是最难的环节，也将是IT未来更大的课题，IT需要与其他产业进行更大范围的融合，您如何看待这个问题？未来的IT将以什么为重点？

张宏江：把 IT 过去几十年的发展这样抽象化太简单、也太绝对化了。我觉得这样会有一定的危险性。当人们提出云计算的时候，微软认为这其中不仅仅有"云"，还需要有"端"，很多计算处理需要在"端"解决，需要在"端"实现智能化。所以应该是"云端计算"而不是"云计算"，如果仅仅有"云"，也许就变成了"雾"，这个东西不知道该在哪里处理，"云"与"端"需要紧密无缝联系起来，才是完整的计算模式。当计算变得如此分布的时候，我觉得传输就变得很重要，到底如何传输，到底什么是传输，是跨地域之间叫传输，还是跨CPU 之间叫传输？所以我觉得这样讲 IT 简化并不是很行之有效的方法。

也许很多人认为，微软是做 PC 软件的公司，所以要在云计算中提到"端"，但是其实不是的，这个端可以是上网本、手机，电视还可以是很多其他的终端，他们都有 CPU，都有采集和智能处理的能力。当我们判断一个股票，需要对它的各种信息进行分析优化，当我们要预测一个区域的天气，就需要对很多点的湿度、温度等的信息进行采集和处理，这其中需要分布式计算，同样需要智能终端。所以我认为未来的计算，未来的 IT 最大趋势将是融合。未来有突破性意义的科技产业将来自跨界、多领域的融合。

科技研究要善用全球资源

记者：微软正在进入新兴科技领域的战略布局以及目前的成果能否介绍？我们知道微软亚洲工程院目前正在推进医疗的项目，这些项目是主要集中于医疗信息化还是已经深入到利用 IT 与医学的融合去解密癌症、基因等这些课题？

张宏江：微软研究院一直致力于与各类机构、组织、大学开展的各类未来科技课题研究，我们有一个对外开展合作研究的项目团队（external research group），最近出版了一本书《科学研究的第四范例》（《The Fourth Paradigm》），讲述的是当未来计算能力变得无所不在的时候、当传感器变得无所不在时候，我们的生活会变成怎样？介绍了以数据密集型科学为焦点的全新科学研究方向、研究方法和建议。从这本书的目录我们就可以看出我们希望未来通过科技更好地解决我们在生存环境、生存健康、探索未知等面临的诸多问题和挑战。比如《用海量数据重新定义生态科学》、《海洋科学的 2020 远景》、《让我们更接近太空：海量数据中的发现》、《地球科学的研究工具：下一代传感器网络和环境科学》、《医疗统一和语义药品时代》、《发展中国家的医疗条件：挑战和潜在的解决方案》、《发现大脑的接线图》、《神经生物学走向可计算显微镜时代》、《针对数据密集医疗的统一建模方法》、《生物系统进程代数模型的可视化》、《在海啸之外：

发展基础设施来处理生命科学数据》等等。

在这些研究中，微软与联合研究机构提出了一个概念"数据密集型科学"，我们正在以数字形式聚集过去无法想象的海量数据——这些数据将能够给人类在各个领域的科研带来革命性的变革。过去的科学研究是基于严格的先假设再验证假设的步骤，未来的科学研究就把IT与各个领域充分结合，带来科研的基础结构的变革。在这些领域将产生无数激动人心的科技，比如"全球望远镜（WWT）"软件技术将让人类更接近太空；比如利用传感技术、机器人系统、高速传播技术、生态基因组学以及纳米技术来对海洋进行实时监控，来改变海洋研究的进程等等。

目前，全球范围内能够享受到先进医疗的人还比较少，医疗的信息化程度也不高，在中国面临医改、人口老龄化的增长等等问题，都使得微软希望在医疗领域做更多的投入。在医疗领域目前微软不做超声波、扫描仪等这些硬件，主要做的是有了这些数据、有了这些感应资讯后，如何帮助医生做出更正确的诊断。比如，某一种传染病的爆发，无法预计，我们可以通过数据，查看数据的变化趋势，查看临界点，提前预警。在这些方面微软已经开始了进行一些专业医疗软件企业的收购，并利用微软在软件产品平台化方面、流程整合等方面优势，进行整合来形成统一的职能医疗信息化解决方案，这实际上是融合的创新。

记者：在医疗领域进行数据集成、进行数据优化分析，集成医疗信息平台，这不是最难的问题，很多公司都已经开展了这方面的很多业务。在医疗领域最为困难的是比如把IT渗透到医学中、利用IT底层知识去描述基因裂变、进行癌症研究，所以这个部分的融合才是比较难的，也是IT与医疗科技的融合的关键。微软有在做这些研究吗？

张宏江：目前微软的医疗管理系统主要解决医院信息平台整合层面，为大夫提供进行判断的相关数据，由大夫们来进行判断，目前主要集中在医疗信息化解决方案这个层面。

你提及的细胞、癌症等医学与IT的融合研究，微软研究院正在与不同的大学、研究机构展开这方面的相关课题研究。比如微软研究院与哈佛大学的科学家和计算机专家正在进行的工作就是把大脑的各个部分用无数高分辨率的图片呈现，通过计算机缝合这些巨大的图片数据，并追踪研究大脑各个部分之间如何协同工作。比如微软研究院与加州大学圣地亚哥分校正在进行的联合研究就是要破解人类和动物神经系统是如何运作之谜，他们通过应用计算方法、尤其是机器学习和推理过程，把已经收集到的大量神经活动的信息生成一些解释模型，对神经元活动进行可视化操作，破解神经元之间的相互作用和复杂关系。

微软研究院与全球顶尖的研究机构和大学正在各个领域展开前沿性的融合性基础研究，希望通过联合研究来破解人类的一些难以解决的问题，而在我们的产品部门是把这些有市场前景研究成果工程化、产品化、让他们更快普及化。

记者： 目前中国高度重视并积极的推进新能源、新材料、新生命科技等等战略性新兴产业的发展，您对中国发展战略性新兴产业有何建议？另外在越来越联合化和协作化创新的趋势下，微软准备如何与中国进行战略性新兴产业的联合研究和产业合作？

张宏江： 中国政府是全球少有的运作高效而又有前瞻性眼光的政府，从政府层面重视和推动战略性新兴产业发展，能够汇聚更多的资源，加快产业的发展进程。

对中国正在发展的战略性新兴产业的建议：一是前沿科技的研究要善于借用全球的资源。全球科技的研究已经进入复合、联合创新的时代，我们要善于借用和联合各个层次的资源。比如微软的许多未来科技的研究都是联合世界各国的大学和顶尖的研究机构来推进，并且微软所有的产品也是靠整个产业链来得以生存和发展，而这个产业链也包括许多微软的竞争对手。二是要最高效地把技术市场化。在发展高新技术方面，中国有 863、974 等等系列计划，中国不乏技术创新成果，但是如何把技术市场化和产业化是薄弱环节，很多科技成果仅仅是通过了评审后就束之高阁。推进高科技成果产业化，在评审的标准与关注点上也应该做更多的调整，比如说，如果某个高校或基础研究机构的成果达到英特尔三年前的技术水平，我觉得这样成果是没有意义的，我们需要关注在这个过程中我们培养了多少人、产业化能力、配套能力如何。三是需要把更多重大项目的创新投资投放到有市场化能力的企业中去，以他们为龙头带动项目，这样能加速中国战略性新兴产业的市场化，比如华为这样在全球市场已经建立了一定影响力的公司就可以牵头信息网络科技项目的研究，比如比亚迪汽车公司就可以担任新能源汽车的研究，应该让更多有市场影响力的公司在战略性新兴产业发展商更多受益于国家政策。四是应该让"央企"在战略性新兴产业中承担更多的。许多央企在某种意义上是"资源垄断型"的企业，他们有很高的利润、有很大的市场份额，他们有条件建立研究院、应该承担更多国家未来科技的重任。如同美国的 AT&T 电报电话公司，当年的 AT&T 在美国也是垄断性企业，有非常可观的利润和市场，AT&T 建立的贝尔实验室创造和发明了非常多影响世界的科技发明，比如 UNIX，比如晶体管技术等等。中国有许多利润丰厚、非常有实力的央企，应该让他们建立研究院，应该让他们支持高校的科研，并和上下游企业建立既竞争又合作的产业链，承担更多国家层面的新兴产业发展重任。五是创造和完善开放的环境和自由竞争的机制。推动战略性新兴产业需要从人才机制、投融资环境、采购与税收等等各个层面踏踏实实把每一项政策建立和落实到位，真正建立一个有利于产业形成和发展的生态系统。

最后一点，也是最不能忘掉的一点，将中国建立成一个创新的国家，将我们的企业建成具有创新能力的企业，是一个长期的任务，也许需要几代人的努力。我们不能在这点上存在浮躁情绪，指望一夜成功。我们在考虑和实施新兴产业战略时都必须记住这点。

在医疗和绿色 IT 方面我们与国家发改委正在洽谈一些项目的合作计划，希望下一次我们见面的时候，我们可以宣布详细的计划。

记者手札：

发展战略性新兴产业需要领悟力

张宏江说"好公司"与"伟大公司"区别在于：好公司可以抢占到一两个好的市场机会发展壮大保持一段时间的优势，而伟大的公司却可以经历无数次重大转型，并在落后的情况下还能够追赶上来、长盛不衰。如果按照这个标准，微软可以称得上是伟大的公司。从 1975 年创立至今，微软公司经历过几次重大转型：从提供外包到做自己的操作系统到进入办公软件领域，到进入企业级数据库、中间件领域，再到进入 Xbox 娱乐游戏领域，尽管期间起起伏伏，但微软所进入的所有领域都获得了成功，并且一直保持着全球最大的软件公司的霸主地位。在微软身上有着非常多中国产业和企业可以借鉴的地方，尤其是在中国正在布局战略性新兴产业的关键时期。

一是全球化、多维度、交叉化地布局研发体系。在经济全球化、技术交叉化、复杂化的背景下，IT 巨头很早就意识到技术创新已经进入全球联合创新时代，创新将跨越国界，谁能够在全球范围内最大化地利用和整合国际科技与人才资源，谁就有可能拥有更多的创新力。正因为如，英特尔、微软、IBM 等这些IT 巨头们在全球主要的地区布局了星罗密布的研发机构。微软在美国、英国、印度等地设立研究院，并在中国建立了美国以外最大的研发集团。而在技术越来越交叉、越来越融合的背景下，以开放的姿态，广泛联合与渗透已经成为这些跨国公司研究很重要的特征。今天我们在市场上看到的微软的商业行为特征是"竞争"，而在研发领域呈现出来的特征是更广泛的"联合"。目前，世界各国正积极探索和布局的新海洋科技、新能源科技等新兴产业领域，而抢占未来科技制高点的关键一定是在前端基础学科的交叉融合上，而大学、研究院正是基础学科力量最集中的基地，通过与全球顶尖大学进行交叉学科、跨学科的联合研究抢占未来科技制高点已经成为跨国公司未来研发的重要组成部分。微软为了下一步的"跨界"融合，同样已经悄悄地与全球顶级的大学展开了合作，微软提供资金支持、微软投入相关人员联合研发，而这些成果的最终拥有权双方共享，也许20年后，我们再来看影响世界或者影响微软的创新技术中，很多都将来自这些前端基础学科的联合联合研究。目前在微软的研发链条中基础研究占据 10%～20%，尽管这个部分看起来比重不大，离市场也有一定的距离，但是这些成果未来都有可能产生"原子弹"一样的能量。今天，在北京中关村的西格玛大厦微软亚洲工程院里，已经开始出现收购而来身着白大褂的医学研究人员。在越来越跨界融合的背景下，未来科技的研究，必须"你中有我，我中有你"。中国正在布局的战略性新兴产业的研发，也需要走出国门去拥抱全球科技的资源、需要投入更多与顶尖的高校进行基础学科的交叉、融合研究。

二是快速灵活的应变体制机制，提升快速布局产业的工程化能力。当技术创新越来越呈现出跨界、跨国融合的趋势下，在多方参与、多国参与的特征下，对创新技术的整体规划和主导构建产业链的实施能力将成为竞争力的关键，而这也正是张宏江所说得对市场变化、用户需求变化、产业链变化的快速"领悟力"。今天的创新周期越来越短，产品的生命周期也越来越短，创新呈现出来的更多特征是突变性，在这样的背景下，不可能所有的技术创新都由某几个公司所独创。所以如何在最大范围内的推动和组建产业生态链、掌控系统的主动权就成为了竞争的关键。这正是微软这个企业所呈现出来的最重要的竞争力，视窗操作系统不是微软的专利技术、Office 也不是由微软发明的、SQL 数据库技术也并非微软所创造，但微软却能把这些别人发明的技术做到了市场的最大化，布局了更好的应用模式和商业模式并且拥有绝对的话语权，这就是微软"领悟力"，就是把技术变成生产力的关键。中国在基础学科领域不乏创新，但因我们欠缺技术变成产业的系统规划和实施的工程化能力。在这方面我们可以从微软身上学到更多，在微软的研发体系中，除了 10%～20% 的力量放在基础性研究上，其余的资源全部投放在工程化、产品化研究上。我们以微软正在进入的医疗领域为例，当 IBM等公司于其他的研究机构投入更多的精力去做医学前端数据采集复合研发之时，微软做了两手打算，一部分精力投入与大学、医疗机构进行新生命科技的复合研究，而更大的一部分精力是放在了先进医疗设备的产业化和工程化上，微软通过收购医疗领域创新型公司将其产品进行架构重构来实现规模化、平台化，在张宏江看来，医疗行业经验与知识资产不是微软的强项，但是如何将这些资产进行平台化和规模化，提升产品的稳定性，却是微软的强项。

三是需要更广泛地推动和拥抱创新。中国正在大力推动产业结构调整、产业升级，从中国制造向中国创造、从制造经济向服务经济转型，在这样的需求背景下，我们不仅仅需要制定有利于产业部门加快战略性新兴产业发展的产业政策、采购政策，鼓励以企业为主体的产、学、研、用的新型创新技术联盟体的产生。更要从学校教育开始，改变以应试为主要的教育方式，对大学进行新专业、新课程重新调整与规划，将交叉学科、复合学科、新兴学科的课程与学科的设置作为推动战略性新兴产业的重要组成部分来考量。鼓励企业将更多的资源与大学进行互动分享，带来更多的互动创新。此外，进一步下大力气树立有利于创新的社会价值观、营造有利于创新的社会氛围，而价值观与社会氛围的形成并非一朝一夕，他需要社会各个层次各个部门都能够参与到这样的系统中来，着眼于长远，才能让中国成为创新的沃土。

2010 年 3 月 30 日《中国电子报》第 22 期

区域性战略合并应对危机

——访意法半导体（ST）执行副总裁兼大中华暨南亚区总裁　纪衡华

文/刘东　赵艳秋

人物简介

纪衡华，现担任意法半导体（ST）执行副总裁兼公司大中华暨南亚区总裁。自2006年起，纪衡华负责意法半导体在亚太的运营；2010年1月公司地区组织结构改组后，他的职责范围涵盖大中华区业务。纪衡华1953年出生于法国贝济耶，毕业于马赛中央学院，取得电子工程学位。

让组织架构发挥协同效应

刘东：近几年，由于全球半导体市场处于相对低迷的状态，再加上国际金融危机的影响，意法半导体已经连续8个季度亏损。为此，你们在全球范围内进行了一些战略调整，例如加强产品组合、进入新兴市场、进行地区组织架构重组等等。意法半导体为什么选择从这几方面进行调整？到目前为止调整的效果如何？

纪衡华：我们是在今年1月才实施这些战略调整的，因此最后的结果要经过时间来检验。其实，意法半导体进行这样的调整，是有很多原因的，这其中要特别谈到的是把大中华区和南亚地区进行合并这一调整。在几年前，意法半导体着重于在大中华区开展业务，因为在2006年到2008年期间这一地区的市场发展速度非常快，所以我们觉得应该有一个管理团队专门负责这个地区的业务发展，而亚洲其他地区的业务则由另外一个团队来管理，这样有助于公司业务的开展。

但是，在过去4年中我们发现，无论是从消费者的角度还是从运营商的角度出发，亚洲其他地区的发展速度正在逐渐跟上中国，印度就是一个很典型的例子。以前，印度的通信运营领域几乎没有什么进展，但现在他们发展的速度也非常快。而且，这些运营商在做设计的时候可能会选择在韩国，也可能会选择在中国台湾。所以，我们已经看到有很多的协同效应出现了。不仅如此，在智能卡、汽车以及工业应用中，我们也都能看到很多协同效应的出现。因此，可以说在大的产业生态系统当中，所有各个地区有着较为一致的发展步调、相同的应用环境、类似的商业发展模式、共同的发展前景，与此同时又有着相互可以协调配合的地方，也就是说这两个地区有很多关联的地方，所以我们认为现在做这样的战略性调整应该是再恰当不过的了。而且，我们也将充分利用过去几年中在各个市场上积累起来的宝贵经验来进行区域性的战略合并，这是一个非常好的举措。

此外，我想在营销网络方面再补充一下。3 年前，有很多意法半导体的经销商把重点放在中国市场上，当时他们立足于中国香港或中国台湾开展自己的分销业务，这与我们的发展战略也是完全一致的。现在，我们把大中华区和南亚区合并后，这些经销商就可以在东盟国家或印度开展自己的分销业务，可以分享到这些市场快速发展所带来的益处。这样我们把两个区域合并起来后，实际上也为分销商提供了一个统一的平台，使得他们可以在大中华区和亚洲其他地区开展他们的业务。

刘东： 2005 年，意法半导体成立了大中华区。2006 年我们曾经采访了你的前任，他当时表示上任之后的目标就是使意法半导体成为中国市场的第一大宽产品线半导体供应商。这次调整是不是意味着你们在中国市场取得的业绩与当初的预期有所差距？另外，针对你刚才强调的协同效应，我们感到中国市场与东南亚市场还是有一定的区别的，比如说中国的政策环境、市场规模和标准制定方面等等。在强调协同效应的同时，你们将如何保障特别是满足中国市场的差异化需求？

纪衡华： 针对第一个问题，我们是 2008 年中国第二大半导体供应商，我们现在还不确定 2009 年我们的具体排名。但不管怎么说，意法半导体在中国市场一直是位居前三的公司，这是非常领先的位置，我们会继续巩固这一位置，争取成为市场的第一，这一点是毋庸置疑的。你也了解到我们推出了很多新产品的组合，这些都有利于我们实现在市场上位居前列的目标。

针对第二个问题，我承认每个市场都有很多的特殊性，我们要充分利用自己的产品功能以及我们所具备的知识产权来进入所有开展业务的市场。同时，在业务发展过程中，我们会对产品进行微调，使产品适合当地市场的需求。

意法半导体有一个广泛的产品线来支持整个市场的需求。例如，我们有中国台湾的客户，他们可能在中国大陆、泰国或印度都有自己的业务，我们所要做的就是跟随这个客户到他开展业务的地区，提供他所需要的产品。而在这些产品中，例如在条件接入设备或者有安全性要求的智能卡业务方面，客户可能需要对接口或者界面进行调整来适应于各个不同市场的具体需求，但在其他方面如中间件、安全性技术以及一些知识产权等，虽然可能是在某个地方如韩国或中国台湾设计的，但可以被其他地区再利用。这就涉及我刚才所提到的协同效应，这些协同效应可以在半导体解决方案的互补性上发挥作用。

利用国外经验服务中国市场

刘东：在意法半导体大中华区和南亚区合并前，大中华区的营收占意法半导体全球总收入的25%左右。前几年，意法半导体在中国大力推广本地化经营，有很多大的项目合作和动作，比如说2007年在深圳市龙岗区投资建设集成电路封装测试厂、与龙芯开展合作，2005年在无锡与海力士合作设立12英寸晶圆厂等。但这两年，意法半导体在中国的大动作比较少。这是否意味着中国市场的重要性对于你们来讲有所削弱，或者是你们在战略上进行了某种程度的调整？

纪衡华：我们在深圳龙岗投资建厂等战略投资项目不能与中国的市场重要性挂起钩来。战略投资是战略投资，市场重要性是市场重要性，这两者没有直接的关联性。意法半导体有相应的人员负责投资建厂，而且公司在全球某个地方投资建立的制造设施都是服务于全球市场的，是全球生产战略的一个组成部分。与此同时，我们有强大的市场销售团队为所在区域市场及客户提供服务。因此，我们在某个地区投资建厂与该地区的市场并没有一个必然的关联。

毋庸置疑，中国市场是我们非常关注的重点市场，我们在这个市场上进行了大量的投资来开展业务。你提到的与无锡海力士的合作，因为我们剥离了存储器业务，这部分已经不是我们的核心业务。而在深圳龙岗的封装厂，我们对它的投资在逐渐增加，因为这个厂拥有强大的制造能力，我们会高度关注并不断提高它的制造能力。

刘东：刚才你强调，中国市场对意法半导体来讲很重要，现在意法半导体的大中华和南亚区的营收占公司总营收的40%，这是一个很高的比例了。你作为大中华和南亚区的总裁，将会采取哪些措施保持你们在中国和南亚区的竞争优势，并进一步提高综合竞争能力？

纪衡华：这个问题非常好。我们认为大中华区未来有巨大的成长空间。实际上，中国的设计能力和制造能力很强，在市场上占据了一个非常重要的位置，因此，对我来说，我把大量的时间和精力都投入到了台湾、深圳、上海和香港等地，同时也会花一定的时间在印度和南亚市场。

但我要强调的是，我们现在不仅仅是服务于本地市场的客户，同时更加关注一些在中国开展业务的跨国客户。这些客户在通信基础设施、工业领域和消费电子领域非常知名，他们已经在全球范围内开展业务并占有了一定的市场份额。我们的战略就是给这些在中国的大客户提供很好的市场支持和服务，就像意法半导体在全球开展的关键大客户战略一样。我们通过提供先进的技术、更加贴近客户需求的设计，当然还会通过日渐扩张的营销网络，来为他们提供更好的服务。

与过去我们主要在几个大的中心城市建立营销网络不同，意法半导体现在的经销网络正向纵深方向发展。纵向是服务于高端和区域性的大客户，广泛性是在更广泛的市场提供我们的方案和服务，我们的营销网络已经扩展到了一些只有两三百万人的城市。

我总结一下，其实我们的战略是要深入到每个国家当中接触所有的电子制造厂商，找到一些应用领域，与客户建立起非常良好的业务关系，同时与运营商和监管部门建立起良好的合作关系。然后，我们要让自己的半导体解决方案能够为所有的应用服务，而且要有一种非常便捷的方式来服务所有的客户。我本人也将投入到这些地方去实现意法半导体的战略目标。

提供一站式服务

刘东：意法半导体的产品线非常广泛，你们对自己在消费电子、工业应用、汽车电子等优势领域的技术、产品、市场的发展趋势有什么判断？此外，意法半导体作为产业链上游的企业，如何才能做到不断满足并且引领市场需求，发挥自己的能量，为产业发展创造良好的生态环境？

纪衡华：的确，我们的产品线非常广泛，为此我们对不同的产品线也制定了不同的发展目标。在工业、电源转换和 MEMS 产品上，我们有多个产品出货量处于全球第一的位置，我们要保持在这些市场上的领先地位；在无线芯片、消费电子芯片、汽车半导体和 PC 周边芯片方面，我们要不断加强我们的领导力；在微控制器和先进模拟产品方面，我们要在所选定的市场上提升领导力。此外，在某些标准产品上，虽然这些产品并不是具有战略意义的产品，但它们可能会带来很多现金流，因此我们也要不断抢占更多的市场份额。

我们看到近些年中国汽车行业的发展非常快，大量的应用不断涌现，我们愿意为中国企业或处于中国的跨国企业提供他们所需要的解决方案。另外，我们还有一些增长的市场机会，例如在微控制器和 MEMS 方面。微控制器在工业应用中有巨大的市场，MEMS 在游戏、PC、摄像机等市场有非常广泛的应用，我们是世界第一大 MEMS 供应商。同时，我们还希望在医疗电子方面加大研发投入力度，而这方面花的时间要长一些，因为我们需要时间来了解医疗环境、各地的医疗状况等，然后才能深入到这个行业当中。此外，在工业领域，包括家用电器、工厂自动化和电力供应等都是我们可以推陈出新的领域。我们每个季度都有大量的新产品推出，这些新产品适用于各个市场的发展需求。

我们认为意法半导体是唯一一家能跟着市场和行业发展步伐进行创新的公司。为什么意法半导体能够在这一领域取得成功？因为我们具备多个领域的专有知识和技能，包括处理器、数字信号、模拟信号或降低功耗方面的技术和知识产权。而且，我们也了解各种不同的应用以及不同的行业，从这一点来说，没有任何一家公司能与我们抗衡。

刘东：近几年，各种产品和技术在不断融合，国际金融危机的冲击加快了这种趋势，并且催生了一些新兴业态。现在各个国家都在抢占下一个制高点，中国也提出了发展战略性新兴产业的目标，包括新能源、新材料、信息网络、生物医药等等。你们预计意法半导体公司新的增长点在哪里？

纪衡华：我觉得你说得很对，医疗、安全、节能和消费市场都有巨大的增长潜力，而中国在上述各个市场都在积极开发多样的应用。意法半导体实际上可以为所有的应用提供解决方案。有一点非常重要，很多在中国开展业务的大公司，他们其实需要从一个供应商那里拿到完整的解决方案，而不是从多个供应商那里分别获取元器件来符合他们的应用要求，在提供完整的解决方案方面，意法半导体具有无可比拟的优势。

就一些新技术或者新的增长点来说，第一，我们有很多配合节能政策的技术。第二，我们在医疗方面，针对流感爆发等社会问题，我们有流感监测方面的解决方案；在身体疾病监测方面，我们有类似胰岛素纳米泵等新产品。第三，在工业领域的电子仪表、智能卡和交通等方面，我们也正在开发方案来满足市场的需要。此外，条件接入设备在中国市场有很大的发展潜力，我们也会有很大的发展机会。

意法半导体解决方案所服务的对象包括规模化的大众市场、OEM、各类运营商以及各类集团公司。此外，这里有一个知识产权的问题，这属于核心问题。你可以看到知识产权实际上贯穿在各个不同的领域当中，比如在消费电子、汽车和通信领域，我们可以对整个知识产权体系进行很好的管理，来服务于各个市场。在这个方面意法半导体已经有 23 年的经验，这是我们的竞争对手所没有的。我们有核心的知识产权，可使我们的解决方案适用于所有各种不同的应用。每年我们都申请很多专利，我们很多的核心知识产权都可以被客户的设计人员使用，实现再利用。

在拥有了上述的优势后，我们在大中华暨南亚区能够取得非常快速的发展，我们会深入到不同的市场领域，这是我们要实现的目标。

刘东：中国在去年已经成为全球最大的汽车产销地。作为全球第三大汽车半导体供应商，你们针对中国汽车市场将采取哪些策略？

纪衡华：意法半导体自 2007 年以来就位居中国汽车电子市场首位，这是意法半导体多年来致力投资中国市场的成果。我们为车厂与模组厂商提供完整的车用半导体解决方案，我们的优势来自于超过 20 年的汽车电子 IC 设计经验，而且我们拥有自己的晶圆厂，能确保提供汽车电子市场最需要的高品质芯片。

我们在汽车电子市场的丰富经验更是竞争对手无法比拟的。我们在欧洲汽车电子市场也位居第一，这个市场的消费者对汽车性能的要求极为苛刻，当地政府与车厂对安全以及节能的要求也特别严苛，意法半导体能满足这些车厂的需求，自然已经积累无数的经验可以满足中国汽车市场的需求。在美国与日本市场，意法半导体又必须帮助车厂提高性价比，以便在竞争激烈的市场胜出。正因如此，意法半导体能够对不同车厂的技术要求都提出有效的方案，这最符合中国汽车市场的需求。

今年年初意法半导体新成立的大中华与南亚区涵盖了中国和印度，意法半导体将整合大区中的资源来响应客户的市场需求。

2010 年 3 月 30 日《中国电子报》第 22 期

后　记

　　百年不遇的国际金融危机几近尾声，大调整、大洗牌过程中的经济复苏刚刚萌芽。我们震撼于危机对社会经济破坏性的同时，也感慨于危机对社会经济结构调整的倒逼力量。调整产业结构，转变发展方式，日益成为时代的主题、国家的战略、企业的选择。推动信息化与工业化融合，加快三网融合，发展战略性新兴产业，日益成为后危机时代信息产业的振兴核心课题。致力自主创新，加强产品质量，铸造国际品牌，日益成为企业化"危"为"机"、超越危机的实际行动。

　　一年多来，中国电子报社50多位编辑记者奔波于应对危机、超越危机第一线，深切感受到，在转变经济发展方式、调整优化经济结构等宏观政策指引下，我国电子信息企业更加注重国内市场，更加注重自主创新，更加注重品牌建设，更加注重管理效益。在中国经济率先复苏的大背景下，见证和参与我国改革开放30多年卓绝实践的跨国企业，更加注重开拓中国内需市场，更加注重与"中国智造"共生，更加与国内产业生态链共赢。以实际行动参与"调结构、扩内需、重改革、促民生"，不仅是企业超越危机的重大机会，也是共同推动全球经济复苏的重要责任。

　　本书收录的40多篇企业高层访谈录，是《中国电子报》近300期报纸中的一小部分，是电子信息企业以实际行动超越危机的一个缩影。它们管窥了企业家们振兴信息产业的使命感，它们承载了企业家们推进信息化与工业化融合的实践和梦想，也激励着我们为政府决策、企业经营贡献微薄之力。我们诚挚地感谢工业和信息化部办公厅、电子信息司等在编辑出版中给予的支持和指导，诚挚地感谢企业家们在百忙之中接受我们的采访、审阅我们的稿件，诚挚地感谢王丽珠、孙建国、张汝娟、张鹏等多位中国电子报社的同事所做的大量工作。

　　危机必将过去，不确定、不稳定等诸多因素依然存在，让我们立刻行动起来，为抢占新的竞争制高点而拼搏，为铸造国际知名品牌而努力。

编　者

2010 年 3 月

国际信息工程先进技术译丛

国际视野　科技前沿

丛书特色 ≫

　　本套丛书是机械工业出版社集中优势资源精心打造的中高端产品，所有图书都是精选的国外优秀电子信息著作，主要针对电子和通信等热点领域。这些图书都是由经验丰富的业内人士编著，并由国内知名专家翻译，具有很高的权威性和实用性。

　　本套丛书的出版目的主要是为广大国内读者提供一个展示国外先进技术成果的窗口，使国内读者有一个可以更好地了解国外技术的平台。

读者对象 ≫

　　本套丛书的读者对象主要是电子技术、信息与通信及相关专业的工程技术人员、科研人员及大专院校相关专业的师生。

丛书目录 ≫

（续）

序号	书　名	书　号	定价	日期
18	UMTS 蜂窝系统的 QoS 与 QoE 管理	978-7-111-25737-0	55	200901
19	基于射频工程的 UMTS 空中接口设计与网络运行	978-7-111-25417-1	48	200901
20	未来 UMTS 的体系结构与业务平台：全 IP 的 3G CDMA 网络	978-7-111-25306-8	88	200901
21	UMTS-HSDPA 系统的 TCP 性能	978-7-111-25453-9	30	200901
22	UMTS 中的 LTE： 基于 OFDMA 和 SC-FDMA 的无线接入			即将出版
23	UMTS 中的 WCDMA——HSPA 演进及 LTE （原书第 4 版）	978-7-111-24535-3	78	200807
24	深入浅出 UMTS 无线网络建模、规划与自动优化：理论与实践	978-7-111-22920-9	60	200803
25	环境网络： 支持下一代无线业务的多域协同网络	978-7-111-25105-7	40	200901
26	下一代无线系统与网络	978-7-111-22330-6	50	200801
27	下一代移动系统：3G 与 B3G	978-7-111-21850-0	46	200709
28	基于 4G 系统的移动服务技术	978-7-111-29117-6	78	201002
29	蜂窝网络高级规划与优化 ——2G/2.5G/3G/…向 4G 的演进	978-7-111-24715-9	68	200810
30	基于蜂窝系统的 IMS-融合电信领域的 VoIP 演进	978-7-111-24908-5	48	200810
31	WCDMA 原理与开发设计	978-7-111-21187-7	39	200706
32	数字图像处理（原书第 4 版）	978-7-111-28968-5	98	201003
33	闭路电视（原书第 3 版）	978-7-111-28314-0	78	201001
34	移动电视：DVB-H、DMB、3G 系统和富媒体应用	978-7-111-25141-5	50	200901
35	IPTV 与网络视频：拓展广播电视的应用范围	978-7-111-23472-2	30	200803
36	P2P 系统及其应用	978-7-111-23647-4	78	200805

读者需求调查表（企业）

尊敬的朋友：

您好！为了了解企业对图书的需求和购买图书的情况，进一步提升我们图书出版的工作，我们面向企业进行一项市场调查，以便为贵企业经营与发展提供更好的图书产品和服务，恳请您在百忙之中予以协助，留下您宝贵的意见与建议！十分感谢您对我社的支持！

企业信息栏

企业名称		联系人		工作部门		职务	
地　　址				邮　编			
联系电话		E-mail					

1. 贵企业的员工数？

□ 500 人以下　□ 500-1000 人　□ 1000-2000 人　□ 2000 人以上

2. 贵企业所属行业？

□ 机械制造　□ 建筑业　□ 交通运输　□ 计算机及网络　□ 电子通信　□ 其他

3. 贵企业希望阅读的图书产品内容是什么？

□ 专业技术类　□ 管理类　□ 销售类　□ 工具书　□ 考试类　□ 其他

4. 贵企业希望阅读的图书形式是什么？（单选）

□ 问答式　□ 图解式　□ 理论式　□ 书配光盘式　□ 教材式　□ 案例分析式

5. 贵企业希望阅读的图书产品定价是多少？

□ 30 元以下　□ 31-50 元　□ 51-80 元　□ 81-100 元　□ 100 元以上　□ 不太关心

6. 贵企业购买的图书用于什么？

□ 员工培训　□ 技术研发　□ 资料备查　□ 提高产能　□ 节省成本　□ 规范流程　□ 其他

7. 贵企业从哪里获得图书信息？（单选）

□ 书店　□ 网站　□ 出版社　□ 专业报刊杂志　□ 各类图书排行榜　□ 朋友推荐　□ 其他

8. 贵企业每年购买图书是否有计划安排？

□ 做固定预算　□ 根据需要临时性支出　□ 购书后进行报销　□ 基本不购买图书

9. 贵企业是否有专门的机构与场所陈列图书及资料？

□ 有，有企业图书馆（资料室），并设专人管理　□ 有，在相关部门自设　□ 没有

10. 贵企业每年是否会组织员工进行技术培训？

□ 是　□ 否

11. 贵企业有无承担该行业技术图书的编写意愿？

□ 有　□ 无

读者需求调查表（个人）

亲爱的读者朋友：

您好！为了提升我们图书出版工作的有效性，为您提供更好的图书产品和服务，我们进行此次关于读者需求的调研活动，恳请您在百忙之中予以协助，留下您宝贵的意见与建议！

个人信息

姓　　名		出生年月		学　　历	
工作单位				职　　务	
联系电话		手　　机		E-mail	
通讯地址				邮　　编	

1. 您感兴趣的科技类图书有哪些？

□ 自动化技术　□ 电工技术　□ 电力技术　□ 电子技术　□ 仪器仪表　□ 建筑电气
□ 其他（　　　）以上各大类中您最关心的细分技术（如 PLC）是：（　　　　　）

2. 您关注的图书类型有

□ 技术手册　□ 产品手册　□ 基础入门　□ 产品应用　□ 产品设计　□ 维修维护
□ 技能培训　□ 技能技巧　□ 识图读图　□ 技术原理　□ 实操　□ 应用软件　□ 其他（　）

3. 您最喜欢的图书叙述形式

□ 问答型　□ 论述型　□ 实例型　□ 图文对照　□ 图表　□ 其他（　　　）

4. 您最喜欢的图书开本

□ 口袋本　　□ 32 开　　□ B5　　□ 16 开　　□ 图册　　□ 其他（　　　）

5. 图书信息获得渠道：

□ 图书征订单　□ 图书目录　□ 书店查询　□ 书店广告　□ 网络书店　□ 专业网站
□ 专业杂志　□ 专业报纸　□ 专业会议　□ 朋友介绍　□ 其他（　　　）

6. 购书途径

□ 书店　　□ 网络　　□ 出版社　　□ 单位集中采购　□ 其他（　　　）

7. 您认为图书的合理价位是（元/册）：

手册（　）图册（　）技术应用（　）技能培训（　）基础入门（　）其他（　）

8. 每年购书费用

□ 100 元以下　　□ 101~200 元　　□ 201~300 元　　□ 300 元以上

9. 您是否有本专业的写作计划？

□ 否　　□ 是（具体情况：　　　　　）

非常感谢您对我们的支持，如果您还有什么问题欢迎和我们联系沟通！

地址：北京市西城区百万庄大街 22 号　机械工业出版社电工电子分社　邮编：100037